COLLECTION FOLIO

Philip Pullman

À LA CROISÉE DES MONDES, II

La Tour
des Anges

Traduit de l'anglais par Jean Esch

Cet ouvrage a été précédemment publié
aux Éditions Gallimard Jeunesse.

Titre original :

THE SUBTLE KNIFE

© *Philip Pullman, 1997, pour le texte et les illustrations.*
© *Éditions Gallimard Jeunesse, 1998,*
pour la traduction française.

Né en Angleterre, à Norwich, en 1946, Philip Pullman a vécu en Australie et au Zimbabwe où il a effectué une partie de sa scolarité. Diplômé de l'université d'Oxford, il a longtemps enseigné dans cette ville où il vit toujours avec sa femme.

Passionné par les contes dès son plus jeune âge, il choisit de devenir écrivain. Il entame un premier roman lors de sa dernière année à l'université, mais ne le termine pas. Après divers métiers, donc celui d'apprenti bibliothécaire, il mène à bien un nouveau projet de roman, un «thriller métaphysique», qu'il publie et pour lequel il obtient un prix. Devenu instituteur, puis formateur pour de jeunes professeurs, Philip Pullman se consacre dès 1985 à une série policière dont l'héroïne, Sally Lockhart, doit beaucoup au célèbre Sherlock Holmes.

Conteur exceptionnel, créateur d'univers au talent incomparable, Philip Pullman connaît son plus grand succès avec la trilogie *À la croisée des mondes*, qu'il a mis sept ans à écrire, et avec laquelle il est parvenu à franchir la frontière séparant les littératures jeunesse et adulte pour signer un pur chef-d'œuvre de *fantasy*.

La série, qui a remporté de nombreux prix, a été adaptée en feuilleton sur la radio BBC, au théâtre avec grand succès, et au cinéma en 2007 par Chris Weitz, avec Nicole Kidman, Eva Green, Daniel Craig...

Philip Pullman a reçu le prestigieux Astrid Lindgren Memorial Award, catégorie littérature jeunesse.

LA TOUR DES ANGES
est le deuxième volume d'une trilogie
qui a pour titre :
À LA CROISÉE DES MONDES.

L'action du premier tome de cette trilogie,
LES ROYAUMES DU NORD, se déroulait
dans un monde semblable au nôtre,
et pourtant différent.

LA TOUR DES ANGES
commence dans notre monde...

Le mot dæmon, *qui apparaît tout au long du livre, se prononce comme le mot français « démon ».*

— Non, non ! Elle a juste besoin d'un peu d'aide.
Je ne pourrai pas m'occuper d'elle pendant quelque
temps, mais ce ne sera pas long. Je serai bientôt de
retour, et je la ramènerai à la maison, c'est promis. Elle ne vous encombrera pas longtemps.

La mère regardait son fils avec une telle foi, et
celui-ci, quand il se retourna vers elle, lui sourit avec tellement d'amour et de sollicitude, que
Mme Cooper n'eut pas le cœur de refuser.

— Bon, dit-elle en se tournant à son tour vers
Mme Parry, je suis sûre qu'on peut s'arranger,
pour un jour ou deux. Vous prendrez la chambre
de ma fille ; elle est partie en Australie, elle n'en a
plus besoin.

— Merci, dit Will, et il se leva, comme s'il était
pressé de s'en aller.

— Où vas-tu ? s'enquit Mme Cooper.

— Je vais loger chez un ami, répondit-il. Je vous
téléphonerai aussi souvent que possible. J'ai votre
numéro. Tout ira bien.

Sa mère le regardait d'un air hébété. Il se pencha vers elle pour l'embrasser, avec maladresse.

— Ne t'en fais pas, lui dit-il. Mme Cooper s'occupera de toi bien mieux que moi, tu peux me
croire. Je te téléphonerai dès demain.

La mère et le fils s'étreignirent ; Will l'embrassa
de nouveau, puis détacha délicatement les bras de
sa mère noués autour de son cou pour se diriger
vers la porte. Mme Cooper vit qu'il était bouleversé, ses yeux brillaient. Malgré tout, car on lui
avait enseigné la politesse, il se retourna vers la
vieille femme avant de sortir et lui tendit la main.

— Au revoir, dit-il, et merci infiniment.

1
Le chat et les marronniers

Will tira sa mère par la main,
en disant :

— Allez, viens. Viens…

Mais sa mère traînait les pieds.
Sa peur ne s'était pas dissipée.
Will balaya du regard la rue
étroite, baignée de la lumière du
crépuscule et bordée de petites maisons toutes
semblables, chacune derrière son jardinet et sa haie
de buis. Les derniers rayons du soleil se reflétaient
sur les fenêtres d'un côté de la rue et laissaient
l'autre côté dans l'ombre. Le temps était compté.
Les gens devaient être à table à cette heure et,
bientôt, des enfants envahiraient les parages, des
enfants curieux et bavards à qui rien n'échappe-
rait. Il était dangereux d'attendre, mais Will ne
pouvait rien faire d'autre que de convaincre sa
mère, comme toujours.

— Viens, maman, allons voir Mme Cooper
Regarde, nous sommes presque arrivés.

— Mme Cooper ? dit sa mère d'un air de doute.

Mais déjà, Will sonnait à la porte. Pour cela, il
dut poser le sac car, dans son autre main, il tenait

toujours celle de sa mère. À douze ans, il aurait pu avoir honte d'être vu en train de donner la main à sa mère, mais il savait ce qui arriverait s'il ne le faisait pas.

La porte s'ouvrit, laissant apparaître la silhouette âgée et voûtée du professeur de piano, entourée de cette odeur d'eau de lavande dont Will avait gardé le souvenir.

— Qui est-ce ? C'est toi, William ? dit la vieille femme. Il y a plus d'un an que je ne t'ai pas vu. Qu'est-ce qui t'amène ?

— Laissez-moi entrer, s'il vous plaît. Je suis avec ma mère, déclara-t-il d'un ton ferme.

Mme Cooper observa cette femme aux cheveux sales et au petit sourire absent et le jeune garçon aux lèvres pincées et au menton volontaire, une lueur farouche et sombre dans le regard. Elle constata alors que Mme Parry, la mère de Will, ne s'était maquillé qu'un œil. Sans s'en apercevoir. Will n'avait rien remarqué, lui non plus. Quelque chose n'allait pas.

— Soit… dit-elle en s'écartant pour les laisser entrer dans le vestibule étroit.

Will jeta un regard des deux côtés de la rue avant de refermer la porte, et Mme Cooper vit avec quelle énergie Mme Parry s'accrochait à la main de son fils, et avec quelle tendresse celui-ci l'entraînait vers le salon, là où se trouvait le piano (évidemment, c'était l'unique pièce qu'il connaissait) ; elle remarqua également que les vêtements de Mme Parry sentaient légèrement le moisi, comme s'ils étaient restés trop longtemps à l'intérieur de la machine à laver avant d'être mis à sécher, et aussi à quel point ils se ressemblaient tous les deux, la mère et le fils,

assis sur le canapé, le visage éclairé par le soleil couchant, avec leurs pommettes saillantes, leurs grands yeux et leurs sourcils noirs tout droits.

— Eh bien, William, demanda la vieille dame, que se passe-t-il ?

— Ma mère a besoin d'être hébergée quelques jours, expliqua-t-il. C'est trop difficile de s'occuper d'elle à la maison en ce moment. Attention, je n'ai pas dit qu'elle était malade ! Elle est juste un peu désorientée, et elle se fait du souci. Vous verrez, ce n'est pas dur de s'en occuper ; elle a simplement besoin qu'on soit gentil avec elle, et je me suis dit que ça ne vous poserait sûrement pas de problème.

Pendant ce temps, Mme Parry regardait son fils en donnant l'impression de ne pas comprendre ce qu'il disait, et Mme Cooper aperçut un hématome sur sa joue. Will, lui, n'avait pas quitté la vieille femme des yeux, et un immense désespoir se lisait sur son visage.

— Elle ne vous coûtera pas cher, ajouta-t-il. J'ai apporté de la nourriture, suffisamment, je pense. Vous pourrez même vous servir ; elle sera ravie de partager avec vous.

— Mais je ne sais pas si… Ne devrait-elle pas consulter un médecin ?

— Non ! Elle n'est pas malade !

— Il y a bien quelqu'un qui pourrait… Enfin quoi, n'y a-t-il pas un voisin ou un membre de la famille qui…

— On n'a pas de famille. On n'est que tous les deux. Et les voisins ont trop à faire.

— Et les services sociaux ? Je ne cherche pas à vous mettre à la porte, Will, mais…

— William, j'aimerais que tu m'expliques ce qui se passe....

— Oh, c'est un peu compliqué. Mais je vous assure que ma mère ne vous causera aucun souci, promis.

La question n'était pas là, et ils le savaient bien l'un et l'autre, mais, d'une certaine façon, Will avait pris cette affaire en main tout seul. La vieille femme se dit qu'elle n'avait jamais vu un enfant animé d'une telle détermination.

Will pivota sur ses talons, en imaginant déjà la maison vide.

La rue où Will vivait avec sa mère formait une boucle dans un lotissement moderne composé d'une dizaine de pavillons identiques ; le leur était sans aucun doute le plus miteux. Le jardin devant la maison n'était qu'un fouillis de mauvaises herbes ; sa mère avait, certes, planté quelques arbustes au début de l'année, mais ils avaient vite dépéri, puis étaient morts, par manque d'eau. Au moment où Will tournait au coin de la rue, Moxie, son chat, jaillit de sa cachette préférée sous l'hortensia encore vivant et s'étira langoureusement, avant d'accueillir son maître par un petit miaulement, en lui donnant des coups de tête dans les jambes.

Will le prit dans ses bras et demanda à voix basse :

— Ils sont revenus, Moxie ? Tu les as vus ?

La maison était silencieuse. Le voisin d'en face profitait des derniers rayons de soleil pour laver sa voiture, mais il ne prêta aucune attention à Will, et celui-ci évita de le regarder. Moins les gens s'intéressaient à lui, mieux c'était.

Tenant Moxie contre lui, il ouvrit la porte avec sa clé et entra rapidement. Avant de reposer le chat, il tendit l'oreille. Il n'y avait aucun bruit ; la maison était vide.

Il ouvrit une boîte pour Moxie et ressortit de la cuisine pendant que le chat mangeait. Dans combien de temps l'homme allait-il revenir ? Impossible à dire, il avait donc intérêt à faire vite. Il grimpa au premier étage et commença à fouiller.

Il était à la recherche d'une écritoire en cuir vert. C'était incroyable le nombre d'endroits où l'on pouvait cacher un objet de cette taille dans une maison moderne tout ce qu'il y a de plus ordinaire ; pas besoin de panneaux dérobés ni de souterrains immenses. William commença par fouiller la chambre de sa mère, un peu gêné de fourrer son nez dans les tiroirs où elle rangeait sa lingerie ; après quoi, il inspecta de manière systématique toutes les autres pièces du premier étage, y compris sa propre chambre. Moxie était venu voir ce qu'il faisait ; il s'installa à proximité et entreprit de faire sa toilette, pour tenir compagnie à Will.

Les recherches demeurèrent vaines.

Entre-temps, la nuit était tombée, et Will avait faim. Il se fit cuire des haricots à la sauce tomate, avec un toast grillé, et s'installa à la table de la cuisine, en se demandant dans quel ordre il allait fouiller les pièces du rez-de-chaussée.

Alors qu'il finissait de manger, le téléphone sonna.

Il se pétrifia, le cœur battant à tout rompre. Il compta : vingt-six sonneries, puis le téléphone se tut. Will alla déposer son assiette dans l'évier et reprit ses recherches.

Quatre heures plus tard, il n'avait toujours pas retrouvé l'écritoire en cuir vert. Il était une heure et demie du matin, et Will tombait de fatigue. Il s'allongea sur son lit, sans même se déshabiller, et s'endormit aussitôt, plongeant dans des rêves tourmentés ; le visage effrayé et triste de sa mère était omniprésent, si près qu'il aurait quasiment pu le toucher.

Et presque immédiatement, lui sembla-t-il (bien qu'il ait dormi près de trois heures), il se réveilla avec deux certitudes.

Premièrement, il savait maintenant où était cachée l'écritoire. Deuxièmement, il savait que les hommes étaient au rez-de-chaussée de la maison, en train d'ouvrir la porte de la cuisine.

Il déplaça Moxie qui était couché contre lui, en faisant taire discrètement les protestations endormies du chat. Il balança ses pieds par terre et enfila ses chaussures ; chaque parcelle de son corps était tendue pour guetter les bruits venant d'en bas, des bruits à peine audibles : une chaise que l'on soulève et déplace, un bref murmure, le craquement d'une latte du parquet.

Se déplaçant de manière plus silencieuse que les intrus, Will avança sur la pointe des pieds jusqu'à la pièce inutilisée au sommet de l'escalier. Il ne régnait pas une totale obscurité à l'intérieur de la maison, et dans la grisaille livide qui précède l'aube, il distinguait la vieille machine à coudre à pédale. Il avait inspecté cette pièce quelques heures plus tôt, entièrement, mais il avait négligé le casier sur le côté de la machine, là où l'on rangeait les accessoires et les bobines de fil.

Il fit glisser ses doigts à la surface, délicatement, tout en continuant à tendre l'oreille. Les hommes se déplaçaient au rez-de-chaussée, et Will apercevait le long de la porte une faible lumière tremblotante qui provenait sans doute d'une lampe électrique.

Ayant enfin trouvé le fermoir du casier, il l'ouvrit, avec un petit bruit sec, et comme il l'avait deviné, l'écritoire en cuir était là.

Et maintenant, que faire ?

Rien, pour le moment. Il entendit un des hommes dire, d'une voix calme :

— Dépêche-toi. J'entends le laitier au bout de la rue.

— Il n'y a rien ici, dit l'autre voix. Va falloir aller jeter un coup d'œil là-haut,

— Vas-y, alors. Perds pas de temps.

Will rassembla ses forces en entendant le craquement discret de la dernière marche de l'escalier. L'homme ne faisait aucun bruit, mais il ne pouvait éviter les grincements auxquels il ne s'attendait pas. Il y eut ensuite un moment de silence. Un faisceau de lumière très étroit balaya le sol derrière la porte. Will l'aperçut dans l'interstice, puis la porte s'ouvrit. Will attendit que la silhouette de l'homme apparaisse dans l'encadrement, et à ce moment-là, il jaillit de l'obscurité, percutant l'intrus en plein ventre.

Ni l'un ni l'autre n'avaient vu le chat.

Alors que l'homme atteignait le haut de l'escalier, Moxie était sorti silencieusement de la chambre et, la queue dressée, s'était approché de lui pour se frotter contre ses jambes. L'homme n'aurait eu aucun mal à maîtriser Will, car il était entraîné, robuste et vif, mais le chat s'était mis sur son chemin et, en voulant reculer, l'intrus trébucha sur l'animal. Poussant un cri de surprise, il dégringola l'escalier à la renverse, et sa tête vint heurter violemment la table du vestibule.

Will entendit un craquement sinistre, mais il ne prit pas le temps de s'interroger ; il dévala l'escalier, en sautant par-dessus l'homme recroquevillé au pied des marches et dont tout le corps tressaillait, il s'empara du vieux cabas tout déchiré posé sur la table, franchit la porte de la maison et prit la poudre d'escampette avant même que le deuxième homme, abasourdi, n'ait eu le temps de sortir du salon.

Malgré sa frayeur, Will se demandait pourquoi le deuxième homme ne s'était pas mis à crier dans la rue et n'avait même pas pris la peine de le pourchasser. Mais il savait qu'ils n'allaient pas tarder à le traquer, avec leur voiture et leurs téléphones portables. Il n'y avait qu'une seule chose à faire : courir, le plus loin et le plus vite possible.

Il vit la camionnette électrique du laitier s'engager dans la rue ; ses phares projetaient une lumière blafarde dans la lueur de l'aube qui déjà envahissait le ciel. Will sauta par-dessus la clôture du jardin voisin, emprunta l'étroit passage le long de la maison, escalada le muret du jardin suivant, traversa une pelouse humide de rosée, franchit la haie pour s'engouffrer dans l'enchevêtrement de broussailles et d'arbustes entre le lotissement et la route, et là, essoufflé et tremblant, trouva refuge sous un buisson. Il était encore trop tôt pour s'aventurer sur la route, songea-t-il ; mieux valait attendre l'heure de pointe.

Will ne parvenait pas à chasser de ses pensées le craquement qui s'était produit lorsque la tête de l'homme avait heurté la table, ni l'étrange inclinaison de sa nuque ou les tressaillements effroyables de ses membres. L'homme était mort. Il l'avait tué.

Impossible de se défaire de cette idée, et pourtant, il le fallait. Il avait déjà un tas de préoccupations. À commencer par sa mère : serait-elle véritablement en sécurité là où elle était ? Mme Cooper saurait-elle tenir sa langue ? Même si Will ne revenait pas la chercher comme il l'avait promis ? Car il ne pouvait plus revenir, maintenant qu'il avait tué quelqu'un.

Et Moxie ? Qui le nourrirait ? Se demanderait-il où ils étaient passés tous les deux ? Essaierait-il de les retrouver ?

Peu à peu, le jour se levait. Il faisait suffisamment clair maintenant pour inspecter le contenu du cabas : celui-ci contenait le porte-monnaie de sa mère, la dernière lettre envoyée par l'avocat, la carte routière du sud de l'Angleterre, de petites tablettes de chocolat, du dentifrice, des chaussettes et des slips de rechange. Et l'écritoire en cuir vert.

Il ne manquait rien. Tout se déroulait comme prévu.

Sauf qu'il avait tué quelqu'un.

Will avait sept ans lorsqu'il avait découvert que sa mère était différente des autres, et qu'il devait donc s'occuper d'elle. Ils étaient au supermarché ce jour-là, et ils jouaient à un jeu : ils avaient le droit de mettre un article dans le Caddie seulement quand personne ne regardait. Will était chargé de faire le guet et de murmurer : «C'est bon»; sa mère s'emparait alors d'une boîte de conserve ou d'un paquet sur les rayonnages et les posait discrètement dans le Caddie. Dès que les articles étaient dans le chariot, ils étaient à l'abri, car ils devenaient invisibles.

C'était un chouette jeu, et qui dura longtemps, car on était samedi matin et le supermarché était plein ; mais Will et sa mère étaient doués, ils formaient une bonne équipe tous les deux. Ils avaient confiance l'un dans l'autre. Will aimait beaucoup sa mère, et il le lui disait souvent ; sa mère lui disait qu'elle l'aimait énormément, elle aussi.

Au moment d'arriver à la caisse, Will était tout excité et heureux, car ils avaient presque gagné. Sa mère ne trouvait plus son sac à main. Cela aussi faisait partie du jeu ; elle affirma que les ennemis le lui avaient sans doute volé. Mais Will était fatigué maintenant, il avait faim, et sa mère ne s'amusait plus ; elle était réellement terrorisée, et ils firent le tour de tous les rayons du magasin pour remettre les articles à leur place, mais cette fois, ils durent redoubler de prudence, car les ennemis les suivaient à la trace en se servant des numéros de la carte de crédit de sa mère, qu'ils connaissaient parce qu'ils avaient volé son sac à main...

Will avait de plus en plus peur, lui aussi. Il comprenait combien sa mère avait été rusée en transformant ce véritable danger en jeu, pour qu'il ne s'inquiète pas, mais maintenant qu'il connaissait la vérité, il devait faire semblant de ne pas avoir peur, afin de la rassurer à son tour.

Ainsi, le petit garçon continua à faire comme si c'était toujours un jeu, pour que sa mère ne s'inquiète pas en pensant qu'il avait peur, et ils rentrèrent chez eux sans avoir fait de courses, mais en ayant échappé à leurs ennemis. Will découvrit le sac à main sur la petite table dans l'entrée. Le lundi, ils allèrent à la banque pour fermer le compte de sa mère, et ils en ouvrirent un autre ailleurs, pour plus de sûreté. Tout danger était maintenant écarté.

Mais au cours des mois qui suivirent, Will s'aperçut peu à peu, et malgré lui, que les fameux ennemis de sa mère n'existaient pas dans le monde réel, mais seulement dans son esprit. Cela ne les rendait pas moins présents, moins effrayants ou dangereux ; cela signifiait simplement qu'il devait la protéger encore mieux. À partir de ce jour au supermarché, où il avait compris qu'il devait faire semblant de jouer le jeu pour ne pas inquiéter sa mère, Will demeura attentif à ses angoisses, en permanence. Il l'aimait tant qu'il aurait donné sa vie pour la protéger.

Quant au père de Will, il avait disparu bien avant que Will puisse conserver un souvenir de lui. Il nourrissait à son sujet une curiosité passionnée, et bombardait sa mère de questions, auxquelles, la plupart du temps, elle ne pouvait répondre.

« C'était un homme riche ? »

« Il est parti où ? »

« Pourquoi est-il parti ? »

« Il est mort ? »

« Il va revenir un jour ? »

« À quoi ressemblait-il ? »

Cette dernière question était la seule à laquelle elle pouvait apporter une réponse. John Parry était un bel homme, un officier des Royal Marines, courageux et intelligent, qui avait quitté l'armée pour devenir explorateur et conduire des expéditions dans les endroits les plus reculés du globe. Will frémissait de plaisir en entendant cela. Aucun père ne pouvait être plus fascinant qu'un explorateur. Dès lors, dans tous ses jeux, il posséda un compagnon invisible : son père et lui se frayaient un chemin dans la jungle ; debout sur le pont de leur goélette, ils mettaient leur main en visière pour scruter l'horizon au milieu d'une mer déchaînée ; ils brandissaient des torches pour déchiffrer de mystérieuses inscriptions dans une caverne infestée de rats… Ils étaient les meilleurs amis du monde, ils ne comptaient plus le nombre de fois où ils s'étaient sauvés mutuellement la vie ; ils riaient et bavardaient devant des feux de camp, jusque tard dans la nuit.

Mais, à mesure qu'il grandissait, Will s'interrogeait de plus en plus. Pourquoi n'existait-il aucune photo montrant son père dans tel ou tel endroit du globe, en compagnie d'hommes à la barbe gelée sur des traîneaux dans l'Arctique, ou en train d'examiner des ruines couvertes de plantes grimpantes dans la jungle ? Ne restait-il donc rien des trophées et des curiosités qu'il avait certainement rapportés à la maison ? N'y avait-il aucun livre qui parlât de lui ?

Sa mère l'ignorait. Mais une des choses qu'elle lui avait dites était restée ancrée dans l'esprit de Will.

« Un jour, lui avait-elle dit, tu suivras les traces de ton père. Tu seras un grand homme, toi aussi. Tu reprendras son flambeau… »

Et même si Will ne comprenait pas ce que signifiait cette expression, il en devinait le sens géné-
ral, et il se sentait stimulé par un sentiment de
fierté et de détermination. Tous ses jeux imaginaires allaient devenir réalité. Son père était vivant,
perdu quelque part dans la nature sauvage ; il irait
le sauver et il reprendrait son flambeau... Ça valait
le coup de mener une existence difficile, quand on
avait devant soi un but aussi formidable.

C'est pourquoi il protégeait le sombre secret
de sa mère. À certains moments, elle était plus
calme, plus lucide, et il en profitait pour apprendre
à faire les courses et la cuisine, à entretenir la
maison, afin de pouvoir s'en charger quand elle
replongeait dans des états de frayeur et de confusion mentale. Il apprit également à se cacher, à
passer inaperçu à l'école, à ne pas attirer l'attention des voisins, même quand la folie de sa mère
la rendait quasiment incapable de s'exprimer. Ce
que redoutait Will par-dessus tout c'était que les
autorités ne découvrent la vérité au sujet de sa
mère, et ne l'emmènent pour la placer dans une
maison avec des inconnus. Mieux valait affronter
toutes sortes de difficultés. Car parfois, les ténèbres
abandonnaient son esprit, et elle retrouvait sa joie
de vivre, elle se moquait de ses peurs et bénissait
son fils qui savait si bien s'occuper d'elle. Elle
débordait à ce point d'amour et de tendresse dans
ces moments-là que Will ne pouvait imaginer
meilleur compagnon, et son vœu le plus cher était
de vivre seul avec elle, pour toujours.

Hélas, les hommes étaient arrivés.

Ce n'étaient pas des policiers, ils n'appartenaient
pas aux services sociaux, et ce n'étaient pas non

plus des criminels, du moins, autant que Will pût en juger. Ils refusèrent de lui expliquer ce qu'ils voulaient, malgré tous ses efforts pour les chasser ; ils ne voulaient parler qu'à sa mère. Or, son état mental était fragile à ce moment-là.

Il colla son oreille à la porte, et il les entendit poser des questions sur son père. Sa respiration s'accéléra.

Les hommes voulaient savoir où était parti son mari, John Parry, et s'il lui avait envoyé quelque chose. Quand avait-elle reçu de ses nouvelles pour la dernière fois ? Avait-il eu des contacts avec une ambassade étrangère ? Will sentait croître la confusion de sa mère, et finalement, il fit irruption dans la pièce et leur ordonna de partir.

Il avait l'air si féroce, sans doute, que malgré son jeune âge, aucun des deux hommes n'osa rire. Pourtant, ils auraient pu aisément l'envoyer au tapis ou le clouer au mur, d'une seule main, mais Will ignorait le danger, et sa colère était comme un venin mortel.

Alors, ils s'en allèrent. Naturellement, cet épisode ne fit que renforcer la conviction de Will, son père était dans de sales draps, quelque part dans le monde, et lui seul pouvait lui venir en aide. Ses jeux n'avaient plus rien d'enfantin, et d'ailleurs, il ne jouait plus d'un cœur aussi léger. L'imaginaire étant devenu réalité, il devait se montrer digne de sa mission.

Peu de temps après, les hommes revinrent, car, affirmèrent-ils, la mère de Will avait quelque chose à leur dire. Ils revinrent alors que Will était à l'école, et l'un d'eux discuta avec sa mère au rez-de-chaussée, pendant que l'autre fouillait les chambres. Elle ne se rendit compte de rien. Mais en rentrant à la maison plus tôt que prévu, Will les prit sur le fait. De nouveau, il les invectiva, et de nouveau, les deux hommes s'en allèrent, sans insister.

Apparemment, ils savaient que, par peur de remettre sa mère entre les mains des autorités, Will ne préviendrait pas la police. Ils devinrent de plus en plus pressants. Finalement, ils s'introduisirent dans la maison par effraction, pendant que Will était parti chercher sa mère au parc. L'état de celle-ci s'était aggravé ; elle éprouvait désormais le besoin irrésistible de toucher toutes les lattes de tous les bancs disposés autour de l'étang. Will lui donnait un coup de main, pour en finir plus vite. De retour chez eux, ils virent l'arrière de la voiture des deux hommes s'éloigner dans la rue, et en entrant, Will s'aperçut qu'ils avaient fouillé toute la maison et inspecté presque tous les tiroirs et placards.

Il comprit alors ce qu'ils cherchaient. L'écritoire en cuir vert était le bien le plus précieux de sa mère ; jamais il n'aurait songé à regarder à l'intérieur, et d'ailleurs, il ignorait où elle la rangeait. Mais il savait qu'elle contenait des lettres, il savait qu'elle les lisait parfois, en pleurant, et qu'après, généralement, elle lui parlait de son père. Will en conclut que c'était cela que cherchaient ces deux inconnus, et se dit qu'il devait agir.

Pour commencer, il décida de placer sa mère en lieu sûr. Il avait beau se creuser la cervelle, il n'avait aucun ami vers qui se tourner ; quant aux voisins, ils commençaient à se méfier. La seule personne qui lui semblait digne de confiance était Mme Cooper, le professeur de piano. Une fois sa mère à l'abri, il chercherait l'écritoire en cuir vert, inspecterait son contenu et se rendrait ensuite à Oxford où il pourrait trouver les réponses à quelques-unes de ses questions. Mais les hommes étaient revenus trop tôt.

Et voilà qu'il en avait tué un.

Résultat, il aurait maintenant la police aux trousses, par-dessus le marché.

Heureusement, Will était très doué pour passer inaperçu, il l'avait toujours fait. Il devrait plus que jamais se rendre invisible et le rester aussi longtemps que possible, jusqu'à ce qu'il retrouve son père ou que les «autres» le retrouvent. S'ils le retrouvaient les premiers, alors, il vendrait chèrement sa peau.

Plus tard ce jour-là, vers minuit, Will quitta, à pied, la ville d'Oxford, à une soixantaine de kilomètres de là. Il tombait de fatigue. Il avait fait du stop, pris deux bus et marché, pour finalement atteindre Oxford sur le coup de six heures du soir, trop tard pour faire ce qu'il avait projeté. Il avait dîné dans un Burger King, était entré dans un cinéma pour se cacher (il n'aurait su dire quel était le film projeté, car il l'avait oublié immédiatement), et maintenant, il marchait le long d'une route sans fin, à travers la banlieue, en direction du nord.

Jusqu'à présent, nul n'avait fait attention à lui. Malgré tout, il sentait qu'il ferait mieux de trouver rapidement un endroit pour dormir, car plus la nuit avançait, plus il risquait de se faire remarquer. Hélas, il était impossible de se cacher dans les jardins des maisons cossues qui bordaient cette route, et rien n'indiquait qu'il approchât de la rase campagne.

Il atteignit un grand rond-point où la route qui menait vers le nord traversait la rocade d'Oxford qui allait vers l'est et l'ouest. À cette heure tardive, il y avait peu de voitures, la route sur laquelle il avançait était calme ; de jolies maisons se dressaient de chaque côté, en retrait, derrière de vastes étendues d'herbe. Sur le bord de la route, en lisière de l'herbe, étaient plantées deux rangées de marronniers, d'étranges arbres coiffés de couronnes feuillues parfaitement symétriques, ressemblant plus à des dessins d'enfants qu'à de véritables arbres. Impression renforcée par les lampadaires qui conféraient à cette scène un aspect artificiel, comme un décor de théâtre. Ivre d'épuisement, Will aurait pu continuer à marcher vers le nord, ou bien s'allonger dans l'herbe sous un de ces marronniers et dormir, mais tandis qu'il essayait d'éclaircir ses pensées, arrêté au bord de la route, il vit soudain un chat.

C'était un chat tigré, comme Moxie. Il sortait à pas feutrés d'un jardin, du côté de la route où se trouvait Will, qui posa son cabas et tendit la main ; le chat vint frotter sa tête contre lui, comme l'aurait fait Moxie. Certes, tous les chats faisaient la même chose, malgré tout, Will fut submergé, à cet instant, par un sentiment de nostalgie si intense que les larmes lui brûlèrent les yeux.

Le chat finit par s'éloigner. C'était la nuit, il y avait tout un territoire à surveiller, des souris à chasser. Il traversa la route au petit trot, en direction des buissons juste derrière les marronniers, et là, il s'arrêta.

Will, qui l'avait suivi des yeux, vit le chat se comporter de manière étrange.

L'animal tendit la patte, comme pour tapoter un objet flottant devant lui, une chose totalement invisible aux yeux de Will. Et tout à coup, le chat fit un bond en arrière, le dos arqué et les poils hérissés, la queue droite. Will connaissait bien le comportement des chats. D'un œil intéressé, il regarda le félin revenir vers ce même endroit, une simple plaque d'herbe entre les marronniers et les buissons d'une haie de jardin, et recommencer à donner de petits coups de patte dans le vide.

De nouveau, le chat fit un bond en arrière, mais moins brutalement, avec moins de frayeur cette fois. Après quelques secondes de reniflements, de coups de patte timides, de tressaillements de moustaches, la curiosité l'emporta sur la méfiance.

Le chat s'avança... et disparut.

Will demeura bouche bée. Il se pétrifia, près du tronc de l'arbre le plus proche, lorsqu'un camion déboucha dans le virage et le balaya avec ses phares. Dès qu'il fut passé, Will traversa la route, en gardant les yeux fixés sur cet endroit qui intriguait tant le chat. Ce n'était pas facile, car il n'y avait aucun point de repère ; malgré tout, lorsqu'il arriva sur place et examina attentivement les lieux, il vit cette chose.

Sous certains angles seulement. C'était comme si quelqu'un avait découpé un trou dans l'air, à environ deux mètres du bord de la route, un bloc de forme plus ou moins carrée, de moins d'un mètre de diamètre. Si vous vous teniez à la hauteur de la parcelle de vide, celle-ci était quasiment indécelable, et même totalement invisible vue de derrière. On ne pouvait la voir que du côté le plus proche de la route, et encore, ce n'était pas chose aisée, car ce qu'on apercevait alors ressemblait exactement à ce qui se trouvait devant le trou, de ce côté-ci : une plaque d'herbe éclairée par un lampadaire.

Mais Will avait deviné, sans le moindre doute, que cette parcelle d'herbe, de l'autre côté, appartenait à un monde différent.

Il n'aurait su dire pourquoi. Toutefois, il le comprit immédiatement, aussi sûrement que le feu brûlait et que la bonté faisait chaud au cœur. Il contemplait un phénomène surnaturel.

Et cette seule raison le poussa à se pencher en avant pour y regarder de plus près. Ce qu'il vit alors lui fit tourner la tête et battre le cœur plus fort, mais il n'hésita pas un instant : il fit d'abord passer son cabas, puis à son tour, il se faufila à travers ce trou dans l'étoffe du monde, pour pénétrer dans un autre.

Will se retrouva sous une rangée d'arbres. Ce n'étaient pas des marronniers, c'étaient des palmiers, qui formaient une ligne au bord d'une étendue d'herbe, comme les arbres d'Oxford. Mais ils étaient plantés au centre d'un immense boulevard, de chaque côté duquel se succédaient cafés et petits commerces, tous éclairés de lumières vives, tous ouverts, tous totalement silencieux et déserts, sous un ciel chargé d'étoiles. Le parfum des fleurs et l'odeur salée de la mer saturaient l'air de la nuit.

Will scruta les alentours. Derrière lui, la pleine lune éclairait les silhouettes lointaines de grandes collines boisées, au pied desquelles on apercevait des maisons entourées de jardins luxuriants, un immense parc parsemé de bosquets et les murs blancs, éclatants, d'un temple à l'architecture classique.

À moins d'un mètre de lui, il y avait cette parcelle de vide dans l'atmosphère, aussi imperceptible de ce côté-ci que de l'autre, mais bien réelle néanmoins. Se penchant pour regarder à travers, Will aperçut la route d'Oxford, là-bas dans son monde à lui. Il détourna la tête en frissonnant : « Quel que soit ce nouveau monde, il est forcément meilleur que celui que je viens de quitter », se dit-il. Habité par une sorte de vertige naissant, la sensation de rêver tout en étant réveillé, il se redressa et chercha du regard le chat, son guide.

L'animal avait disparu. Sans doute était-il déjà parti explorer ces rues étroites et les jardins au-delà des cafés dont les lumières étaient si attirantes. Will souleva son vieux cabas déchiré et traversa lentement la route, vers les cafés, avec prudence, au cas où tout cela disparaîtrait brusquement.

Il y avait assurément quelque chose de méditerranéen ou peut-être d'antillais dans cette atmosphère. N'ayant jamais quitté l'Angleterre, Will ne pouvait comparer cette ambiance à aucune autre, mais c'était le genre d'endroit où les gens venaient très tardivement dîner et boire, danser et écouter de la musique. Sauf que pour l'heure il n'y avait pas âme qui vive dans les parages, et que le silence était écrasant.

Au premier coin de rue qu'il atteignit se trouvait un café, avec de petites tables vertes sur le trottoir, un comptoir en zinc et un percolateur. Sur quelques tables traînaient des verres à moitié pleins, dans un

cendrier, une cigarette s'était consumée jusqu'au
filtre, une assiette de risotto était posée à côté d'un
panier contenant des petits pains durs comme du
carton.

Will prit une bouteille de limonade dans la gla-
cière, derrière le comptoir, et hésita un instant avant
de déposer une pièce d'une livre dans la caisse. À
peine l'eut-il refermée qu'il la rouvrit, en songeant
que l'argent qui s'y trouvait pourrait peut-être lui
indiquer le nom de cet endroit. La monnaie locale
s'appelait le *corona*, apparemment, mais il n'en
apprit pas davantage.

Il remit l'argent dans la caisse et ouvrit sa bouteille avec le décapsuleur fixé sur le comptoir;
après quoi, il ressortit du café et marcha dans la
rue, en tournant le dos au boulevard. De petites
épiceries et boulangeries alternaient avec les bijou-
teries, les fleuristes et les portes masquées par des
rideaux de perles qui s'ouvraient sur des maisons
dont les balcons en fer forgé, chargés de fleurs,
dominaient les trottoirs étroits. Le silence, ainsi
enfermé, semblait encore plus profond.

Les rues descendaient en pente douce et débouchèrent bientôt sur une grande avenue où d'autres
palmiers se dressaient très haut dans le ciel. Les
voûtes des frondaisons étincelaient dans la lumière
des lampadaires.

De l'autre côté de l'avenue, c'était la mer.

Will se retrouva face à un port, abrité entre une
digue à gauche et à droite, un promontoire sur
lequel trônait un grand bâtiment orné de colonnes
de pierre, d'un escalier monumental et de balcons
sculptés, violemment éclairés par des projecteurs,
au milieu des arbres et des buissons en fleurs. Une

ou deux barques mouillaient dans le port et, au-
delà de la digue, le scintillement des étoiles se reflétait sur une mer d'huile.

La fatigue de Will n'était plus qu'un souvenir. Parfaitement réveillé désormais, il s'abandonnait à son émerveillement. En parcourant les rues
étroites, il avait touché du bout des doigts un mur
ou une porte, en passant, ou bien des fleurs dans
une jardinière sur un bord de fenêtre, pour se
convaincre de leur réalité. Maintenant, il aurait
voulu toucher également tout le paysage qui s'étendait devant lui, car celui-ci était trop vaste pour
être absorbé par son seul regard. Il s'arrêta et inspira profondément ; il avait presque peur.

Soudain, il s'aperçut qu'il tenait encore la bouteille qu'il avait achetée au café. Il but. Le goût
était sans surprise, c'était effectivement de la limonade glacée, et cette fraîcheur était la bienvenue,
car la nuit était chaude.

Il bifurqua vers la droite, au hasard, passant
devant des hôtels avec des marquises tendues au-
dessus des entrées violemment éclairées et bor-
dées de bougainvillées en fleur, jusqu'aux jardins,
sur le petit promontoire. Le bâtiment situé au
milieu des arbres, avec sa façade sculptée, illuminée par les projecteurs, aurait pu être un casino,
ou même un opéra. Des chemins serpentaient ici
et là au milieu des lauriers-roses dans lesquels
étaient suspendues des lanternes, mais on n'entendait pas le moindre signe de vie : ni chants d'oiseaux, ni bruissements d'insectes, uniquement les
pas de Will.

Le seul bruit qu'il percevait provenait des vagues
qui venaient mourir en douceur, à intervalles régu-

liers, sur la plage derrière les palmiers, à l'extrémité du jardin. Will marcha dans cette direction.
La marée était à moitié haute, ou à moitié basse ;
des pédalos formaient un alignement sur le sable
blanc, au-dessus de la limite du sable mouillé. Régulièrement, une minuscule vague s'étendait sur le
rivage, avant de se retirer, presque aussitôt, pour
laisser place à la suivante. À une cinquantaine
de mètres du bord, sur la mer calme, flottait un
plongeoir.

Will s'assit sur le flotteur d'un des pédalos pour
ôter ses chaussures, des baskets bon marché, ava-
chies et ouvertes, qui martyrisaient ses pieds en feu.
Il déposa ses chaussettes à côté de lui et enfouit
ses orteils dans le sable. Quelques secondes plus
tard, il avait quitté tous ses vêtements et marchait
dans la mer.

L'eau était délicieusement tiède, ni trop froide,
ni trop chaude. Il nagea jusqu'au plongeoir et se
hissa, à la force des bras, sur les planches blan-
chies par le soleil et la mer pour contempler la
ville avec du recul.

Sur sa droite, le port était emprisonné par sa
digue. Au-delà, à un ou deux kilomètres, se dressait un phare à bandes rouges et blanches. Et derrière le phare, on distinguait, au loin, des falaises,
et derrière ces falaises, les hautes collines ondulantes qu'il avait déjà vues de l'endroit où il était
arrivé. Plus près de lui, les arbres ornés de lanternes
dans les jardins du casino, les rues de la ville, et la
promenade du front de mer avec ses hôtels, ses
cafés et ses commerces aux éclairages chaleureux,
tous silencieux et déserts.

Et sans danger. Car personne ne pourrait le

suivre jusqu'ici. L'homme qui avait fouillé la maison ignorait où il était passé ; la police ne le retrouverait jamais. Il avait un monde entier à sa disposition pour se cacher.

Pour la première fois depuis qu'il s'était enfui de chez lui, ce matin, Will commençait à se sentir à l'abri.

Il avait encore soif, et faim également car, après tout, la dernière fois qu'il avait mangé, c'était dans un autre monde. Il se laissa glisser dans l'eau et retourna vers le rivage, en nageant plus lentement. Il remit son slip, gardant à la main ses autres vêtements, ainsi que le cabas. Il jeta la bouteille vide dans la première poubelle qu'il trouva et marcha pieds nus sur le trottoir, en direction du port.

Quand il fut un peu plus sec, il enfila son jean et se mit en quête d'un endroit où il pourrait trouver de quoi se nourrir. Les hôtels l'impressionnaient. Il jeta un coup d'œil à l'intérieur du premier devant lequel il passa, mais l'immensité des lieux le mettait mal à l'aise. Il continua de marcher sur le bord de mer jusqu'à un petit café qui lui sembla être l'endroit idéal. Il n'aurait su expliquer pourquoi, car ce café ressemblait à une dizaine d'autres, avec sa terrasse au premier étage décorée de pots de fleurs, ses tables et ses chaises sur le trottoir, mais on aurait dit qu'il lui tendait les bras.

Il y avait un bar avec des photos de boxeurs sur le mur, et l'affiche dédicacée d'un accordéoniste arborant un large sourire. Il y avait une cuisine et, juste à côté, une porte qui s'ouvrait sur un escalier étroit, recouvert d'une moquette à fleurs de couleur vive.

Will monta sans bruit jusqu'au palier exigu et ouvrit la première porte qui s'offrait à lui. C'était la pièce qui donnait sur la rue. Il y régnait une chaleur étouffante, et Will alla ouvrir la porte vitrée de la terrasse pour laisser entrer l'air de la nuit. La pièce était encombrée de meubles trop grands, à l'aspect miteux, mais l'endroit était propre et confortable malgré tout. « Ce sont des gens hospitaliers qui vivent ici », se dit-il. Il y avait une petite étagère avec des livres, un magazine sur la table, quelques photographies dans des cadres.

Will ressortit pour inspecter les autres pièces : une petite salle de bains, une chambre avec un lit à deux places.

Quelque chose l'alerta avant même qu'il n'ouvre la dernière porte. Son cœur s'emballa. Il n'était pas sûr d'avoir entendu un bruit à l'intérieur, mais un pressentiment lui disait qu'il y avait une présence dans cette pièce. « Comme c'est étrange », se dit-il. Il avait commencé cette journée caché dans une pièce obscure, avec quelqu'un de l'autre côté de la porte, et la situation était maintenant inversée…

Alors que Will restait planté là devant la porte, à s'interroger, celle-ci s'ouvrit violemment et une créature se jeta sur lui, comme une bête sauvage.

Heureusement, sa mémoire l'avait averti, et il se tenait suffisamment loin de la porte pour ne pas être renversé. Il se débattit avec fougue, à coups de genoux, de tête et de poings, face à… cette chose.

Il s'agissait, en réalité, d'une fille de son âge environ, féroce, hargneuse, vêtue de haillons, sale, avec des bras et des jambes frêles et nus.

Découvrant au même moment à qui elle avait affaire, elle s'arracha au torse nu de Will pour se recroqueviller dans le coin du palier obscur, tel un chat aux abois. D'ailleurs, il y avait un chat à côté d'elle, au grand étonnement de Will : un énorme chat sauvage, qui lui arrivait aux genoux, le poil hérissé, montrant les dents, la queue dressée.

La fillette posa la main sur le dos du chat et promena sa langue sur ses lèvres sèches, sans quitter Will des yeux.

Celui-ci se releva lentement.

— Qui es-tu ? demanda-t-il.

— Lyra Parle-d'Or.

— Tu vis ici ?

— Non, répondit-elle avec véhémence.

— On est où ici ? C'est quoi cette ville ?

— J'en sais rien.

— Tu viens d'où. ?

— D'un autre monde. Il est rattaché à celui-ci. Où est ton dæmon ?

Will ouvrit de grands yeux. C'est alors qu'il assista à un phénomène extraordinaire : le chat bondit dans les bras de la fille et se métamorphosa ! C'était maintenant une hermine au pelage brun-roux, avec une tache crème sur le cou et sur le ventre, qui lui jetait un regard aussi noir que celui de la fille. Mais un autre changement s'était produit, car Will s'aperçut que tous les deux, la fille et l'hermine, avaient terriblement peur de lui, comme s'ils étaient face à un fantôme.

— J'ai pas de démon, dit-il. Je sais même pas de quoi tu... Ah ! c'est ça ton démon ?

La fille se releva lentement. L'hermine s'enroula autour de son cou, ses yeux noirs fixés sur le visage de Will.

— Pourtant, tu es vivant, dit-elle d'un air incrédule. Tu n'es pas… Ils ne t'ont pas…

— Je m'appelle Will Parry. Je comprends rien à ton histoire de démon. Chez moi, dans le monde d'où je viens, un démon c'est… un être mauvais, maléfique.

— Dans ton monde ? Tu veux dire qu'ici, c'est pas ton monde ?

— Non. J'ai découvert par hasard… un passage. Comme toi, j'imagine. Les deux mondes doivent se toucher.

La fille sembla se détendre quelque peu, bien qu'elle continuât à l'observer intensément. Will s'obligea à rester calme et à parler doucement, comme s'il tentait d'amadouer un étrange félin.

— Tu as vu quelqu'un d'autre dans cette ville ? demanda-t-il.

— Non.

— Ça fait combien de temps que tu es ici ?

— J'en sais rien. Quelques jours. Je ne me souviens plus.

— Qu'es-tu venue faire ici, d'abord ?

— Je cherche la Poussière.

— Tu cherches la poussière ? La poussière d'or ? Quel genre de poussière ?

La fille plissa les yeux, sans rien dire. Will pivota sur ses talons pour redescendre.

— J'ai faim, dit-il. Il y a à manger dans la cuisine ?

— J'en sais rien…, répondit-elle, et elle lui emboîta le pas, tout en gardant ses distances.

Dans la cuisine, Will dénicha de quoi confec-

tionner une fricassée de poulet avec des oignons
et des poivrons, mais les ingrédients n'ayant pas
été cuits, ils empestaient dans la chaleur. Il jeta
tout à la poubelle.

— Tu n'as rien mangé ? demanda-t-il en ouvrant
le réfrigérateur.

Lyra s'approcha pour regarder à l'intérieur.

— J'avais pas vu ce truc-là, dit-elle. Oh, c'est
vachement froid…

Son dæmon s'était métamorphosé encore une
fois, pour devenir un gros papillon aux couleurs
vives, qui s'engouffra à l'intérieur du réfrigérateur
et en ressortit presque aussitôt pour venir se poser
sur l'épaule de la fille. Il battait lentement des ailes.
Will sentait qu'il n'aurait pas dû le regarder aussi
fixement, mais l'étrangeté de ce spectacle lui faisait tourner la tête.

— C'est la première fois que tu vois un frigo ?
demanda-t-il.

Il trouva une boîte de Coca qu'il lui tendit, avant
de sortir une boîte d'œufs. La fille coinça le soda
glacé dans ses mains avec délice.

— Vas-y, bois, dit Will.

Elle regarda la boîte en fronçant les sourcils.
Apparemment, elle ne savait pas comment l'ouvrir.
Will souleva la petite languette métallique et la
boisson jaillit en moussant. La fille lécha la mousse
avec méfiance, puis ses yeux s'écarquillèrent.

— On peut le boire ? demanda-t-elle d'une voix
où l'espoir se mêlait à l'appréhension.

— Oui. Visiblement, ils connaissent le Coca ici
aussi. Tiens, regarde, je vais en boire pour te prouver que ce n'est pas du poison.

Il ouvrit une autre boîte. L'ayant vu boire

l'étrange breuvage, elle l'imita. De toute évidence, elle mourait de soif. Elle but si vite que les bulles lui remontèrent dans le nez ; elle s'étrangla, rota bruyamment et fronça les sourcils quand Will la regarda.

— Je vais préparer une omelette, dit-il. Tu en veux ?

— Je ne sais pas ce que c'est, une omelette.

— Regarde, tu verras. Ou alors, il y a une boîte de haricots à la sauce tomate, si tu préfères.

— Je ne sais pas ce que c'est.

Il lui montra la boîte. Elle chercha la languette d'ouverture, comme sur la boîte de Coca.

— Non, non, il faut un ouvre-boîtes, expliqua Will. Ça n'existe pas, les ouvre-boîtes, dans ton monde ?

— Dans mon monde, ce sont les domestiques qui font la cuisine, répliqua-t-elle avec dédain.

— Regarde donc dans le tiroir, là.

Elle fouilla parmi les ustensiles de cuisine, pendant que Will cassait six œufs dans un saladier, pour les battre ensuite avec une fourchette.

Il l'observait du coin de l'œil.

— C'est ce truc-là, dit-il. Avec le manche rouge. Apporte-le-moi.

Il perça la boîte et lui montra comment l'ouvrir.

— Maintenant, va chercher la casserole suspendue au mur, et vide la boîte dedans.

La fille renifla les haricots et, de nouveau, la même expression de plaisir et de méfiance apparut dans ses yeux. Elle les versa dans la casserole et lécha son doigt, tout en observant Will qui ajoutait du sel et du poivre dans les œufs battus et prélevait une noix de beurre sur une plaquette qui

se trouvait dans le réfrigérateur, pour la jeter dans
une poêle en fonte. Il retourna au bar pour chercher des allumettes, et quand il revint dans la cuisine, la fille était en train de tremper son doigt sale
dans les œufs battus pour le lécher goulûment.
Son dæmon, redevenu chat, y plongeait sa patte
lui aussi, mais il la retira vivement quand Will
s'approcha.

— C'est pas encore cuit, dit-il en reprenant le
saladier. Depuis quand vous n'avez pas mangé,
ma parole ?

— C'était chez mon père, à Svalbard, dit-elle.
Il y a plusieurs jours déjà. Je ne sais pas combien
exactement. J'ai mangé du pain et des trucs que
j'ai trouvés dans les placards.

Will alluma le gaz pour faire fondre le beurre
dans la poêle, versa les œufs en les laissant se
répandre sur toute la surface. Les yeux de la fille
suivaient chacun de ses gestes avec avidité ; elle le
regarda rassembler les œufs sous forme de petites
crêtes molles au centre de la poêle à mesure qu'ils
cuisaient, et pencher la poêle dans un sens et dans
l'autre pour que l'œuf encore cru puisse occuper
tout l'espace. Elle l'observait lui aussi, elle regardait son visage, ses mains qui s'affairaient, ses
épaules et ses pieds nus.

Quand l'omelette fut cuite, Will la replia sur
elle-même et la coupa en deux avec la spatule.

— Trouve-nous deux assiettes, dit-il, et Lyra
s'exécuta aussitôt.

Elle semblait prête à recevoir des ordres, du
moment qu'elle en comprenait le sens, et Will en
profita pour lui demander d'aller débarrasser une
table dehors, sur le trottoir. Il apporta ensuite

l'omelette et les haricots, avec quelques couverts dénichés dans un tiroir, et ils s'installèrent sur la terrasse pour manger, un peu gênés.

La fille vida son assiette en moins d'une minute, après quoi elle s'agita nerveusement sur son siège, se balançant d'avant en arrière et triturant les bandes en plastique de sa chaise tressée, pendant que Will finissait son omelette. Son dæmon changea une fois encore d'apparence, pour devenir un chardonneret qui se mit à picorer des miettes invisibles sur la table.

Will mangeait lentement. Il avait donné à Lyra presque tous ses haricots, malgré cela, il n'avait toujours pas fini. Le port devant eux, les lumières qui bordaient le boulevard désert, les étoiles dans le ciel obscur, tout cela était suspendu dans un immense silence, comme si rien d'autre n'existait.

Pendant ce temps-là, Will sentait très fortement la présence de la fille à ses côtés. Elle était petite et frêle, mais nerveuse, et savait se battre comme un tigre. Durant leur affrontement, il lui avait fait un bleu sur la joue, d'un coup de poing malencontreux, mais elle s'en moquait. Il y avait dans son expression un curieux mélange de curiosité enfantine, comme lorsqu'elle avait goûté le Coca, et une sorte de profonde mélancolie, teintée de méfiance. Elle avait des yeux d'un bleu très clair et des cheveux sans doute blond foncé, quand ils étaient propres, car, pour l'heure, elle était affreusement sale et sentait mauvais, comme si elle ne s'était pas lavée depuis plusieurs jours.

— Laura ? Lara ? C'est ça ?

— Non, Lyra.

— Lyra... Parle-d'Or ?

— Oui.

— Il est où ton monde ? Comment tu es arrivée ici ?

Elle haussa les épaules.

— J'ai marché, dit-elle. Il y avait un épais brouillard, je savais pas où j'allais. Mais je savais que je sortais de mon monde. Quand le brouillard s'est dissipé, je me suis retrouvée ici.

— Tout à l'heure, tu parlais de la poussière ?

— Ah oui, la Poussière. Je veux savoir ce que c'est au juste. Mais on dirait que ce monde est désert. Impossible d'interroger qui que ce soit. Je suis ici depuis… trois ou quatre jours. Et je n'ai encore vu personne !

— Qu'est-ce que tu veux savoir sur la poussière ?

— C'est une poussière spéciale, attention, précisa-t-elle. C'est pas n'importe quelle poussière.

Son dæmon se métamorphosa encore une fois. En un clin d'œil. De chardonneret, il devint rat ; un gros rat trapu, tout noir avec des yeux rouges. Will l'observa d'un air méfiant, et la fille remarqua son regard.

— Tu as forcément un dæmon toi aussi, déclara-t-elle d'un ton catégorique. À l'intérieur.

Will ne savait pas quoi répondre.

— Si, si, c'est sûr, ajouta-t-elle. Tu ne serais pas humain, sinon. Tu serais… à moitié mort. On a vu un garçon à qui on avait arraché son dæmon. Tu ne lui ressembles pas. Même si tu ne sais pas que tu as un dæmon, tu en as forcément un. On a eu peur quand on t'a vu. On a cru que tu étais un monstre de la nuit ou quelque chose dans ce genre.

— On ?

— Pantalaimon et moi. Ton dæmon est inséparable de toi. Il est toi. Une partie de toi-même, si tu préfères. Chacun est une partie de l'autre. Il n'y a personne comme nous dans ton monde ? Tous les gens sont comme toi, avec leur dæmon caché à l'intérieur ?

Will les observa l'un et l'autre, la fille maigrelette aux yeux délavés et son dæmon-rat, assis maintenant dans ses bras, et à cet instant, il se sentit terriblement seul.

— Je suis fatigué, je vais me coucher, annonça-t-il. Tu as l'intention de rester dans cette ville ?

— J'en sais rien. Je dois me renseigner sur ce que je cherche. Il y a forcément des savants dans ce monde. Il y a forcément quelqu'un qui sait quelque chose.

— Peut-être pas ici, dans ce monde. Mais je viens d'un endroit qui s'appelle Oxford. Il y a un tas de gens savants là-bas, si c'est ce que tu cherches.

— Oxford ? s'exclama-t-elle. C'est de là que je viens !

— Ah bon ? Il y a un Oxford dans ton monde à toi aussi ? Ne me dis pas que tu viens du même monde que moi.

— Non, non, dit Lyra, catégorique. Ce sont deux mondes différents, Mais dans le mien aussi, il y a un Oxford. On parle bien la même langue, toi et moi, non ? On peut donc supposer qu'il existe d'autres ressemblances. Comment tu as fait pour passer d'un monde à l'autre ? Il y a un pont, ou un truc comme ça ?

— Plutôt une sorte de fenêtre ouverte dans le vide.

— Fais-moi voir, demanda-t-elle.

— Pas maintenant. J'ai sommeil. Et en plus, il †
fait nuit

— Tu me montreras demain matin, alors !

— D'accord, demain matin. Mais j'ai des choses
à faire moi aussi. Tu devras te débrouiller toute
seule pour trouver tes savants.

— Facile, dit-elle. Je les connais bien.

Will empila les assiettes et se leva.

— J'ai fait la cuisine, dit-il, à toi de faire la
vaisselle.

Lyra ouvrit de grands yeux.

— Hein ? La vaisselle ? dit-elle avec un rire
méprisant. Il y a des milliers d'assiettes propres !
Je ne suis pas une domestique, je te signale. Pas
question que je fasse la vaisselle.

— Dans ce cas, je ne te montrerai pas le passage.

— Je le trouverai toute seule.

— Ça m'étonnerait, il est caché. Tu ne le trou-
veras jamais. Écoute-moi bien. Je ne sais pas combien de temps on va rester ici. Puisqu'il faut se
nourrir, on mangera ce qu'on trouve, mais on ran-
gera tout ensuite, et on gardera cet endroit propre,
c'est normal. Tu feras la vaisselle comme je te l'ai
demandé. En attendant, je vais me coucher. Je
prends la chambre d'à côté. À demain matin.

Il entra dans la chambre, se brossa les dents
avec son doigt et le dentifrice qui était dans le
cabas, se laissa tomber sur le grand lit à deux
places et s'endormit presque aussitôt.

Lyra attendit d'être certaine qu'il dormait, puis
elle emporta les assiettes sales dans la cuisine et
les passa sous l'eau, en frottant énergiquement
avec un torchon jusqu'à ce qu'elles aient l'air

propre. Elle fit de même avec les fourchettes et les couteaux, mais la technique se révéla moins efficace avec la poêle, c'est pourquoi elle utilisa un morceau de savon jaune et gratta avec acharnement jusqu'à ce que la poêle lui paraisse aussi propre qu'elle pouvait l'être. Elle utilisa ensuite un autre torchon pour essuyer le tout et empila soigneusement la vaisselle sur l'égouttoir.

Comme elle avait encore soif, et qu'elle avait envie d'essayer de décapsuler une boîte de Coca, elle en ouvrit une et l'emporta avec elle au premier étage. S'arrêtant devant la porte de Will, elle tendit l'oreille et, n'entendant aucun bruit, elle se faufila dans la chambre voisine, sur la pointe des pieds, et s'empara de son aléthiomètre caché sous l'oreiller.

Elle n'avait pas besoin de se trouver près de Will pour interroger l'instrument à son sujet, mais elle avait envie de l'observer et elle tourna la poignée de la porte de sa chambre aussi discrètement que possible.

Les lumières du bord de mer éclairaient directement la pièce et, dans la lueur qui se reflétait au plafond, Lyra dévisagea le garçon endormi. Il avait le front plissé, la sueur faisait briller son visage. Il était déjà musclé et trapu, bien que n'étant pas encore bâti comme un adulte, évidemment, car il était à peine plus âgé qu'elle, mais un jour, se disait-elle, il deviendrait extrêmement fort. Ah, ce serait tellement plus facile si son dæmon était visible ! « Quelle apparence aurait-il ? » se demandat-elle. Et aurait-il déjà adopté sa forme définitive ? Nul doute que ce dæmon, quel qu'il soit, exprimerait un tempérament sauvage, attentionné et triste.

À pas feutrés, elle approcha de la fenêtre. Dans la lumière d'un lampadaire, elle disposa délicatement les aiguilles de l'aléthiomètre, et laissa ses pensées dériver à leur guise pour former une question. La grande aiguille fine commença à tournoyer autour du cadran, en exécutant une succession de pauses et de rotations, presque trop rapides pour le regard.

Elle avait demandé : « Qui est ce garçon ? Un ami ou un ennemi ? »

L'aléthiomètre répondit : « C'est un meurtrier. »

Lyra se sentit immédiatement soulagée. Il savait où trouver à manger, il lui montrerait comment rejoindre Oxford, autant de qualités fort utiles ; ce qui ne l'aurait pas empêché d'être un froussard, un garçon à qui on ne peut pas faire confiance. Un meurtrier, en revanche, faisait un excellent compagnon. Avec lui, elle se sentait aussi protégée qu'elle l'avait été aux côtés de Iorek Byrnison, l'ours en armure.

Elle ferma les volets devant la fenêtre ouverte pour que les premiers rayons du soleil ne viennent pas frapper le visage de Will, après quoi elle ressortit sur la pointe des pieds.

Parmi les sorcières

 La sorcière Serafina Pekkala, qui avait sauvé Lyra et les autres enfants de la station expérimentale de Bolvangar, et s'était ensuite rendue avec la fillette sur l'île de Svalbard, par la voie des airs, était extrêmement soucieuse. Prises dans les perturbations atmosphériques qui suivirent la fuite de Lord Asriel, exilé sur Svalbard, ses compagnes et elles furent entraînées loin, très loin de l'île par les vents violents, au-dessus de la mer gelée. Quelques-unes des sorcières parvinrent à rester accrochées à la montgolfière endommagée de Lee Scoresby, l'aéronaute texan, mais Serafina se retrouva projetée au milieu des nappes de brouillard épais qui déboulèrent presque immédiatement de l'immense fissure ouverte dans le ciel par l'expérience de Lord Asriel.

Dès qu'elle fut à nouveau capable de contrôler son vol, sa première pensée fut pour Lyra, car elle ignorait tout du combat entre le faux ours-roi et le vrai, Iorek Byrnison, et elle ne pouvait pas savoir ce qu'il était advenu de Lyra par la suite.

C'est pourquoi elle partit à sa recherche en volant à travers l'atmosphère nuageuse teintée de reflets d'or, à cheval sur sa branche de sapin, accompagnée de son dæmon-oie, Kaisa. Ils revinrent vers Svalbard, en bifurquant légèrement vers le sud et, pendant plusieurs heures, voltigèrent dans un ciel turbulent, traversé de lumières et d'ombres étranges. Serafina Pekkala savait, à en juger par le picotement désagréable de la lumière sur sa peau, que celle-ci provenait d'un autre monde.

Soudain, Kaisa s'exclama :

— Regarde ! Un dæmon de sorcière, visiblement égaré...

Scrutant les épaisses nappes de brouillard, Serafina Pekkala aperçut à son tour une sterne, une hirondelle de mer, qui tournoyait, en poussant des cris aigus, dans les gouffres de lumière embrumée. Faisant demi-tour, la sorcière et son dæmon foncèrent vers elle. En les voyant approcher, l'oiseau voulut s'enfuir, mais Serafina Pekkala lui adressa un signe d'amitié, et il redescendit à leur hauteur.

Serafina Pekkala demanda :

— À quel clan appartiens-tu ?

— Taymyr, dit l'hirondelle de mer. Ma sorcière a été capturée... Nos compagnes ont été chassées ! Je suis perdue...

— Qui a capturé ta sorcière ?

— La femme avec le dæmon-singe, celle de Bolvangar... Oh, aidez-moi ! Aidez-moi ! J'ai peur !

— Ton clan était-il allié aux mutilateurs d'enfants ?

— Oui, jusqu'à ce que l'on découvre ce qu'ils leur faisaient véritablement... Après le combat à Bolvangar, ils nous ont toutes chassées, mais ma

sorcière a été faite prisonnière... Ils l'ont emmenée sur un bateau... Que puis-je faire ? Elle m'appelle, et j'ignore où elle est ! Oh, je vous en prie,
aidez-moi, aidez-moi !

— Chut, dit Kaisa, le dæmon-oie. Écoutez...
tout en bas.

La sorcière et les deux dæmons plongèrent vers
la mer, en tendant l'oreille, et de fait, Serafina Pekkala ne tarda pas à percevoir le martèlement régulier d'un moteur à gaz, étouffé par le brouillard.

— Impossible de piloter un navire dans une telle
purée de pois, commenta Kaisa. Que font-ils ?

— Ce n'est pas un si gros bateau, dit Serafina
Pekkala, et au moment où elle prononçait ces mots,
un autre bruit leur parvint, venant d'une direction
différente : une sorte de déflagration rauque et
vibrante, comme si quelque gigantesque créature
marine lançait un cri des profondeurs. Le rugissement dura plusieurs secondes, avant de s'arrêter
brusquement.

— La corne de brume du navire, commenta
Serafina Pekkala.

Après avoir tournoyé au-dessus de l'eau, à basse
altitude, la sorcière et les deux dæmons repartirent en direction du bruit du moteur. Et soudain, ils découvrirent le bateau en question, car
les plaques de brouillard semblaient moins denses
par endroits, et la sorcière, pour ne pas être vue,
reprit rapidement de l'altitude, juste au moment
où une vedette débouchait en haletant au milieu
des nappes d'air humide. La houle était paresseuse
et molle, comme si l'eau répugnait à se soulever.

Serafina et son dæmon volèrent au-dessus de
l'embarcation en décrivant de grands cercles, sui-

vis de près par l'hirondelle de mer, comme un enfant suit sa mère, et ils virent le timonier modifier légèrement son cap, alors que retentissait de nouveau la corne de brume du navire. Un projecteur était fixé à la proue de la vedette, mais il n'éclairait que le brouillard, quelques mètres devant.

Serafina Pekkala s'adressa au dæmon perdu :

— Tu disais qu'il y avait encore des sorcières qui aidaient ces gens ?

— Oui, je crois... Quelques renégates de Volgorsk... À moins qu'elles aient fui elles aussi, dit le dæmon-sterne. Que comptez-vous faire ? Vous allez rechercher ma sorcière ?

— Oui. Mais en attendant, tu vas rester avec Kaisa.

Serafina Pekkala plongea vers la vedette, abandonnant les deux dæmons en plein ciel, hors de vue, et vint se poser sur le pont, juste derrière le timonier. Le dæmon-mouette du marin poussa un cri strident et celui-ci se retourna.

— Eh bien, on peut dire que vous avez pris votre temps ! dit-il. Mettez-vous à l'avant et guidez-nous jusqu'à bâbord.

La sorcière s'envola aussitôt. Le subterfuge avait fonctionné : il y avait encore des sorcières qui aidaient ces gens, en effet, et cet homme l'avait prise pour l'une d'elles. En langage de marin, bâbord signifiait gauche, elle s'en souvenait, et la lumière de bâbord était rouge. Elle virevolta au hasard dans le brouillard, jusqu'à ce qu'elle aperçoive un rougeoiement nébuleux à moins de cent mètres de là. Faisant rapidement demi-tour, elle revint planer au-dessus de la vedette pour lancer des indications au timonier, qui réduisit l'allure de son embarcation et la fit avancer, presque au ralenti, vers l'échelle de la passerelle du navire, suspendue au-dessus du niveau de l'eau. Le timonier poussa un cri, et un marin qui se trouvait sur le gros bateau jeta une corde, tandis qu'un autre descendait rapidement l'échelle pour amarrer la vedette.

Serafina Pekkala, elle, fila vers le bastingage du navire et s'enfonça dans l'obscurité qui entourait les canots de sauvetage. Il n'y avait aucune autre sorcière en vue, mais sans doute sillonnaient-elles le ciel; Kaisa saurait quoi faire.

Au-dessous, un passager quittait la vedette et escaladait l'échelle du navire. Enveloppé de fourrures, coiffé d'une capuche, il était difficile à identifier, mais au moment où il atteignait le pont, un dæmon-singe au pelage doré bondit à ses côtés sur le bastingage, avec habileté, pour balayer du regard les alentours. Une lueur malveillante faisait briller ses yeux noirs. Serafina Pekkala retint son souffle : ce mystérieux passager n'était autre que Mme Coulter!

Un homme tout de noir vêtu se précipita sur le pont pour l'accueillir, en jetant des regards autour de lui, comme s'il s'attendait à apercevoir quelqu'un d'autre.

— Lord Boreal ne... dit-il.

Mme Coulter lui coupa la parole.

— Il est parti ailleurs. Ont-ils commencé les tortures?

— Oui, madame Coulter. Mais...

— Je leur avais ordonné d'attendre! rugit-elle. Auraient-ils pris l'habitude de me désobéir? La discipline a bien besoin d'être renforcée sur ce bateau, il me semble.

Elle abaissa sa capuche. Serafina Pekkala distingua nettement son visage dans la lumière jaune : fier, passionné et, aux yeux de la sorcière, si jeune.

— Où sont les autres sorcières ? demanda Mme Coulter.

— Elles sont toutes parties, m'dame, répondit l'homme du navire, un ecclésiastique sans doute. Elles sont rentrées chez elles.

— Il y avait pourtant une sorcière qui guidait la vedette, fit remarquer Mme Coulter. Où est-elle passée ?

Serafina recula dans l'ombre ; de toute évidence, le timonier de la vedette n'était pas au courant des derniers événements. L'ecclésiastique regarda autour de lui, hébété, mais Mme Coulter était trop impatiente. Après avoir balayé d'un regard superficiel le pont et le ciel, elle secoua la tête et, accompagnée de son dæmon, elle s'engouffra par la porte ouverte qui projetait un nimbe jaune dans l'atmosphère. L'homme en noir lui emboîta le pas.

Serafina Pekkala regarda autour d'elle pour repérer sa position, Elle était cachée derrière un conduit d'aération sur l'étroite bande de pont entre le bastingage et la superstructure centrale du bateau. À ce niveau, face à la proue, sous la passerelle de commandement et la cheminée, il y avait un salon, dont trois côtés étaient percés de véritables fenêtres, pas des hublots. C'était là que l'homme et la femme venaient d'entrer. Une lumière épaisse se déversait des fenêtres sur le bastingage constellé de perles de brouillard, et soulignait faiblement le mât de misaine et l'écoutille recouverte d'une bâche. Tout était trempé et commençait à durcir sous l'effet du gel. Nul ne pouvait apercevoir Serafina Pekkala là où elle se trouvait, mais si elle voulait essayer d'en savoir plus, elle serait obligée de sortir de sa cachette.

Dommage. Mais, avec sa branche de sapin, elle pouvait s'échapper à tout moment ; avec son couteau et son arc, elle pouvait se battre. Ayant dissimulé sa branche derrière le conduit d'aération, elle avança discrètement sur le pont jusqu'à la première fenêtre. Celle-ci était couverte de buée, impossible de voir à l'intérieur, et Serafina n'entendait aucune voix. Elle retourna se cacher dans l'ombre.

Il y avait quand même une chose qu'elle pouvait faire, même si elle y répugnait, car c'était terriblement risqué, et elle serait épuisée ensuite. Mais apparemment, elle n'avait pas le choix. Il s'agissait d'une sorte de magie, grâce à laquelle elle pouvait se rendre invisible. La véritable invisibilité n'existait pas, évidemment ; c'était plutôt une manipulation psychique qui, à défaut de rendre invisible celui ou celle qui la pratiquait, lui permettait de passer inaperçu. À condition de maintenir l'illusion avec une intensité suffisante, elle pouvait traverser une pièce pleine de monde, ou marcher à côté d'un voyageur solitaire, sans être vue.

Elle fit le vide dans son esprit, afin de rassembler toute sa concentration sur cette tâche consistant à modifier sa manière de paraître. Il lui fallut plusieurs minutes avant de se sentir assez sûre d'elle. Pour tester son pouvoir, Serafina sortit de sa cachette et s'avança sur le chemin d'un marin qui marchait sur le pont avec une boîte à outils. Celui-ci fit un écart pour l'éviter, sans lui adresser le moindre regard.

Elle était prête. Elle se dirigea vers la porte du salon brillamment éclairé et l'ouvrit. La pièce était vide. La sorcière laissa la porte extérieure entrouverte pour pouvoir fuir en cas de besoin, et aperçut une autre porte au fond de la pièce, qui s'ouvrait sur un escalier plongeant dans les entrailles du bateau. L'ayant descendu, elle se retrouva dans un étroit couloir où couraient des tuyaux peints en blanc, éclairé par des lampes ambariques fixées sur les cloisons, et qui semblait suivre le tracé de la coque, avec des portes s'ouvrant de chaque côté.

Serafina avança sans bruit, en tendant l'oreille, jusqu'à ce qu'elle entende des voix derrière une des portes. Apparemment, elle arrivait en plein conseil.

Elle poussa la porte et entra.

Une douzaine de personnes étaient assises autour d'une grande table. Une ou deux levèrent la tête un court instant lorsqu'elle entra, la regardèrent d'un œil indifférent, et oublièrent aussitôt sa présence. Elle resta debout près de la porte, en silence, et observa la scène. Le conseil était présidé par un vieil homme portant une robe de cardinal, et tous les autres semblaient appartenir à différents ordres ecclésiastiques, à l'exception de Mme Coulter, seule femme présente. Celle-ci avait jeté son long manteau de fourrure sur le dossier d'une chaise ; ses joues étaient empourprées par la chaleur qui régnait dans les profondeurs du bateau.

En balayant la pièce du regard, Serafina décou-

vrit une personne qu'elle n'avait pas vue immédiatement : un homme au visage émacié, avec un
dæmon-grenouille, installé légèrement à l'écart
devant une table qui disparaissait sous les gros
livres reliés en cuir et des empilements de feuilles
jaunes. Elle crut tout d'abord qu'il s'agissait d'un
clerc ou d'un secrétaire, jusqu'au moment où elle
vit à quelle occupation il se livrait : les yeux fixés
sur un instrument doré qui ressemblait à une
grosse montre ou à une boussole, il détournait le
regard régulièrement pour noter quelque chose,
sans doute le résultat de ses observations. Il ouvrait
alors un des gros livres disposés devant lui, parcou-
rait laborieusement l'index et consultait ensuite une
référence, qu'il notait également, avant de reporter
toute son attention sur le mystérieux instrument.

Serafina reporta la sienne sur la discussion qui
roulait autour de la table, car elle avait saisi au vol
le mot « sorcière ».

— Elle sait quelque chose au sujet de cette
enfant, déclara un des ecclésiastiques. Elle l'a avoué.
D'ailleurs, toutes les sorcières savent qui est cette
fillette.

— Moi, je me demande surtout ce que sait
Mme Coulter, dit le Cardinal. N'aurait-elle pas dû
nous avertir de certaines choses ?

— Exprimez-vous de manière plus directe,
répondit Mme Coulter d'un ton glacial. Vous
oubliez que je suis une femme, Votre Éminence,
je ne possède pas la finesse d'esprit d'un prince de
l'Église. Quelle est donc cette prétendue vérité que
je suis censée connaître au sujet de cette enfant ?

L'expression du Cardinal était chargée de sous-
entendus, mais il ne dit rien. Après un instant de

silence pesant, un des ecclésiastiques prit la parole, d'un ton presque contrit :

— Voyez-vous, madame Coulter, dit-il, il existe apparemment une prophétie au sujet de cette fillette. Tous les signes sont réunis. À commencer par les circonstances de sa venue au monde. Les gitans ont entendu parler de son existence, eux aussi ils évoquent sa présence en termes d'huile de sorcière et de feux des marais, c'est très mystérieux, ce qui lui a permis de conduire les gitans jusqu'à Bolvangar. Sans oublier, bien entendu, la façon époustouflante dont elle a provoqué la chute de l'ours-roi Iofur Raknison. Aucun doute, ce n'est pas une enfant ordinaire. Mais Fra Pavel pourra peut-être vous en dire plus...

En disant cela, il jeta un regard en direction de l'homme au visage émacié qui consultait l'aléthio-mètre ; celui-ci battit des paupières, se frotta les yeux comme s'il se réveillait et se tourna vers Mme Coulter.

— Peut-être savez-vous, dit-il, que cet aléthio-mètre est le dernier existant au monde, à l'exception de celui qui est en possession de la fillette. Tous les autres ont été retrouvés, confisqués et détruits, sur ordre du Magisterium. J'ai appris, grâce à cet instrument, que celui de la fillette lui avait été remis par le Maître de Jordan College, qu'elle avait appris à l'utiliser toute seule, et pouvait le déchiffrer sans avoir recours aux Livres des Interprétations. S'il était possible de mettre en doute les affirmations de l'aléthiomètre, je le ferais volontiers, car il me paraît inconcevable que l'on puisse utiliser cet instrument sans l'aide des livres. Il faut des dizaines d'années d'études approfondies pour commencer simplement à percer les mystères de l'aléthiomètre. Or, en quelques semaines à peine, cette fillette a commencé à le déchiffrer et, désormais, elle le maîtrise parfaitement. Je ne connais aucun savant qui soit capable d'une telle prouesse.

— Où est cette fillette, maintenant, Fra Pavel ? demanda le Cardinal.

— Dans l'autre monde, déjà. Le temps presse.

— La sorcière connaît la réponse ! s'exclama un membre de l'assemblée, dont le dæmon-rat musqué mâchonnait en permanence un crayon. Tout est prêt pour recueillir le témoignage de la sorcière ! Je propose de recommencer les tortures !

— Quelle est donc cette prophétie dont vous parliez ? demanda Mme Coulter, qui semblait de plus en plus furieuse. Comment osez-vous me cacher une telle chose ?

Le pouvoir qu'elle exerçait sur ces hommes était palpable. Le singe doré promena son regard noir tout autour de la table, et nul n'osa l'affronter.

Seul le Cardinal refusa de baisser les yeux. Son dæmon, un ara, leva la patte pour se gratter la tête.

— La sorcière a laissé entendre une chose extraordinaire, déclara le Cardinal. Je n'ose imaginer ce que cela pourrait signifier. Si elle dit vrai, nous nous retrouvons investis de la plus grande responsabilité qui puisse incomber à des hommes et des femmes, Mais je vous repose ma question, madame Coulter : que savez-vous au sujet de cette fille et de son père ?

Le visage de Mme Coulter était livide de rage.

— Comment osez-vous me questionner de cette

façon ? éructa-t-elle. Comment osez-vous me cacher ce que vous a appris la sorcière ? Et enfin, comment osez-vous laisser entendre que je vous cache quelque chose ? Vous pensez que je suis de son côté ? Ou peut-être croyez-vous que je suis du côté de son père ? Peut-être pensez-vous qu'il faudrait me torturer comme la sorcière ? Eh bien, nous sommes tous à vos ordres, votre Éminence. Il vous suffit de claquer des doigts pour me faire écarteler. Vous pourrez chercher la réponse dans chaque morceau de ma chair, vous ne la trouverez pas, car j'ignore tout de cette prophétie, et du reste. Mais j'exige que vous me racontiez tout ce que vous savez. Car il s'agit de mon enfant, ma propre fille, conçue dans le péché et née dans la honte, mais ma fille malgré tout, et vous voulez me priver du droit de savoir !

— Allons, calmez-vous, dit un des ecclésiastiques, d'une voix tremblante. Je vous en prie, madame Coulter. La sorcière n'a pas encore parlé ; elle a beaucoup de choses à nous apprendre. Comme l'a dit le Cardinal Sturrock, elle a simplement laissé entendre certaines choses.

— Supposons que la sorcière refuse de parler ? répondit Mme Coulter. Que ferons-nous ? Des suppositions ? Nous tremblerons de peur dans notre coin, en faisant des suppositions ?

Fra Pavel reprit la parole :

— Non. Car c'est justement la question que je prépare pour la soumettre à l'aléthiomètre. Ainsi, nous aurons forcément la réponse, de la bouche de la sorcière ou dans les Livres des Interprétations.

— Et combien de temps cela prendra-t-il ?

L'homme esquissa une grimace.

— Un temps considérable, hélas, dit-il. Car il s'agit d'une question très complexe.

— La sorcière, elle, nous fournirait la réponse immédiatement, dit Mme Coulter.

Sur ce, elle se leva. Par respect, ou par crainte, la plupart des hommes assis autour de la table l'imitèrent. Seuls le Cardinal et Fra Pavel restèrent assis. Quant à Serafina Pekkala, elle demeura prudemment en retrait, en faisant de terribles efforts de concentration pour continuer à passer inaperçue. Le singe doré grinçait des dents, et ses poils brillants étaient hérissés.

Mme Coulter le balança sur son épaule.

— Allons lui poser la question, dit-elle.

Elle tourna les talons et ressortit à grands pas dans le couloir. Les hommes s'empressèrent de lui emboîter le pas, en se bousculant devant Serafina Pekkala, qui eut juste le temps de s'écarter, en proie à la plus grande confusion. Le dernier à quitter la pièce fut le Cardinal.

Serafina s'accorda quelques secondes pour se ressaisir car, sous l'effet de sa vive agitation, elle commençait à redevenir «visible». Après quoi, elle suivit les ecclésiastiques dans le couloir, jusque dans une autre pièce, plus petite, nue, blanche et étouffante, où tous s'étaient déjà rassemblés autour de la pauvre créature pitoyable qui se trouvait au centre : une sorcière ligotée sur une chaise métallique, son visage gris ravagé par la souffrance, les jambes tordues et brisées.

Mme Coulter se pencha au-dessus d'elle. Serafina se plaça près de la porte, en sachant qu'elle ne pourrait pas demeurer invisible très longtemps ; la tension était trop forte.

— Parle-nous de cette fillette, sorcière, demanda Mme Coulter.

— Non !

— Tu vas souffrir.

— J'ai déjà souffert.

— Oh, ce n'est pas fini, tu vas voir. Notre Église possède des milliers d'années d'expérience dans ce domaine ; nous pouvons prolonger tes souffrances indéfiniment. Allez, parle-nous de cette enfant.

Mme Coulter saisit un des doigts de la sorcière... et le brisa d'un geste sec. Le doigt craqua comme du bois mort.

La sorcière poussa un hurlement de douleur, et l'espace d'une seconde, Serafina Pekkala redevint visible aux yeux de tous. Un ou deux ecclésiastiques la regardèrent, hébétés et effrayés, mais elle parvint à se ressaisir, et ils reportèrent leur attention sur la pauvre suppliciée.

Mme Coulter proférait des menaces :

— Si tu ne parles pas, je te casse un deuxième doigt, puis un autre, et ainsi de suite. Que sais-tu sur cette enfant ? Je t'écoute. Vas-y, parle !

— D'accord ! Mais arrêtez, je vous en supplie !

— Réponds, alors.

Il y eut un autre craquement sinistre, à vous glacer le sang, et cette fois, la sorcière ne put retenir un flot de larmes. Dans son coin, Serafina Pekkala avait du mal à se contenir. Elle entendit résonner ces mots, dans un long cri d'agonie :

— Nooon ! Je vous dirai tout ! Par pitié, arrêtez ! L'enfant que l'on attendait... Les sorcières connaissaient son identité avant vous... Nous avons découvert son nom...

— On connaît son nom. De quel nom parles-tu ?

— Son véritable nom ! Le nom de sa destinée !

— Quel est donc ce nom ? Parle ! ordonna Mme Coulter.

— Non... non...

— Et comment l'avez-vous reconnue ?

— Il y avait une épreuve... Si elle réussissait à choisir la bonne branche de sapin parmi beaucoup d'autres, c'était elle l'enfant que l'on attendait. Cela s'est produit dans la maison de notre Consul à Trollesund, quand la fillette est arrivée avec les gitans... La fille avec l'ours...

La voix de la sorcière se brisa,

Mme Coulter poussa un soupir d'impatience ; un nouveau craquement sec résonna dans la pièce, suivi d'un gémissement.

— Quelle est donc votre prophétie concernant cette enfant ? demanda Mme Coulter, dont la voix d'airain vibrait maintenant de passion. Et quel est ce nom qui dévoilera sa destinée ?

Serafina Pekkala se rapprocha, en se faufilant au milieu du groupe compact des hommes rassemblés autour de la sorcière, sans qu'aucun ne sente sa présence à ses côtés. Il fallait qu'elle mette fin aux souffrances de sa sœur, et vite, mais la pression imposée par son invisibilité était écrasante. D'une main tremblante, elle dégaina le couteau fixé à sa ceinture.

La sorcière sanglotait.

— C'est elle qui est déjà venue, et depuis, vous la haïssez, vous la craignez ! Elle est revenue, et vous ne l'avez pas trouvée... Elle est allée là-bas, à Svalbard ; elle était avec Lord Asriel, et elle

vous a échappé. Elle a réussi à s'enfuir, et maintenant, elle va...

Elle fut interrompue avant d'achever sa phrase.

Par la porte restée ouverte, une hirondelle de
mer, folle de terreur, fit irruption dans la pièce en
battant des ailes frénétiquement. Puis elle s'écrasa
au sol et se releva avec peine pour sauter sur la
poitrine de la sorcière martyrisée, se blottir contre
elle, enfouir sa tête dans son cou, en gazouillant
de joie et en pleurant de tristesse, tandis que la
sorcière lançait des supplications :

— Yambe-Akka ! Viens à moi, je t'attends !

Nul, à part Serafina Pekkala, ne pouvait comprendre le sens de ces paroles. Yambe-Akka était
la déesse qui rendait visite à une sorcière quand
celle-ci était sur le point de mourir.

Serafina était prête. Abandonnant son voile
d'invisibilité, elle avança, avec un sourire joyeux,
car Yambe-Akka était un être gai, au cœur enjoué,
et ses visites étaient des offrandes de bonheur. En
la voyant, la sorcière leva vers elle son visage
inondé de larmes ; Serafina se pencha pour l'embrasser et enfonça, en douceur, son couteau dans
le cœur de sa sœur. Le dæmon-sterne la regarda
avec ses yeux vitreux, puis disparut.

Serafina Pekkala allait devoir se battre maintenant pour s'enfuir.

Les hommes étaient encore sous le choc, ils
n'en croyaient pas leurs yeux, mais Mme Coulter
reprit ses esprits presque immédiatement.

— Attrapez-la ! Ne la laissez pas s'enfuir !
s'écria-t-elle.

Mais Serafina avait déjà atteint la porte et bandé
son arc. Elle pivota sur elle-même et décocha la

flèche en moins d'une seconde ; le Cardinal tomba
à la renverse, en s'étranglant et en battant des
jambes dans le vide.

La sorcière jaillit dans le couloir, courut vers
l'escalier, en bandant son arc, se retourna et décocha une autre flèche ; un deuxième homme s'effondra, tandis qu'une grosse cloche remplissait déjà
tout le bateau de son fracas métallique discordant.

Serafina grimpa l'escalier et déboucha sur le
pont. Deux marins lui barraient la route.

— Descendez vite ! leur dit-elle. La prisonnière
s'est échappée ! Alertez les autres !

Cette ruse suffit à semer la confusion dans l'esprit des deux hommes qui demeurèrent indécis
quelques secondes, assez longtemps pour permettre
à la sorcière de les contourner et d'aller rechercher sa branche de sapin là où elle l'avait cachée,
derrière le conduit d'aération.

— Abattez-la !

C'était la voix de Mme Coulter qui venait de
jaillir derrière elle. Immédiatement, trois coups de
fusil retentirent dans son dos. Les balles ricochè-
rent sur le conduit d'aération et s'enfoncèrent
dans le brouillard en sifflant, tandis que Serafina
enfourchait sa branche de sapin et l'éperonnait
mentalement, comme s'il s'agissait d'une de ses
flèches mortelles. Quelques secondes plus tard, elle
s'envolait dans les airs, au milieu du brouillard
épais, hors d'atteinte, bientôt rejointe par une
grande oie qui venait d'apparaître au milieu des
volutes grises.

— Où va-t-on ? demanda l'oie.

— Loin d'ici, Kaisa, très loin, répondit la sor-

cière. Je veux chasser de mes narines l'odeur infecte
de ces gens.

En vérité, Serafina Pekkala ne savait pas où
aller, ni que faire désormais. Mais elle était sûre
d'une chose : il y avait dans son carquois une flèche
qui finirait plantée dans la gorge de Mme Coulter.

La sorcière et son dæmon mirent le cap vers
le sud, loin de cette inquiétante lueur d'un autre
monde, au milieu du brouillard. Pendant qu'ils
volaient vers d'autres cieux, une question prit forme
dans l'esprit de Serafina : quel était donc le véritable but de Lord Asriel ?

Car tous ces événements qui avaient bouleversé
l'ordre du monde trouvaient leur origine dans les
mystérieuses activités de cet homme.

Malheureusement, Serafina ne puisait ses
connaissances que dans des sources naturelles. Elle
était capable de suivre à la trace n'importe quel
animal, d'attraper n'importe quel poisson, de trouver les baies les plus rares ; elle savait lire les
signes dans les entrailles des martres, déchiffrer
une vision dans les écailles d'une perche, ou encore
interpréter les mises en garde dans le pollen des
crocus, mais tous ces enfants de la nature ne lui
dévoilaient que les vérités naturelles.

Pour en savoir plus au sujet de Lord Asriel, elle
devait s'adresser ailleurs. Dans le port de Trollesund, leur Consul, le Dr Lanselius, servait de lien
avec le monde des hommes et des femmes, et
Serafina décida de s'y rendre, en fonçant dans le
brouillard, pour écouter ce que le Consul avait à
lui apprendre. Avant de se poser devant la maison
du Dr Lanselius, elle survola le port, où des rubans

et des filaments de brume dérivaient tels des fantômes à la surface de l'eau glacée, et assista à l'arrivée d'un gros navire battant pavillon africain. D'autres bateaux étaient ancrés à l'extérieur du port. Jamais elle n'en avait vu autant.

Alors que le jour faiblissait, elle plongea vers le sol et atterrit dans le jardin derrière la maison du Consul. Elle frappa au carreau ; le Dr Lanselius en personne vint lui ouvrir, en posant un doigt sur ses lèvres.

— Bonjour, Serafina Pekkala. Entrez vite, et soyez la bienvenue. Mais ne vous attardez pas, surtout.

Il lui proposa un fauteuil à côté de la cheminée, après avoir jeté un coup d'œil entre les rideaux de la fenêtre qui donnait sur la rue.

— Voulez-vous un peu de vin ?

Tout en sirotant son tokay, Serafina raconta au Consul ce qu'elle avait vu et entendu à bord du navire.

— Croyez-vous qu'ils ont compris ce que votre sœur a dit au sujet de cette fillette ? demanda-t-il.

— Non, pas tout, je pense. Mais ils savent combien cette enfant est importante. Quant à cette femme, cette Mme Coulter, elle me fait peur, docteur Lanselius. Je crois que je la tuerai un jour, mais elle me fait peur malgré tout.

— Je sais. Je suis comme vous.

Serafina écouta ensuite le Consul lui parler des rumeurs qui avaient couru la ville. Au milieu de ce brouillard de on-dit, quelques faits authentiques commençaient à émerger.

— Il paraît que le Magisterium est en train de réunir la plus grande armée qui ait jamais existé, et il s'agit là de l'avant-garde. Des rumeurs fort inquiétantes circulent également au sujet de certains soldats, Serafina Pekkala. J'ai entendu parler de Bolvangar, et de ce qu'ils y faisaient — priver des enfants de leur dæmon, je ne connais rien de plus monstrueux —, eh bien, il semblerait qu'un régiment entier de guerriers ait subi le même sort. Connaissez-vous le mot zombie? Ces créatures ne redoutent plus rien, car elles n'ont plus d'âme. Certaines ont débarqué dans cette ville. Les autorités les cachent, mais la nouvelle s'est répandue, et les habitants sont terrorisés.

— Et les autres clans de sorcières? demanda Serafina. Quelles nouvelles en avez-vous?

— La plupart sont retournées sur leurs terres. Toutes les sorcières vivent dans la peur et l'angoisse, Serafina Pekkala, en attendant de voir ce qui va se passer.

— Et du côté de l'Église?

— C'est la plus grande confusion. Car, voyez-vous, ils ignorent, eux aussi, quelles sont les intentions de Lord Asriel.

— Je suis comme eux, avoua la sorcière, et je ne peux imaginer son but. À votre avis, docteur Lanselius, que cherche-t-il?

Le Consul massa le front de son dæmon-serpent avec son pouce.

— Lord Asriel est un Érudit, dit-il au bout d'un moment, mais la passion qui l'anime n'est pas le savoir. Ni le pouvoir. Je l'ai rencontré un jour, et j'ai découvert un homme doté d'une nature ardente et puissante, mais nullement despotique. Je ne pense pas qu'il cherche à gouverner... En fait, je ne sais pas ce qu'il veut, Serafina Pekkala., Peut-être son domestique serait-il capable de vous renseigner. Il s'appelle Thorold et il était prisonnier avec Lord Asriel dans la maison de Svalbard. Vous pourriez lui rendre visite, pour voir s'il a des choses à vous apprendre mais, évidemment, peut-être a-t-il disparu dans l'autre monde avec son maître.

— Merci, c'est une bonne idée… Je vais le faire. Et sans tarder.

Après avoir fait ses adieux au Consul, Serafina Pekkala repartit dans l'obscurité naissante du ciel pour rejoindre Kaisa au milieu des nuages.

Le voyage de Serafina vers le nord fut rendu plus pénible encore du fait de la confusion générale qui régnait dans le monde autour d'elle. Tous les habitants de l'Arctique avaient cédé à la panique, à l'instar des animaux, non seulement à cause du brouillard et des variations magnétiques, mais aussi des craquements de la calotte glaciaire et des vibrations du sol, inhabituels en cette saison. C'était comme si la terre elle-même, le permafrost, se réveillait après un long rêve d'hibernation.

Des hampes d'éclat mystérieux et inquiétant traversaient de manière soudaine les déchirures dans des colonnes de brouillard, avant de disparaître presque aussitôt ; des troupeaux de bœufs musqués étaient pris de l'envie subite de galoper vers le sud, avant de faire demi-tour presque immédiatement pour repartir vers l'ouest ou le nord ; des vols compacts d'oies se désintégraient dans un chaos de cris stridents, tandis que les champs magnétiques qu'elles survolaient vacillaient et se

brisaient net ici et là. Au milieu de ce chaos, Serafina Pekkala enfourcha sa branche de sapin et
s'envola vers le nord, en direction de la maison
située sur le promontoire rocheux, au cœur des
immensités désolées de Svalbard.

C'est là-bas qu'elle trouva le domestique de Lord
Asriel, Thorold, en train d'affronter un groupe de
monstres des falaises.

Elle perçut les mouvements et les bruits de la
bataille avant d'arriver suffisamment près pour voir
ce qui se passait : un tourbillon d'ailes parchemi-
nées battant avec frénésie, et des yonk-yonk-yonk
sinistres qui résonnaient dans le jardin enneigé.
Un homme seul, enveloppé de fourrures, tirait sur
les assaillants, tandis que son dæmon-chien montrait les dents et aboyait chaque fois qu'une de ces
épouvantables créatures ailées passait trop bas.

Serafina ne connaissait pas cet homme, mais un
monstre des falaises incarnait toujours l'ennemi.
Tournoyant dans le ciel, elle décocha une dizaine
de flèches dans la mêlée. Dans un concert de cris
stridents et de borborygmes, la bande de volatiles,
trop désorganisée pour mériter le nom de troupe,
décrivit un large cercle dans les airs, découvrit son
nouvel adversaire et s'enfuit. Moins d'une minute
plus tard, le ciel était entièrement dégagé, et les
yonk-yonk-yonk désespérés des monstres des
falaises se répercutaient au loin contre les montagnes, pour finalement se fondre dans le silence.

Serafina plongea vers la maison et se posa sur
la neige piétinée et constellée de taches de sang.
L'homme abaissa sa capuche, mais pas son fusil,
car une sorcière pouvait parfois représenter l'ennemi, et Serafina découvrit un vieil homme à la

mâchoire saillante, avec des cheveux grisonnants et un regard pénétrant.

— Je suis une amie de Lyra, dit-elle. J'aimerais vous parler. Regardez, je pose mon arc.

— Où est la fillette ? demanda le vieil homme.

— Dans un autre monde. Et je crains pour sa sécurité. J'ai besoin de savoir ce que prépare Lord Asriel.

Le vieil homme abaissa son fusil.

— Entrez donc. Regardez : je pose mon arme.

Une fois ces formalités accomplies, ils entrèrent. Kaisa, le dæmon-oie, planait dans le ciel au-dessus de la maison pour faire le guet, pendant que Thorold préparait du café et que Serafina lui expliquait ses liens avec Lyra.

— Cette enfant n'en a toujours fait qu'à sa tête, dit le vieil homme lorsqu'ils se furent assis de part et d'autre de la table en chêne, dans la lueur d'une lampe à naphte. Je la voyais une fois par an, environ, quand son oncle se rendait à son collège. Pourtant, j'adorais cette fillette, figurez-vous ; c'était plus fort que moi. Mais je ne saurais vous dire quelle était sa place dans toute cette histoire.

— Dites-moi simplement quels étaient les projets de Lord Asriel.

— Vous ne croyez tout de même pas qu'il m'en a parlé, Serafina Pekkala ? Je suis son majordome, rien de plus. Je lave son linge, je lui prépare à manger et j'entretiens sa maison. Peut-être ai-je appris une ou deux choses depuis des années que je suis au service de Sa Seigneurie, mais uniquement par hasard, en captant une phrase ici et là. Il ne se confiait pas plus à moi qu'à son plat à barbe.

— Parlez-moi de ces deux ou trois choses que vous avez apprises par hasard, demanda la sorcière.

Malgré son âge avancé, Thorold était un homme vigoureux, en pleine possession de ses moyens. Il se sentait flatté, comme n'importe quel homme l'aurait été, de l'attention que lui portait cette jeune et belle sorcière. Mais il était suffisamment intelligent pour savoir que ce n'était pas réellement à lui qu'elle s'intéressait, mais plutôt aux choses qu'il savait. Et comme c'était un homme honnête, il ne la fit pas languir plus longtemps que nécessaire.

— Je ne peux pas vous expliquer précisément ce qu'il prépare, dit-il, car tous les détails philosophiques dépassent mon entendement. Mais je peux vous dire ce qui motive Lord Asriel, même si Sa Seigneurie ne sait pas que je le sais. Je l'ai compris grâce à un millier de petits signes. Arrêtez-moi si je me trompe, mais les sorcières et les sorciers possèdent des dieux différents des nôtres, n'est-ce pas ?

— C'est exact.

— Connaissez-vous notre Dieu ? Le Dieu de l'Église, celui qu'ils nomment l'Autorité ?

— Oui, je le connais.

— Eh bien, sachez que Lord Asriel ne s'est jamais senti très à l'aise avec les doctrines de l'Église, d'une certaine façon. J'ai souvent vu des rictus de dégoût déformer son visage quand il entendait parler de sacrements et d'expiation, de rédemption et ainsi de suite. Chez nous, Serafina Pekkala, s'opposer à l'Église est un crime passible de mort, et pourtant, Lord Asriel nourrit dans son cœur un désir de révolte, depuis que je suis à son service ; voilà une des choses que je sais.

— Une révolte contre l'Église ?

— En partie, oui. Il fut un temps où il envisageait d'engager un rapport de force, mais il a finalement renoncé à cette idée.

— Pourquoi ? Parce que l'Église était trop puissante ?

— Non, répondit le vieux domestique, cela n'arrêterait pas mon maître. Vous allez peut-être trouver ça bizarre, Serafina Pekkala, mais je connais cet homme mieux qu'aucune femme, aucune mère même, pourrait le connaître. Voilà près de quarante ans que je le sers et l'étudie. Évidemment, je ne peux pas le suivre dans les hauteurs de sa pensée, pas plus que je ne sais voler, mais je sais quels chemins il emprunte, même s'il m'est impossible de l'accompagner. Or, je suis convaincu que s'il a renoncé finalement à se rebeller contre l'Église, ce n'est pas parce qu'elle était trop puissante, mais au contraire trop faible pour justifier un tel combat.

— Alors… que cherche-t-il ?

— Je crois qu'il a choisi de mener une bataille plus héroïque. Je crois qu'il prépare une rébellion contre le plus puissant de tous les pouvoirs. Il est parti à la recherche de l'endroit où vit l'Autorité Elle-même, dans l'espoir de La détruire. Voilà ce que je pense. Et j'ai le cœur qui tremble rien qu'en prononçant ces mots, madame. J'ose à peine y penser. Mais je ne vois pas d'autre moyen d'expliquer son comportement et ses actes.

Serafina demeura silencieuse quelques instants, le temps d'assimiler les révélations de Thorold.

Celui-ci enchaîna :

— Évidemment, quiconque entreprend une

action de cette envergure devient la cible privi-
légiée de la fureur de l'Église. Cela va sans dire. Un
tel geste constituerait le plus effroyable des blas-
phèmes, voilà ce qu'ils diraient. Ils le traduiraient
devant la Cour Consistoriale et le condamne-
raient à mort en un clin d'œil. Je n'ai jamais parlé
de ça, et je n'en reparlerai plus; j'aurais peur de
prononcer ces paroles si vous n'étiez pas une sorcière, et de ce fait, à l'abri du pouvoir de l'Église,
mais je vous le répète, c'est la seule explication
plausible. Lord Asriel va localiser l'Autorité et La
tuer.

— Est-ce possible ? demanda Serafina.

— La vie de Lord Asriel a toujours été remplie
d'actes impossibles. Je n'oserais pas dire qu'une
seule chose pouvait lui résister. Mais à première
vue, Serafina Pekkala, oui, il est complètement
fou. Si les anges n'ont pas réussi, comment un
homme pourrait-il seulement y songer ?

— Les anges ? Qu'est-ce donc ?

— Des êtres qui sont de purs esprit, selon
l'Église. Elle nous enseigne que des anges se sont
rebellés avant la création du monde, alors, ils ont
été chassés du ciel et jetés en enfer. Bref, ils ont
échoué, c'est là le point le plus important. Ils n'ont
pas réussi. Lord Asriel n'est qu'un homme, avec
des pouvoirs humains, et rien d'autre. Mais son
ambition, elle, est sans limites. Il ose entreprendre
ce que les autres hommes et femmes n'osent même
pas envisager. Regardez ce qu'il a déjà accompli : il
a créé une déchirure dans le ciel, il a ouvert la voie
vers un autre monde. Qui d'autre en a jamais fait
autant ? Qui d'autre y avait seulement songé ?
Alors, c'est vrai, Serafina Pekkala, ma raison me

pousse à dire que c'est un fou, un dément diabolique. Mais une petite voix en moi me dit : « C'est Lord Asriel, il n'est pas comme les autres hommes. » Peut-être que… si une telle chose était réellement possible, c'est lui qui pourrait y arriver, et personne d'autre.

— Que comptez-vous faire, Thorold ?

— Rester ici et attendre. Je garderai cette maison jusqu'à ce qu'il revienne pour me renvoyer, ou jusqu'à ma mort. Mais permettez que je vous pose la même question, madame.

— Je vais m'assurer que la fillette ne craint rien, répondit la sorcière. Il se peut que je sois obligée de repasser par ici, Thorold. Je me réjouis de savoir que vous serez fidèle au poste.

— Je ne bougerai pas.

Ayant refusé la nourriture que lui proposait le vieux domestique, Serafina lui fit ses adieux.

Une minute plus tard, elle avait rejoint son dæmon-oie, et celui-ci garda le silence tandis qu'ils s'élevaient dans le ciel et tournoyaient au-dessus des montagnes embrumées. Serafina était profondément troublée, et il n'y avait pas besoin d'explication : chaque brin d'herbe, chaque flaque d'eau gelée, chaque moucheron de sa terre natale lui mettait les nerfs à vif et l'appelait. Elle avait peur pour toutes ces choses, mais peur pour elle-même également, car elle sentait venir des changements : elle enquêtait sur une affaire humaine, avec des enjeux humains ; le dieu de Lord Asriel n'était pas le sien. Était-elle en train de devenir un être humain ? Risquait-elle de perdre tout ce qui faisait d'elle une sorcière ?

Dans ce cas, elle ne pourrait pas y parvenir seule.

— Rentrons à la maison, dit-elle. Nous devons nous entretenir avec nos sœurs, Kaisa. Ces événements nous dépassent.

La sorcière et son dæmon-oie filèrent à toute allure au milieu des nappes ondulantes de brouillard en direction du lac Enara, là où était leur foyer.

Dans les cavernes au milieu des bois, près du lac, ils retrouvèrent les autres membres du clan, ainsi que Lee Scoresby. L'aéronaute avait réussi à maintenir son ballon dans les airs après l'atterrissage en catastrophe de Svalbard, et les sorcières l'avaient guidé jusqu'à leur territoire, où il avait pu commencer à réparer les dégâts infligés à la nacelle et à l'enveloppe du ballon.

— Madame, je suis ravi de vous revoir, dit-il. Avez-vous des nouvelles de la gamine ?

— Aucune, monsieur Scoresby. Accepterez-vous d'assister à notre conseil, ce soir, pour discuter des mesures à prendre ?

Le Texan ne put dissimuler sa surprise, car à sa connaissance, aucun homme n'avait jamais assisté à un conseil de sorcières.

— J'en serais très honoré, répondit-il. Peut-être pourrais-je même faire une ou deux suggestions ?

Durant toute la journée, les sorcières ne cessèrent d'affluer, tels des flocons de neige noire portés par la tempête, emplissant les cieux du bruissement de leurs voiles de soie et du sifflement de l'air à travers les aiguilles de leurs branches de sapin. Les hommes qui chassaient dans les forêts humides ou pêchaient au milieu des blocs de glace, dans les environs, entendaient l'immensité du ciel murmurer dans le brouillard, et, quand l'horizon était dégagé, ils levaient la tête pour voir passer les sorcières, semblables à des lambeaux d'obscurité entraînés par un courant secret.

Le soir venu, les sapins qui entouraient le lac se retrouvèrent illuminés par une centaine de feux de camp, dont le plus grand brûlait à l'entrée de la grotte. C'est là que, après le dîner, toutes les sorcières se rassemblèrent. Serafina Pekkala siégeait au centre de l'assemblée. avec une couronne de petites fleurs violettes dans ses cheveux blonds. À sa gauche était assis Lee Scoresby, et à sa droite se tenait une visiteuse de marque : la reine des sorcières de Lettonie, Ruta Skadi.

Elle était arrivée une heure plus tôt, à la grande surprise de Serafina. Cette dernière trouvait que Mme Coulter était une jolie femme, pour une mortelle du moins, mais Ruta Skadi était aussi belle que Mme Coulter et possédait en outre une dimension supplémentaire, celle du mystère, de l'insondable. Elle avait fait commerce avec les esprits, et cela se voyait. Dotée d'un caractère passionné et vif, elle avait d'immenses yeux noirs ; et l'on disait que Lord Asriel lui-même avait été son amant. Elle arborait de lourdes boucles d'oreilles en or et, dans ses cheveux bruns bouclés, une couronne ornée de dents de tigre des neiges. Kaisa, le dæmon de Serafina, avait appris par le dæmon de Ruta Skadi que celle-ci avait tué ces tigres de ses propres mains, afin de punir la tribu de Tartares qui les idolâtraient, car ces hommes n'avaient pas su lui faire les honneurs qu'elle attendait quand elle avait visité leur territoire. Privée de ses dieuxtigres, la tribu sombra rapidement dans la terreur et le désespoir ; les Tartares supplièrent alors Ruta Skadi de leur accorder le droit de l'idolâtrer, mais elle rejeta leurs suppliques avec mépris. À quoi lui servirait leur adoration ? Visiblement, elle n'avait pas porté chance aux tigres, répondit-elle. Ruta Skadi était ainsi : belle, fière et impitoyable.

Serafina ne savait pas ce qui avait motivé sa venue, mais elle l'accueillit comme il convenait, et le protocole exigeait que Ruta Skadi fût assise à la droite de Serafina. Quand toutes les sorcières furent réunies, Serafina prit la parole.

— Mes sœurs ! Vous savez pourquoi nous sommes rassemblées. Nous devons prendre une décision concernant les événements récents. L'enveloppe de l'univers s'est déchirée, et Lord Asriel a ouvert un passage entre notre monde et un autre. Devons-nous nous en préoccuper, ou continuer à vivre comme nous l'avons fait jusqu'à présent, en nous occupant seulement de nos propres affaires de sorcières ? Par ailleurs, il y a le cas de la jeune Lyra Belacqua, surnommée Lyra Parle-d'Or par le roi Iorek Byrnison. Elle a choisi la bonne branche de sapin chez le Dr Lanselius : cette enfant est celle que nous attendons depuis toujours, et voilà qu'elle a disparu. Nous avons deux invités qui vont nous faire part de leur sentiment. Tout d'abord, nous entendrons la reine Ruta Skadi.

Celle-ci se leva. Ses bras laiteux luisaient dans la lumière des flammes, ses yeux brillaient d'un tel éclat que même la sorcière la plus éloignée d'elle pouvait lire l'expression de son visage éclatant.

— Mes sœurs, dit Ruta Skadi, laissez-moi vous raconter ce qui est en train de se passer, et vous expliquer qui sont nos ennemis dans cette affaire. Car une guerre se prépare. J'ignore encore qui seront nos alliés, mais je sais qui nous devons combattre. Il s'agit du Magisterium, de l'Église. Depuis qu'elle existe, c'est-à-dire très peu de temps à nos yeux, mais très très longtemps d'après les critères des mortels, l'Église a toujours cherché à supprimer et à contrôler toutes les pulsions naturelles. Et quand elle ne peut pas les contrôler, elle les détruit. Certaines d'entre vous ont vu ce qu'ils faisaient à Bolvangar. C'était épouvantable, mais ce n'est malheureusement pas le seul endroit, ni la seule pratique de ce genre. Mes sœurs, vous ne connaissez que le Nord ; moi, j'ai voyagé dans les contrées du Sud. Il y a là-bas des Églises qui mutilent les enfants elles aussi, comme les gens de Bolvangar, pas de la même façon, mais de manière tout aussi horrible. Ils leur coupent les organes sexuels, oui parfaitement, aux garçons comme aux filles ; ils les tranchent avec des couteaux. Voilà ce que fait l'Église, et toutes les Églises ont le même objectif : contrôler, détruire, anéantir tous les bons sentiments. C'est pourquoi, si une guerre éclate, et si l'Église se trouve dans un des deux camps, notre devoir est de nous engager dans le camp d'en face, même si, de ce fait, nous nous retrouvons en compagnie d'étranges alliés.

Je propose donc que nos clans s'allient et se rendent dans le Nord pour aller explorer ce nouveau monde. Si la fillette demeure introuvable dans notre monde, c'est qu'elle est déjà partie sur les traces de Lord Asriel. Or, Lord Asriel est la clé de tout ceci, je vous le dis. Il fut mon amant, jadis, et je joindrais volontiers mes forces aux siennes, car il déteste l'Église et tous ses vils agissements. Voilà ce que j'avais à dire.

Ruta Skadi s'exprimait avec passion, et Serafina ne pouvait qu'admirer son pouvoir et sa beauté. Quand la reine de Lettonie se rassit, Serafina se tourna vers Lee Scoresby.

— M. Scoresby est un ami de la fillette, et en tant que tel, il est aussi notre ami, annonça-t-elle. Voulez-vous nous faire part de votre avis, monsieur ?

Le Texan se leva, courtois et maigre comme un clou. On aurait pu croire qu'il n'avait pas conscience de l'étrangeté de la situation, mais il n'en était rien. Hester, son dæmon-lièvre, était accroupi à ses côtés, les oreilles plaquées en arrière, ses yeux dorés à moitié fermés.

— Mesdames, dit-il. Je dois d'abord vous remercier pour la bonté que vous m'avez témoignée, et l'aide que vous avez apportée à un aéronaute malmené par des vents venus d'un autre monde. Sachez que je n'abuserai pas longtemps de votre patience.

Quand je voyageais vers le Nord, en direction de Bolvangar, avec les gitans, la fillette nommée Lyra me raconta une chose qui s'était déroulée au collège où elle vivait, à Oxford. Lord Asriel avait, paraît-il, montré aux autres professeurs la tête tranchée d'un dénommé Stanislaus Grumman, et cela les avait convaincus de lui donner de l'argent pour se rendre dans le Nord et découvrir ce qui s'était passé.

La fillette semblait si sûre de ce qu'elle avait vu, que je n'ai pas osé lui poser trop de questions. Mais ses paroles ont fait resurgir un vague souvenir dans mon esprit, trop vague pour que j'établisse un rapprochement. Mais j'avais déjà entendu parler de ce Dr Grumman. C'est seulement durant le trajet entre Svalbard et ici que la mémoire m'est revenue. C'était un vieux chasseur du Tunguska qui m'avait raconté cette histoire. Apparemment, ce Grumman savait où était caché une sorte d'objet capable de protéger quiconque le possède. Je ne cherche point à minimiser les pouvoirs magiques qui sont les vôtres, mesdames les sorcières, mais cet objet en question renferme, paraît-il, une puissance qui dépasse tout ce dont j'ai entendu parler.

Alors, je me suis dit, ajouta Scoresby, que je pourrais peut-être retarder ma retraite au Texas, à cause de cette fillette, et partir à la recherche du Dr Grumman. Car, voyez-vous, je ne crois pas qu'il soit mort. Je pense que Lord Asriel a berné ces professeurs.

Je me rendrai en Nova Zembla, là où on a vu le Dr Grumman vivant pour la dernière fois, et je me lancerai à sa recherche. Je suis incapable de voir l'avenir, mais je vois clair dans le présent. Et si les balles de mon fusil sont d'une quelconque utilité, je me range à vos côtés dans cette guerre. Voilà la mission que je me suis fixée, madame, conclut-il en se tournant vers Serafina Pekkala. Je vais partir à la recherche de Stanislaus Grumman, pour découvrir ce qu'il sait, et si je parviens à mettre la main sur ce fameux objet, je l'apporterai à Lyra.

Serafina demanda :

— Avez-vous été marié, monsieur Scoresby ? Avez-vous des enfants ?

— Non, madame, je n'ai pas d'enfants, même si ça m'aurait plu d'être père, Mais je comprends

votre question, et vous avez raison : cette pauvre
fillette n'a pas eu de chance avec ses vrais parents,
et peut-être pourrais-je réparer cette injustice.
Quelqu'un doit s'en charger, et je suis prêt à le
faire.

— Merci, monsieur Scoresby, dit Serafina.

Elle ôta sa couronne pour y prendre une des
petites fleurs violettes qui, tant qu'elle les portait,
demeuraient aussi fraîches que si on venait de les
cueillir.

— Prenez cette fleur, dit-elle, et si un jour vous
avez besoin de mon aide, serrez-la dans votre main
et appelez-moi. Je vous entendrai, où que vous
soyez.

— Merci mille fois, madame, dit Scoresby,
surpris.

Il prit la petite fleur qu'elle lui tendait et la
glissa soigneusement dans la poche de sa chemise.

— Nous ferons souffler un vent favorable pour
vous aider à atteindre la Nova Zembla, dit Serafina Pekkala. Maintenant, mes sœurs, avez-vous
des choses à dire ?

Le véritable conseil débuta à cet instant. Les
sorcières fonctionnaient de manière démocratique,
jusqu'à un certain point : chacune d'elles, même la
plus jeune, avait le droit à la parole, mais seule
leur reine possédait le pouvoir de décision. Les
débats durèrent toute la nuit ; de nombreuses
voix s'élevèrent pour prôner la guerre ouverte et
immédiate, tandis que d'autres recommandaient
la prudence, et d'autres encore, plus rares, mais
également plus sages, suggéraient d'envoyer une
délégation auprès de tous les autres clans de sor-

cières, afin de les inciter, pour la première fois, à
s'unir.

Ruta Skadi était favorable à cette dernière idée,
et Serafina envoya aussitôt un groupe de messa-
gères. Concernant les mesures immédiates, Serafina sélectionna vingt de ses meilleures guerrières
et leur ordonna de se préparer à voler vers le nord
avec elle ; elles pénétreraient dans ce nouveau
monde ouvert par Lord Asriel et elles tenteraient
de retrouver Lyra.

— Et vous, reine Ruta Skadi ? demanda finalement Serafina. Quels sont vos plans ?

— Je vais partir à la recherche de Lord Asriel
pour savoir, de sa propre bouche, ce qu'il manigance. Il semblerait qu'il soit parti vers le nord, lui
aussi. Puis-je me joindre à vous, ma sœur, pour la
première partie de ce voyage ?

— Soyez la bienvenue, répondit Serafina, ravie
d'avoir de la compagnie.

Alors que le conseil venait de s'achever, une
vieille sorcière vint trouver Serafina Pekkala et lui
dit :

— Vous devriez écouter ce que Juta Kamainen
a à dire, ma reine. C'est une forte tête, mais son
témoignage peut être intéressant.

La jeune Juta Kamainen — jeune d'après les
critères des sorcières, c'est-à-dire qu'elle avait tout
juste un peu plus de cent ans — semblait gênée ;
son dæmon-rouge-gorge voletait nerveusement de
son épaule à sa main, et tournoyait au-dessus de
sa tête, avant de revenir se poser, un court instant,
sur son épaule. La sorcière avait de bonnes joues
rouges, une nature vive et passionnée. Serafina ne
la connaissait pas très bien.

— Ma reine, dit-elle, incapable de garder le silence plus longtemps sous le regard pénétrant de Serafina. Je connais le dénommé Stanislaus Grumman. J'ai été amoureuse de lui autrefois. Mais maintenant, je le hais à tel point que si je le voyais, je le tuerais aussitôt. Je ne voulais pas vous en parler, mais ma sœur m'y a obligé.

En disant cela, Juta Kamainen lança un regard haineux à la vieille sorcière, qui lui répondit par un regard rempli de compassion ; elle connaissait les ravages de l'amour.

— Si cet homme est toujours en vie, dit Serafina, il devra le rester jusqu'à ce que M. Scoresby le retrouve. Tu viendras avec nous dans le nouveau monde, comme ça, tu ne risqueras pas de le tuer prématurément. Oublie donc cet homme, Juta Kamainen. L'amour nous fait souffrir. Mais la mission qui nous attend est plus importante que la vengeance. Souviens-toi de cela.

— Oui, ma reine, dit la jeune sorcière, humblement.

C'est ainsi que Serafina Pekkala et ses vingt et une compagnes, plus la reine Ruta Skadi de Lettonie, s'envolèrent pour le nouveau monde, où aucune sorcière n'avait jamais pénétré.

3

Un monde d'enfants

 Lyra se réveilla de bonne heure. Elle avait fait un rêve affreux : on lui avait donné le container sous vide que son père, Lord Asriel, avait montré au Maître et aux Érudits de Jordan College.

Ce jour-là, Lyra était cachée dans une penderie ; elle avait pu voir ainsi Lord Asriel ouvrir l'étrange boîte, afin de montrer aux Érudits la tête tranchée de Stanislaus Grumman, l'explorateur porté disparu. Mais, dans son cauchemar, Lyra était obligée d'ouvrir elle-même le container, et elle ne voulait pas. À vrai dire, elle était terrorisée. Mais elle devait le faire, et sentit ses mains trembler d'effroi au moment où elles faisaient sauter les fermoirs de la boîte. L'air s'engouffra dans le container réfrigéré. Suffoquant de peur, Lyra souleva le couvercle, sachant qu'elle n'avait pas le choix, elle devait le faire... La boîte était vide ! La tête de Grumman avait disparu. Il n'y avait plus de raison d'avoir peur.

Elle se réveilla malgré tout en pleurant, inondée de sueur, dans la petite chambre étouffante qui donnait sur le port, avec la lumière de la lune qui entrait par la fenêtre, couchée dans le lit d'un inconnu, serrant contre elle l'oreiller d'un inconnu. Pantalaimon, blotti contre elle sous son aspect d'hermine, émettait de petits bruits rassurants. Quelle peur elle avait eue ! Dire que, dans la vraie vie, elle aurait donné cher pour voir la tête de Stanislaus Grumman ! Elle avait supplié Lord Asriel de rouvrir la boîte pour la laisser regarder à l'intérieur alors que, dans son rêve, cette idée la terrorisait.

Elle demanda à l'aléthiomètre ce que signifiait ce cauchemar, mais la seule réponse fut : « C'était un rêve au sujet d'une tête. »

Elle songea à réveiller l'étrange garçon, mais il dormait si profondément qu'elle décida de s'abstenir. Elle descendit dans la cuisine et essaya de se faire une omelette ; vingt minutes plus tard, elle s'installait à une table sur le trottoir pour déguster, avec un immense sentiment de fierté, une sorte de purée sèche et carbonisée, pendant que le moineau Pantalaimon picorait les morceaux de coquilles d'œuf.

Soudain, elle entendit un bruit dans son dos, et aperçut Will, les yeux gonflés par le sommeil.

— Je sais faire l'omelette, déclara-t-elle. Je peux t'en faire une si tu veux.

Il regarda l'assiette de Lyra avant de répondre :

— Non, je vais plutôt prendre des céréales. Il reste du lait dans le frigo. Les gens qui vivent ici sont partis depuis peu, je parie.

Elle le regarda verser des corn flakes dans un

bol et y ajouter du lait : encore une chose qu'elle n'avait jamais vue.

Will emporta son bol sur la terrasse.

— Si tu ne vis pas dans ce monde, tu viens d'où ? demanda-t-il. Et comment es-tu arrivée jusqu'ici ?

— Mon père a construit un pont et... je l'ai suivi quand il est passé de l'autre côté. Mais je ne sais pas où il est allé, il a disparu. Remarque, je m'en fiche. Il y avait tellement de brouillard quand j'ai traversé le pont que j'ai dû me perdre. J'ai erré dans le brouillard pendant plusieurs jours, en mangeant uniquement des fruits et ce que je trouvais. Puis un jour, le brouillard s'est levé et, avec Pantalaimon, on était au sommet de cette falaise, tout là-bas...

Elle tendit le pouce par-dessus son épaule. Le regard de Will balaya le rivage, dépassa le phare et vit la côte s'élever brusquement, en une succession de falaises qui disparaissaient dans la brume au loin.

— On a aperçu la ville en bas, et on est descendus, mais il n'y avait personne ! Au moins, il y avait de quoi se nourrir et des lits pour dormir. Ensuite, on s'est demandé ce qu'on allait faire.

— Tu es sûre que ce n'est pas un endroit de ton monde que tu connais pas ?

— Évidemment !

— Conclusion, il existe au moins trois mondes reliés les uns aux autres, déclara Will.

— Il y en a des millions et des millions, répondit Lyra. C'est un dæmon qui me l'a dit. Un dæmon de sorcière même. Impossible de compter combien il y en a, tous dans le même espace, mais per-

sonne ne pouvait passer de l'un à l'autre avant que
mon père ne construise son pont.

— Et la fenêtre que j'ai découverte ?

— Là, je n'en sais rien. Peut-être que tous les
mondes sont en train de se mélanger.

— Et pourquoi tu cherches de la poussière, au
fait ?

Elle lui jeta un regard sévère.

— Peut-être que je te le dirai un jour.

— D'accord. Mais comment comptes-tu faire ?

— Je trouverai un Érudit qui saura me renseigner.

— N'importe lequel ?

— Non. Un théologien expérimental. Dans mon
Oxford à moi, c'étaient eux qui savaient tout sur
la Poussière. On peut donc supposer que ce sera
la même chose dans ton Oxford à toi. J'irai d'abord
à Jordan College, car c'est là qu'on trouve les
meilleurs.

— Je n'ai jamais entendu parler de théologie
expérimentale, dit Will.

— Ils connaissent tout sur les particules élémentaires et les forces fondamentales, expliqua
Lyra. Sur l'ambaromagnétisme aussi, ce genre de
choses.

— L'ambaro quoi ?

— L'ambaromagnétisme. Comme dans amba-
rique. Ces lumières, là, dit-elle en désignant le lampadaire décoratif, ce sont des lumières ambariques.

— Nous, on dit électriques.

— Électriques... Comme *electrum*. C'est une
sorte de pierre, précieuse, faite avec la gomme des
arbres. Des fois, il y a même des insectes à l'intérieur.

— Tu confonds avec l'ambre, dit Will.

Tous les deux dirent au même moment
« Ambar... », et chacun vit sa propre expression
sur le visage de l'autre. Will conserva longtemps
le souvenir de cet instant.

— L'électromagnétisme, reprit-il, en détournant
la tête. Ta théologie expérimentale, ça ressemble
à ce qu'on appelle la physique. C'est des savants
qu'il te faut, pas des théologiens.

— Hum, fit-elle, méfiante. Je les trouverai.

Ils étaient assis dans la vive clarté du matin ;
le soleil illuminait paisiblement le port, et chacun
d'eux s'apprêtait sans doute à ajouter quelque
chose, car ils débordaient de questions, mais soudain, ils entendirent une voix venue du bord de
mer un peu plus loin, vers les jardins du casino.

Surpris, Will et Lyra tournèrent la tête dans cette
direction. C'était une voix d'enfant mais, curieusement, on ne voyait personne.

Will demanda à Lyra, à voix basse :

— Depuis quand es-tu ici, déjà ?

— Trois ou quatre jours, je ne sais plus. Et je
n'ai jamais vu personne. Cette ville est complètement déserte, je t'assure. J'ai regardé presque
partout.

Pourtant, il y avait quelqu'un. Deux enfants,
une fillette de l'âge de Lyra et un garçon, plus
jeune, débouchèrent soudain d'une des rues qui
descendaient vers le port. Ils portaient des paniers
et tous les deux avaient les cheveux roux. Ils
n'étaient plus qu'à une centaine de mètres lorsqu'ils aperçurent Will et Lyra assis à la terrasse du
café.

Pantalaimon abandonna immédiatement son

apparence de chardonneret pour se transformer en souris et remonter à toute vitesse sur le bras de Lyra, jusque dans sa poche de chemise. Il avait remarqué que, comme Will, aucun de ces deux enfants n'était accompagné d'un dæmon visible.

Ceux-ci s'avancèrent d'un pas nonchalant et s'installèrent à une table voisine.

— Vous êtes de Ci'gazze ? demanda la fille.

Will secoua la tête.

— De Sant'Elia ?

— Non, dit Lyra. On vient d'ailleurs.

La fille acquiesça. C'était une réponse sensée.

— Qu'est-ce qui se passe ici ? demanda Will. Où sont passés tous les adultes ?

La fille plissa les yeux.

— Les Spectres ne sont pas venus chez vous ? demanda-t-elle.

— Non, répondit Will. On vient d'arriver. On n'est pas au courant de cette histoire de spectres. Comment s'appelle cette ville ?

— Ci'gazze, dit la fillette, d'un air méfiant. Cittàgazze, si vous préférez.

— Cittàgazze, répéta Lyra. Ci'gazze. Pourquoi tous les adultes sont-ils partis ?

— À cause des Spectres, évidemment, expliqua la fillette avec une grimace d'agacement. Comment vous vous appelez tous les deux ?

— Moi, c'est Lyra. Lui, c'est Will. Et vous ?

— Angelica. Mon frère s'appelle Paolo.

— Vous venez d'où ?

— Des collines, là-haut, Il y a eu un énorme orage, avec un brouillard épais ; tout le monde a pris peur et on s'est enfuis dans les collines. Quand le brouillard s'est dissipé, les adultes ont vu, avec

des télescopes, que la ville était remplie de Spectres.
D'autres enfants sont redescendus ; ils vont bientôt
arriver. On était les premiers.

— Avec Tullio, ajouta le petit Paolo, fièrement

— Qui est Tullio ?

Angelica semblait fâchée. Apparemment, Paolo
n'aurait pas dû en parler, mais le secret, maintenant, était éventé.

— C'est notre grand frère, dit Angelica. Il n'est
pas avec nous. Il se cache, en attendant de pouvoir… Il se cache, c'est tout.

— Il va se…. ajouta Paolo, mais sa sœur lui
donna une gifle, et il se tut immédiatement, en
pinçant ses lèvres tremblantes.

— Que disais-tu au sujet de cette ville ? demanda
Will. Elle est pleine de… spectres ?

— Oui. Ci'gazze, Sant'Elia et toutes les autres
villes. Les Spectres vont partout où il y a des gens.
Mais vous venez d'où, vous ?

— Winchester, dit Will.

— Jamais entendu parler. Il n'y a pas de
Spectres, là-bas ?

— Non. Et je n'en vois pas ici non plus.

— Bien sûr que non ! T'es pas un adulte ! C'est
quand on est adulte qu'on voit les Spectres !

— Moi, je n'ai pas peur des Spectres, déclara
le jeune garçon en redressant son petit menton
crasseux.

— Les adultes ne vont jamais revenir ? demanda
Lyra.

— Si, si, dans quelques jours, répondit Angelica. Quand les Spectres iront voir ailleurs. Nous,
on aime bien quand les Spectres sont là, on peut

cavaler où on veut dans la ville, faire tout ce qui nous plaît.

— Mais pourquoi les adultes ont-ils si peur de ces Spectres ? demanda Will.

— Quand un Spectre attrape un adulte, ce n'est pas beau à voir. Il lui mange toute la vie à l'intérieur, en quelques secondes. Je n'ai pas envie de devenir grande, vous pouvez me croire. Au début, quand ils comprennent ce qui se passe, les adultes ont peur, ils hurlent, ils pleurent, ou ils essayent de regarder ailleurs, pour faire comme si ce n'était pas vrai. Mais c'est déjà trop tard. Et personne ne veut s'approcher pour les aider ; ils sont tout seuls. Au bout d'un moment, ils deviennent tout pâles et ils ne bougent plus. Ils sont toujours vivants, mais c'est comme si on les avait dévorés de l'intérieur. Quand on les regarde dans les yeux, on voit l'arrière de leur crâne. C'est tout vide.

La fillette se tourna vers son jeune frère et lui essuya le nez avec la manche de sa chemise.

— Paolo et moi, on cherche des glaces, ajouta-t-elle. Vous voulez venir avec nous ?

— Non, répondit Will, on a des trucs à faire.

— Salut, alors, dit Angelica.

— Mort aux Spectres ! s'exclama le petit Paolo.

— Salut, dit Lyra.

Dès qu'Angelica et son jeune frère eurent disparu, Pantalaimon ressortit de la poche de Lyra, sa petite tête de souris ébouriffée, les yeux pétillants.

Il s'adressa à Will :

— Ils ne connaissent pas l'existence de cette fenêtre que tu as découverte.

C'était la première fois que Will entendait parler Pantalaimon, et il semblait presque plus stupé-

fié par ce phénomène que par tout ce qu'il avait
vu jusqu'à présent. Lyra ne put s'empêcher de rire
devant son air ébahi.

— Mais... il parle ! s'exclama-t-il. Est-ce que
tous les dæmons parlent ?

— Évidemment ! dit Lyra. Tu croyais que c'était
un vulgaire animal domestique ?

Will se gratta le crâne, perplexe. Finalement, il
secoua la tête et s'adressa à Pantalaimon.

— Je crois que tu as raison, dit-il. Ils ne sont
pas au courant.

— Ça veut dire qu'il faut faire attention en
repassant par là, dit le dæmon.

Il y avait quand même quelque chose d'étrange
dans cette situation : discuter avec une souris ! Mais
pas plus étrange que de parler dans un téléphone,
en fin de compte, car en vérité il s'adressait à
Lyra. Certes, la souris était un être indépendant ;
toutefois, on retrouvait un peu de Lyra dans ses
expressions, avec quelque chose de plus. Difficile
de savoir quoi au juste, surtout quand tant de phénomènes bizarres se produisaient en même temps.
Will s'efforça de mettre de l'ordre dans ses pensées.

— Pour commencer, on va te trouver des vêtements, dit-il à Lyra, avant que tu mettes les pieds
dans mon Oxford.

— Pourquoi donc ? demanda-t-elle d'un air de
défi.

— Tu ne peux pas aller poser des questions aux
habitants de mon monde dans cet état-là ; ils ne te
laisseraient même pas approcher. Tu ne dois pas
te faire remarquer ; il faut que tu sois camouflée,
en quelque sorte. Fais-moi confiance, je sais de
quoi je parle. Je l'ai fait pendant des années. Si tu

n'écoutes pas mes conseils, tu vas te faire pincer, et s'ils découvrent d'où tu viens, ils trouveront la fenêtre, et tout ça... Ce monde est une extraordinaire cachette. Et justement... je suis obligé de me cacher pour échapper à certaines personnes. Je ne pouvais pas rêver mieux, et je n'ai pas envie qu'on découvre cet endroit. Ça m'ennuierait beaucoup que tu nous fasses repérer en ayant l'air de débarquer d'on ne sait où. J'ai des choses importantes à faire à Oxford, moi aussi, et si jamais je me fais pincer à cause de toi, je te tue.

Lyra avala sa salive. L'aléthiomètre ne mentait jamais : ce garçon était bel et bien un meurtrier, et s'il avait déjà tué une fois, il n'hésiterait pas à la tuer, elle aussi. Elle acquiesça d'un air grave car elle était sincère.

— D'accord, dit-elle.

Transformé en lémurien, Pantalaimon regardait Will avec ses grands yeux écarquillés. Will soutint son regard, et le dæmon redevint aussitôt souris pour se faufiler dans la poche de Lyra.

— Parfait, dit le garçon. Aussi longtemps qu'on restera ici, on fera croire à ces gamins qu'on vient de leur monde, d'un endroit qu'ils ne connaissent pas. C'est une chance qu'il n'y ait pas d'adultes dans les parages. On peut aller et venir à notre guise, personne ne fera attention à nous. Mais quand on sera dans mon monde, tu devras faire ce que je te dis. Avant toute chose, tu vas te laver. Si tu n'as pas l'air propre, tu vas te faire remarquer. Nous devons passer inaperçus, où qu'on aille. On doit donner l'impression d'être chez nous, dans notre élément. Commence par te laver les cheveux.

Il y a du shampooing dans la salle de bains. Ensuite, on ira te chercher des vêtements.

— Je ne sais pas comment on fait, dit Lyra. Je ne me suis jamais lavé les cheveux. C'est la gouvernante qui s'en chargeait à Jordan College.

— Apprends à te débrouiller, répondit Will. Lave-toi entièrement. Dans mon monde, les gens sont propres.

— Hum, fit Lyra, avant de remonter au premier étage.

Par-dessus son épaule, une tête de rat féroce jeta un regard noir à Will, qui se contenta de la regarder froidement.

Will était partagé entre le désir de profiter de cette matinée silencieuse et ensoleillée pour déambuler à travers la ville, et un sentiment d'angoisse en songeant à sa mère. Une sorte de torpeur provoquée par le choc de la mort de cet homme s'y mêlait. Mais tout cela était dominé par la tâche qu'il devait accomplir. Afin de s'occuper l'esprit et les mains en attendant Lyra, il entreprit de nettoyer la cuisine, de laver par terre et d'aller vider les ordures dans la grande poubelle qu'il avait repérée dans la ruelle derrière le café.

Cela étant fait, il sortit l'écritoire de son cabas et l'observa d'un air impatient. Dès qu'il aurait montré à Lyra comment franchir la fenêtre pour retourner à Oxford, il reviendrait voir ce qu'elle contenait ; en attendant, il la glissa sous le matelas du lit dans lequel il avait dormi. Dans ce monde, le précieux objet était à l'abri.

Lorsque Lyra redescendit, propre et encore mouillée, ils partirent lui chercher des vêtements. Ils dénichèrent un grand magasin, à l'aspect miteux comme tout le reste, où les vêtements étaient un peu démodés aux yeux de Will, mais ils trouvèrent pour Lyra une jupe écossaise et un chemisier vert sans manches, avec une grande poche pour Pantalaimon. La fillette refusa catégoriquement d'enfiler un jean ; elle refusa même de croire Will quand celui-ci lui affirma que presque toutes les filles en portaient.

— C'est un pantalon ! dit-elle. Je suis une fille, je te signale. Ne dis pas de bêtises.

Will répondit par un haussement d'épaules. Après tout, la jupe écossaise était passe-partout, c'était le plus important. Avant de quitter le magasin, Will déposa quelques pièces dans le tiroir-caisse derrière le comptoir.

— Qu'est-ce que tu fais ? demanda Lyra.

— Je paye. Il faut payer pour avoir quelque chose. Tout est gratuit dans ton monde ?

— Ici, c'est différent ! Je te parie que ces gamins qu'on a rencontrés ne payent rien !

— Peut-être. Moi, je paye.

— Attention, si tu commences à te comporter comme un adulte, les Spectres vont s'emparer de toi, dit-elle, sans trop savoir, toutefois, si elle pouvait se moquer de lui désormais, ou si, au contraire, elle devait en avoir peur.

En plein jour, Will put constater combien les bâtiments du centre ville étaient anciens ; certains pouvaient presque être qualifiés de ruines. La chaussée était défoncée, il y avait des fenêtres brisées, le plâtre s'écaillait. Et pourtant, cet endroit avait autrefois connu la beauté et la grandeur : en passant devant des porches voûtés, on apercevait de vastes cours intérieures remplies d'arbres ; il y

avait aussi de grandes constructions ressemblant à
des palais, malgré les escaliers lézardés et les portes
arrachées des murs. À croire que les habitants de
Ci'gazze, plutôt que d'abattre une maison pour en
construire une autre à la place, préféraient la rafis-
toler indéfiniment.

Au bout d'un moment, ils atteignirent une tour
qui se dressait sur une petite place, solitaire. C'était
apparemment le plus vieil édifice de la ville : une
simple tour crénelée, haute de trois étages. Son
immobilité, en plein soleil, avait quelque chose de
si mystérieux que Will et Lyra se sentirent attirés
par cette porte entrouverte au sommet d'un large
escalier. Toutefois, ils n'y firent aucune allusion et
poursuivirent leur chemin, un peu à contrecœur.

En arrivant sur le grand boulevard planté de
palmiers, Will demanda à Lyra de chercher un
petit café situé au coin d'une rue, avec des tables
et des chaises en fer peintes en vert sur le trottoir.
Elle le trouva en moins d'une minute. Vu de jour,
il paraissait plus petit, plus miteux également,
mais c'était bien le même café, avec son comptoir
en zinc, le percolateur, l'assiette de risotto à moitié
pleine, qui commençait à empester dans la chaleur.

— C'est là-dedans ? demanda Lyra,

— Non. C'est au milieu de la route. Assure-toi
qu'il n'y a pas de gamins dans les parages...

Ils étaient seuls. Will l'entraîna jusqu'au terre-
plein central, sous les palmiers, et regarda autour
de lui pour tenter de se repérer.

— Je crois que c'était par ici, dit-il. Quand je
suis arrivé, je distinguais tout juste la grande colline là-bas derrière la maison blanche ; de ce côté-
ci, il y avait le café, et...

— À quoi il ressemble, ce trou ? Je ne vois rien.
— Tu ne peux pas te tromper. Tu n'as jamais rien vu de pareil.

Will jetait des regards désespérés autour de lui. La fenêtre avait-elle disparu ? S'était-elle refermée ? Il ne la voyait plus.

Mais soudain, il la localisa enfin. Il s'approcha et recula plusieurs fois en observant le bord du trou. Exactement comme la veille quand il l'avait découvert, du côté d'Oxford, on ne pouvait le voir que sous un certain angle. Dès que vous changiez de place, la fenêtre redevenait invisible. L'herbe ensoleillée de l'autre côté ressemblait à l'herbe ensoleillée de ce côté-ci, tout en étant différente, sans qu'on puisse dire pourquoi.

— La fenêtre est ici, annonça Will lorsqu'il fut sûr de lui.
— Oui, oui, je la vois !

Lyra était abasourdie ; elle semblait aussi estomaquée que Will quand il avait entendu Pantalaimon parler pour la première fois. Celui-ci, incapable de rester caché plus longtemps au fond de sa poche, s'était transformé en abeille pour aller tournoyer plusieurs fois autour du trou, pendant que Lyra ébouriffait ses cheveux encore humides en se grattant la tête.

— Reste bien sur le côté, lui dit Will. Si tu te mets devant, les gens, ne voyant que deux jambes, vont se poser des questions. Je ne veux pas qu'on se fasse remarquer.
— C'est quoi ce bruit qu'on entend ?
— La circulation. La fenêtre donne sur la rocade d'Oxford. Pas étonnant qu'il y ait du trafic. Penche-toi et regarde sur le côté. Ce n'est pas le meilleur

moment de la journée pour passer ; il y a beaucoup trop de monde. Mais si on attend la nuit, on
ne saura pas où aller ensuite. Au moins, une fois
qu'on sera de l'autre côté, on pourra facilement se
fondre dans la masse. Tu passeras la première. Tu
sautes rapidement et tu t'écartes de la fenêtre.

Depuis qu'ils avaient quitté le café, Lyra trans-
portait un petit sac à dos bleu, elle le fit glisser de
ses épaules et le serra entre ses bras, avant de
s'accroupir pour regarder par le trou.

Elle ne put retenir un petit hoquet de surprise.

— Oh... C'est ça ton monde ? Ça ne ressemble
pas du tout à Oxford. Tu es sûr que tu viens
d'Oxford ?

— Évidemment que j'en suis sûr ! Quand tu
seras de l'autre côté, tu verras une route devant
toi. Va vers la gauche, et un peu plus loin, tu pren-
dras la route qui part vers la droite. Elle conduit
au centre-ville. Repère bien l'endroit où est la
fenêtre, surtout, et souviens-t'en, compris ? Il n'y
a pas d'autre passage pour revenir.

— Ne t'en fais pas, dit-elle. Je ne risque pas
d'oublier.

Serrant son sac à dos contre elle, Lyra se faufila
à l'intérieur du trou dans l'atmosphère et disparut. Will s'accroupit au bord de l'orifice pour la
suivre des yeux.

Elle était là, debout dans l'herbe de son Oxford
à lui, avec Pantalaimon, qui avait conservé son
apparence d'abeille, posé sur son épaule. Autant
qu'il pouvait en juger, personne ne l'avait vue
apparaître. Les voitures et les camions passaient en
trombe à quelques mètres d'elle, mais personne,
en arrivant à ce carrefour fréquenté, n'avait le

temps de tourner la tête pour observer un morceau de vide à l'aspect un peu bizarre, à supposer
qu'ils puissent le voir, et le flot ininterrompu de
voitures dissimulait la fenêtre aux yeux de toute
personne se trouvant de l'autre côté de la chaussée.

Soudain, il y eut un crissement de freins, un cri,
et un grand bang. Will se jeta à terre pour regarder par le trou.

Lyra était allongée dans l'herbe. Une voiture
avait freiné si brutalement qu'une camionnette
l'avait percutée et l'avait propulsée vers l'avant
malgré tout. Et Lyra gisait sur le sol, immobile...

Will s'empressa de la rejoindre. Personne ne le
vit apparaître ; tous les regards étaient fixés sur
la voiture, le pare-chocs enfoncé, le chauffeur qui
descendait de la camionnette, et la fillette.

— Je n'ai rien pu faire... elle s'est jetée sous les
roues... bafouillait la conductrice de la voiture, une
femme d'un certain âge. Vous rouliez trop près !
s'exclama-t-elle en se tournant vers le conducteur
de la camionnette.

— Ce n'est pas le plus important, répondit celui-
ci. Comment va la gamine ?

Il s'adressait à Will qui s'était agenouillé près
de Lyra. Will leva la tête et regarda autour de lui,
mais il devait se rendre à l'évidence : c'était lui le
responsable. Dans l'herbe à ses côtés, Lyra avait
repris connaissance ; elle remuait la tête, en cli-
gnant des paupières. Will vit l'abeille Pantalaimon
escalader, comme un boxeur groggy, un brin
d'herbe près d'elle.

— Ça va ? demanda-t-il. Essaye de bouger les
jambes et les bras.

— Ah, la petite idiote ! dit la conductrice. Elle s'est précipitée devant moi. Sans regarder ! Qu'est-ce que je pouvais faire ?

— Tu nous entends, petite ? demanda le conducteur de la camionnette.

— Oui, murmura Lyra.

— Rien de cassé ?

— Remue les bras et les jambes, répéta Will. Elle obéit. Tout fonctionnait.

— Elle va bien, commenta Will. Plus de peur que de mal. Je vais m'occuper d'elle.

— Tu la connais ? demanda l'homme à la camionnette.

— C'est ma sœur. On habite au coin de la rue, je vais la ramener à la maison.

Lyra s'était assise et, puisque de toute évidence elle ne souffrait d'aucune blessure grave, la conductrice reporta son attention sur sa voiture. Pendant ce temps, la circulation contournait les deux véhicules immobilisés sur la chaussée et, en passant, les automobilistes regardaient la scène avec une curiosité morbide, comme toujours. Will aida Lyra à se relever. Mieux valait ne pas s'éterniser dans les parages. La conductrice et le conducteur de la camionnette ayant jugé que le litige était du ressort de leurs compagnies d'assurances, ils échangeaient leurs coordonnées, quand la femme vit Lyra s'éloigner en boitant, soutenue par Will.

— Hé, attends, petite ! lui cria-t-elle. J'ai besoin de ton témoignage Il me faut ton nom et ton adresse.

— Je m'appelle Mark Ransom, répondit Will en se retournant. Et ma sœur s'appelle Lisa. On habite au 26 Bourne Close.

— Et le code postal ?

— Je ne m'en souviens jamais. Désolé, il faut que je la ramène à la maison.

— Montez dans ma camionnette ! proposa l'homme. Je vous dépose.

— Non, ce n'est pas la peine. Ça ira plus vite à pied, je vous assure

Lyra boitait à peine. Elle s'éloigna en prenant appui sur Will, marchant dans l'herbe à l'ombre des marronniers ; arrivés au premier croisement, ils bifurquèrent.

Ils s'assirent sur le muret d'un jardin.

— Tu es blessée ? s'enquit Will.

— Je me suis cogné la jambe. Et en tombant, ma tête a heurté le sol.

Mais elle paraissait plus préoccupée par le contenu de son sac à dos. Elle plongea la main à l'intérieur et en sortit un petit paquet, assez lourd semblait-il, enveloppé de velours noir. Elle dévoila l'objet mystérieux. Will ouvrit de grands yeux en découvrant l'aléthiomètre : les minuscules symboles peints autour du cadran, les aiguilles dorées, la longue aiguille fine, le luxe du boîtier... Il en avait le souffle coupé.

— C'est quoi ?

— Mon aléthiomètre. Un détecteur de vérité. Un lecteur de symboles. J'espère qu'il n'est pas cassé...

Non, il était intact. Même dans ses mains tremblantes, la grande aiguille s'agitait fébrilement. Rassurée, elle rangea l'aléthiomètre, en disant :

— Je n'ai jamais vu autant de charrettes et de trucs comme ça... Je ne savais pas qu'elles roulaient si vite.

— Il n'y a donc pas de voitures ni de camions dans ton Oxford ?

— Pas autant. Et pas comme ça. Je ne suis pas habituée. Mais ça va aller.

— Fais bien attention à partir de maintenant. Si tu passes sous un bus, si tu te perds ou je ne sais quoi encore, ils vont s'apercevoir que tu viens d'un autre monde, et ils chercheront le passage...

Will s'aperçut que sa colère était disproportionnée. Il ajouta d'un ton plus doux :

— Écoute. Si tu te fais passer pour ma sœur, ça me servira de couverture, car le garçon qu'ils recherchent n'a pas de sœur. Et si je t'accompagne, je pourrai t'apprendre à traverser la rue sans te faire écraser...

— D'accord, dit-elle timidement.

— Et l'argent ? Je parie que tu n'en as pas ?... Évidemment, c'est normal. Comment comptes-tu te débrouiller pour manger, et ainsi de suite ?

— J'ai de l'argent, déclara Lyra.

Et pour le prouver, elle fit glisser quelques pièces d'or de sa bourse.

Will les regarda d'un air hébété.

— C'est de l'or ? Hein, c'en est ? En voyant ça, les gens vont se poser des questions, c'est sûr. Je vais te donner un peu d'argent. Range ces pièces et cache-les bien... N'oublie pas, tu es ma sœur, tu t'appelles Lisa Ransom.

— Non, Lizzie, dit-elle. Je faisais croire que je m'appelais Lizzie dans le temps, je m'en souviens.

— OK, allons-y pour Lizzie. Moi, c'est Mark. N'oublie pas.

— Entendu.

Sa jambe allait la faire souffrir, elle le savait.

Déjà, elle était rouge et enflée là où la voiture l'avait heurtée, et un gros hématome tout noir commençait à apparaître. Avec le bleu qu'elle avait à la joue, à la suite du coup de poing de Will reçu la veille, elle ressemblait à une enfant battue, et cela inquiétait Will : qu'arriverait-il si un policier se montrait un peu trop curieux ?

Il essaya malgré tout de chasser cette pensée de son esprit, et ils se remirent en route, en traversant aux feux, cette fois, et ne jetant qu'un seul regard derrière eux, vers la fenêtre sous les marronniers. Ils ne la voyaient plus. Elle était redevenue invisible, et le flot de la circulation s'écoulait normalement.

À Summertown, après dix minutes de marche sur Banbury Road, Will s'arrêta devant une banque.

— Qu'est-ce que tu fais ? lui demanda Lyra.

— Je vais retirer de l'argent. Je n'ai pas intérêt à le faire trop souvent, mais l'opération ne sera pas enregistrée avant la fin de la journée, je suppose.

Il introduisit la carte bancaire de sa mère dans le distributeur automatique et tapa son code secret sur le clavier. Comme tout semblait bien se passer, il réclama une centaine de livres sterling, que la machine lui délivra sans rechigner. Lyra assistait à cette opération bouche bée. Will lui donna un billet de vingt livres.

— Garde-le précieusement, dit-il. Tu achèteras un truc pour faire de la monnaie. Essayons de trouver un bus pour aller en ville.

Lyra le laissa s'occuper des tickets à l'intérieur du bus et resta assise en silence pendant tout le trajet, regardant défiler derrière la vitre les maisons et les jardins de cette ville qui était la sienne, sans être la sienne. C'était comme évoluer à l'intérieur du rêve de quelqu'un d'autre. Ils descendirent dans le centre, non loin d'une vieille église en pierre, qu'elle connaissait, en face d'un grand magasin, qu'elle ne connaissait pas.

— Tout est changé, commenta-t-elle. Comme... C'est pas la Halle aux grains, ça ? Et là, c'est le Broad. Je reconnais aussi Balliol. Et la bibliothèque Bodley. Mais où est Jordan College ?

Lyra était secouée de violents frissons. Peut-être était-ce le contrecoup de l'accident, ou le choc provoqué par la découverte d'un bâtiment totalement différent à la place de Jordan College, qui avait été sa maison.

— C'est pas normal.

Elle parlait à voix basse, car Will lui avait dit de ne plus crier en montrant du doigt toutes les choses qui, selon elle, n'auraient pas dû se trouver là.

— C'est pas le même Oxford.

Will n'était pas préparé à affronter le désespoir hébété de Lyra. Il ne pouvait pas savoir qu'elle avait passé une grande partie de son enfance à courir dans des rues presque identiques à celles-ci, ni combien elle était fière d'appartenir à Jordan College, dont les professeurs étaient les plus intelligents, dont les caisses étaient les mieux remplies, dont la magnificence était sans égale. Et voilà que, maintenant, tout cela avait disparu ; elle n'était plus Lyra de Jordan College, elle n'était qu'une pauvre petite fille perdue dans un monde étrange, ne sachant où aller.

— Si tout a changé... dit-elle d'une voix tremblante.

4

Trépanation

 Eh bien, cela prendrait plus de temps qu'elle ne l'avait supposé, voilà tout.

Dès que Lyra fut partie de son côté, Will dénicha une cabine téléphonique et appela le numéro du cabinet d'avocat figurant sur la lettre qu'il tenait dans la main.

— Allô ? Je voudrais parler à M. Perkins.

— De la part de qui, je vous prie ?

— Ça concerne M. John Parry. Je suis son fils.

— Un instant, s'il vous plaît…

Une minute s'écoula, puis une voix d'homme retentit au bout du fil :

— Allô ? Allan Perkins, à l'appareil. À qui ai-je l'honneur ?

— William Parry. Euh… excusez-moi de vous déranger. C'est au sujet de mon père, M. John Parry. Tous les trois mois vous envoyez de l'argent sur le compte en banque de ma mère, de la part de mon père.

— Oui…

— En fait… j'aimerais savoir où est mon père, s'il vous plaît. Est-il vivant ?

— Quel âge as-tu, William ?

— Douze ans. Je voudrais en savoir plus sur mon père.

— Oui, je vois… Est-ce que ta mère… Sait-elle que tu as décidé de m'appeler ?

Will réfléchit bien avant de répondre.

— Non, avoua-t-il. Elle n'est pas en très bonne santé. Elle ne peut pas me dire grand-chose, mais moi, je veux savoir.

— Oui, bien sûr. D'où me téléphones-tu ? Tu es chez toi ?

— Non, je suis… à Oxford.

— Seul ?

— Oui.

— Et tu dis que ta mère est malade ?

— Oui.

— Elle est à l'hôpital, ou quelque part ?

— Oui, c'est ça, quelque part. Alors, vous pouvez tout me raconter, oui ou non ?

— Je peux te dire certaines choses, mais pas tout, et pas maintenant ; je préfère ne pas parler de ça au téléphone. Écoute, je dois recevoir un client dans cinq minutes… Pourrais-tu venir jusqu'à mon cabinet, à 14 heures 30 ?

— Non, répondit Will.

C'était trop risqué, se disait-il. L'avocat avait peut-être appris qu'il était recherché par la police. Il réfléchit à toute vitesse, puis ajouta :

— Je dois prendre le car pour Nottingham et je ne veux pas le louper. Mais ce que je veux savoir, vous pouvez quand même me le dire au téléphone, non ? Je veux juste savoir si mon père est vivant, et si oui, où je peux le trouver. Vous pouvez bien me dire ça.

— Ce n'est pas aussi simple, malheureusement. Je n'ai pas le droit de transmettre des informations confidentielles sur un client, à moins d'être sûr que ce client n'y verrait pas d'inconvénient. Et de toute façon, il me faudrait la preuve de ton identité.

— Oui, je comprends. Mais vous ne pouvez pas me dire simplement s'il est vivant ?

— Euh… Il ne s'agit pas d'une information confidentielle, en effet. Hélas, je ne peux rien te dire, car je n'en sais rien.

— Hein ?

— L'argent provient d'un fidéicommis. Ton père a laissé des instructions pour que je continue à effectuer les versements régulièrement, jusqu'à nouvel ordre. Or, je n'ai plus jamais entendu parler de lui depuis. On peut logiquement en conclure qu'il… Enfin, je suppose qu'il a disparu. Voilà pourquoi je ne peux pas répondre à ta question.

— Disparu ? Vous voulez dire… volatilisé dans la nature ?

— C'est de notoriété publique. Viens donc me voir à mon cabinet, je…

— Impossible, je dois partir pour Nottingham.

— Dans ce cas, écris-moi, ou demande à ta mère de m'écrire, et je te dirai tout ce que je peux. Mais tu comprends bien que je ne peux pas parler de ça au téléphone.

— Oui, sans doute. Mais vous pouvez au moins me dire où il a disparu ?

— Je te le répète, c'est de notoriété publique.

Plusieurs articles ont été publiés dans les journaux à l'époque. Tu sais qu'il était explorateur ?

— Ma mère m'a raconté deux ou trois choses, oui.

— Eh bien, ton père dirigeait une expédition, et il a disparu. Cela s'est passé il y a une dizaine d'années.

— Où ça ?

— Dans le Grand Nord. En Alaska, il me semble. Tu peux aller te renseigner à la bibliothèque municipale. Pourquoi tu ne...

Le temps dont Will disposait pour téléphoner était écoulé, et il n'avait plus de monnaie pour alimenter l'appareil. La communication fut coupée brutalement et la tonalité bourdonna dans son oreille. Il raccrocha et regarda autour de lui.

La chose qu'il voulait par-dessus tout, c'était parler à sa mère. Et il dut se retenir pour ne pas composer le numéro de Mme Cooper, car s'il entendait la voix de sa mère au bout du fil, il savait qu'il aurait envie de revenir, ce qui les mettrait en danger tous les deux. En revanche, il pouvait lui envoyer une carte postale.

Il choisit une vue de la ville et écrivit au dos :

Chère maman, je vais très bien, et je serai bientôt de retour à la maison. J'espère que tout se passe bien. Je t'aime, Will.

Il écrivit l'adresse, alla acheter un timbre et tint la carte postale contre lui pendant un moment avant de la déposer dans la boîte aux lettres.

C'était le milieu de la matinée, et il marchait dans la principale rue commerçante, où les bus peinaient à se frayer un chemin au milieu des passants. Il s'aperçut alors à quel point il était exposé, car nous étions en semaine, et à cette heure, un garçon de son âge aurait dû se trouver à l'école. Où pouvait-il aller ?

Il ne lui fallut pas longtemps pour se cacher. Will pouvait disparaître assez facilement, car il était doué pour cela ; il était même fier de son talent dans ce domaine. Sa manière de procéder n'était d'ailleurs pas très éloignée de celle utilisée par Serafina Pekkala, la sorcière, pour se rendre invisible à bord du bateau ; il fit en sorte que personne ne puisse le remarquer. Il se fondit dans le décor.

Connaissant le monde dans lequel il vivait, il entra dans une papeterie pour acheter un stylo, un bloc de feuilles et une planchette à pince. Les écoles envoyaient souvent des groupes d'élèves faire des enquêtes dans la rue, sur tel ou tel sujet, et s'il donnait l'impression de participer à une activité de ce genre, il n'attirerait pas l'attention.

Ainsi, Will se mit à déambuler sur les trottoirs en faisant semblant de prendre des notes, tout en cherchant la bibliothèque.

Pendant ce temps, Lyra cherchait un coin paisible pour consulter l'aléthiomètre. Dans son Oxford à elle, elle aurait pu trouver une dizaine d'endroits adéquats, à moins de cinq minutes de marche, mais cet Oxford-ci était beaucoup trop différent et déconcertant. Les touches de familiarité émouvante voisinaient avec le bizarre et l'inconnu. À quoi servaient donc ces lignes jaunes peintes sur la chaussée ? Et ces petites taches blanchâtres sur tous les trottoirs ? (Dans son monde, ils ne connaissaient pas le chewing-gum.) Et que signifiaient ces lumières rouges et vertes au coin de chaque rue ? Tout cela, se dit-elle, était beaucoup plus compliqué à déchiffrer que l'aléthiomètre.

Mais elle apercevait les portes de St Johns College, que Roger et elle avaient escaladées un jour, après la tombée de la nuit, pour cacher des pétards dans les massifs de fleurs. Sur cette pierre usée au coin de Catte Street, il y avait les initiales SP que Simon Parslow avait gravées, exactement les mêmes ! Elle l'avait vu faire ! Un habitant de ce monde, qui possédait des initiales identiques, avait fait la même chose pour tromper son ennui !

Peut-être existait-il un Simon Parslow dans ce monde.

Peut-être existait-il aussi une Lyra.

Un frisson glacé lui parcourut l'échine, et Pantalaimon, redevenu souris, frissonna au fond de sa poche. Elle se ressaisit ; il y avait suffisamment de mystères autour d'elle, pas la peine d'en imaginer davantage.

Autre différence entre cet Oxford et le sien : le nombre gigantesque de personnes qui grouillaient sur les trottoirs, entraient et sortaient des bâtiments ; des gens de toutes sortes, des femmes habillées en homme, des Africains, et même un groupe de Tartares qui suivaient bien sagement leur chef, tous tirés à quatre épingles et tenant à la main une petite valise noire. Tout d'abord, elle leur jeta des regards méfiants, car ils n'avaient pas de dæmons, et dans son monde, on les aurait considérés comme des apparitions, ou pis.

Mais (et c'était cela le plus étrange) ils avaient tous l'air parfaitement vivants. Ces créatures se déplaçaient avec une sorte de joie de vivre, comme

de véritables humains, et Lyra dut admettre
que c'étaient certainement des humains, dont les
dæmons étaient cachés à l'intérieur, comme celui
de Will.

Après avoir erré ainsi pendant environ une heure
pour explorer cette parodie d'Oxford, elle commença à avoir faim et acheta une barre de chocolat avec son billet de vingt livres. Le commerçant la
regarda d'un drôle d'air, mais il venait des Antilles
et peut-être ne comprenait-il pas son accent, bien
qu'elle se soit exprimée de manière très claire.
Avec la monnaie, elle acheta une pomme au Marché Couvert, qui évoquait davantage le véritable
Oxford, puis elle marcha vers le parc. Là, elle arriva
devant un grand bâtiment, dans le plus pur style
Oxford, mais qui pourtant n'existait pas dans son
monde, bien qu'il n'y eût pas paru déplacé. Elle
s'assit dans l'herbe, juste devant l'entrée, pour manger, en observant le bâtiment d'un air approbateur.

Lyra découvrit qu'il s'agissait en réalité d'un
musée. Comme les portes étaient ouvertes, elle
entra et découvrit des animaux empaillés, des sque-
lettes fossilisés et des minéraux dans des vitrines,
comme au Royal Geological Museum qu'elle avait
visité avec Mme Coulter à Londres, celui qu'elle
connaissait. Au fond du grand hall de verre et
d'acier, une porte s'ouvrait sur une autre partie du
musée, et puisque l'endroit était désert, elle décida
d'aller y jeter un œil. L'aléthiomètre restait sa
préoccupation principale, mais en entrant dans
cette deuxième salle, Lyra se trouva entourée de
choses qu'elle connaissait bien : les vitrines ren-
fermaient des vêtements polaires, semblables aux
fourrures qu'elle portait, des traîneaux, des objets

taillés dans de l'ivoire de morse, des harpons destinés à la chasse au phoque, et mille autres trophées, reliques, amulettes, armes et outils, qui ne provenaient pas uniquement de l'Arctique, comme elle put le constater, mais des quatre coins du globe.

« Étrange », se dit-elle. Ce manteau en peau de caribou, par exemple, était exactement semblable au sien, mais ils s'étaient complètement fourvoyés en expliquant l'origine des traces sur le traîneau. Un photogramme montrait des guerriers samoyèdes, les sosies de ceux qui l'avaient capturée pour la vendre à Bolvangar ! Incroyable ! C'étaient les mêmes hommes ! Et cette corde usée avait été rafistolée exactement aux mêmes endroits ; Lyra était bien placée pour le savoir, étant restée ligotée sur ce traîneau pendant plusieurs heures de souffrance... Comment expliquer ces mystères ? N'existait-il qu'un seul monde finalement, qui passait son temps à rêver à d'autres mondes ?

Ce qu'elle découvrit ensuite lui fit penser à nouveau à l'aléthiomètre. Dans une vieille vitrine entourée d'un châssis peint en noir étaient réunis plusieurs crânes humains, dont quelques-uns étaient percés d'un trou : sur le devant, sur le côté ou sur le dessus. Le crâne du milieu avait même deux trous ! Cette opération, était-il indiqué sur une fiche cartonnée rédigée avec des pattes de mouche, s'appelait une trépanation. La notice précisait que tous ces trous avaient été faits alors que ces hommes étaient vivants, car les os avaient eu le temps de cicatriser et de se patiner aux extrémités. Sauf dans un seul cas : ici, le trou avait été fait par une pointe de flèche en bronze qui était encore plantée dans le crâne, et l'on voyait bien que c'était différent, car les os brisés formaient des éclats.

C'était exactement ce que faisaient les Tartares du Nord, et ce que Stanislaus Grumman s'était infligé, à en croire les Érudits de Jordan College qui l'avaient connu. Lyra jeta un rapide coup d'œil autour d'elle ; ne voyant personne, elle sortit l'aléthiomètre.

Dirigeant toutes ses pensées sur le crâne du milieu, elle demanda mentalement : « À quel genre d'individu appartenait ce crâne, et quelle est l'origine de ces deux trous ? »

Concentrée sur l'aléthiomètre, dans la lumière poussiéreuse qui filtrait à travers le toit de verre et plongeait des galeries supérieures, en oblique, elle ne remarqua pas que quelqu'un l'observait.

Un homme d'une soixantaine d'années à l'air robuste, vêtu d'un élégant costume en lin, et tenant à la main un panama, la regardait avec attention par-dessus la rambarde en fer de la galerie du premier étage.

Ses cheveux blancs étaient peignés en arrière sur son front mat et lisse, à peine ridé. Il avait de grands yeux noirs pénétrants, bordés de longs cils, et régulièrement, toutes les minutes environ, sa langue pointue dardait au coin de sa bouche et courait sur ses lèvres pour les humecter. Le mouchoir immaculé glissé dans sa poche de poitrine était imprégné d'une puissante eau de Cologne, semblable à ces plantes de serre si fertiles que leurs racines dégagent une odeur de pourriture.

Il espionnait Lyra depuis plusieurs minutes déjà. Il s'était déplacé sur la galerie, à mesure qu'elle avançait dans la salle au rez-de-chaussée, et lorsqu'elle s'arrêta devant la vitrine des crânes, il put l'observer plus attentivement de la tête aux pieds : les cheveux ébouriffés, le bleu sur la joue, les vêtements neufs, sa nuque penchée au-dessus de l'aléthiomètre, ses jambes nues.

Sortant son mouchoir de sa poche de poitrine et le secouant pour le déplier, il s'épongea le front et se dirigea vers l'escalier.

Plongée dans ses pensées, Lyra apprenait des choses étranges. Ainsi, ces crânes étaient incroyablement vieux ; les cartels dans les vitrines indiquaient simplement : *Âge du bronze*, mais l'aléthiomètre, qui ne mentait jamais, précisait que l'homme à qui avait appartenu ce crâne avait vécu il y a 33 254 ans ; c'était un sorcier, et ce trou avait été percé pour permettre aux dieux de pénétrer dans sa tête. L'aléthiomètre ajouta même, avec cette nonchalance qu'il affichait parfois pour répondre à une question que Lyra ne lui avait pas posée, que les crânes trépanés attiraient autour d'eux beaucoup plus de Poussière que le crâne transpercé par une pointe de flèche.

Qu'est-ce que ça pouvait bien vouloir dire ? Lyra s'arracha à l'atmosphère de calme et de concentration qu'elle partageait avec l'aléthiomètre pour réintégrer en douceur le présent... et s'apercevoir qu'elle n'était plus seule. Elle aperçut, penché au-dessus de la vitrine voisine, un vieil homme portant un costume clair, et qui sentait bon. Il lui rappelait vaguement quelqu'un, sans qu'elle puisse dire de qui il s'agissait.

Sentant qu'elle le regardait avec insistance, il se redressa et lui adressa un grand sourire.

— Tu regardes les crânes trépanés ? dit-il. Les gens ont parfois de drôles de manies.

— Mmm, fit Lyra.

— Sais-tu qu'aujourd'hui encore des gens font la même chose ?

— Ah bon ?

— Des hippies, des individus de ce genre. Évidemment, tu es beaucoup trop jeune pour avoir connu les hippies. Ils prétendent que c'est plus efficace que de prendre des drogues,

Lyra avait rangé l'aléthiomètre dans son sac à dos, sans avoir eu le temps de poser la question primordiale. Elle se demandait comment fausser compagnie à cet homme qui, visiblement, avait envie d'engager la conversation. De fait, il paraissait très gentil, et il sentait bon. Il s'était rapproché d'elle peu à peu. Quand il se pencha au-dessus de la vitrine, sa main frôla celle de Lyra.

— C'est incroyable, hein ? Pas d'anesthésiant, pas de désinfectant, et sans doute qu'ils utilisaient des outils en pierre. Sacrément coriaces, ces gens-là, pas vrai ? Je ne me souviens pas de t'avoir déjà vue par ici. Pourtant, je viens très souvent. Comment t'appelles-tu ?

— Lizzie.

— Bonjour, Lizzie. Moi, c'est Charles. Tu vas à l'école à Oxford ?

Elle ne savait pas quoi répondre.

— Non.

— Tu es juste de passage ? En tout cas, tu as choisi un endroit merveilleux. Qu'est-ce qui t'intéresse particulièrement dans ce musée ?

Cet homme l'intriguait plus que toutes les personnes qu'elle avait rencontrées depuis pas mal de

temps. C'était un monsieur gentil, sympathique,
très soigné, habillé avec élégance, et pourtant,
Pantalaimon, caché dans la poche de Lyra, cherchait à attirer son attention pour la supplier de se
méfier, car lui aussi était assailli par un vague souvenir. Lyra sentait flotter dans l'atmosphère non
pas une odeur mais plutôt l'idée d'une odeur,
celle de la crotte, de la putréfaction. Elle repensait
au palais de Iofur Raknison, où l'air était par-
fumé, mais le sol jonché d'immondices.

— Qu'est-ce qui m'intéresse ? dit-elle. Oh, un
tas de choses en vérité. Quand j'ai vu ces crânes,
j'ai eu envie de les regarder de plus près. Je n'arrive pas à croire que quelqu'un puisse s'infliger
une telle torture. C'est horrible !

— Je ne serais pas volontaire, moi non plus,
mais je t'assure que ce sont des pratiques qui existent encore. Je pourrais même, si tu le souhaites,
te faire rencontrer quelqu'un qui l'a fait, dit le
vieux monsieur, et il avait l'air si gentil, si prêt à
rendre service, que Lyra faillit se laisser tenter par
cette offre. Mais en voyant jaillir entre ses lèvres
ce petit bout de langue pointu, aussi vif qu'un serpent, luisant de salive, elle se ravisa.

— Il faut que je m'en aille, dit-elle. Merci pour
la proposition, mais je préfère pas. D'ailleurs, j'ai
rendez-vous. Avec un ami, ajouta-t-elle. Chez qui
j'habite.

— Oui, je comprends, dit le vieil homme très
gentiment. Ça m'a fait plaisir de discuter avec toi.
Au revoir, Lizzie.

— Salut.

— Oh... Au cas où, voici mon nom et mon
adresse, dit-il en lui tendant une petite carte de

visite. Si jamais tu as envie d'en savoir plus sur ce genre de choses.

— Merci, dit-elle d'un ton neutre en glissant la carte dans la poche de son sac à dos, avant de s'en aller.

Elle eut l'impression qu'il la suivait du regard jusqu'à la porte.

Une fois sortie du musée, Lyra s'enfonça dans le parc, qu'elle connaissait sous l'aspect d'un terrain destiné au cricket et à d'autres sports ; elle dénicha un endroit tranquille sous les arbres et interrogea de nouveau l'aléthiomètre.

Cette fois, elle lui demanda où elle pouvait trouver un Érudit qui saurait des choses sur la Poussière. La réponse fut simple : l'instrument lui indiqua une pièce située à l'intérieur du grand bâtiment carré auquel elle tournait le dos. En fait, la réponse fut si nette, si rapide, que Lyra aurait parié que l'aléthiomètre avait quelque chose à ajouter ; elle commençait à percevoir ses différents états d'esprit, comme un être humain, et à sentir quand il voulait lui dire autre chose.

Comme maintenant. « Occupe-toi du garçon, lui dit-il. Ta tâche est de l'aider à retrouver son père. Concentre-toi là-dessus. »

Lyra demeura bouche bée. Elle n'en revenait pas. Will avait jailli de nulle part pour l'aider ; c'était évident. Elle ne pouvait concevoir qu'elle était venue jusqu'ici pour l'aider, lui.

Mais l'aléthiomètre n'avait pas fini. L'aiguille se remit à tournoyer, et Lyra lut :

« Ne mens pas au savant que tu vas rencontrer. »

Elle enveloppa l'instrument dans le velours noir et le fourra au fond de son sac à dos, à l'abri des regards. Puis elle se leva, chercha du regard le bâtiment où se trouvait l'Érudit en question et marcha dans cette direction, avec un sentiment de gêne et de défi.

Will trouva la bibliothèque assez facilement. Le bibliothécaire des ouvrages de référence était tout disposé à croire qu'il effectuait des recherches pour un devoir de géographie, et il l'aida à trouver les index reliés du *Times* correspondant à l'année de sa naissance, c'est-à-dire à l'époque de la disparition de son père. Will alla s'asseoir à une table pour les consulter. Effectivement, le nom de John Parry apparaissait à plusieurs reprises, dans le cadre d'une expédition archéologique.

Chaque mois du journal, constata-t-il, était enregistré sur un microfilm différent. Il introduisit chaque bobine l'une après l'autre dans le lecteur, et les fit défiler jusqu'à ce qu'il tombe sur les articles en question, qu'il lut avec avidité. Le premier article racontait le départ d'une expédition à destination du nord de l'Alaska. Sponsorisée par l'Institut d'Archéologie de l'Université d'Oxford, elle devait explorer une région où ils espéraient découvrir des traces des tout premiers campements humains. L'expédition était dirigée par John Parry, ancien membre des Royal Marines devenu explorateur professionnel.

Le deuxième article était paru six semaines plus tard. On y apprenait que l'expédition n'avait toujours pas répondu aux appels de la Station d'Observation. John Parry et ses compagnons étaient portés disparus.

Venait ensuite une série de brefs articles décrivant

les efforts infructueux des équipes de recherches, les survols de la mer de Béring, les réactions de l'Institut d'Archéologie, tout cela accompagné d'interviews des parents des disparus...

Will sentait son cœur bondir dans sa poitrine : il y avait même une photo de sa mère. Tenant un bébé dans ses bras. C'était lui.

Le journaliste avait rédigé un article mélodramatique, dans le plus pur style « la femme en pleurs attend avec angoisse des nouvelles », mais il contenait peu d'informations en réalité, constata Will avec colère. Un court paragraphe expliquait que John Parry avait fait une brillante carrière dans les Royal Marines avant de se lancer dans l'organisation d'expéditions scientifiques et géographiques. C'était tout.

Le nom de Parry n'apparaissait nulle part ailleurs dans l'index du *Times*, et Will abandonna le lecteur de microfilms, à la fois déçu et déconcerté. Il existait forcément d'autres informations ailleurs, mais où les trouver ? Et si ses recherches s'éternisaient, on risquait de le repérer

Il rapporta les bobines de microfilm au bibliothécaire, et lui demanda :

— Vous connaissez l'adresse de l'Institut d'Archéologie ?

— Je peux la trouver... Tu es de quelle école ?

— St Peter, répondit Will.

— Ce n'est pas à Oxford, ça ?

— Non, c'est dans le Hampshire. Avec ma classe, on fait une sorte de voyage d'études. On participe à un projet de recherches sur l'environnement...

— Oh, je vois. Qu'est-ce que tu m'as demandé, déjà ?... Ah oui, l'Institut d'Archéologie... Voyons voir...

Will nota l'adresse et le numéro de téléphone que lui donna le bibliothécaire et, puisqu'il pouvait se permettre d'avouer qu'il ne connaissait pas Oxford, il lui demanda comment se rendre à l'Institut. Ce n'était pas très loin. Après avoir remercié le bibliothécaire, il se mit en route.

En entrant dans le bâtiment, Lyra découvrit tout d'abord, au pied de l'escalier, un large bureau derrière lequel était assis un concierge.

— Où tu vas comme ça, petite ? demanda celui-ci.

Lyra eut soudain l'impression de se retrouver chez elle, à Jordan College. Elle sentit la jubilation de Pan dans sa poche.

— J'ai une commission pour une personne du deuxième étage, dit-elle.

— Qui ?

— Le Dr Lister.

— Le Dr Lister est au troisième. Et si tu as quelque chose à lui remettre, laisse-le ici, je le préviendrai.

— C'est urgent, répondit-elle. Il le voulait tout de suite. D'ailleurs, il ne s'agit pas d'un objet, c'est quelque chose que je dois lui dire.

Le concierge l'observa attentivement, mais il n'était pas de taille à lutter avec l'air angélique et niais que Lyra pouvait adopter à la demande. Finalement, il hocha la tête et se replongea dans son journal.

L'aléthiomètre n'indiquait pas les noms des gens,

évidemment. Lyra avait repéré le nom du Dr Lister sur un grand tableau derrière le concierge, car si on faisait semblant de connaître quelqu'un, se disait-elle, il y avait plus de chances qu'on vous laisse entrer quelque part. D'une certaine façon, Lyra connaissait le monde de Will mieux que lui.

Arrivée au deuxième étage, elle découvrit un long couloir où une première porte ouverte laissait voir un amphithéâtre désert ; une autre porte s'ouvrait sur une pièce plus petite dans laquelle deux professeurs discutaient devant un tableau noir. Ces pièces, tout comme les murs du couloir, étaient nues, ternes et dénuées d'ornements ; autant de signes qui, dans l'esprit de Lyra, évoquaient la pauvreté et non pas la splendeur, la brillante érudition d'Oxford ; pourtant, les murs de brique étaient recouverts d'une couche de peinture lisse, les portes étaient en bois massif et les rampes en acier poli. Encore une étrangeté de ce drôle de monde, se dit-elle.

Elle trouva rapidement la porte indiquée par l'aléthiomètre. La plaque fixée dessus proclamait : *Unité de recherches sur la matière sombre*. Au-dessous, quelqu'un avait griffonné : *Paix à son âme*. Une autre personne avait ajouté, toujours à la main : *Directeur : Lazare*.

Sans se soucier de ces inscriptions sibyllines, Lyra frappa à la porte, et une voix de femme s'écria :

— Entrez !

C'était une pièce exiguë, envahie de piles branlantes de papiers et de livres. Les tableaux blancs sur les murs étaient couverts de diagrammes et d'équations. Au dos de la porte était punaisé un dessin de style chinois. Par une porte ouverte, Lyra apercevait une autre pièce, dans laquelle une sorte d'instrument ambarique complexe trônait en silence.

Elle fut quelque peu surprise de découvrir que le savant qu'elle cherchait était une femme, mais l'aléthiomètre n'avait pas précisé qu'il s'agissait d'un homme, et, après tout, c'était un monde étrange. La femme était assise face à une drôle de machine qui projetait des chiffres et des formes sur un petit écran de verre, et devant laquelle on avait disposé toutes les lettres de l'alphabet, sous forme de petits carrés jaunis, sur un plateau de couleur ivoire. La femme appuya sur l'un des carrés et l'écran devint noir.

— Qui es-tu ? demanda-t-elle.

Lyra referma la porte derrière elle. Songeant à ce que lui avait dit l'aléthiomètre, elle s'empêcha d'agir comme elle l'aurait fait en temps normal, et elle répondit sans mentir :

— Je m'appelle Lyra Parle-d'Or. Et vous ?

La femme sursauta. Lyra lui donnait entre trente-cinq et quarante ans ; sans doute était-elle légèrement plus âgée que Mme Coulter. Elle avait des cheveux bruns coupés court, des joues rouges, et portait une blouse blanche ouverte sur une chemise à rayures et un de ces pantalons en grosse toile bleue que portaient un tas de gens dans ce monde.

Surprise par la question de Lyra, la femme passa la main dans ses cheveux courts, et dit :

— Tu es la deuxième surprise de la journée. Je suis le Dr Mary Malone. Que viens-tu faire ici ?

— Je voudrais que vous me parliez de la Poussière, dit Lyra, après avoir regardé autour d'elle pour s'assurer qu'elles étaient seules. Je sais que vous connaissez beaucoup de choses sur ce sujet. Je peux le prouver. Il faut tout me dire.

— La poussière ? Mais de quoi parles-tu ?

— Peut-être que vous appelez ça autrement. C'est des particules élémentaires. Chez moi, dans mon monde, les professeurs les appellent les Particules de Rusakov, mais normalement, on appelle ça la Poussière. C'est pas facile de la voir ; elle vient de l'espace et elle se fixe sur les gens. Pas tellement sur les enfants, surtout sur les adultes. Et un truc que j'ai appris aujourd'hui, en allant au musée tout près d'ici, où il y a des vieux crânes avec des trous, comme ceux que font les Tartares, c'est qu'il y avait beaucoup plus de Poussière autour de ces crânes qu'autour d'un autre qui n'avait pas le même genre de trous. C'est quelle époque l'âge du bronze ?

La femme la regardait avec des yeux comme des soucoupes.

— L'âge du bronze ? Oh là là, je n'en sais rien. Il y a 5 000 ans environ.

— Dans ce cas, ils se sont trompés quand ils ont fait l'étiquette. Le crâne avec les deux trous, il a 33 000 ans.

Lyra s'interrompit, car le Dr Malone semblait sur le point de s'évanouir. Ses joues avaient perdu leurs couleurs, elle plaqua une main sur sa poitrine, tandis que l'autre agrippait le bras de son fauteuil. Elle demeura bouche bée.

Étonnée par cette réaction, Lyra attendit qu'elle se ressaisisse.

— Qui es-tu ? lui demanda la femme.

— Lyra Par...

— Non, non. D'où viens-tu ? Que fais-tu ici ? Comment sais-tu toutes ces choses ?

Lyra poussa un soupir de lassitude ; elle avait oublié combien les professeurs aiment ergoter. À quoi bon leur dire la vérité, alors qu'ils comprenaient plus facilement un mensonge ?

— Je viens d'un autre monde, expliqua-t-elle patiemment. Et dans ce monde, il y a un Oxford comme ici, mais différent, et c'est de là que je viens. Et...

— Attends un peu. Tu viens d'où ?

— Je viens d'ailleurs, répondit Lyra plus prudemment. Je ne suis pas d'ici.

— Oh, je vois, dit la femme. Enfin, je crois.

— Je cherche des renseignements sur la Poussière. Car les hommes d'Église, dans mon monde, ont peur de la Poussière ; ils croient qu'elle représente le péché originel. Alors, c'est très important, vous comprenez. Et mon père... Non, dit-elle avec fougue, allant jusqu'à taper du pied, ce n'est pas ce que je voulais dire. Je m'explique mal.

Le Dr Malone observait Lyra, son air désespéré, ses poings serrés, les hématomes sur sa joue et sa cuisse.

— Mon Dieu, calme-toi, petite... (Elle frotta ses yeux rougis par la fatigue.) Pourquoi est-ce que je t'écoute, d'abord ? Je dois être folle. La vérité, c'est que tu as trouvé le seul endroit au monde où tu pourrais obtenir les réponses que tu cherches ; malheureusement, ils sont sur le point de fermer notre laboratoire... Cette chose dont tu parles, cette Poussière, ça ressemble fort à un phénomène que nous étudions depuis un certain temps déjà, et ce que tu as dit au sujet des crânes au musée m'a fichu un coup, car... Oh, non, trop c'est trop. Je suis morte de fatigue. J'aimerais t'écouter, crois-moi. Mais pas maintenant, je t'en prie. T'ai-je dit qu'ils voulaient nous mettre à la porte ? J'ai une semaine pour soumettre une proposition à la commission des subventions, mais on n'a aucun espoir de...

Elle bâilla à s'en décrocher la mâchoire.

— C'était quoi votre première surprise de la journée ? demanda Lyra.

— Ah, oui. Une personne sur qui je comptais beaucoup pour parrainer notre demande de financement nous a retiré son soutien. Remarque, ce n'est pas surprenant, finalement.

Elle bâilla de nouveau.

— Je vais faire du café, dit-elle. Si je ne m'endors pas avant. Tu en voudras ?

Elle remplit une bouilloire électrique et, pendant qu'elle versait du café instantané dans deux tasses, Lyra prit le temps d'observer le dessin chinois derrière la porte.

— C'est quoi, ça ? demanda-t-elle.

— Ce sont les symboles du I-Ching. Tu sais ce qu'ils représentent ? Ça existe aussi dans ton monde ?

Lyra regarda la femme en fronçant les sourcils ; elle se demandait s'il s'agissait d'une question sarcastique.

— Certaines choses sont pareilles et d'autres sont différentes, c'est tout, répondit-elle. Il y a des choses que je ne connais pas dans mon monde. Peut-être qu'ils ont aussi ce Ching...

— Oui, peut-être, dit le Dr Malone. Pardonne-moi.

— C'est quoi la matière sombre ? demanda Lyra. C'est bien ce qui est écrit sur la porte, hein ?

Le Dr Malone se rassit et, avec son pied, tira une chaise pour Lyra.

— La matière sombre est la chose sur laquelle travaille mon équipe de chercheurs. Personne ne sait exactement ce que c'est. Il existe dans l'univers un tas de phénomènes imperceptibles, voilà le problème. On voit les étoiles, les galaxies et tout ce qui brille, mais pour que tout cela reste en place, au lieu de se disperser dans tous les sens, il y a forcément autre chose. Pour que la gravité existe, par exemple. Hélas, personne ne sait détecter cette chose. Un tas de projets scientifiques essayent d'en savoir plus ; celui-ci en fait partie.

Lyra était tout ouïe. Au moins, cette femme lui parlait sérieusement, comme à une adulte.

— Et à votre avis, c'est quoi cette chose ? demanda-t-elle.

— À notre avis...

À ce moment-là, la bouilloire se mit à siffler et le Dr Malone se leva pour verser l'eau chaude dans les tasses, en continuant de parler :

— À notre avis, il s'agit d'une sorte de particule élémentaire. Très différente de tout ce qu'on a découvert jusqu'à présent. Mais elle est extrêmement difficile à détecter... Dans quelle école es-tu ? Tu étudies la physique ?

Lyra sentit Pantalaimon lui mordiller la main, pour lui recommander la prudence. L'aléthiomètre lui ordonnait de dire la vérité, très bien, mais elle savait ce qui risquait d'arriver si elle disait toute la vérité. Elle devait manœuvrer en finesse et éviter les mensonges directs.

— Oui, dit-elle, je connais certaines choses. Mais je n'ai jamais entendu parler de la matière sombre.

— Eh bien, disons que nous essayons de détecter cette chose quasiment indécelable parmi le bruit que font toutes les autres particules en s'écrasant. Habituellement, les scientifiques placent des capteurs à des centaines de mètres sous terre, mais nous, au lieu de cela, nous avons installé un champ électromagnétique autour du capteur, afin d'éliminer tous les bruits qui ne nous intéressent pas et de laisser passer uniquement les autres. Ensuite, nous amplifions le son et nous l'introduisons dans l'ordinateur.

Elle tendit une tasse de café à Lyra. Il n'y avait ni lait, ni sucre, mais elle sortit d'un tiroir des biscuits au gingembre ; la fillette se jeta voracement sur la nourriture.

— Nous avons découvert une particule qui correspond, reprit le Dr Malone. Du moins, nous pensons qu'elle correspond. Mais c'est si étrange... Pourquoi est-ce que je te raconte tout ça ? Je ne devrais pas. Les résultats n'ont pas été publiés, ni enregistrés, ni même notés par écrit. Je suis un peu folle cet après-midi.

Bref... ajouta-t-elle — et elle bâilla de nouveau, si longtemps que Lyra crut qu'elle n'allait jamais s'arrêter —, ces particules sont de drôles de petits monstres, c'est sûr. On les a baptisées particules-ombres, ou Ombres, tout simplement. Sais-tu ce qui a failli me faire tomber à la renverse tout à l'heure ? Quand tu as parlé des crânes du musée ? Nous avons dans notre équipe une sorte d'archéologue amateur. Et figure-toi qu'un jour il a fait une découverte à laquelle on ne voulait même pas croire. Mais impossible de l'ignorer, car elle rejoignait une des caractéristiques les plus insensées des Ombres. Devine un peu… Ces particules ont une conscience ! Parfaitement. Les Ombres sont des particules conscientes ! **As-tu** déjà entendu une chose aussi stupide ? Pas étonnant qu'ils ne veuillent pas renouveler nos crédits.

Le Dr Malone but une gorgée de café. Lyra, elle, buvait les paroles de cette femme, comme une fleur assoiffée.

— Eh oui, ajouta le Dr Malone, elles savent que nous existons. Elles nous répondent. C'est là que ça devient complètement fou : pour les voir, il faut être prêt à les voir ! Ça ne marche pas si on n'est pas dans un certain état d'esprit. Il faut être confiant et détendu. Il faut être capable de… Où est la citation… ?

Elle fourragea au milieu de l'amoncellement de papiers qui encombrait son bureau, jusqu'à ce qu'elle trouve une feuille sur laquelle quelqu'un avait griffonné une phrase au stylo vert.

Elle lut :

— … *capable d'être dans l'incertitude, le mystère et le doute, en oubliant l'exaspérante quête de la vérité et de la raison.* Voilà l'état d'esprit qui convient. C'est une citation du poète Keats, au fait. Je suis tombée dessus l'autre jour. Tu te places dans le bon état d'esprit, et ensuite, tu regardes la Caverne…

— La caverne ? dit Lyra.

— Oh, pardon. L'ordinateur. On l'a surnommé la Caverne. En référence à Platon, tu vois : les

Ombres sur les murs de la Caverne. Encore une idée de notre archéologue. C'est un intellectuel complet. Malheureusement, il est parti à Genève pour un entretien d'embauche, et je suis persuadée qu'il ne reviendra pas... Où en étais-je ? Ah oui, la Caverne. Une fois que tu es connectée à l'ordinateur, si tu penses, les Ombres réagissent. À tous les coups. Elles affluent autour de tes pensées comme un vol d'oiseaux...

— Et les crânes du musée, dans tout ça ?

— J'y viens. Un jour, Oliver Payne, c'est mon collègue, s'amusait à tester des objets avec la Caverne. C'était très bizarre. Tout cela n'avait aucun sens, dans l'optique d'un physicien du moins. Il a d'abord observé un morceau d'ivoire, un simple éclat ; il n'y avait aucune présence d'Ombres. Aucune réaction. Mais une pièce de jeu d'échecs taillée dans de l'ivoire a réagi ! Un morceau de bois brut provenant d'une planche n'a pas réagi, mais une règle en bois, si ! Et c'était encore plus net avec une statuette... Bon sang, il s'agit de particules élémentaires ! De minuscules parcelles de presque rien. Elles savaient ce qu'étaient ces objets. Tout ce qui était associé au travail humain et à la pensée humaine était entouré d'Ombres...

Ensuite, Oliver, le Dr Payne, s'est fait prêter des crânes fossilisés par un ami qui travaille au musée, et il les a testés pour savoir jusqu'où remontait ce phénomène dans le temps. On a découvert un point de rupture il y a 30 000 ou 40 000 ans. Avant cette date, pas d'Ombres. Après cela, une profusion. Apparemment, cela correspond plus ou moins à l'apparition sur terre des premiers êtres humains « modernes », dirons-nous. Nos lointains ancêtres,

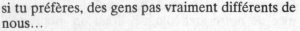

si tu préfères, des gens pas vraiment différents de nous...

— C'est la Poussière ! déclara Lyra d'un ton catégorique. J'en suis sûre.

— Tu comprends bien qu'on ne peut dire ce genre de choses dans une demande de subvention si on veut être pris au sérieux. Ça ne tient pas debout. Un tel phénomène ne peut pas exister. C'est impossible, et même si ce n'est pas impossible, c'est hors de propos, et quand ce n'est ni l'un ni l'autre, c'est tout simplement embarrassant.

— Montrez-moi la Caverne, demanda Lyra.

Elle se leva.

Le Dr Malone se passa les mains dans les cheveux et cligna des paupières, comme pour empêcher ses yeux fatigués de se voiler.

— Bah, pourquoi pas, après tout, dit-elle. Peut-être que nous n'aurons même plus de Caverne demain. Viens, suis-moi.

Elle entraîna Lyra dans la pièce voisine ; celle-ci était plus grande, encombrée de matériel électronique.

— Et voilà, dit le Dr Malone en désignant un écran vierge qui brillait d'une lueur grise. C'est ici que se trouve le détecteur, derrière tous ces fils. Pour voir les Ombres, il faut être relié à des électrodes. Comme lorsqu'on mesure les ondes du cerveau.

— Je veux essayer, dit Lyra.

— Tu ne verras rien, c'est inutile. En plus, je tombe de fatigue. Et c'est trop compliqué.

— Je vous en prie ! Je sais ce que je fais !

— Tant mieux pour toi, j'aimerais en dire autant. La réponse est non ! Il s'agit d'une expérience scientifique, coûteuse et complexe. Tu ne peux pas débarquer ici sans prévenir et exiger de t'amuser avec cet appareil comme si c'était un vulgaire flipper... D'où viens-tu, d'ailleurs ? Tu ne devrais pas être à l'école ? Comment es-tu arrivée jusqu'ici ?

Le Dr Malone se frotta de nouveau les yeux, comme quelqu'un qui vient de se réveiller.

Lyra tremblait. « Tu dois dire la vérité », songea-t-elle.

— C'est ça qui m'a indiqué le chemin, répondit-elle en sortant l'aléthiomètre de son sac à dos.

— C'est quoi ce machin ? Une boussole ?

Lyra l'autorisa à le prendre. Le Dr Malone fut surprise par le poids de l'instrument.

— Bon sang, c'est en or massif. Où diable as-tu...

— Je pense que ça fait la même chose que votre Caverne. En tout cas, c'est ce que j'aimerais savoir. Si j'arrive à répondre à une question, un truc dont vous seule connaissez la réponse, vous me laisserez essayer votre Caverne ? demanda Lyra d'un ton désespéré.

— Tu joues les voyantes maintenant ? À quoi sert cette chose ?

— Je vous en supplie ! Posez-moi une question, vous verrez !

Le Dr Malone haussa les épaules.

— Bon, d'accord, dit-elle dans un soupir. Dismoi... Dis-moi ce que je faisais avant de travailler ici.

Lyra lui arracha l'aléthiomètre des mains et actionna les aiguilles. Elle sentait son esprit foncer vers les images, avant même que les aiguilles ne soient pointées dessus, et les trépidations de la grande aiguille, impatiente de répondre. Dès qu'elle se mit à tournoyer autour du cadran, Lyra ne la quitta plus des yeux un seul instant ; elle observait, calculait, suivait mentalement les longs enchaînements de sens conduisant au niveau où se trouvait la vérité.

Finalement, elle cligna des paupières, laissa échapper un soupir et sortit de son état de transe temporaire.

— Dans le temps, vous étiez bonne sœur, déclara-t-elle. Je n'aurais jamais pu le deviner. Les nonnes sont censées rester dans leur couvent jusqu'à la fin de leurs jours. Mais vous avez cessé de croire aux principes de l'Église et ils vous ont laissée sortir. Ce n'est pas du tout comme dans mon monde à moi, pas du tout.

Le Dr Malone se laissa tomber dans l'unique fauteuil de la pièce, l'air hébété.

— C'est la vérité, hein ? dit Lyra.

— Oui. Et tu l'as découverte grâce à ce...

— Grâce à mon aléthiomètre, oui. Il fonctionne avec la Poussière, je crois. Je suis venue jusqu'ici pour en savoir plus sur la Poussière justement, et il m'a dit de venir vous voir. J'en conclus que votre matière sombre, ce doit être la même chose. Alors, je peux essayer votre Caverne, maintenant ?

Le Dr Malone secoua la tête, non pas pour exprimer son refus, mais plutôt son immense perplexité. Elle haussa les épaules.

— Allons-y, dit-elle. J'ai l'impression de rêver, autant continuer jusqu'au bout.

Elle fit pivoter son fauteuil et appuya sur plusieurs boutons, déclenchant un bourdonnement électrique accompagné des vibrations d'un ventilateur d'ordinateur. Lyra ne put réprimer un petit hoquet d'effroi, car c'était ce même bruit qu'elle avait entendu dans cette sinistre salle glacée et scintillante de Bolvangar où la guillotine d'argent avait bien failli la séparer pour toujours de Pantalaimon. D'ailleurs, elle sentit le dæmon trembler au fond de sa poche et dut le caresser pour le rassurer

Mais le Dr Malone n'avait rien remarqué, elle était trop occupée à effectuer des branchements et à taper sur les lettres d'un autre plateau en ivoire. Soudain, l'écran gris changea de couleur ; de petites lettres et des chiffres apparurent.

— Assieds-toi là, dit-elle à Lyra en se levant pour lui céder sa place. (Elle ouvrit un petit bocal rempli d'une substance épaisse et incolore.) Je suis obligée de te mettre un peu de gel sur la tête pour faciliter le passage des ondes. Ne t'inquiète pas, ça s'enlève facilement. Ne bouge plus.

Le Dr Malone prit six fils électriques, terminés par une sorte de ventouse plate, et les fixa à différents endroits sur la tête de Lyra. La fillette restait immobile comme on le lui avait demandé, mais elle respirait vite et son cœur cognait dans sa poitrine.

— Voilà, tu es branchée, déclara le Dr Malone. Cette pièce est remplie d'Ombres. L'univers lui-même est rempli d'Ombres, d'ailleurs. Mais il n'existe qu'une seule façon de les voir ; il faut faire le vide dans son esprit et regarder l'écran. À toi de jouer.

Lyra fixa l'écran. La surface du verre était sombre et vide. Elle distinguait son reflet, mais rien d'autre. Par curiosité, elle fit semblant de consulter l'aléthiomètre et s'imagina en train de demander : « Que sait cette femme sur la Poussière ? Quelles questions pose-t-elle ? »

Mentalement, elle déplaça les aiguilles de l'aléthiomètre autour du cadran et, soudain, l'écran se mit à trembloter. Surprise, Lyra abandonna sa concentration, et le tremblement s'arrêta aussitôt. Elle ne remarqua pas le frisson d'excitation qui fit se redresser le Dr Malone sur sa chaise. Le front plissé, la fillette se pencha en avant et recommença à se concentrer.

Cette fois, la réaction fut immédiate. Un flot de lumières dansantes, étrangement semblables aux rideaux scintillants de l'aurore, traversa l'écran. Elles se regroupaient pour constituer des formes éphémères qui se séparaient pour se réunir à nouveau, sous d'autres formes, ou d'autres couleurs ; elles traçaient des boucles, des méandres, s'éparpillaient, explosaient en une cascade éblouissante qui bifurquait soudainement d'un côté ou de l'autre, tel un vol d'oiseaux qui change de direction en plein ciel. Devant ce spectacle, Lyra se sentait vaciller au bord de la perception, comme lorsqu'elle avait commencé à déchiffrer l'aléthiomètre.

Mentalement, elle posa une autre question : « Est-ce la Poussière ? Est-ce la même chose qui crée ces formes et fait bouger l'aiguille de l'aléthiomètre ? »

La réponse se traduisit par de nouveaux méandres et tourbillons de lumière. Elle en conclut que cela voulait dire oui. C'est alors qu'une autre idée lui traversa l'esprit et, en se retournant pour s'adresser au Dr Malone, elle la découvrit bouche bée, la main sur le front.

— Qu'y a-t-il ? demanda Lyra.

L'écran redevint noir. Le Dr Malone sembla se réveiller.

— Qu'y a-t-il ? répéta Lyra.

— Oh... tu viens simplement de créer la plus belle apparition que j'aie jamais vue, voilà tout, dit le Dr Malone. Comment as-tu fait ? À quoi as-tu pensé ?

— Je pensais que vous pourriez avoir des images plus nettes que celles-ci, répondit Lyra.

— Plus nettes ? Ça n'a jamais été aussi net !

— Mais qu'est-ce que ça signifie ? Vous savez lire ces dessins ?

— En fait, expliqua le Dr Malone, ça ne se lit pas vraiment, comme on lit un message, par exemple. Ça fonctionne différemment. Concrètement, les Ombres réagissent à l'attention que tu leur portes. C'est déjà une découverte révolutionnaire, ça veut dire qu'elles réagissent à notre conscience, vois-tu.

— Ce n'est pas ce que je veux dire, expliqua Lyra. Ces formes et ces couleurs sur l'écran, ces Ombres, elles pourraient faire d'autres choses. Elles pourraient prendre toutes les formes que vous voulez. Elles pourraient même former des images si vous le souhaitez. Regardez.

Elle se retourna vers l'ordinateur et se concentra de nouveau, mais cette fois, elle imagina que l'écran était l'aléthiomètre, avec ses trente-six symboles disposés tout autour. Elle les connaissait si bien désormais que ses doigts bougeaient automatiquement sur ses genoux, tandis qu'elle déplaçait les aiguilles imaginaires en direction de la bougie, symbole du savoir ; d'alpha et oméga, symboles du langage ; et de la fourmi, symbole du travail

assidu. Après quoi, elle formula la question : « Que
doivent faire ces gens pour comprendre le langage
des Ombres ? »

L'écran répondit à la vitesse de la pensée, et
parmi la profusion de lignes et d'éclairs lumineux,
une série d'images se forma, avec une netteté parfaite : des boussoles, les lettres alpha et oméga, un
éclair, un ange. Chaque dessin clignota un certain
nombre de fois, avant de céder la place à trois
autres images : un chameau, un jardin, une lune.

Lyra n'eut aucun mal à déchiffrer leur signification ; elle s'arracha à sa concentration pour se
tourner vers le Dr Malone et lui expliquer. Celle-ci,
renversée contre le dossier de son siège, le visage
livide, agrippait le bord de la table.

— Votre Caverne s'exprime dans mon langage,
dit Lyra, le langage des dessins. Comme l'aléthiomètre. Mais elle me dit que vous pourriez utiliser
aussi un langage ordinaire, c'est-à-dire des mots.
Vous pourriez régler cette machine pour qu'ils
apparaissent sur l'écran. Mais pour ça, il faudrait
effectuer un tas de calculs précis, c'était la signification de la boussole. L'éclair symbolisait l'énergie
ambarique, ou électrique si vous préférez. L'ange
représente les messages. La Caverne veut dire des
choses. En ce qui concerne les autres images… ça
voulait dire l'Asie, presque l'Extrême-Orient, mais
pas tout à fait. Je sais pas quel pays ça peut être…
La Chine, peut-être. En tout cas, ils ont une façon
bien à eux de s'adresser à la Poussière, aux
Ombres, je veux dire, un peu comme vous ici et
moi avec… avec mes dessins, mais eux, ils utilisent
des baguettes. Je crois que c'était une allusion à ce
dessin qui est derrière la porte, mais j'ai pas vrai-

ment compris. Quand je l'ai vu pour la première fois, j'ai tout de suite pensé qu'il était important, mais je ne savais pas pourquoi. En fait, il existe sûrement un tas de façons de parler aux Ombres.

Le Dr Malone en avait le souffle coupé.

— Le I-Ching, dit-elle. C'est chinois, en effet. Une forme de divination, comme la cartomancie, en fait... C'est exact, ils utilisent des baguettes. Ce dessin est là uniquement pour faire joli, ajouta-t-elle comme pour rassurer Lyra en expliquant qu'elle n'y croyait pas véritablement. Tu me dis que lorsque les gens consultent le I-Ching, ils entrent en contact avec les particules élémentaires, les Ombres ? Avec la matière sombre ?

— Oui, répondit Lyra. Comme je vous le disais, il existe un tas de manières différentes. Je ne m'en étais pas rendu compte, je croyais qu'il n'y en avait qu'une.

— Ces images sur l'écran... dit le Dr Malone.

Lyra sentit une pensée trembloter à la lisière de son esprit, et elle se retourna vers l'écran. À peine avait-elle commencé à formuler une question que de nouvelles images apparurent en clignotant, se succédant si rapidement que le Dr Malone avait du mal à les suivre, mais Lyra, elle, savait ce qu'elles disaient :

— La Caverne dit que vous êtes importante vous aussi. Vous avez une tâche capitale à accomplir. Je ne sais pas ce que c'est, mais si elle le dit, c'est forcément vrai. Peut-être que vous devriez lui faire utiliser des mots, pour comprendre ce qu'elle dit.

Le Dr Malone resta muette un long moment. Finalement, elle demanda :

— Dis-moi maintenant d'où tu viens.

Lyra fit la grimace. Le Dr Malone avait agi par désespoir jusqu'à maintenant, sous le coup de l'épuisement ; en temps normal, elle n'aurait jamais montré son travail à une inconnue, une enfant qui plus est, surgie de nulle part, et elle commençait à le regretter. Malgré tout, Lyra était obligée de dire la vérité.

— Je viens d'un autre monde. C'est la vérité. Je suis passée dans celui-ci. Il fallait que je fuie mon ancien monde, car des gens me pourchassaient pour me tuer. Et l'aléthiomètre vient de... Il vient du même endroit. C'est le Maître de Jordan College qui me l'a donné. Dans mon Oxford, il y a un Jordan College, mais pas ici. J'ai cherché. J'ai appris toute seule à déchiffrer l'aléthiomètre. Je connais un moyen de faire le vide dans mon esprit, et de cette manière, je comprends immédiatement ce que signifient les symboles. C'est comme ce que vous disiez au sujet... du doute, du mystère et tout ça. Alors, en regardant la Caverne, j'ai fait pareil, et ça a marché de la même façon ; ça prouve bien que ma Poussière et vos Ombres, c'est la même chose.

Le Dr Malone était parfaitement réveillée maintenant. Lyra récupéra l'aléthiomètre et l'enveloppa dans l'étoffe de velours, telle une mère qui protège son enfant, avant de le ranger dans son sac à dos.

— En tout cas, reprit-elle, vous pourriez faire en sorte que cet écran vous parle avec des mots, si vous voulez. Ainsi, vous pourriez parler aux Ombres, comme moi je parle à l'aléthiomètre. Mais ce que je veux savoir, c'est pourquoi les habitants de mon monde détestent la Poussière. Les Ombres, si vous préférez. La matière sombre. Ils cherchent à la détruire. Ils pensent qu'elle est maléfique. Moi, je crois plutôt que ce sont eux qui font des choses maléfiques. Je les ai vus à l'œuvre. Alors, les Ombres représentent-elles le bien ou le mal ?

Le Dr Malone se frotta les joues, ce qui leur redonna un peu de couleur.

Tout cela est très... gênant, dit-elle. Sais-tu à quel point il est inconvenant d'évoquer le bien et le mal dans un laboratoire ? En as-tu idée ? Si je suis devenue scientifique, c'est en partie pour ne plus être confrontée à ce genre de préoccupations.

— Vous êtes obligée d'y penser, répliqua Lyra d'un ton sévère. Vous ne pouvez pas vous intéresser à la Poussière, aux Ombres, ou je ne sais quoi encore, sans réfléchir à ce genre de choses : le bien, le mal et ainsi de suite. Pas moyen de refuser. Quand doivent-ils fermer ce laboratoire ?

— La commission des subventions prendra sa décision à la fin de la semaine... Pourquoi ?

— Il vous reste ce soir encore, dit Lyra. Vous pourriez régler cette machine pour qu'elle fasse apparaître des mots sur l'écran à la place des images, comme je l'ai fait. Ça ne vous posera pas de problème. Ensuite, vous pourrez leur montrer ce qu'on voit et ils vous donneront de l'argent pour continuer vos recherches. Vous apprendrez un tas de choses sur la Poussière, les Ombres, et vous m'expliquerez. Car, voyez-vous, ajouta-t-elle d'un ton quelque peu pédant, comme une duchesse qui se plaint du travail d'une femme de chambre, l'aléthiomètre ne me dit pas exactement ce que j'ai besoin de savoir. Vous pourriez répondre à

mes questions. Autrement, je pourrais certainement me débrouiller avec les baguettes du Ching.
Mais c'est plus facile avec les dessins. À mon avis,
du moins. Si ça ne vous ennuie pas, je vais retirer
ces trucs-là, ajouta-t-elle en tirant sur les électrodes
fixées sur son crâne.

Le Dr Malone lui tendit un mouchoir en papier
pour essuyer le gel, pendant qu'elle enroulait les
fils.

— Tu t'en vas ? demanda-t-elle. On peut dire
que tu m'as fait passer un curieux moment.

— Vous allez faire apparaître des mots dans la
machine ? interrogea Lyra en récupérant son sac à
dos.

— Ce sera à peu près aussi utile que de remplir cette demande de subvention, je suppose,
répondit la scientifique. Écoute. J'aimerais que tu
reviennes demain. C'est possible ? Vers la même
heure ? Je voudrais te montrer autre chose.

Lyra la regarda en plissant les yeux. S'agissait-il
d'un piège ?

— Bon, d'accord, dit-elle. Mais n'oubliez pas
que j'ai besoin de savoir certaines choses.

— Je n'oublie pas. Alors, tu viendras ?

— Oui. Si je dis que je viendrai, je viendrai. J'ai
l'impression que je pourrais vous aider.

Sur ce, elle prit congé. Dans le hall, le concierge
leva brièvement la tête derrière son bureau, et
replongea aussitôt dans son journal.

— Ah, oui, les fouilles de Nuniatak, dit l'archéologue en faisant pivoter sa chaise. Tu es la deuxième personne ce mois-ci à m'interroger sur ce sujet.

— Qui était la première ? demanda Will, immédiatement sur ses gardes.

— Un journaliste, je crois. Je n'en suis pas sûr.

— Qu'est-ce qu'il voulait savoir ?

— Il s'intéressait à l'un des hommes qui ont disparu au cours de l'expédition. Ça se passait en pleine guerre froide. La Guerre des Étoiles et tout le tintouin. Mais tu es trop jeune, je parie, pour te le rappeler. Les Américains et les Russes installaient d'énormes radars d'un bout à l'autre de l'Arctique... Bref, que puis-je pour toi ?

— En fait, répondit Will en s'efforçant de rester calme, j'aurais voulu en savoir un peu plus sur cette expédition. Pour un exposé sur les hommes préhistoriques. J'ai entendu parler de cette expédition qui a disparu, et ça m'a intrigué.

— Tu n'es pas le seul, comme tu le vois. À l'époque, l'affaire a fait grand bruit. J'ai fait des recherches pour ce journaliste. Il s'agissait, en vérité, d'une mission d'observation préliminaire, ce n'étaient pas vraiment des fouilles. Avant de se lancer dans une pareille entreprise, on vérifie d'abord si ça vaut le coup d'investir du temps et de l'argent, et ce groupe était donc parti inspecter un certain nombre de sites pour rédiger un rapport. Il y avait une demi-douzaine d'hommes en tout. Généralement, pour ce genre d'expédition, on s'associe à des spécialistes de diverses disciplines, des géologues par exemple, afin de diviser les coûts. Chacun s'occupe de ce qui l'intéresse. Dans ce cas précis, il y avait un physicien dans l'équipe. Je crois qu'il s'intéressait aux particules atmosphériques évoluées. Les aurores boréales, ce genre de choses. Apparemment, il avait emporté des ballons équipés d'émetteurs radio.

Il y avait un autre homme avec eux. Un ex-Royal Marine, une sorte d'explorateur profession-nel. Ils devaient s'aventurer dans des territoires sauvages, et les ours polaires représentent toujours une menace dans l'Arctique. Les archéologues sont capables d'affronter certains dangers, mais nous ne sommes pas habitués à manier le fusil, et quel-qu'un qui sait tirer, naviguer, installer un campe-ment et qui connaît les techniques de survie est très précieux.

Remarque, ça ne les a pas empêchés de tous disparaître. Ils étaient en contact radio avec une station d'observation locale, mais un jour, la liai-son a été interrompue. Ils n'ont plus jamais émis le moindre signal. Certes, il y avait eu du blizzard, mais rien d'exceptionnel. L'équipe de secours a découvert leur dernier campement, plus ou moins intact, bien que les ours aient dévoré les pro-visions, mais aucune trace des membres de l'ex-pédition. Voilà, je ne peux pas t'en dire plus, malheureusement.

— Oui, je comprends, dit Will. Merci. Euh... ce journaliste, ajouta-t-il en s'arrêtant sur le pas de la porte, vous dites qu'il s'intéressait à un des hommes de l'équipe. Lequel ?

— L'explorateur. Un dénommé Parry,

— À quoi ressemblait-il ? Je parle du journaliste.

— Pourquoi me demandes-tu ça ?

— Parce que...

Will ne voyait aucune explication plausible. Il n'aurait pas dû poser cette question.

— Comme ça, simple curiosité, dit-il. Peu importe.

— Si je me souviens bien, c'était un grand type blond. Avec des cheveux très clairs.

— OK, merci, dit Will, et il pivota sur ses talons pour s'en aller.

L'homme le regarda sortir de la pièce, sans rien dire, en fronçant légèrement les sourcils. En le voyant, du coin de l'œil, décrocher son téléphone, Will s'empressa de quitter les lieux.

Il s'aperçut qu'il tremblait. Le soi-disant journaliste était l'un des deux hommes qui avaient fait irruption chez lui ; un homme de grande taille avec des cheveux et des poils si clairs qu'il semblait n'avoir ni sourcils, ni cils. Ce n'était pas celui que Will avait fait tomber dans l'escalier, c'était l'autre, celui qui avait surgi du salon au moment où Will dévalait l'escalier et sautait par-dessus le corps.

Ce n'était certainement pas un journaliste.

Il y avait un grand musée tout près de là. Will y entra, en tenant sa planchette et son stylo comme s'il prenait des notes, et alla s'asseoir dans une grande galerie aux murs couverts de tableaux. Il était secoué de violents frissons et pris de nausées, car l'idée qu'il avait tué un homme l'assaillait tout à coup. Il était un meurtrier. Jusqu'à présent, il avait réussi à chasser cette sinistre pensée, mais voilà qu'elle s'insinuait en lui. Il avait ôté la vie à un être humain.

Il resta assis là pendant une demi-heure, et ce fut assurément la demi-heure la plus affreuse qu'il ait jamais vécue. Autour de lui, les gens allaient et venaient, regardaient les tableaux, parlaient à voix basse, sans se soucier de lui ; un gardien du musée resta planté à l'entrée de la salle pendant plusieurs minutes, les mains dans le dos, avant de s'éloigner à pas lents, tandis que Will, littéralement tétanisé, affrontait l'horreur de son geste.

Peu à peu, il retrouva son calme. Il n'avait fait que défendre sa mère. Ces hommes la terrorisaient ; compte tenu de son état mental, ils la persécutaient, pouvait-on dire. Il avait le droit de défendre son foyer. Son père aurait attendu de lui qu'il agisse ainsi. Il avait commis un acte justifié. Il l'avait fait pour les empêcher de voler l'écritoire en cuir vert. Il l'avait fait pour pouvoir retrouver son père. N'avait-il pas le droit d'agir de cette façon ? Ses jeux d'enfant lui revinrent en mémoire ; il se revoyait avec son père, l'un et l'autre se portant mutuellement secours après une avalanche ou combattant des pirates. Désormais, c'était pour de vrai. « Je te retrouverai, dit-il mentalement. Aide-moi et je te retrouverai. Ensemble, on s'occupera de maman, et tout s'arrangera... »

Après tout, il connaissait une cachette maintenant, un endroit parfaitement sûr où personne ne le trouverait jamais. Et les documents contenus dans l'écritoire (il n'avait pas encore eu le temps de les lire) étaient en sécurité eux aussi, sous le matelas dans la chambre à Cittàgazze.

Au bout d'un moment, Will s'aperçut que les visiteurs marchaient d'un pas plus décidé, dans la même direction. Ils se dirigeaient vers la sortie, car le gardien leur annonçait que le musée allait fermer ses portes dans dix minutes. Will se ressaisit et sortit à son tour. Il parvint à atteindre High

Street, où se trouvait le cabinet de l'avocat et, l'espace d'un instant, il envisagea de s'y rendre, en dépit de ses résolutions. Cet homme lui avait paru sympathique, finalement...

Mais juste au moment où il décidait de traverser la rue pour pénétrer dans l'immeuble, il se figea.

Le grand type aux sourcils presque blancs sortait d'une voiture arrêtée le long du trottoir.

Will se retourna aussitôt, d'un air nonchalant, et contempla la vitrine d'une bijouterie juste à côté. Dans la glace, il vit le reflet de l'homme jeter des regards autour de lui, ajuster son nœud de cravate, et pénétrer dans l'immeuble abritant le cabinet de l'avocat. Dès qu'il eut disparu à l'intérieur, Will repartit dans l'autre sens, le cœur battant à tout rompre. Il n'existait aucun endroit sûr. Il prit la direction de la bibliothèque de l'université pour attendre Lyra, comme convenu.

5

Courrier par avion

— Will...

Lyra avait parlé à voix basse,
mais le garçon sursauta. Elle
s'était assise à côté de lui sur le
banc et il ne l'avait même pas
remarquée.

— D'où viens-tu ? demanda-
t-il.

— Ça y est, j'ai trouvé mon savant ! C'est une
femme, en réalité : le Dr Malone. Elle possède
une machine qui permet de voir la Poussière, et
elle va lui apprendre à parler...

— Je ne t'ai pas vue arriver.

— Normal, tu ne regardais pas. Je parie que tu
avais la tête ailleurs. Heureusement que je t'ai
trouvé. Hé, tu veux voir comme c'est facile de
tromper les gens ? Regarde...

Deux agents de police s'approchaient d'un pas
nonchalant, un homme et une femme qui effectuaient leur patrouille, avec leur radio et leur
matraque accrochées à la ceinture, le regard soupçonneux. Avant qu'ils n'arrivent à la hauteur du
banc, Lyra s'était levée :

— Excusez-moi, pourriez-vous me dire où est le musée ? Mon frère et moi, on devait retrouver nos parents là-bas, mais on s'est perdus.

Le policier observa Will, et celui-ci haussa les épaules, en s'efforçant de contenir sa colère, comme pour dire : « Elle a raison, on est perdus, C'est idiot, hein ? » Le policier sourit. Sa collègue demanda :

— Quel musée ? L'Ashmolean ?

— Oui, c'est ça ! dit Lyra, et elle fit semblant d'écouter attentivement les indications que lui donnait la femme.

Will se leva, en disant « Merci. » Puis Lyra et lui s'éloignèrent sans se retourner. Mais les agents de police ne s'intéressaient déjà plus à eux.

— Tu as vu ça ? dit Lyra. S'ils te cherchaient, je les ai bernés. Car ils ne cherchent pas un garçon avec une sœur. Je ferais mieux de rester avec toi à partir de maintenant, déclara-t-elle d'un ton sentencieux après qu'ils eurent tourné au coin de la rue. Seul, tu es en danger.

Will ne dit rien. La colère accélérait les battements de son cœur. Ils marchaient vers un édifice rond coiffé d'un gros dôme de plomb, au milieu d'une vaste place bordée par des bâtiments en pierre couleur de miel, une église et de grands arbres touffus qui dominaient les hauts murs d'un parc. Le soleil de l'après-midi faisait ressortir les tons chauds de ce décor, et ceux-ci emplissaient l'atmosphère, qui avait presque la couleur dorée d'un vin doux. Aucune feuille ne bruissait, et sur cette place, même le bruit des voitures paraissait atténué.

Prenant tout à coup conscience du mutisme de Will, Lyra demanda :

— Qu'est-ce qui ne va pas ?

— Quand tu parles aux gens, tu attires leur attention, dit-il d'une voix tremblante de colère. Il vaut mieux la boucler et rester tranquille dans un coin ; comme ça, ils t'oublient. Je sais de quoi je parle, j'ai pratiqué cette tactique toute ma vie. Mais toi... il faut toujours que tu te fasses remarquer ! Ce n'est pas un jeu !

— Ah oui ? répliqua Lyra avec véhémence. Tu crois que je ne sais pas mentir, peut-être ? Je suis la plus grande menteuse de la terre, figure-toi ! Mais je ne te mens pas à toi, et je ne te mentirai jamais, c'est juré. Tu es en danger, Will, et si je n'étais pas intervenue, ces deux policiers t'auraient arrêté ! Tu as vu comment ils te regardaient ? Tu n'es pas assez prudent. Si tu veux mon avis, c'est toi qui ne prends pas la situation assez au sérieux.

— Dans ce cas, explique-moi pourquoi je t'ai attendue sur un banc, alors que je pourrais être déjà loin d'ici ? Ou bien caché dans cette ville là-bas, à l'abri ? Moi aussi, j'ai des choses à faire et, pourtant, je reste ici pour t'aider. Alors, je t'en prie, ne viens pas me dire que je ne prends pas la situation au sérieux.

— Tu étais obligé de revenir ! répliqua la fillette. (Personne n'avait le droit de lui parler de cette façon ; elle était une aristocrate, nom d'un chien ! Elle était Lyra Parle-d'Or.) Tu n'as pas le choix, si tu veux essayer d'en savoir plus sur ton père. En vérité, tu as fait tout ça pour toi, pas pour moi.

Ils se disputaient avec fougue, mais à voix basse, pour ne pas troubler le calme de la place et risquer d'alerter les passants qui flânaient autour d'eux.

En entendant les paroles de Lyra, Will dut s'arrêter pour s'appuyer contre le mur de l'université derrière lui. Il était livide.

— Que sais-tu au sujet de mon père ? demanda-t-il d'une voix blanche.

— Rien du tout. Je sais seulement que tu le cherches. C'est tout ce que j'ai demandé.

— À qui ?

— A l'aléthiomètre, évidemment !

Will ne comprit pas immédiatement à quoi elle faisait allusion. Mais il avait l'air si furieux et si soupçonneux qu'elle sortit l'instrument de son sac à dos.

— Très bien, dit-elle, je vais te montrer.

Elle s'assit sur la bordure de pierre qui entourait la pelouse au milieu de la place, se pencha au-dessus de l'instrument en or et manipula les aiguilles, avec une telle dextérité que Will avait du mal à suivre ses doigts. Elle s'immobilisa quelques secondes pendant que la grande aiguille fine tournoyait sur le cadran, s'arrêtant parfois devant tel ou tel symbole. Lyra répéta plusieurs fois l'opération. Pendant ce temps, Will jetait des regards inquiets autour d'eux, mais personne n'était assez près pour les voir : un groupe de touristes contemplait le dôme de l'édifice rond, un vendeur de glaces poussait sa petite voiture sur le trottoir, mais personne ne leur prêtait attention.

Lyra cligna des yeux, en poussant un soupir, comme si elle émergeait d'un long sommeil.

— Ta mère est malade, annonça-t-elle. Mais elle ne craint rien, une vieille dame s'occupe d'elle. Tu as pris des lettres et tu t'es enfui. Il y avait un homme également, un voleur, je crois, et tu l'as tué. Tu es à la recherche de ton père, et...

— C'est bon, ça suffit, dit Will. Tu n'as pas le droit de fouiner comme ça dans ma vie privée. Ne recommence jamais. C'est de l'espionnage !

— Je sais à quel moment je dois arrêter de poser des questions. L'aléthiomètre est comme une personne, en quelque sorte. Je sais quand il va se fâcher, ou quand il ne veut pas me dire certaines choses. Je le sens. Mais quand tu as jailli de nulle part hier, j'étais bien obligée de lui demander qui tu étais, je ne voulais pas prendre de risque. Il le fallait. Et il m'a dit... (Elle baissa la voix.) Il m'a dit que tu étais un meurtrier, et je me suis dit : «Tant mieux. C'est parfait, je peux lui faire confiance.» Mais c'est tout ce que je lui ai demandé, et si tu ne veux plus que je recommence, je ne le ferai plus, promis. L'aléthiomètre n'est pas un instrument de voyeur. Si je m'en servais pour espionner la vie privée des gens, il cesserait de fonctionner. J'en suis sûre.

— Tu pouvais me poser directement la question, au lieu d'interroger ce truc. Il t'a dit si mon père était vivant ou mort ?

— Non, je ne lui ai pas demandé.

Will s'était assis à côté de Lyra. Il enfouit son visage dans ses mains en poussant un soupir de lassitude,

— Bien, dit-il finalement. On est obligés de se faire confiance, je suppose.

— Exact. Moi, j'ai confiance en toi.

Will hocha la tête d'un air sombre. Il tombait de fatigue. Malheureusement, il ne pouvait espérer dormir dans ce monde. Lyra n'était généralement pas aussi perspicace, mais quelque chose dans le comportement de Will l'amenait à s'interroger : « Il a peur, se disait-elle, mais il domine sa peur, comme le recommandait Iorek Byrnison, comme je l'ai fait dans le fumoir à poissons, au bord du lac gelé. »

— Je ne te trahirai pas, Will, ajouta-t-elle. Tu as ma parole.

— Tant mieux.

— Ça m'est arrivé un jour. J'ai trahi quelqu'un. C'était la pire chose que j'aie jamais faite. Je croyais lui sauver la vie, mais en vérité, je l'ai conduit dans l'endroit le plus dangereux qui soit. Je m'en suis voulu d'être aussi stupide. Et je promets de faire tout mon possible pour rester vigilante et ne pas te trahir.

Le garçon ne dit rien. Il se frotta les yeux et cligna des paupières, comme pour essayer de se réveiller.

— On est obligés d'attendre pour repasser par la fenêtre, dit-il. On a déjà eu tort de traverser en plein jour. Imagine un peu si quelqu'un nous surprenait ! Il va falloir tuer le temps jusqu'à ce soir…

— J'ai faim, dit Lyra.

— Ça y est, je sais ! s'exclama Will. On va aller au ciné !

— Au quoi ?

— Viens, je vais te montrer. On trouvera à manger sur place.

Il y avait un cinéma près du centre, à dix minutes à pied. Will paya leurs deux places, acheta des hot dogs, du pop-corn et du Coca ; ils emportèrent leurs provisions dans la salle. Le film commençait.

Lyra était littéralement hypnotisée. Certes, elle avait déjà vu des projections de photogrammes, mais rien dans son monde ne l'avait préparée à la découverte du cinéma. Elle engloutit le hot dog et le pop-corn, avala le Coca à grandes gorgées et laissa éclater son émotion et sa joie en voyant évoluer les personnages sur l'écran. Heureusement, la salle était occupée par un public bruyant, surtout des enfants, et son excitation passa inaperçue. Will, lui, ferma les yeux et s'endormit immédiatement.

Il se réveilla au moment où les spectateurs quittaient la salle, en entendant claquer les sièges, et cligna des yeux dans la lumière qui venait de se rallumer. Sa montre indiquait huit heures et quart. Lyra le suivit à contrecœur vers la sortie.

— J'ai jamais rien vu d'aussi génial ! C'est extra ! dit-elle. Je me demande pourquoi ils ont pas inventé ça dans mon monde. On a des trucs mieux que vous, mais ce machin-là, le cinéma, ça dépasse de loin tout ce qu'on a chez nous.

Will aurait été incapable de dire quel film ils venaient de voir. Dehors, il faisait encore jour, et les rues étaient animées.

— Ça te dirait d'aller voir un deuxième film ?
— Oh oui !

Ils entrèrent donc dans un autre cinéma, situé une centaine de mètres plus loin, au coin de la rue. Enfoncée dans son fauteuil, Lyra ramena ses genoux contre sa poitrine, les pieds sur le siège et les yeux fixés sur l'écran, tandis que Will laissait vagabonder ses pensées. Quand ils ressortirent du cinéma, il était presque onze heures du soir : c'était beaucoup mieux.

Comme Lyra avait de nouveau faim, ils achetèrent des hamburgers à un vendeur ambulant et les mangèrent en marchant, encore une expérience nouvelle pour elle.

— Chez nous, dit-elle, on s'assoit pour manger. C'est la première fois que je vois des gens marcher en mangeant. Il y a tellement de choses différentes ici. À commencer par la circulation. Je n'aime pas toutes ces voitures. Par contre, j'aime beaucoup le cinéma, et les hamburgers. J'adore ! L'Érudite que je suis allée voir, le Dr Malone, va faire parler sa machine, j'en suis sûre. J'y retournerai demain pour voir comment elle se débrouille. Je parie que je pourrais même l'aider. Je pourrais sûrement convaincre les Érudits de lui donner l'argent qu'elle réclame. Tu sais comment a fait mon père ? Lord Asriel ? Il les a bien eus…

Et tandis qu'ils empruntaient Banbury Road, Lyra lui parla du soir où, cachée dans la penderie, elle avait vu Lord Asriel montrer aux Érudits de Jordan College la tête tranchée de Stanislaus Grumman, à l'intérieur du container sous vide. Et puisque Will était un auditeur attentif, elle lui raconta toute son histoire, depuis sa fuite de chez Mme Coulter jusqu'à l'instant épouvantable où elle comprit qu'elle avait conduit Roger à sa mort, sur les falaises glacées de Svalbard. Will l'écoutait sans faire de commentaire, mais avec la plus grande attention, avec compassion également. Ces récits de voyage en ballon, d'ours en armure et de sorcières, de bras vengeur de l'Église, semblaient se mélanger avec son propre rêve fantastique d'une ville magnifique au bord de la mer, vide et silencieuse, un havre de paix : tout cela ne pouvait pas exister, c'était aussi simple que ça.

Ils avaient atteint la rocade et les marronniers alignés au bord de la route. Il y avait peu de circulation à cette heure : une voiture toutes les minutes environ, pas plus. Et la fenêtre était toujours là, au même endroit. Will se surprit à sourire. Tout se passerait bien.

— Attends qu'il n'y ait pas de voiture, dit-il. Je passe le premier.

Quelques secondes plus tard, il était accroupi dans l'herbe sous les palmiers, bientôt rejoint par Lyra.

Curieusement, ils avaient l'impression de se retrouver chez eux. La nuit chaude et vaste, le parfum des fleurs et de la mer, le silence les enveloppaient comme une eau apaisante.

Lyra bâilla en s'étirant, et Will se sentit libéré d'un poids énorme. Toute la journée, il l'avait porté sur ses épaules, sans s'apercevoir que ce fardeau avait bien failli le terrasser, et à présent, il se sentait léger, libre et serein.

Mais soudain, Lyra lui agrippa le bras. Presque au même moment, Will perçut la cause de ce geste de frayeur.

Quelque part dans les ruelles qui serpentaient derrière le café, quelqu'un hurlait.

Sans hésiter, Will se précipita vers l'origine de ces cris sinistres, et Lyra lui emboîta le pas lorsqu'il s'engouffra dans une rue étroite et tortueuse que n'atteignait pas le clair de lune. Ils débouchèrent finalement sur la place devant la tour de pierre qu'ils avaient découverte le matin.

Une vingtaine d'enfants, leur tournant le dos, formaient un demi-cercle au pied de la tour ; certains brandissaient des bâtons, d'autres jetaient

des pierres sur leur malheureuse victime acculée
contre le mur. D'abord, Lyra crut qu'il s'agissait
d'un autre enfant, mais de l'intérieur du demi-
cercle monta un effroyable hurlement qui n'avait
rien d'humain. Les enfants hurlaient eux aussi,
pour exprimer leur peur autant que leur haine.

Will s'élança vers le groupe et tira brutalement
en arrière l'enfant qui se trouvait devant lui. C'était
un garçon à peu près de son âge, portant un T-shirt
à rayures. Lorsqu'il se retourna, Lyra découvrit
ses yeux exorbités, aux pupilles dilatées. Comprenant soudain ce qui se passait, les autres enfants
se retournèrent également. Angelica et son petit
frère étaient là, eux aussi, avec des pierres dans les
mains, et les yeux de tous ces enfants brillaient
d'une lueur farouche dans l'éclat de la lune.

Ils se turent. Seuls les cris stridents continuaient
à briser le silence, et Will et Lyra découvrirent
alors leur origine : un chat tigré était recroquevillé
contre le mur de la tour, une oreille arrachée et la
queue tordue. C'était le chat que Will avait aperçu
sur Sunderland Avenue, celui qui ressemblait à
Moxie et qui l'avait conduit à la fenêtre.

Voyant l'animal martyrisé, Will repoussa violemment le garçon qu'il avait empoigné. Celui-ci
tomba à la renverse et se releva immédiatement,
fou de rage, prêt à riposter ; mais les autres le retin-
rent. Will s'était agenouillé devant le chat.

Lorsqu'il le prit dans ses bras, l'animal terrorisé
se blottit contre sa poitrine. Will le cala au creux
de son bras et fit face aux enfants. L'espace d'un
instant, Lyra crut que le dæmon de Will était enfin
apparu.

— Pourquoi faites-vous du mal à ce chat ? lança-t-il à la cantonade.

Personne ne répondit.

Retenant leur souffle, les enfants tremblaient devant la fureur de Will ; ils serraient dans leurs poings les pierres et les bâtons, incapables de prononcer un mot.

Mais soudain, la voix d'Angelica s'éleva dans la nuit :

— Vous êtes pas d'ici ! Vous êtes pas de Ci'gazze ! Vous n'avez jamais entendu parler des Spectres et vous ne connaissez pas les chats. Vous êtes différents de nous !

Le garçon au T-shirt rayé, celui que Will avait envoyé au tapis, brûlait d'envie de se battre, et si Will n'avait pas tenu le chat dans ses bras, il se serait jeté sur lui à coups de poings et de pieds, et Will aurait été heureux de répliquer, sans aucun doute, car on sentait entre eux un courant de haine, que seule la violence pourrait apaiser. Mais le garçon avait peur du chat.

— Vous venez d'où, tous les deux ? demanda-t-il d'un ton méprisant.

— Peu importe d'où on vient. Puisque vous avez peur de ce chat, je l'emmène. S'il vous porte malheur, il nous portera bonheur, à nous. Laissez-nous passer maintenant.

Un instant, Will crut que leur haine allait prendre le dessus sur leur peur, et il se tenait prêt à poser le chat pour se battre, mais soudain, de derrière les enfants, s'éleva un grognement rauque. Tous se retournèrent pour découvrir Lyra, face à eux, la main posée sur l'épaule d'un grand léopard dont le rictus menaçant dévoilait les dents étincelantes.

Will lui-même, bien qu'il eût reconnu Pantalaimon, ne put s'empêcher de frémir. L'effet sur les enfants fut prodigieux et immédiat : ils s'enfuirent sans demander leur reste. En quelques secondes, la place fut déserte.

Avant de repartir avec Will, Lyra leva les yeux vers le sommet de la tour. Un grognement de Pantalaimon l'alerta et, pendant une fraction de seconde, elle aperçut tout en haut quelqu'un qui regardait par-dessus les créneaux ; ce n'était pas un enfant, mais un jeune homme aux cheveux bouclés.

Une demi-heure plus tard, ils avaient regagné l'appartement abandonné au-dessus du café. Will avait déniché une boîte de lait concentré, que le chat lapa goulûment avant de lécher ses blessures. Mû par la curiosité, Pantalaimon avait pris l'apparence d'un chat lui aussi, et l'autre avait d'abord réagi avec méfiance, le poil hérissé, avant de comprendre que cette étrange créature n'était ni un vrai chat ni une menace ; il décida alors de l'ignorer.

Fascinée, Lyra regarda Will soigner le chat. Les seuls animaux qu'elle avait approchés dans son monde (à l'exception des ours en armure) étaient destinés à des tâches précises. Ainsi, à Jordan College, les chats servaient à chasser les souris ; on ne jouait pas avec eux.

— Je crois qu'il a la queue cassée, commenta Will. Je ne sais pas quoi faire. Peut-être que ça guérira tout seul. Je vais lui mettre du miel sur l'oreille ; j'ai lu quelque part que c'était un désinfectant...

C'était un curieux remède mais, au moins, le

chat était tenté de lécher le miel, et la plaie par la
même occasion. Un bon moyen de la nettoyer.

— Tu es sûr que c'est le chat qui t'a conduit
ici ? demanda Lyra.

— Oui, certain. Si tous les gens de cette ville ont
peur des chats, il ne doit pas y en avoir d'autres
dans ce monde. Il n'a pas réussi à retrouver le chemin du retour, je suppose.

— Ces enfants étaient comme fous, dit Lyra. Ils
l'auraient tué. Je n'ai jamais vu des enfants agir
comme ça.

— Moi si, dit Will.

Son visage s'était fermé ; apparemment, il n'avait
pas envie de s'étendre sur le sujet, et Lyra se garda
bien de l'interroger. Elle n'oserait même pas poser
la question à l'aléthiomètre.

Tombant de fatigue, elle alla se coucher et s'endormit aussitôt.

Un peu plus tard, alors que le chat s'était roulé
en boule pour dormir, Will se servit une tasse de
café, alla chercher l'écritoire en cuir vert et s'installa sur le balcon. La lumière qui filtrait par la
fenêtre était suffisante pour lire.

Comme il l'avait supposé, l'écritoire contenait
quelques lettres, écrites sur du papier « par avion »,
à l'encre noire. Ces mots avaient été tracés par la
main de l'homme qu'il rêvait de retrouver ; il fit
glisser ses doigts sur les lignes, plusieurs fois, puis
il appuya les feuilles contre son visage, pour essayer
de se rapprocher de l'essence de son père. Et il
commença à lire.

Fairbanks, Alaska
                              Mercredi 19 juin 1985
  Ma chérie,
  Toujours le mélange habituel d'efficacité et de désordre. Tous les vivres sont arrivés à bon port, mais le physicien de l'équipe, un imbécile génial nommé Nelson, n'a pris aucune disposition pour faire transporter ses saloperies de ballons dans la montagne, et on a dû se tourner les pouces pendant qu'il cherchait une solution. Remarque, ça m'a permis de bavarder avec un vieux bonhomme que j'avais rencontré lors de mon dernier voyage, un chercheur d'or nommé Jake Petersen. J'ai retrouvé sa trace dans un bar miteux. Pendant que la télé diffusait un match de base-ball, je l'ai interrogé au sujet de l'anomalie. Il n'a pas voulu m'en parler au bar; il m'a emmené chez lui et, avec l'aide d'une bouteille de Jack Daniels, il m'a parlé longuement. Il n'avait jamais vu cette chose personnellement, mais il connaissait un Inuit qui, lui, l'avait vue, et ce type affirmait qu'il s'agissait d'une porte ouverte sur le monde des esprits. Les Inuits connaissent son existence depuis des siècles; lors de l'initiation d'un sorcier, celui-ci doit franchir cette porte et rapporter un trophée mais, parfois, certains ne reviennent pas. Quoi qu'il en soit, le vieux Jake possédait une carte de ce coin-là, et il avait indiqué l'endroit où se trouvait cette « porte », d'après son copain. (Je te donne les coordonnées, au cas où : 69°02'11" N, 157°12'19" O, sur un éperon rocheux de Lookout Ridge, à environ deux kilomètres au nord de la Colville River.) On a évoqué ensuite d'autres légendes de l'Arctique, comme celle de ce navire norvégien qui a dérivé pendant six ans, sans personne à la

barre, *des trucs comme ça. Les archéologues du groupe sont de chics types ; ils ont hâte de se mettre au travail et essayent de masquer leur agacement à cause de Nelson et ses ballons. Aucun d'eux n'a jamais entendu parler de l'anomalie, et ce n'est pas moi qui vais leur en parler, tu peux me croire. Je vous aime tous les deux.*

JOHNNY

Umiat, Alaska

Samedi 22 juin 1985

Ma chérie,

Autant pour moi. Nelson le physicien n'est pas un imbécile génial comme je le croyais et, si je ne m'abuse, lui aussi est à la recherche de l'anomalie. Figure-toi que c'est lui qui a provoqué notre immobilisation à Fairbanks ! Sachant que le reste de l'équipe refuserait d'attendre, sauf raison impérieuse, comme l'absence de moyen de transport, il s'est arrangé pour faire annuler les véhicules que nous avions commandés. Je l'ai découvert par hasard, et je m'apprêtais à lui demander de s'expliquer quand je l'ai surpris en train d'envoyer un message par radio. Il décrivait l'anomalie ! Mais apparemment, il ignore où elle se trouve. Un peu plus tard, je lui ai offert un verre ; je lui ai fait le numéro du vieil explorateur qui a vu des choses extraordinaires dans sa vie, et qui sait que l'univers est plein de mystères. J'ai fait mine de le taquiner sur les limites de la science, dans le genre : « Je parie que vous n'avez pas d'explication pour le Yéti », etc., en l'observant attentivement. Et je lui ai balancé l'histoire de l'anomalie, cette fameuse légende inuit concernant l'entrée du monde des esprits ; une porte

*invisible, quelque part près de Lookout Ridge. Là
où nous allons, justement, quelle coïncidence! Je
l'ai vu bondir sur son siège. Il savait très bien à
quoi je faisais allusion. J'ai fait semblant de ne rien
avoir remarqué et j'ai enchaîné sur la sorcellerie, je
lui ai raconté l'histoire du léopard du Zaïre. J'espère qu'il m'a pris pour un vieux militaire abruti et
superstitieux. Mais j'en suis sûr, Élaine, il cherche
l'anomalie, lui aussi. La question est : dois-je lui en
parler ou pas? Il faut absolument que je découvre
ce qu'il manigance. Je vous aime tous les deux.*

JOHNNY

Colville Bar, Alaska

24 juin 1985

   Ma chérie,
   *Je ne pourrai pas t'envoyer une autre lettre avant
longtemps. Dès demain, nous partons dans la montagne, la chaîne des Brooks. Les archéologues sont
de plus en plus impatients. L'un d'eux est convaincu
qu'il va découvrir des traces d'habitation bien plus
anciennes que tout ce qu'on imaginait jusqu'à présent. C'est-à-dire? lui ai-je demandé. Pourquoi
était-il si sûr de lui? Il m'a parlé alors de sculptures
dans des défenses de narval qu'il avait découvertes
au cours de fouilles précédentes. L'analyse au car-
bone 14 a montré qu'elles remontaient à une époque
invraisemblable, sans aucune commune mesure avec
ce qu'on supposait. Une sorte... d'anomalie, en fait.
Imagine que ces sculptures proviennent d'un autre
monde, à travers MON anomalie... À propos, Nelson, le physicien, est devenu mon meilleur ami, il
ne me quitte plus, il lâche parfois des allusions*

pour me faire comprendre qu'il sait que je sais qu'il
sait, etc. et moi, je continue à jouer le rôle du Major
Party, le gars capable d'affronter tous les dangers,
mais pas très futé. Je suis sûr désormais qu'il cherche
l'anomalie. Premièrement, même si c'est un véritable universitaire, il est subventionné par le minis-
tère de la Défense, je connais les codes financiers
qu'ils utilisent ; deuxièmement, ses prétendus ballons-
sondes n'en sont pas. J'ai fouillé dans ses caisses :
je sais reconnaître une combinaison antiradiation.
J'ai décidé de m'en tenir à mon plan : je conduis les
archéologues sur leur site et ensuite, je pars seul
pendant quelques jours à la recherche de l'anomalie. Si je tombe sur Nelson en train de rôder dans
les parages de Lookout Ridge, j'improviserai.

Plus tard :

Tu parles d'un coup de chance ! J'ai rencontré le
copain esquimau de Jake Petersen, Matt Kigalik.
Jake m'avait dit où il vivait, mais je n'espérais pas
le trouver chez lui. Il m'a expliqué que les Russes
cherchaient l'anomalie, eux aussi. Il a aperçu un
homme au début de l'année, là-haut dans les montagnes, et il l'a observé pendant deux jours, sans se
montrer, car il se doutait de ce qu'il faisait, et il
avait raison. Le type en question était un Russe, un
espion. Il ne m'en a pas dit davantage. J'ai l'impression qu'il l'a liquidé. Mais il m'a décrit l'anomalie. C'est comme un trou dans l'air, une sorte de
fenêtre. Tu regardes à travers et tu découvres un
autre monde. Mais il n'est pas facile de la localiser
car, de l'autre côté, le monde ressemble à celui-ci,
avec des rochers, de la mousse et ainsi de suite. La
fenêtre se trouve sur la rive nord d'une petite rivière,
à une quinzaine de pas à l'ouest d'une grosse pierre

qui ressemble à un ours dressé sur ses pattes arrière.
La position que m'a donnée Jake n'est pas tout à
fait exacte ; c'est plus près de 12" N que de 11".

Souhaite-moi bonne chance, mon amour. Je
vous rapporterai un trophée du monde des esprits.
Je vous aime pour toujours. Embrasse notre fils
pour moi.

JOHNNY

Will avait la tête qui tournait. Dans ces lettres,
son père décrivait exactement ce que lui-même
avait découvert sous les marronniers. Lui aussi
avait découvert une fenêtre... il avait d'ailleurs
employé le même mot ! Cela signifie que Will était
sur la bonne piste. Et c'était justement ça qui intéressait ces sales individus qui s'étaient introduits
chez lui ! Il détenait un secret dangereux.

Will avait un an lorsque ces lettres avaient été
écrites. Six ans plus tard, un matin au supermarché, il avait découvert que sa mère était menacée
par un grave danger, et il devait la protéger. Puis
peu à peu, au fil des mois, il avait pris conscience
que le danger en question résidait, en vérité, dans
l'esprit de sa mère, et il devait la protéger encore
plus. Et soudain, cette révélation : le danger n'était
pas uniquement dans la tête de sa mère, en fin de
compte. Quelqu'un la pourchassait véritablement.
Quelqu'un qui voulait ces lettres, ces informations.

Will ignorait ce qu'elles représentaient. Mais il
éprouvait une joie immense de pouvoir partager
un secret si important avec son père ; John Parry
et son fils Will avaient découvert l'un et l'autre,
chacun de leur côté, cette chose extraordinaire.
Quand ils se retrouveraient, ils pourraient en par-

✝ ler, et son père serait fier de voir que Will avait
marché sur ses traces.

La nuit était calme et la mer paisible. Il rangea
les lettres et s'endormit.

6

Étranges oiseaux de lumière

 — Grumman? répéta le trappeur à la barbe noire. De l'Académie de Berlin? Un type qu'avait pas froid aux yeux. Je l'ai rencontré il y a cinq ans, au fin fond de l'Oural. Je le croyais mort.

Sam Cansino, vieille connaissance de Lee Scoresby, Texan comme lui, était assis dans le bar enfumé par les lampes à naphte de l'hôtel Samirsky. Il vida d'un trait son petit verre de vodka glacée. Du coude, il poussa l'assiette de poisson en saumure et de pain noir vers son ami Lee, qui en prit un petit morceau et fit un signe de tête à Sam pour l'inciter à continuer.

— ... Il avait marché dans un piège posé par ce dingue de Yakovlev, reprit le trappeur, et il avait la cuisse ouverte jusqu'à l'os. Au lieu de se soigner avec des médicaments, il a insisté pour essayer le truc qu'utilisent les ours, de la mousse magique ; c'est une sorte de lichen, en vérité. Enfin bref, il était couché sur son traîneau, et quand il ne hurlait pas de douleur, il braillait des ordres à ses hommes. Ils effectuaient des relevés d'étoiles, et s'ils avaient le malheur de se tromper dans les calculs, il leur balançait des remarques bien senties ; il ne mâchait pas ses mots. C'était un type tout maigre, mais sacrément robuste ; un gaillard curieux de tout. Tu savais que c'était un Tartare d'adoption ?

— Sans blague ? répondit Lee Scoresby en versant une nouvelle dose de vodka dans le verre de Sam.

Son dæmon, Hester, était accroupi près de son coude, sur le comptoir, les yeux à demi fermés comme toujours, les oreilles plaquées en arrière,

Lee était arrivé dans l'après-midi, porté jusqu'en Nova Zembla par les vents que les sorcières avaient sollicités, et aussitôt après avoir démonté et rangé son matériel, il s'était rendu à l'hôtel Samirsky, non loin de l'usine de conditionnement de poisson. De nombreux vagabonds de l'Arctique y faisaient halte pour échanger des nouvelles, chercher un travail ou se laisser des messages ; Lee Scoresby lui-même y avait passé plusieurs jours autrefois, dans l'attente d'une mission, d'un passager ou d'un vent favorable. Sa présence en ces lieux n'avait donc rien d'exceptionnel.

En outre, avec les grands changements qu'ils percevaient dans le monde autour d'eux, les gens éprouvaient le besoin de se réunir pour parler. Chaque jour qui passait apportait son lot de nouvelles : le fleuve Ienisseï n'était plus prisonnier des glaces, ce qui était anormal à cette époque de l'année ; une partie de l'océan s'était retirée, laissant apparaître d'étranges formations de pierre, aux formes régulières ; un calmar d'une trentaine de mètres de long avait arraché trois marins à leur bateau et les avait mis en pièces...

Et le brouillard continuait à affluer du nord, épais et froid, parfois imbibé d'invraisemblables lumières, à l'intérieur desquelles on distinguait vaguement des formes imposantes et on entendait des voix mystérieuses.

Tout cela nuisait à la bonne marche du commerce ; c'est pourquoi le bar de l'hôtel Samirsky était bondé.

— Vous avez bien dit Grumman ? demanda l'homme qui était assis à côté d'eux au comptoir, un type âgé portant la tenue des chasseurs de phoques, et dont le dæmon, un lemming, sortit la tête de sa poche d'un air solennel.

— Vous avez raison, dit-il, c'était un Tartare. J'étais là quand la tribu l'a adopté. Je l'ai vu se faire transpercer le crâne. Il portait un autre nom, un nom tartare... Attendez, ça va me revenir.

— Ça alors, dit Lee Scoresby. Permettez que je vous offre un verre, l'ami. Je cherche à savoir ce qu'est devenu cet homme. De quelle tribu parlez-vous ?

— Les Ienisseï Pakhtars. Au pied de la chaîne de Semionov. Pas loin d'une bifurcation entre le Ienisseï et... Ah, zut, j'ai oublié son nom, une rivière qui descend des collines. Il y a un bloc de roche de la taille d'une maison au débarcadère.

— Ah oui, oui, dit Lee, je me souviens maintenant. J'ai survolé cet endroit. Et vous dites que Grumman s'était fait percer le crâne ? Pour quelle raison ?

— C'était un chaman, expliqua le chasseur de phoques. Je crois d'ailleurs que la tribu l'a reconnu comme chaman avant de l'adopter. Un drôle de truc, ce perçage de crâne. Ça dure deux nuits et un jour. Ils font ça avec une sorte de foret, comme pour allumer un feu.

— Ah, voilà qui explique pourquoi son équipe lui obéissait au doigt et à l'œil ! dit Sam Cansino. C'était la pire bande de vauriens que j'aie jamais vue, et pourtant, ils exécutaient ses ordres au quart de tour, comme des gamins qui ont peur de se faire gronder. Je croyais que c'était à cause de ses jurons. Mais s'ils croyaient que c'était un chaman, je comprends mieux. Il faut dire que la curiosité de ce type était aussi tenace que les mâchoires d'un loup ; il ne renonçait jamais. Il m'obligeait à lui raconter tout ce que je savais, le moindre truc concernant cette région, ou les habitudes des gloutons et des renards, par exemple. Je peux vous assurer qu'il souffrait le martyre à cause de cette saleté de piège de Yakovlev, il avait la jambe ouverte, et malgré ça, il notait les résultats des relevés d'étoiles, il prenait sa température, il regardait la croûte se former ; il prenait des notes sur tout et n'importe quoi... Un drôle de type. Je sais qu'une sorcière a voulu devenir sa maîtresse, mais il l'a rembarrée.

— Ah, bon ? s'étonna Lee en repensant à la beauté de Serafina Pekkala.

— Il n'aurait pas dû, déclara le chasseur de phoques. Quand une sorcière vous offre son amour, vous avez intérêt à l'accepter. Sinon, c'est votre faute s'il vous arrive des malheurs ensuite. C'est comme si vous étiez obligé de faire un choix entre une bénédiction ou une malédiction. Impossible de ne pas choisir l'une ou l'autre.

— Il avait peut-être une raison, dit Lee.

— S'il avait un peu de bon sens, fallait que ce soit une bonne raison.

— C'était un homme entêté, dit Sam Cansino.

— Peut-être voulait-il rester fidèle à une autre femme, suggéra Lee. On raconte autre chose à son sujet : j'ai entendu dire qu'il connaissait la cachette d'un objet magique capable de protéger quiconque le possédait. J'ignore de quoi il s'agit au juste. Vous avez entendu cette histoire, vous aussi ?

— Oui, j'en ai entendu parler, dit le chasseur de phoques. Un jour, un homme a voulu l'obliger à parler, mais Grumman l'a tué.

— Et son dæmon ? Il était étrange, lui aussi, ajouta Sam Cansino. C'était un aigle, un aigle noir avec la tête et le cou blancs ; une espèce que j'avais jamais vue de ma vie. Et j'ai aucune idée de son nom.

— C'était un balbuzard, déclara le barman, qui écoutait leur conversation. Vous parlez de Stan Grumman ? Son dæmon, c'était un balbuzard. Un aigle pêcheur.

— Qu'est donc devenu Grumman ? interrogea Lee Scoresby

— Oh, il s'est retrouvé embarqué dans les guerres des Skraelings, tout là-bas à Beringland. Aux dernières nouvelles, il avait été tué d'un coup de fusil, répondit le chasseur de phoques,

— Ah ? J'ai entendu dire qu'on l'avait décapité, dit Lee Scoresby.

— Vous vous trompez tous les deux, déclara le barman. Je le sais, car j'ai appris ce qui s'était passé de la bouche d'un Inuit qui était avec lui. Apparemment, ils avaient planté leurs tentes quelque part sur l'île Sakhaline, et il y a eu une avalanche. Grumman a fini enseveli sous des tonnes de pierres. L'Inuit dont je vous parle a tout vu.

— Ce que je ne comprends pas, dit Lee Scoresby en faisant circuler la bouteille de vodka, c'est ce qu'il faisait au juste. Est-ce qu'il cherchait du pétrole, par exemple ? Était-ce un militaire ? Ou peut-être qu'il s'agissait d'un truc scientifique ? Tu parlais d'effectuer des relevés tout à l'heure, Sam. De quoi s'agissait-il, au juste ?

— Ils mesuraient le scintillement des étoiles. Et l'aurore. Grumman était fasciné par l'aurore. Mais je crois que sa véritable passion, c'étaient les ruines. Tous les machins anciens.

— Je sais où vous pourriez en apprendre davantage, déclara le chasseur de phoques. Là-haut, dans la montagne, ils ont construit un observatoire qui appartient à l'Académie Royale Moscovite. Eux, ils pourraient vous renseigner. Je sais que Grumman y est allé plus d'une fois.

— Mais pourquoi tu t'intéresses à lui, au fait, Lee ? demanda Sam Cansino.

— Il me doit de l'argent, répondit Lee Scoresby.

Cette explication fut jugée satisfaisante et mit fin à leur curiosité. La conversation dériva alors vers le sujet qui était sur toutes les lèvres : les changements catastrophiques qui semblaient se dérouler tout autour, et que personne ne pouvait voir.

— Les pêcheurs, dit le chasseur de phoques, affirment qu'on peut aller en bateau jusque dans ce nouveau monde.

— Il y a un nouveau monde ? demanda Lee.

— Dès que ce satané brouillard aura foutu le

camp, on l'aura devant les yeux, annonça le chasseur sur le ton de la confidence. Quand il est apparu pour la première fois, j'étais sur mon kayak, et je regardai vers le nord, par hasard. J'oublierai jamais ce que j'ai vu. Au lieu de s'incurver à l'horizon, la terre continuait jusqu'à l'infini ! On ne voyait plus de limite, et aussi loin que portait le regard, on apercevait des côtes, des montagnes, des ports, des arbres verts, des champs de blé… qui se perdaient dans le ciel. Je vous le dis, les gars, ça valait le coup de trimer pendant cinquante ans pour voir un pareil spectacle. Je crois que j'aurais ramé éternellement sur cette mer d'huile, sans même jeter un seul regard derrière moi, mais cette saleté de brouillard est arrivée…

— J'ai jamais vu un brouillard pareil, marmonna Sam Cansino. On dirait qu'il s'est installé là pour un mois, peut-être même plus. En tout cas, si tu espérais extorquer du fric à Stanislaus Grumman, laisse tomber, Lee. Ce type est mort.

— Ça y est, j'ai retrouvé son nom de Tartare ! s'exclama le chasseur de phoques. Je me souviens comment ils l'appelaient pendant qu'ils lui perçaient le crâne. Ça ressemblait à… Jopari.

— Jopari ? J'ai jamais entendu un nom pareil, dit Lee. C'est peut-être japonais. Bref, si je veux récupérer mon argent, je pourrais essayer de retrouver ses héritiers pour leur réclamer mon dû. À moins que l'Académie de Berlin accepte d'éponger sa dette. J'irai à l'observatoire, pour leur demander s'ils savent où je pourrais m'adresser.

L'observatoire était situé dans le Nord, loin de tout, et Lee Scoresby décida de louer un traîneau

avec des chiens et les services du conducteur. Il
n'était pas facile de trouver quelqu'un qui accepte
de prendre le risque d'effectuer ce trajet dans le
brouillard, mais Lee savait se montrer persuasif,
et son argent encore plus. Finalement, après de
longs marchandages, un vieux Tartare de la région
de l'Ob accepta de le conduire à destination.

Heureusement, le vieux Tartare n'avait pas besoin
de boussole pour conduire son traîneau, car il
aurait été bien en peine de l'utiliser. D'autres indi-
cateurs l'aidaient à se repérer, à commencer par
son dæmon-renard de l'Arctique ; assis à l'avant du
traîneau, il flairait le chemin. Lee, qui ne se sépa-
rait jamais de sa boussole, avait déjà pu constater
que le champ magnétique terrestre était aussi perturbé que le reste.

Alors qu'ils faisaient une halte pour boire un
café, le vieux Tartare déclara, dans son langage
approximatif :

— Cette chose, déjà c'est arrivé.

— Quoi ? Le ciel qui s'ouvre ? Ça s'est déjà
produit ?

— Oui. Beaucoup beaucoup de générations dans
le temps. Mon peuple se souvient. Avant, avant…
Très longtemps.

— Que disent-ils ?

— Le ciel s'écarte et les esprits, ils vont d'un
monde à l'autre. Toute la terre, elle bouge aussi.
La glace fond, mais elle durcit après. Et les esprits,
ils referment le trou. Il est bouché. Mais les sorcières, elles disent le ciel il est tout fin à cet
endroit, derrière les lumières du Nord.

— Que va-t-il se passer, Umaq ?

— Même chose qu'il y a longtemps. Ça revient

tout pareil comme avant. Mais seulement après gros ennuis, grosse guerre. Guerre des esprits.

Le vieux Tartare refusa d'en dire plus, et ils se remirent en route presque aussitôt. Le traîneau progressait lentement sur le sol accidenté, au milieu des ornières et des affleurements rocheux, à travers le brouillard blafard, jusqu'à ce que, enfin, Umaq déclare :

— Observatoire là-haut. Vous continuez avec les pieds. Chemin trop tordu pour le traîneau. Vous voulez rentrer, j'attends ici.

— Oui, Umaq, je veux rentrer dès que j'aurai terminé. Fais-toi un bon feu, l'ami, et repose-toi. J'en ai pour trois ou quatre heures.

Lee Scoresby se mit en route, avec son dæmon Hester blotti sous son manteau. Après une demi-heure d'ascension difficile, il découvrit tout à coup, au-dessus de lui, lorsque le brouillard se leva momentanément, un ensemble de bâtiments qui semblaient avoir été déposés là par la main d'un géant. Lee apercevait le dôme de l'observatoire principal, un autre dôme plus petit, à l'écart, et entre les deux, un groupe de bâtiments administratifs et de logements. Aucune lumière n'était visible, car les fenêtres étaient obstruées en permanence pour ménager l'obscurité nécessaire aux télescopes.

Quelques minutes après son arrivée, Lee discutait déjà avec un groupe d'astronomes impatients d'entendre les nouvelles dont il était porteur. Peu de scientifiques sont aussi frustrés que des astronomes dans le brouillard. Lee leur raconta tout ce qu'il avait vu, et lorsqu'ils eurent épuisé toutes leurs questions, il les interrogea à son tour, au sujet de Stanislaus Grumman. Les astronomes n'avaient pas eu de visiteurs depuis des semaines, et ils avaient visiblement envie de bavarder.

— Grumman ? Je veux bien vous parler de lui, dit le Directeur. C'était un Anglais, malgré son nom. Je me souviens...

— Absolument pas, dit son assistant. Il appartenait à l'Académie Impériale Germanique. Je l'ai connu à Berlin. Je suis sûr qu'il était allemand.

— Non, non, il était anglais, je vous dis. Il parlait cette langue à la perfection, déclara le Directeur. Mais je suis d'accord, il était membre de l'Académie de Berlin. Il était géologue...

— Vous vous trompez, dit quelqu'un d'autre. Il s'intéressait à la terre, mais pas en tant que géologue. J'ai eu une longue conversation avec lui un jour. Grumman était ce qu'on pourrait appeler un paléo-archéologue.

Les cinq hommes étaient assis autour de la même table, dans la grande pièce qui leur servait de salle commune, de salon et de salle à manger, de salle de détente aussi, entre autres. Deux d'entre eux étaient des Moscovites, un autre était polonais, un autre yoruba et le dernier était un Skraeling. Lee Scoresby sentait que cette petite communauté se réjouissait d'avoir un visiteur, car il apportait de nouveaux sujets de conversation. Le Polonais avait été le dernier à s'exprimer, mais le Yoruba lui coupa la parole :

— Pourquoi dites-vous paléo-archéologue ? Par définition, un archéologue s'intéresse à ce qui est vieux ; à quoi bon ajouter un mot qui veut dire vieux, lui aussi ?

— Son champ d'études remontait beaucoup plus loin dans le temps qu'on peut l'imaginer, voilà pourquoi, répliqua le Polonais. Il cherchait des vestiges de civilisations vieilles de vingt ou trente mille ans.

— Balivernes ! s'exclama le Directeur. Cet homme s'est moqué de vous. Des civilisations vieilles de trente mille ans, dites-vous ? Laissez-moi rire ! Où sont les preuves ?

— Sous la glace, répondit le Polonais. Justement ! D'après Grumman, le champ magnétique terrestre s'est modifié de manière spectaculaire à plusieurs reprises par le passé, et l'axe de la terre s'est déplacé, si bien que des zones tempérées ont été prises sous les glaces.

— Comment ? demanda le Yoruba.

— Oh, Grumman avait une théorie très complexe à ce sujet. En gros, les preuves de l'existence de civilisations très anciennes étaient depuis longtemps enfouies sous la glace. Il prétendait posséder des photogrammes montrant des formations rocheuses insolites...

— Ah ! C'est tout ? ironisa le Directeur.

— Je répète simplement ses propos, je ne cherche pas à le défendre, dit le Polonais.

— Depuis quand connaissiez-vous Grumman, messieurs ? interrogea Lee Scoresby.

— Voyons voir... dit le Directeur. Je l'ai rencontré pour la première fois il y a sept ans.

— Il s'était fait un nom un an ou deux avant, en publiant un article sur les variations du pôle magnétique, ajouta le Yoruba. Mais il a surgi de nulle part. Je veux dire par là que personne ne l'avait connu en tant qu'étudiant, personne n'avait jamais lu ses travaux antérieurs...

La conversation se poursuivit ainsi pendant quelques instants encore ; les astronomes évoquèrent des souvenirs et formulèrent des hypothèses concernant le sort de Grumman, même si la plupart pensaient qu'il était certainement mort. Profitant de ce que le Polonais s'était levé pour faire du café, le dæmon-lièvre de Lee, Hester, lui glissa à l'oreille :

— Observe le Skraeling.

Le Skraeling avait très peu parlé depuis le début de la conversation. Sans doute était-il d'un naturel taciturne, pensait Lee, mais sur les conseils de Hester, il profita d'un temps mort dans la discussion pour observer le dæmon de cet homme : une chouette blanche, qui le foudroyait de ses yeux orange. Les chouettes avaient toujours cette tête-là, se dit le Texan, et elles avaient l'habitude de fixer les gens, mais Hester avait raison, il y avait chez ce dæmon une hostilité et une méfiance qui n'apparaissaient pas sur le visage du Skraeling.

Lee remarqua alors autre chose : le Skraeling portait une bague frappée du symbole de l'Église. Et soudain, il comprit la raison de son silence : chaque centre de recherche philosophique devait, paraît-il, accueillir dans son équipe un représentant du Magisterium qui faisait office de censeur pour toutes les découvertes jugées hérétiques.

Ayant fait cette déduction, et repensant à une chose qu'avait dite la petite Lyra, Lee demanda :

— Dites-moi, messieurs... Sauriez-vous, par hasard, si Grumman s'intéressait également au problème de la Poussière ?

Immédiatement, le silence s'abattit sur la petite pièce à l'atmosphère étouffante, et l'attention de chacun se porta sur le Skraeling, bien que personne n'osât le regarder en face. Lee savait que Hester, son dæmon, conserverait une expression impénétrable, les yeux à demi clos, les oreilles plaquées en arrière, et lui-même adopta un air de parfaite innocence pour passer en revue les visages qui l'entouraient.

Finalement, il s'arrêta sur le Skraeling, et dit :

— Pardonnez-moi. Aurais-je fait allusion à un sujet tabou ?

Le Skraeling répondit par une autre question :

— Où avez-vous entendu parler de cette chose, monsieur Scoresby ?

— Un passager à qui j'ai fait traverser l'océan, fi y a quelque temps, m'en a parlé, répondit Lee avec une parfaite décontraction. Il ne m'a pas expliqué de quoi il s'agissait exactement, mais il m'a semblé que c'était le genre de chose qui aurait pu intéresser le Dr Grumman. J'ai cru comprendre que c'était une sorte de manifestation céleste, comme l'aurore. Mais j'étais surpris, car, en tant qu'aéronaute, je connais bien le ciel, et je n'avais jamais rencontré ce phénomène. De quoi s'agit-il, d'ailleurs ?

— Vous l'avez dit, c'est un phénomène céleste, répondit le Skraeling. Sans aucun intérêt pratique.

Lee décida que le moment était venu de prendre congé ; il n'avait rien appris, et il ne voulait pas faire attendre Umaq. Abandonnant les astronomes à leur observatoire noyé dans le brouillard, il redescendit le chemin escarpé, à l'aveuglette, en suivant son dæmon dont les yeux étaient plus près du sol.

Alors qu'ils marchaient depuis une dizaine de minutes seulement, quelque chose lui frôla la tête dans le brouillard et fondit sur Hester. Le dæmon-chouette du Skraeling !

Heureusement, Hester l'avait senti venir et il se plaqua au sol, juste à temps ; les serres de la chouette le manquèrent de peu. Hester savait se défendre ; il possédait des griffes acérées lui aussi, c'était un dæmon courageux et résistant. Lee songea que le Skraeling lui-même ne devait pas être loin. Il dégaina son pistolet fixé à sa ceinture.

— Derrière toi, Lee ! lui cria Hester.

Le Texan fit volte-face et se jeta à terre au moment où une flèche sifflait au-dessus de son épaule.

Il riposta aussitôt en ouvrant le feu. Le Skraeling s'effondra avec un grognement sauvage, touché à la cuisse. Presque immédiatement, son dæmon-chouette tournoya au-dessus de lui dans un battement d'ailes silencieux et se posa à ses côtés, de manière pataude ; à moitié couché dans la neige, il s'efforça de replier ses ailes.

Lee Scoresby arma le chien de son pistolet et approcha le canon de la tête de l'homme.

— Espèce d'imbécile ! rugit-il. Pourquoi avez-vous fait ça ? Vous ne comprenez donc pas que nous sommes tous dans le même bateau mainte-nant, avec ce qui se passe dans le ciel ?

— C'est trop tard, répondit le Skraeling.

— Trop tard pour quoi ?

— Trop tard pour revenir en arrière. J'ai envoyé un oiseau messager. Le Magisterium sera averti de vos recherches, et il sera ravi au sujet de Grumman...

— Ravi de quoi?

— De savoir que d'autres personnes le cherchent. Cela confirme ce que nous pensions. Et prouve que d'autres personnes connaissent l'existence de la Poussière. Vous êtes un ennemi de l'Église, Lee Scoresby. «À leurs fruits, tu les reconnaîtras. Dans leurs questions tu verras le serpent leur ronger le cœur...»

La chouette laissait échapper de petits ululements, en battant faiblement des ailes par à-coups. Ses yeux orange brillants étaient recouverts d'une pellicule de douleur. Une tache rouge s'élargissait dans la neige autour du Skraeling; malgré la pénombre due au brouillard épais, Lee Scoresby voyait bien que l'homme allait mourir.

— Ma balle a certainement sectionné une artère, dit-il. Lâchez ma manche que je puisse vous faire un garrot.

— Non! répondit le Skraeling avec force. Je suis bien heureux de mourir! Je recevrai la palme des martyrs! Vous ne pourrez pas me priver de ça!

— Mourez si vous le souhaitez. Mais dites-moi simplement...

Lee n'eut pas le temps d'achever sa question; après un ultime soubresaut, le dæmon-chouette venait de disparaître. L'âme du Skraeling s'était envolée. Lee se souvenait d'avoir vu, un jour, un tableau représentant un saint martyr. Pendant que ses meurtriers frappaient son corps agonisant à coups de bâton, le dæmon du saint était hissé dans le ciel par des chérubins pour recevoir une branche de rameau, symbole des martyrs. Le visage du Skraeling avait maintenant la même expression que celui du saint sur le tableau, une béatitude extatique proche de l'inconscience. Lee le laissa retomber, avec mépris.

Hester fit claquer sa langue.

— On aurait dû se douter qu'il avait envoyé un message, dit-il. Prends-lui sa bague.

— Pour quoi faire ? Nous ne sommes pas des voleurs !

— Non, nous sommes des renégats, répondit le dæmon. Non pas par choix, mais à cause de la malveillance de cet homme. Quand l'Église apprendra ce qui s'est passé, notre sort sera scellé de toute façon. Autant tirer profit de toutes les occasions qui se présentent entre-temps. Vas-y, ôte-lui sa bague et garde-la ; peut-être pourra-t-elle nous servir.

Convaincu par ce raisonnement, Lee prit la bague au doigt du mort. En scrutant l'obscurité, il constata que le chemin était bordé par un précipice qui disparaissait dans les ténèbres rocailleuses, et il fit rouler le corps dans le vide. Celui-ci fit une longue chute, avant de s'écraser au fond avec un bruit sourd. Lee n'avait jamais aimé la violence, et il détestait tuer des êtres humains, bien qu'il ait été obligé de le faire à trois reprises.

— N'y pense plus, lui dit Hester. Il ne nous a pas laissé le choix, et nous n'avons pas tiré dans l'intention de le tuer. Bon sang, Lee, ce type voulait mourir ! Ces gens sont des fous.

— Oui, tu as sans doute raison, dit Lee en rangeant son pistolet.

Arrivés au bas du chemin, ils retrouvèrent le

vieux Tartare et son traîneau. Les chiens étaient prêts à se remettre en route

— Dis-moi, Umaq, demanda Lee, tandis qu'ils repartaient en direction de l'usine de Nova Zembla, as-tu déjà entendu parler d'un homme nommé Grumman ?

— Oh, bien sûr, répondit le vieux Tartare. Tout le monde il connaît Dr Grumman.

— Savais-tu qu'il portait aussi un nom tartare ?

— Pas tartare. Jopari, vous pensez ? Pas tartare.

— Que lui est-il arrivé ? Est-il mort ?

— Vous posez la question à moi, je dois dire je sais pas. Vous pouvez pas savoir la vérité avec moi.

— Je vois. Qui peut me renseigner, alors ?

— Mieux c'est demander à sa tribu ? Mieux c'est aller à Ienisseï pour poser la question.

— Sa tribu… Tu veux dire les gens qui l'ont initié ? Ceux qui lui ont percé le crâne ?

— Oui. C'est mieux demander à eux. Peut-être il est pas mort, peut-être il est. Peut-être il est pas mort et il est pas vivant.

— Comment peut-il n'être ni vivant ni mort ?

— Peut-être il est dans le monde des esprits. Déjà, je parle trop. Je dis plus.

Il resta muet, en effet.

Dès leur arrivée en Nova Zembla, Lee se rendit sur les quais pour chercher un bateau qui pourrait le conduire à l'embouchure du fleuve Ienisseï.

Pendant ce temps, les sorcières cherchaient, elles aussi. La reine de Lettonie, Ruta Skadi, voyagea en compagnie de Serafina Pekkala et de ses sœurs pendant des jours et des nuits, à travers le brouillard et les tornades, survolant des régions dévastées par les inondations et les glissements de terrain. Elles évoluaient dans un monde où aucune d'elles n'avait jamais pénétré, assurément, un monde peuplé de vents et d'odeurs étranges qui flottaient dans l'air, d'oiseaux gigantesques et inconnus qui les attaquaient à vue, qu'elles devaient chasser avec des volées de flèches ; et quand elles trouvaient un coin de terre pour se reposer, la végétation, elle aussi, leur paraissait étrange.

On trouvait, malgré tout, quelques plantes comestibles et de petits animaux assez proches du lapin qui offraient une viande délicieuse ; et surtout, il y avait de l'eau en abondance. Finalement, il aurait été agréable de vivre dans cet endroit, n'eussent été ces formes spectrales qui dérivaient telles des nappes de brume au-dessus des prairies et se rassemblaient à proximité des ruisseaux et des points d'eau peu profonds. Parfois, en fonction de la lumière, on les apercevait à peine, ce n'était qu'une sorte de turbulence dans les airs, une évanescence, semblable à des voiles transparents qui dansent devant un miroir. Les sorcières n'avaient jamais rien vu de tel auparavant, aussi se méfièrent-elles, instinctivement de ces apparitions.

— Sont-elles vivantes, à ton avis, Serafina Pekkala ? demanda Ruta Skadi, tandis que les sorcières tournoyaient dans le ciel à l'aplomb d'un groupe de ces « choses », immobiles en lisière d'une forêt.

— Vivantes ou mortes, c'est la malveillance qui les anime, répondit Serafina. Je la sens d'ici. Et à moins de savoir quelle arme peut les anéantir, je ne tiens pas à m'en approcher davantage.

Heureusement pour les sorcières, les Spectres

semblaient cloués au sol ; ils n'avaient pas le pouvoir de voler. Mais plus tard, au cours de la même journée, elles virent ce dont ils étaient capables.

L'événement se produisit à l'endroit où une route poussiéreuse traversait une rivière sur un petit pont de pierre, près d'un bosquet. Le soleil bas de cette fin d'après-midi illuminait les prés, peignant le sol d'un vert éclatant et saupoudrant l'air de paillettes d'or. C'est dans cette somptueuse lumière que les sorcières virent un groupe de voyageurs s'approcher du pont ; certains allaient à pied, certains en charrette ; deux autres voyageaient à cheval. Aucun d'eux n'avait vu les sorcières, car ils n'avaient aucune raison de lever la tête, mais ils étaient les premiers êtres humains que les sorcières rencontraient dans ce monde, et Serafina s'apprêtait à se poser pour leur parler lorsque retentit un cri d'alerte.

Il émanait du cavalier de tête. Celui-ci désignait les arbres d'un air affolé, et en suivant la direction indiquée, les sorcières virent un flot de créatures spectrales se déverser sur le pré et se précipiter, telle une lame de fond, vers ces voyageurs devenus leurs proies.

L'attaque provoqua la débandade. Serafina fut choquée de voir le cavalier de tête faire demi-tour et s'enfuir au triple galop, au lieu de rester pour prêter main-forte à ses camarades ; le deuxième cavalier l'imita, s'enfuyant à toute vitesse lui aussi dans la direction opposée.

— Descendons un peu pour voir ce qui se passe, mes sœurs, ordonna Serafina. Mais surtout, n'intervenez pas avant que je donne le signal.

Elles découvrirent ainsi qu'il y avait également

des enfants dans le groupe, certains voyageant à bord des charrettes, d'autres marchant à côté, Curieusement, ces enfants semblaient ne pas voir les Spectres et, d'ailleurs, les Spectres ne faisaient pas attention à eux : ils ne s'attaquaient qu'aux adultes. Une vieille femme assise dans une charrette tenait deux jeunes enfants sur ses genoux. La lâcheté dont elle fît preuve alors scandalisa Ruta Skadi : elle essayait de se cacher derrière les deux enfants et les poussait vers le Spectre qui avançait vers elle, comme pour les offrir en pâture à la créature en échange de la vie sauve.

Les deux enfants parvinrent, cependant, à échapper à la vieille femme, et ils sautèrent de la charrette pour rejoindre leurs camarades effrayés, qui couraient en tous sens ou demeuraient figés, blottis les uns contre les autres en pleurant, pendant que les Spectres attaquaient les adultes. La vieille femme à bord de la charrette fut rapidement enveloppée d'un scintillement translucide qui semblait dévorer avec voracité toute la substance de sa proie. Ruta Skadi, qui assistait à ce spectacle, sentit son estomac se soulever. Tous les adultes du groupe subirent le même sort, à l'exception des deux cavaliers qui s'étaient enfuis.

À la fois fascinée et horrifiée, Serafina Pekkala se rapprocha encore un peu. Un père et son jeune enfant avaient tenté de franchir la rivière à gué pour échapper aux créatures, mais l'une d'elles les avait rattrapés, et tandis que l'enfant s'accrochait aux épaules de son père, en pleurant, l'homme s'immobilisa tout à coup au milieu du cours d'eau, pétrifié et impuissant.

Que lui arrivait-il ? Serafina planait à quelques

mètres au-dessus de la rivière, témoin privilégié et terrorisé de cette scène. Des voyageurs de son monde lui avaient raconté la légende du vampire, et ce souvenir s'imposa à elle en voyant le Spectre se repaître voracement de... cette chose que l'homme avait en lui, son âme, son dæmon peut-être, car dans ce monde, apparemment, les dæmons étaient dissimulés à l'intérieur des gens. Ses bras, qui soutenaient les cuisses de l'enfant, se relâchèrent, et l'enfant tomba à la renverse dans l'eau, hurlant, essayant vainement de s'accrocher à la main de son père, mais l'homme se contenta de tourner lentement la tête pour regarder avec une complète indifférence son jeune fils se noyer à ses côtés.

C'en était trop pour Serafina. Elle plongea vers la rivière pour arracher l'enfant à l'eau bouillonnante. Au même moment, Ruta Skadi s'écria :

— Attention, ma sœur ! Derrière toi...

Pendant un court instant, Serafina sentit une effroyable sensation d'engourdissement près de son cœur ; elle tendit la main vers Ruta Skadi qui s'empressa de l'éloigner du danger. Les deux sorcières reprirent de l'altitude ; l'enfant paniqué s'accrochait avec ses ongles à la taille de Serafina qui vit, derrière elle, le Spectre, semblable à une nappe de brume tournoyant au-dessus de l'eau, chercher désespérément la proie qui lui avait échappé. Ruta Skadi lui décocha une flèche, sans le moindre effet.

Serafina déposa l'enfant sur la rive car, apparemment, il n'avait rien à redouter des Spectres, et les sorcières reprirent de l'altitude. Le petit groupe de voyageurs s'était arrêté pour de bon ;

les chevaux broutaient l'herbe ou secouaient la tête pour chasser les mouches ; les enfants criaient et pleuraient, certains s'étreignaient, en contemplant la scène de loin. Tous les adultes étaient pétrifiés comme des statues. Ils avaient les yeux ouverts ; certains étaient encore debout, mais la plupart s'étaient assis, et une effroyable immobilité pesait sur eux. Alors que s'enfuyaient les derniers Spectres, rassasiés, Serafina redescendit et vint se poser devant une femme assise dans l'herbe, une femme robuste avec de grosses joues rouges et de longs cheveux blonds brillants.

— Femme ? dit Serafina.

Pas de réponse.

— M'entends-tu, femme ? Me vois-tu ?

Serafina la saisit par l'épaule et la secoua. Au prix d'un gigantesque effort, semblait-il, la femme leva enfin la tête. Elle paraissait ne pas avoir conscience des événements. Son regard était vide, et quand la sorcière lui pinça la peau de l'avant-bras pour la faire réagir, elle baissa simplement les yeux, très lentement, puis regarda ailleurs.

Pendant ce temps, les autres sorcières faisaient le tour des charrettes éparpillées pour s'occuper des victimes désemparées. Les enfants, eux, s'étaient réunis sur un petit tertre, à l'écart, et ils observaient les sorcières en échangeant des murmures angoissés.

— Le cavalier nous regarde, dit l'une des sorcières.

Elle montra du doigt la route qui s'enfonçait dans une brèche au milieu des collines. Après s'être enfui si précipitamment, le cavalier avait arrêté sa monture et s'était retourné pour regarder derrière lui, mettant sa main en visière pour se protéger du soleil.

— Allons lui parler, déclara Serafina, et elle jaillit dans les airs.

En dépit de sa réaction face aux Spectres, cet homme n'était assurément pas un lâche. Voyant approcher les sorcières, il s'empara du fusil qu'il portait en bandoulière et éperonna son cheval pour regagner le pré où il pourrait plus aisément se mouvoir et faire feu ; mais Serafina Pekkala se posa en douceur et tendit son arc devant elle, avant de le déposer à ses pieds.

Même si les gens d'ici n'avaient pas coutume de faire ce geste, se dit-elle, sa signification était suffisamment évidente. L'homme abaissa le canon de son fusil et attendit, regardant alternativement Serafina et les autres sorcières, et leurs dæmons également, qui tournoyaient dans le ciel au-dessus de leurs têtes. Des femmes, jeunes et téméraires, vêtues de lambeaux de soie noire et sillonnant les airs sur des branches de sapin ; une telle chose n'existait pas dans son monde : malgré tout, il leur faisait face avec une calme assurance. En s'approchant, Serafina découvrit son visage marqué de tristesse ; il donnait néanmoins une impression de force. Difficile d'imaginer que cet homme avait pris ses jambes à son cou pour s'enfuir pendant que l'on massacrait ses compagnons.

— Qui êtes-vous ? demanda-t-il.

— Je m'appelle Serafina Pekkala. Je suis la reine des sorcières du lac Enara, qui se trouve dans un autre monde. Et toi, comment t'appelles-tu ?

— Joachim Lorenz. Des sorcières, dites-vous ? Vous faites donc commerce avec le diable ?

— Cela ferait-il de nous tes ennemies ?

L'homme réfléchit et, finalement, il posa son fusil sur ses cuisses.

— Autrefois peut-être, répondit-il, mais les temps ont changé. Pourquoi êtes-vous venues dans ce monde ?

— Parce que les temps ont changé, justement. Quelles sont donc ces créatures qui ont attaqué votre groupe ?

L'homme parut surpris par cette question.

— Vous… vous ne connaissez pas les Spectres ?

— Nous n'en avons jamais rencontré dans notre monde. En te voyant fuir comme un lâche, nous avons été choquées. Maintenant, je comprends,

— Il n'existe aucun moyen de défense contre les Spectres, expliqua Joachim Lorenz. Seuls les enfants sont épargnés. Chaque groupe de voyageurs doit comporter un homme et une femme à cheval, c'est la loi, et à la moindre alerte, ils doivent agir comme nous l'avons fait car, sinon, il ne resterait personne pour s'occuper des enfants ensuite. La situation est tragique : les villes sont maintenant envahies de Spectres, alors qu'autrefois, ils n'étaient jamais plus d'une douzaine à chaque fois.

Ruta Skadi scrutait les environs. Elle vit le deuxième cavalier revenir vers les charrettes, et constata qu'il s'agissait, en effet, d'une femme. Les enfants se précipitèrent à sa rencontre.

— Dites-moi ce que vous cherchez, demanda Joachim Lorenz. Vous n'avez pas répondu à ma question. Vous n'êtes pas venues ici sans raison. Répondez-moi.

— Nous sommes à la recherche d'une enfant,

expliqua Serafina, une fillette de notre monde. Elle se nomme Lyra Belacqua et se fait appeler Lyra Parle-d'Or. Mais comment savoir où elle se trouve dans ce monde ? Vous n'auriez pas aperçu une fillette différente des autres, seule ?

— Non. Mais l'autre soir, nous avons vu des anges ; ils se dirigeaient vers le Pôle.

— Des anges ?

— Des escadrons entiers, armés et étincelants. Depuis quelques années, ils sont devenus plus rares, mais du temps de mon grand-père, ils traversaient souvent ce monde, à l'en croire du moins.

Mettant sa main en visière, il observa les charrettes éparpillées, les voyageurs immobilisés en contrebas. La cavalière était descendue de cheval et tentait de rassembler les enfants.

Serafina avait suivi son regard. Elle demanda :

— Si nous campons avec vous cette nuit et montons la garde contre les Spectres, nous parleras-tu de ton monde et de ces anges que tu as vus ?

— Marché conclu. Suivez-moi.

Les sorcières aidèrent à transporter les charrettes un peu plus loin sur la route, de l'autre côté du petit pont de pierre, loin du bosquet d'où avaient jailli les Spectres. Il fallut abandonner les adultes pétrifiés à l'endroit même où ils s'étaient figés, si douloureux que fût le spectacle de ces jeunes enfants s'accrochant à une mère qui ne réagissait plus à leurs sollicitations ou tirant la manche d'un père qui restait muet, le regard vide. Les plus petits ne comprenaient pas pourquoi ils devaient quitter leurs parents. Les plus âgés, dont certains avaient déjà perdu un parent ou assisté à pareille scène, affichaient un air lugubre et ne disaient mot. Serafina prit dans ses bras le petit garçon qui était tombé dans la rivière. Il réclamait son père en hurlant, les bras tendus par-dessus l'épaule de la sorcière vers cet homme silencieux, toujours planté au milieu de l'eau, indifférent. Serafina sentit couler les larmes de l'enfant sur sa peau nue.

La cavalière, qui portait un épais pantalon de toile et chevauchait comme un homme, n'adressa pas la parole aux sorcières. Sa mine était sévère. Elle faisait avancer les enfants en leur parlant d'un ton sec, sans se soucier de leurs pleurs. Le soleil couchant baignait l'atmosphère d'une lueur dorée qui soulignait chaque détail avec douceur ; et dans cette lumière, les visages des enfants, ceux de l'homme et de la femme également, paraissaient immortels, puissants et beaux.

Un peu plus tard, alors que les braises du feu de camp rougeoyaient au milieu d'un cercle de pierres couvertes de cendres, que les hautes collines s'étendaient paisiblement sous la lune, Joachim Lorenz raconta à Serafina Pekkala et Ruta Skadi l'histoire de son monde.

Jadis, c'était un monde heureux, expliqua-t-il. Les villes étaient vastes et élégantes, les champs bien labourés et fertiles. Des navires marchands parcouraient les océans en tous sens, les pêcheurs sortaient de l'eau des filets débordant de morues et de thons, de bars et de mulets, les forêts regorgeaient de gibier et aucun enfant ne souffrait de la faim. Dans les cours et sur les places des grandes villes, les ambassadeurs du Brésil et du Bénin, d'Eirelande et de Corée côtoyaient les marchands de tabac, les comédiens de Bergame ou les vendeurs de porte-bonheur. À la nuit tombée, des amants masqués se retrouvaient sous les colonnades ornées de roses ou dans les jardins éclairés par des lanternes ; dans l'air flottaient le parfum du jasmin et la musique cristalline des mandarones.

Stupéfaites, les sorcières écoutaient cette description d'un monde si semblable au leur, et en même temps si différent.

— Mais les choses ont mal tourné, ajouta Joachim. Il y a trois cents ans, le drame s'est produit. Certains pensent que les philosophes de la Guilde de la Torre degli Angeli, la Tour des Anges, située dans la ville que nous venons de quitter, en sont responsables. D'autres affirment qu'il s'agit d'un châtiment infligé à cause d'un grand péché, mais personne n'a jamais réussi à s'entendre sur la nature de ce péché. Toujours est-il que, tout à coup, les Spectres ont jailli de nulle part et, depuis, nous sommes assaillis. Vous avez vu de quoi ils sont capables. Imaginez un peu la vie dans un monde où rôdent les Spectres... Comment pourrionsnous prospérer, alors que plus rien n'est assuré de durer ? À tout moment, un père ou une mère peut être pris par ces créatures, et la famille se désintègre ; un marchand est pris et c'est son entreprise qui périclite, ses employés perdent leur emploi ; comment des amoureux pourraient-ils croire à leurs serments d'éternité ? La confiance et la vertu ont abandonné notre monde quand les Spectres sont arrivés.

— Qui sont ces philosophes dont vous parlez ? demanda Serafina. Et où se trouve cette tour ?

— Dans la ville d'où nous venons, Cittàgazze. La « ville des pies ». Savez-vous pourquoi elle se nomme ainsi ? Parce que les pies sont des oiseaux voleurs, et c'est tout ce que nous savons faire désormais, voler. Nous ne créons plus rien, nous n'avons rien construit depuis des centaines d'années ; nous sommes juste bons à aller piller d'autres mondes. Car nous connaissons l'existence des autres mondes. Les philosophes de la Torre degli Angeli ont découvert tout ce qu'il faut savoir sur ce sujet. Ils possèdent une formule magique qui permet de franchir une porte que personne ne voit, et vous vous retrouvez dans un autre monde. Certains disent qu'il ne s'agit pas d'une formule magique, mais d'une clé capable de tout ouvrir, même s'il n'y a pas de serrure. Qui sait ? En tout cas, elle a laissé entrer les Spectres. Et les philosophes continuent de l'utiliser, paraît-il. Ils se rendent dans d'autres mondes pour voler et ils rapportent leur butin, De l'or et des bijoux, bien entendu, mais d'autres choses également, comme des idées, par exemple, des sacs de blé ou des crayons. Ce sont eux qui nous procurent notre seule richesse, conclut-il avec amertume, cette Guilde de voleurs !

— Pourquoi les Spectres ne s'attaquent-ils pas aux enfants ? demanda Ruta Skadi.

— C'est le plus grand mystère. Il y a dans l'innocence des enfants une sorte de force qui semble repousser les Spectres de l'Indifférence. Mais pas seulement. En fait, les enfants ne les voient même pas ! Sans qu'on sache pour quelle raison. Nous n'avons jamais compris. Évidemment, les orphelins victimes des Spectres sont nombreux, comme vous pouvez l'imaginer ; des enfants dont les parents ont été pris. Ils se regroupent en bandes et parcourent le pays ; parfois, ils se font engager par des adultes pour aller chercher des provisions dans une zone infestée de Spectres, ou bien ils voyagent au hasard en subsistant comme ils peuvent.

Voilà à quoi ressemble notre monde. Nous avons réussi à survivre malgré ce fléau. Les Spectres sont de véritables parasites : ils ne tuent pas leurs proies, ils se contentent de les vider de leur substance vitale. Mais récemment encore, il existait une sorte d'équilibre des forces, plus ou moins, jusqu'au grand orage. Quel orage ! On aurait dit que tout l'univers était en train de se briser ; de mémoire d'homme, on n'avait jamais connu pareil ouragan. Ensuite est apparu un brouillard qui a duré plusieurs jours et recouvert tous les endroits que je connais dans ce monde ; personne ne pouvait plus voyager. Et quand le brouillard s'est enfin dissipé, les villes étaient envahies de Spectres, des centaines, des milliers de Spectres. Alors, nous avons fui dans les collines et vers la mer, mais il n'est plus possible désormais de leur échapper, où que nous allions. Vous avez pu vous en apercevoir.

À votre tour maintenant. Parlez-moi de **votre** monde, et expliquez-moi pourquoi vous l'avez quitté pour venir dans celui-ci.

Serafina lui raconta ce qu'elle savait, en toute franchise. Joachim était un homme honnête et elle n'avait rien à lui cacher. Il l'écouta attentivement, en secouant la tête d'un air abasourdi, et quand elle eut terminé son récit, il dit :

— Je vous ai parlé du pouvoir que possèdent, paraît-il, nos philosophes, celui d'ouvrir les portes d'autres mondes. Eh bien, certaines personnes pensent que, parfois, ils laissent une porte ouverte, par inadvertance. Je ne serais pas surpris si des

voyageurs venus d'autres mondes parvenaient jusqu'ici de temps à autre. Après tout, nous savons
bien que les anges passent par ici.

— Les anges ? dit Serafina. Tu les as déjà évo-
qués tout à l'heure. Nous n'en avons jamais entendu
parler. De quoi s'agit-il ?

— Vous voulez que je vous parle des anges ? dit
Joachim Lorenz. Très bien. Eux-mêmes se nomment *bene elim*, paraît-il. Certains les appellent les
Guetteurs. Ce ne sont pas des êtres de chair
comme nous, ce sont de purs esprits ; ou peut-être
que leur chair est plus fine que la nôtre, plus légère
et plus claire, je n'en sais rien. En tout cas, ils ne
sont pas comme nous. Ils transportent les messages venus du ciel, telle est leur mission. Parfois,
on les aperçoit quand ils traversent ce monde pour
se rendre dans un autre, brillants comme des
lucioles, très haut dans le ciel. Quand la nuit est
calme, on entend même les battements de leurs
ailes. Leurs préoccupations sont différentes des
nôtres, même si, il y a fort longtemps, ils sont descendus sur terre pour nouer des contacts avec les
hommes et les femmes, et s'accoupler avec nous,
disent certains.

Quand le brouillard est apparu, juste après le
grand orage, je me suis retrouvé coincé dans les
collines, derrière la ville de Sant'Elia, tandis que
je rentrais chez moi. Je me suis réfugié dans une
bergerie au bord d'un ruisseau, près d'une forêt
de bouleaux. Et là, toute la nuit, j'ai entendu des
voix au-dessus de moi, dans le brouillard, des cris
de mise en garde et de colère, des battements
d'ailes aussi, plus proches que jamais. Un peu avant
l'aube, j'ai entendu des bruits de bataille : le siffle-

ment des flèches, le fracas des épées. Je n'osais pas sortir pour voir ce qui se passait, malgré ma curiosité dévorante, car j'avais trop peur. On peut même dire que j'étais terrorisé. Quand le ciel fut aussi clair qu'il pouvait l'être compte tenu du brouillard, je me suis risqué au-dehors, et là, j'ai découvert une grande silhouette blessée gisant au bord du ruisseau. J'avais l'impression de voir des choses que je n'avais pas le droit de voir, des choses sacrées. Il a fallu que je détourne la tête, et quand j'ai regardé de nouveau, la silhouette avait disparu.

Jamais je n'avais approché un ange d'aussi près. Mais comme je vous le disais, nous les avons vus l'autre soir voler parmi les étoiles, tout là-haut, en direction du Pôle, comme une flotte de puissants navires toutes voiles dehors... Assurément, il se passe quelque chose mais, ici-bas, nous ignorons de quoi il s'agit. Peut-être une guerre est-elle sur le point d'éclater. Comme celle qui a eu lieu autrefois, il y a des milliers d'années, une éternité, mais j'ignore quelle en fut l'issue. S'il y avait une nouvelle guerre, les ravages seraient considérables, et les conséquences pour nous... je ne peux même pas les imaginer.

Toutefois, ajouta-t-il en se redressant pour attiser le feu, l'issue du combat sera peut-être moins dramatique que je le crains. Peut-être une guerre dans les cieux parviendra-t-elle à chasser tous les Spectres de ce monde et à les renvoyer dans les enfers d'où ils sont sortis. Quel bienfait ce serait ! Nous pourrions enfin vivre heureux, libérés de cet effroyable fléau !

Malgré ses paroles enthousiastes, Joachim Lorenz contemplait le feu d'un air sombre. La lumière

dansante jouait sur son visage aux traits puissants ;
on n'y lisait que la tristesse et le désespoir.

Ruta Skadi prit la parole pour demander :

— Joachim, tu dis que ces anges volaient vers
le Pôle. Pour quelle raison, à ton avis ? Est-ce là
que se trouve le paradis ?

— Je l'ignore. Je ne suis pas un homme instruit,
vous l'aurez remarqué. Mais au nord de notre
monde se trouve, dit-on, la demeure des esprits. Si
les anges voulaient se rassembler, c'est là qu'ils
iraient, et s'ils décidaient de se lancer à l'attaque
du paradis, je pense que c'est également là qu'ils
construiraient leur forteresse.

Il leva les yeux, et les sorcières suivirent son
regard. Les étoiles qui brillaient dans ce monde
étaient les mêmes que dans le leur : la Voie lactée
scintillait sur la voûte du ciel et d'innombrables
points lumineux parsemaient l'obscurité, rivali-
sant presque avec l'éclat de la lune...

— Joachim, demanda Serafina, as-tu entendu
parler de la Poussière ?

— La poussière ? Je suppose que vous ne faites
pas allusion à la poussière des routes. Non, jamais.
Oh, regardez !... Voici justement un groupe
d'anges !

Il désigna la constellation d'Ophiucus. Effectivement, quelque chose la traversait : un petit groupe
d'êtres lumineux. Ils ne dérivaient pas, ils avançaient avec la détermination d'un vol d'oies ou de
cygnes.

Ruta Skadi se leva.

— Ma sœur, le moment est venu de nous séparer, dit-elle à Serafina. J'irai parler à ces anges,
quels qu'ils soient. S'ils partent rejoindre Lord

Asriel, je les accompagnerai. Sinon, je continuerai à chercher seule. Merci de m'avoir tenu compagnie, et bonne chance.

Les deux sorcières s'embrassèrent, puis Ruta Skadi s'empara de sa branche de sapin pour s'élancer dans les airs. Son dæmon, un pinson nommé Sergi, surgit soudain de l'obscurité pour la suivre.

— On va haut ? demanda-t-il.

— Aussi haut que ces créatures lumineuses qui traversent la constellation d'Ophiucus. Elles volent très vite, Sergi. Rattrapons-les !

Plus rapides que les étincelles qui jaillissent d'un bûcher, Ruta Skadi et son dæmon montèrent en flèche vers les cieux ; l'air s'engouffrait en sifflant dans la branche de sapin et faisait flotter les longs cheveux de la sorcière dans son dos, comme une traîne noire. Pas une fois elle ne se retourna vers le petit feu de camp allumé dans l'obscurité immense, vers les enfants endormis et ses sœurs sorcières. Cette partie de son voyage était terminée. De plus, malgré sa vitesse, elle ne s'était pas encore rapprochée de ces créatures scintillantes au loin, et si elle se laissait distraire, elle risquait de les perdre de vue au milieu de ce champ d'étoiles.

Alors, elle continua sur sa lancée, sans quitter des yeux les anges. Peu à peu, à mesure que l'écart se réduisait, leurs silhouettes devinrent plus précises.

Ils ne brillaient pas d'une lumière intérieure ; c'était plutôt comme si, si noire que fût la nuit, le soleil les éclairait. Ils ressemblaient à des êtres humains, munis d'ailes et beaucoup plus grands. Ils étaient nus, et la sorcière constata qu'il y avait parmi eux trois hommes et deux femmes. Leurs ailes étaient rattachées à leurs omoplates ; des muscles puissants saillaient dans leur dos et sur leur torse. Ruta Skadi demeura en retrait quelque temps, pour les observer et estimer leur forces, au cas où elle devrait les affronter. Les anges n'étaient pas armés mais, de toute évidence, ils volaient en deçà de leur véritable puissance, et si jamais une poursuite s'engageait, ils n'auraient aucun mal à distancer la sorcière.

Ayant bandé son arc, par prudence, Ruta Skadi accéléra pour venir se porter à la hauteur des créatures ailées. Elle les apostropha :

— Anges ! Arrêtez-vous et écoutez-moi ! Je suis la sorcière Ruta Skadi, et je veux vous parler !

Ils se retournèrent. Leurs grandes ailes se mirent à battre à l'envers pour ralentir leur course, et leurs corps basculèrent, jusqu'à ce qu'ils se retrouvent en position verticale. Ils encerclèrent la sorcière, cinq silhouettes imposantes qui scintillaient dans le ciel noir, éclairées par un soleil invisible.

Assise fièrement sur sa branche de sapin, Ruta Skadi regarda autour d'elle sans éprouver la moindre peur, même si l'étrangeté de cette scène faisait battre son cœur plus vite. Son dæmon voltigeait tout près d'elle pour profiter de la chaleur de son corps.

Chaque ange était un être distinct, sans aucun doute, et pourtant, ils avaient entre eux plus de points communs qu'avec n'importe quel humain. Ils partageaient un mélange éblouissant et fulgurant d'intelligence et de sensibilité, qui semblait les envelopper tous en même temps. Ils étaient nus, et pourtant, c'était la sorcière qui se sentait nue sous le poids de leurs regards si pénétrants.

Mais elle n'avait pas honte de ce qu'elle était, et elle soutint leurs regards en gardant la tête haute.

— Vous êtes donc des anges, dit-elle. Des Guetteurs, comme on vous appelle, ou encore *bene elim*. Où allez-vous ?

— Nous répondons à un appel, déclara l'un d'eux.

Ruta Skadi n'aurait su dire qui avait parlé. Ce pouvait être n'importe lequel, ou bien tous.

— Un appel de qui ?

— D'un homme.

— Lord Asriel ?

— Peut-être.

— Pourquoi répondez-vous à son appel ?

— Parce que tel est notre désir, lui répondit-on.

— Dans ce cas, où qu'il soit, vous pouvez me conduire jusqu'à lui, déclara la sorcière.

Âgée de quatre cent seize ans, Ruta Skadi possédait la fierté et le savoir d'une reine des sorcières. Sa sagesse dépassait de loin celle de n'importe quel humain à la vie si brève, et pourtant, elle ne pouvait imaginer à quel point elle paraissait juvénile comparée à ces êtres. De même, elle ignorait que leur perception des choses s'étendait bien au-delà d'elle, tels des tentacules filamenteux, jusque dans les recoins les plus éloignés d'univers dont elle n'avait même jamais rêvé ; et si ces anges lui apparaissaient sous une forme humaine, c'était parce que ses yeux s'attendaient à les voir ainsi. Eût-elle perçu leur véritable apparence, elle aurait découvert des architectures plus que des organismes, des sortes de structures gigantesques constituées d'intelligence et de sensations.

Mais les yeux de la sorcière ne s'attendaient pas à cela ; elle était encore si jeune.

Les anges battirent des ailes et repartirent à toute vitesse, suivis par Ruta Skadi qui surfait avec délice sur les turbulences provoquées dans les airs par leurs battements d'ailes et qui lui apportaient un surplus de puissance et de vitesse.

Ils traversèrent la nuit. Autour d'eux, les étoiles tournoyèrent, pâlirent, puis disparurent, tandis que l'aube pointait à l'est. Soudain, le monde jaillit en pleine lumière lorsque la couronne du soleil apparut ; ils volaient maintenant dans un ciel bleu, un air limpide et frais, légèrement humide.

En plein jour, les anges étaient moins visibles, même si, aux yeux de n'importe qui, ils conservaient leur aspect étrange. La lumière grâce à laquelle Ruta Skadi les distinguait n'était pas celle du soleil qui grimpait dans le ciel, mais une lumière mystérieuse venue d'ailleurs.

Infatigables, les anges continuaient de voler ; tout aussi résistante, la sorcière les suivit. Une joie farouche l'habitait à l'idée qu'elle commandait à ces créatures immortelles. Et elle se réjouissait de sentir son sang et sa chair, du contact rugueux de l'écorce de sapin contre sa peau, des battements de son cœur et de la vitalité de tous ses sens, de la faim qu'elle éprouvait désormais, de la présence de son dæmon-pinson à ses côtés, de la terre tout en bas, des vies de toutes les créatures, végétales et animales ; elle se réjouissait d'être faite de la même substance, de savoir qu'après sa mort sa chair servirait à nourrir d'autres vies, comme d'autres l'avaient nourrie. Et, enfin, elle jubilait, car elle allait revoir Lord Asriel.

Une nouvelle nuit succéda au jour, et les anges poursuivirent leur vol. Au bout d'un moment, la qualité de l'air se modifia de manière perceptible et Ruta Skadi comprit qu'ils venaient de quitter ce monde pour pénétrer dans un autre. Comment ? Elle n'en avait aucune idée.

— Anges ! cria-t-elle en percevant ce changement d'atmosphère. Comment avons-nous quitté le monde dans lequel je vous ai rejoints ? Où était la frontière ?

— Il existe des endroits invisibles dans les airs, lui répondit-on. Des portes entre les mondes. Nous pouvons les voir, mais pas toi.

Ruta Skadi ne voyait pas ces portes invisibles, mais elle n'en avait pas besoin : les sorcières savaient s'orienter mieux que les oiseaux. Dès que l'ange eut prononcé ces mots, elle fixa son attention sur trois sommets dentelés qui se trouvaient au-dessous et mémorisa très exactement leur configuration. Désormais, elle saurait retrouver cet endroit en cas de besoin, quoi qu'en pensent les anges.

Tandis qu'ils continuaient de voler, elle entendit la voix d'un ange :

— Lord Asriel se trouve dans ce monde, et c'est ici qu'il construit sa forteresse...

Ils avaient ralenti et tournoyaient maintenant à moyenne altitude, tels des aigles. Ruta Skadi regarda dans la direction que lui indiquait l'un des anges. Les premiers scintillements du soleil, encore faibles, éclairaient l'horizon à l'est, bien que les étoiles au-dessus de leurs têtes continuent de briller avec le même éclat sur le velours noir profond des cieux inaccessibles. À la lisière même de ce monde, là où la lumière s'intensifiait à chaque seconde,

❄️ une grande chaîne montagneuse érigeait ses sommets ; des éperons de roche noire déchiquetés, d'énormes blocs de pierre brisés et des arêtes en dents de scie, empilés dans le plus grand désordre comme les vestiges d'une catastrophe universelle. Mais sur le point culminant, que venaient frapper les premiers rayons du soleil levant et qui se détachait dans la lumière éclatante au moment où la sorcière y posait les yeux, se dressait une silhouette aux formes régulières : une gigantesque forteresse dont les remparts étaient constitués de blocs de basalte aussi hauts que la moitié d'une colline, et dont la taille ne pouvait se mesurer qu'en temps de vol.

Au pied de ce colossal édifice, des feux flamboyaient et des fourneaux fumaient dans l'obscurité qui précède l'aube ; à des kilomètres de là, Ruta Skadi entendait le fracas des marteaux et le grondement d'énormes fraiseuses. De tous côtés, elle voyait d'autres groupes d'anges voler à tire-d'aile vers la forteresse ; des engins aux ailes d'acier glissaient dans les airs comme des albatros, des cabines de verre sous des ailes de dragons animées, des zeppelins vrombissaient comme d'énormes abeilles... Tous se dirigeaient vers la forteresse que construisait Lord Asriel au sommet des montagnes, à la frontière du monde.

— Lord Asriel est là-bas ? demanda-t-elle.

— Oui, il est là-bas, répondirent les anges.

— Dans ce cas, allons le rejoindre. Vous serez ma garde d'honneur.

Sans protester, les anges déployèrent leurs ailes et mirent le cap vers la forteresse cerclée d'or, précédés par la sorcière impatiente.

7

La Rolls-Royce

 Lyra se réveilla de bon matin dans une douce chaleur, comme si cette ville n'avait jamais connu d'autre climat que ce paisible été. Elle se leva et descendit sans bruit. Entendant des voix et des cris d'enfants, là-bas dans l'eau, elle décida d'aller voir ce qu'ils faisaient.

Trois garçons et une fille, montés à bord de deux pédalos, traversaient le port inondé de soleil, en fonçant vers l'escalier de la digue. Ayant aperçu Lyra, ils ralentirent un instant, mais l'excitation de la course les reprit. Les vainqueurs heurtèrent avec une telle violence les marches de pierre que l'un des enfants tomba à l'eau et, voulant grimper dans l'autre pédalo, le fit chavirer ; tous se retrouvèrent à patauger joyeusement dans l'eau, comme si leur frayeur de la veille n'avait jamais existé. Ces quatre-là étaient plus jeunes que la plupart des enfants rassemblés au pied de la tour, constata Lyra, tandis qu'elle les rejoignait dans l'eau. Pantalaimon, transformé en petit poisson argenté, scintillait à ses côtés. Elle n'avait jamais eu de mal à lier connaissance avec d'autres enfants et, de fait, ceux-là se regroupèrent aussitôt autour d'elle. Ils s'étaient assis dans de petites mares d'eau salée sur les rochers chauds ; leurs chemises séchaient rapidement au soleil. Le pauvre Pantalaimon fut obligé de retourner au fond de la poche humide et froide de Lyra, sous la forme d'une grenouille.

— Qu'est-ce que vous allez faire de ce chat ?

— C'est vrai qu'il va vous porter bonheur ?

— Vous venez d'où ?

— Ton ami, il n'a pas peur des Spectres ?

— Will n'a peur de rien, répondit Lyra. Et moi non plus. Pourquoi avez-vous peur des chats ?

— Tu ne connais pas les chats ? demanda le plus âgé des garçons, d'un ton incrédule. Ils ont le diable en eux ! Dès que tu vois un chat, il faut le tuer. Si par malheur ils te mordent, ils introduisent le diable en toi. Et qu'est-ce tu faisais avec ce fauve ?

Lyra comprit qu'il faisait allusion à Pantalaimon transformé en léopard ; elle secoua la tête d'un air parfaitement innocent.

— Vous avez rêvé, dit-elle. Beaucoup de choses prennent un aspect différent au clair de lune. Will et moi, nous n'avons pas de Spectres chez nous, alors, nous ne savons pas grand-chose sur eux.

— Tant que tu ne les vois pas, il n'y a rien à craindre, expliqua un garçon. Dès que tu les vois, ça veut dire qu'ils peuvent t'attaquer. C'est ce que disait mon père, jusqu'à ce qu'ils l'attrapent. Ce jour-là, il ne les a pas vus venir.

— Ils sont là en ce moment même, autour de nous ?

— Oui, répondit la fille, et elle referma sa main

sur une poignée d'air, en s'exclamant : « J'en ai un ! »

— Ils ne peuvent pas nous faire de mal, expliqua l'un des garçons. Et donc, on ne peut pas leur en faire non plus.

— Il y a toujours eu des Spectres dans ce monde ? demanda Lyra.

— Oui, répondit l'un des enfants, aussitôt contredit par un autre :

— Non, ils sont arrivés il y a longtemps. Des centaines d'années.

— À cause de la Guilde, ajouta le troisième.

— La quoi ?

— C'est pas vrai ! s'exclama la fillette. Ma grand-mère disait que les Spectres sont venus parce que les gens étaient méchants, et Dieu les a envoyés pour nous punir.

— C'est quoi la Guilde ? répéta Lyra.

— Tu as vu la Torre degli Angeli, dit l'un des garçons, la grande tour de pierre. Eh bien, elle appartient à la Guilde, et à l'intérieur, il y a un endroit secret. La Guilde, c'est des hommes qui savent un tas de trucs. Philosophie, alchimie… ils connaissent plein de choses. Et c'est eux qui ont laissé entrer les Spectres.

— C'est pas vrai, déclara l'un de ses camarades. Ils sont venus des étoiles.

— C'est vrai, je te dis ! Je sais ce qui s'est passé. Il y a des centaines d'années, un gars de la Guilde s'est amusé à séparer du métal. Du plomb, plus précisément. Il voulait le transformer en or. Il l'a coupé, encore et encore, de plus en plus, jusqu'à obtenir le plus petit morceau de plomb possible. Si petit qu'on ne pouvait même pas le voir à l'œil

nu. Mais pourtant, il l'a encore coupé en deux, et
à l'intérieur de ce morceau minuscule, il y avait
tous les Spectres, tellement serrés et repliés les
uns contre les autres qu'ils ne prenaient presque
pas de place. Mais quand il l'a coupé… Hop ! Ils
ont tous jailli à l'air libre, et depuis, ils vivent ici.
C'est mon papa qui me l'a raconté.

— Y a-t-il encore des membres de la Guilde à
l'intérieur de la tour ? interrogea Lyra.

— Non ! Ils ont fichu le camp comme tout le
monde, répondit la fillette.

— Il n'y a plus personne dans la tour. C'est un
endroit hanté, dit l'un des garçons. C'est pour ça
que le chat venait de là. Nous, on ne veut pas y
entrer. Aucun enfant ne voudra jamais y aller.

— Les membres de la Guilde n'ont pas peur
d'y entrer, eux, fit remarquer son camarade.

— Ils ont des pouvoirs magiques. Ce sont de
sales profiteurs, ils vivent sur le dos des pauvres
gens, dit la fillette. Les pauvres font tout le travail,
et ceux de la Guilde vivent tranquillement sans
rien faire.

— Il n'y a donc plus personne dans la tour ?
demanda Lyra. Aucun adulte ?

— Il n'y a plus d'adultes nulle part !

— Ils ont trop peur !

Pourtant, elle avait aperçu un jeune homme là-
haut, elle en était convaincue. En outre, il y avait
quelque chose de bizarre dans la façon dont ces
enfants s'exprimaient, comme s'ils récitaient un
mensonge appris par cœur. Lyra savait reconnaître
un menteur, et elle était sûre qu'ils lui dissimu-
laient quelque chose.

Soudain, un détail lui revint en mémoire : le

petit Paolo avait dit qu'Angelica et lui avaient un
frère aîné, Tullio, qui se trouvait en ville lui aussi,
mais Angelica l'avait fait taire... Se pourrait-il
que ce jeune homme qu'elle avait entrevu... ?

Laissant aux enfants le soin de récupérer leurs
pédalos naufragés pour repartir vers la plage, Lyra
rentra faire du café et voir si Will était réveillé. Il
dormait encore, le chat roulé en boule à ses pieds,
mais Lyra avait hâte de rejoindre le Dr Malone,
comme prévu. Elle écrivit un mot à l'attention de
Will, qu'elle déposa par terre près du lit, puis elle
prit son sac à dos et partit à la recherche de la
fenêtre.

Le chemin qu'elle emprunta passait par la petite
place où ils avaient débouché la veille. Elle était
déserte maintenant, et les rayons du soleil, en
balayant la façade de la vieille tour, faisaient ressortir les dessins sculptés dans la pierre, à demi
effacés, autour de la porte : des silhouettes humaines
aux longues ailes repliées. Leurs traits étaient éro-
dés par des siècles d'intempéries mais, malgré tout,
quelque chose dans leur immobilité exprimait le
pouvoir, la compassion et la force intellectuelle.

— Des anges, commenta Pantalaimon, posé
sur son épaule.

— Ou peut-être des Spectres, dit Lyra.

— Non. Les gamins ont parlé d'*angeli*, souviens-
toi. Je mise sur des anges.

— On entre ?

Ils levèrent les yeux vers la grande porte en chêne
reposant sur ses gonds noirs en fer ouvragé. La
demi-douzaine de marches qui y menaient étaient
usées ; la porte était entrouverte. Rien n'empê-

chait Lyra de pénétrer à l'intérieur de la tour, excepté sa peur.

Gravissant les marches sur la pointe des pieds, elle risqua un regard par l'entrebâillement de la porte. Elle ne distinguait qu'un hall obscur au sol de pierres, et encore. Pantalaimon battait nerveusement des ailes sur son épaule, comme le jour où ils avaient joué un sale tour aux crânes dans la crypte de Jordan College, mais elle avait acquis un peu de sagesse depuis. Cet endroit ne lui disait rien qui vaille. Elle dévala les marches et traversa la place en courant, vers la lumière du boulevard et les palmiers ensoleillés. Après s'être assurée que personne ne l'observait, elle marcha droit vers la fenêtre et plongea dans l'Oxford de Will.

Quarante minutes plus tard, elle pénétrait de nouveau dans le bâtiment du département de physique. De nouveau, elle dut parlementer avec le concierge ; mais cette fois elle possédait un atout.

— Appelez donc le Dr Malone, dit-elle de sa petite voix douce. Demandez-lui, elle vous dira.

Le concierge décrocha son téléphone, et Lyra l'observa avec pitié pendant qu'il composait le numéro. Le pauvre homme n'avait même pas droit à une loge digne de ce nom, comme dans un vrai collège d'Oxford, uniquement un grand comptoir en bois, comme s'il travaillait dans une boutique.

— Parfait, dit le concierge en se retournant vers Lyra. Le Dr Malone dit que tu peux monter. Mais attention, hein, pas question de traîner ailleurs.

— Oh, non, surtout pas, répondit-elle comme une petite fille bien obéissante.

Une surprise l'attendait en haut de l'escalier. Au moment où elle passait devant une porte ornée d'un dessin symbolisant une femme, celle-ci s'ouvrit et le Dr Malone lui fit signe d'entrer, sans dire un mot.

Lyra entra, intriguée. Ce n'était pas le laboratoire, c'étaient des toilettes, et le Dr Malone paraissait très nerveuse.

— Il y a quelqu'un dans le labo, Lyra. Des officiers de police ou quelque chose comme ça ; ils savent que tu es venue me voir hier. J'ignore ce qu'ils cherchent, mais je n'aime pas ça. Que se passe-t-il ?

— Comment savent-ils que je suis venue vous voir ?

— Aucune idée ! Ils ne connaissent pas ton nom, mais j'ai tout de suite compris qu'il s'agissait de toi...

— Je peux leur mentir. C'est facile.

— Mais que se passe-t-il, bon sang ?

Une voix de femme résonna dans le couloir, derrière la porte :

— Docteur Malone ? Avez-vous vu l'enfant ?

— Oui, oui, répondit le docteur. Je lui montre où sont les toilettes...

Elle n'avait aucune raison d'être aussi inquiète, se dit Lyra, mais peut-être n'était-elle pas habituée au danger.

La femme qui attendait dans le couloir était jeune et habillée avec élégance ; elle s'efforça de sourire quand Lyra sortit des toilettes, mais son regard était dur et soupçonneux.

— Bonjour, dit-elle. Tu es Lyra, c'est bien cela ?

— Oui. Et vous, c'est quoi votre nom ?

— Je suis le sergent Clifford. Suis-moi.

Lyra trouvait que cette jeune femme avait du culot de se comporter de la sorte, comme si elle était dans son laboratoire, mais elle acquiesça bien sagement. C'est à cet instant qu'elle sentit naître ses premiers remords. Elle savait qu'elle n'aurait pas dû se trouver là ; elle savait ce que l'aléthiomètre attendait d'elle, et ce n'était pas du tout ça. Elle marqua un temps d'arrêt sur le seuil du laboratoire.

Dans la pièce se trouvait déjà un homme grand et fort, aux sourcils blancs. Lyra savait à quoi ressemblaient les Érudits : ni cet homme, ni cette femme n'étaient des Érudits.

— Entre, Lyra, dit le sergent Clifford. Ne crains rien. Je te présente l'inspecteur Walters.

— Bonjour, Lyra, dit l'homme aux sourcils blancs. Le Dr Malone ici présente m'a longuement parlé de toi. J'aimerais te poser quelques questions, si tu veux bien ?

— Quel genre de questions ?

— Oh, rien de compliqué, dit l'inspecteur en souriant. Viens donc t'asseoir, Lyra.

Il poussa une chaise vers elle. Lyra s'assit timidement, elle entendit la porte se refermer derrière elle. Le Dr Malone se tenait à ses côtés. Caché dans la poche de poitrine de Lyra, sous son aspect de criquet, Pantalaimon s'agitait nerveusement ; elle le sentait contre sa poitrine et espérait que personne ne remarquerait les mouvements du tissu. Par la pensée, elle lui ordonna de se tenir tranquille.

— D'où viens-tu, Lyra ? demanda l'inspecteur Walters.

Si elle répondait Oxford, ils pourraient vérifier aisément. Mais elle ne pouvait pas non plus

répondre : « Je viens d'un autre monde » ; ces gens
étaient dangereux, ils voudraient immédiatement
en savoir plus. Alors, elle pensa au seul autre
endroit dont elle avait entendu parler dans ce
monde : celui d'où venait Will.

— Winchester, dit-elle.

— On dirait que tu reviens de la guerre, Lyra,
commenta l'inspecteur. D'où viennent tous ces
bleus ? Tu en as un sur la joue, un autre sur la
cuisse... Quelqu'un t'a maltraitée ?

— Non.

— Tu vas à l'école, Lyra ?

— Oui... Des fois, ajouta-t-elle.

— Ne devrais-tu pas être à l'école aujourd'hui ?

Elle ne dit rien, En fait, elle se sentait de plus en
plus mal à l'aise. Elle se tourna vers le Dr Malone,
dont le visage était crispé et sombre.

— Je suis venue ici juste pour voir le Dr Malone,
déclara la fillette.

— Tu habites à Oxford en ce moment, Lyra ?
Où loges-tu ?

— Chez des gens. Des amis.

— À quelle adresse ?

— Je sais pas exactement comment ça s'appelle. Je peux y aller sans problème, mais je me
souviens plus du nom de la rue.

— Qui sont ces gens ?

— Oh, des amis de mon père.

— Je vois. Pourquoi as-tu contacté le Dr Malone ?

— Mon père est physicien, il la connaît.

Ça devenait plus facile maintenant. Elle commençait à se détendre, les mensonges lui venaient
plus aisément.

— Et elle t'a montré sur quoi elle travaillait, n'est-ce pas ?

— Oui. La machine avec l'écran... Tout ça.

— Tu t'intéresses à ce genre de choses ? La science et ainsi de suite ?

— Oui. Surtout la physique.

— Tu veux devenir une scientifique, toi aussi, quand tu seras plus grande ?

Ce genre de question ne méritait pour toute réponse qu'un regard vide. L'inspecteur ne se laissa pas démonter pour autant. Ses yeux pâles se posèrent brièvement sur sa jeune collègue, avant de revenir sur Lyra.

— As-tu été étonnée par ce que le Dr Malone t'a montré ?

— Oui, un peu, mais je savais à quoi m'attendre.

— À cause de ton père ?

— Ouais. Il fait le même genre de travail.

— En effet. Et tu comprends ce qu'il fait comme travail ?

— Pas tout.

— Ton père s'intéresse à la matière sombre, hein ?

— Exact.

— Est-il aussi avancé que le Dr Malone dans ses recherches ?

— Pas de la même façon. Il est meilleur dans certains domaines, mais il n'a pas de machine comme celle-ci, avec des mots sur un écran.

— Est-ce que Will habite chez tes amis, lui aussi ?

— Oui, il...

Elle s'interrompit. Immédiatement, elle comprit qu'elle avait commis une grave erreur.

Et les autres aussi. Ils se levèrent aussitôt pour

l'empêcher de s'enfuir, mais comme par miracle le Dr Malone se trouvait sur leur chemin ; le sergent trébucha et tomba, bloquant le passage à l'inspecteur. Lyra eut le temps de bondir hors de la pièce, de claquer la porte derrière elle et de foncer ventre à terre vers l'escalier.

Au même moment, deux hommes en blouse blanche débouchèrent dans le couloir ; Lyra ne put les éviter. Mais Pantalaimon se transforma en corbeau et poussa des cris stridents en battant des ailes. Surpris et effrayés, les deux hommes reculèrent et Lyra parvint à leur échapper pour dévaler la dernière volée de marches et jaillir dans le hall, juste au moment où le concierge raccrochait son téléphone et se levait péniblement de son siège en s'écriant :

— Hé, là-bas ! Stop ! Hé, toi !

Heureusement, l'abattant qu'il devait soulever pour sortir de derrière son comptoir se trouvait à l'autre extrémité, et Lyra atteignit la porte à tambour avant qu'il n'ait le temps d'intervenir.

Mais dans son dos, les portes de l'ascenseur s'ouvrirent... Et l'homme aux cheveux très clairs se précipita. Il courait vite, très vite...

Et cette fichue porte à tambour qui refusait de s'ouvrir ! Pantalaimon hurla pour attirer son attention : ils poussaient dans le mauvais sens !

Laissant échapper un cri d'effroi, Lyra s'engouffra dans le compartiment voisin et pesa de tout son poids contre l'épaisse paroi de verre, en la suppliant de bouger ; elle pivota enfin, juste à temps pour lui permettre d'échapper à la main tendue du concierge, qui bloquait maintenant le chemin de l'homme aux cheveux pâles, si bien que Lyra put jaillir hors du bâtiment et s'enfuir à toutes jambes, avant que ses poursuivants ne franchissent la porte à tambour.

Elle traversa la rue, ignorant les voitures, les coups de Klaxon, les crissements de pneus ; elle s'engouffra dans un espace entre deux grands édifices, et déboucha sur une autre route encombrée de voitures roulant dans les deux sens, mais elle parvint à zigzaguer au milieu des véhicules et des vélos. L'homme aux cheveux presque délavés était toujours sur ses talons. Il était effrayant !

Lyra sauta dans un jardin, en escaladant une clôture, et traversa des buissons ; Pantalaimon, transformé en martinet, volait au-dessus d'elle pour lui indiquer dans quelle direction elle devait courir. Finalement, elle s'accroupit derrière un coffre à charbon, au moment où les pas de son poursuivant la dépassaient à toute vitesse, et bientôt, elle n'entendit plus le bruit de sa respiration haletante. Pantalaimon lui glissa :

— Fais demi-tour maintenant. Retourne vers la route...

Elle sortit de sa cachette, traversa le jardin dans l'autre sens, en courant, et emprunta la porte cette fois, pour déboucher sur Banbury Road, à découvert. De nouveau, elle se faufila au milieu des voitures... et des crissements de pneus sur la chaussée. Quelques instants plus tard, elle remontait à petites foulées Norham Garden, une rue paisible bordée d'arbres et de grandes maisons victoriennes.

Elle s'arrêta pour reprendre son souffle. Une grande haie s'étendait devant l'un des jardins, surmontant un muret de pierre, et Lyra s'assit à l'abri sous les branches d'un troène.

— Le Dr Malone nous a aidés! dit Pantalaimon. Elle s'est mise exprès sur leur chemin. Elle est de notre côté, pas du leur!

— Oh, Pan, se lamenta Lyra, je n'aurais pas dû leur parler de Will... Je n'ai pas été assez prudente...

— Tu n'aurais pas dû aller là-bas, surtout, dit le dæmon d'un ton sévère.

— Oui, je sais. Tu as raison...

Mais elle n'eut pas le temps de se morigéner car, soudain, Pantalaimon s'agita sur son épaule, et murmura :

— Regarde! Derrière...

Il se métamorphosa immédiatement en criquet et sauta dans sa poche.

Lyra se releva d'un bond, prête à fuir; c'est alors qu'elle vit une grosse voiture bleu foncé glisser en silence le long du trottoir, et s'arrêter à sa hauteur. Les muscles bandés, elle se préparait à foncer d'un côté ou de l'autre, mais la vitre arrière de la voiture s'abaissa, et la fillette découvrit un visage qu'elle reconnut aussitôt.

— Lizzie! dit le vieil homme du musée. Quelle joie de te revoir. Puis-je te déposer quelque part?

Il ouvrit sa portière et se déplaça sur la banquette pour lui faire une place à côté de lui à l'arrière de la voiture. Pantalaimon eut beau lui mordiller la poitrine à travers le coton fin de son chemisier, Lyra monta aussitôt à bord de la Rolls-Royce, en serrant son sac à dos contre sa poitrine, et le vieil homme se pencha au-dessus d'elle pour refermer la portière.

— Tu sembles bien pressée, dit-il. Où veux-tu aller?

— À Summertown, s'il vous plaît.

Le chauffeur portait une casquette à visière. Tout dans cette voiture respirait le luxe, le raffinement et le pouvoir ; l'odeur de l'eau de Cologne du vieil homme imprégnait l'atmosphère confinée. La voiture redémarra sans aucun bruit.

— Eh bien, quoi de neuf, Lizzie ? demanda le vieil homme. As-tu approfondi tes connaissances au sujet de ces crânes ?

— Oui, répondit-elle en se tortillant pour regarder par la vitre arrière.

Aucune trace de l'homme aux cheveux très clairs. Elle l'avait semé ! Et jamais il ne la retrouverait maintenant qu'elle était à l'abri dans la voiture puissante d'un homme riche. Elle laissa échapper un petit hoquet de triomphe.

— Je me suis renseigné de mon côté, dit-il. Un ami anthropologue m'a appris qu'ils avaient d'autres crânes dans leur collection, en plus de ceux qui sont exposés. Certains sont très anciens, sais-tu. Ils datent de Neandertal !

— Oui, c'est ce que j'ai entendu dire, moi aussi, répondit Lyra, qui n'avait aucune idée de ce qu'il racontait.

— Comment va ton amie ?

— Quel ami ? demanda Lyra, paniquée.

Lui avait-elle parlé de Will, à lui aussi ?

— L'amie qui t'héberge.

— Ah ! Oui, oui, elle va très bien, merci.

— Que fait-elle dans la vie ? Elle est archéologue ?

— Euh… non. Elle est physicienne. Elle étudie

la matière sombre, répondit Lyra, qui manquait
encore un peu d'assurance.

Décidément, il était plus difficile de mentir dans
ce monde qu'elle ne l'avait cru. D'autant qu'autre
chose la tracassait : ce vieil homme avait quelque
chose d'étrangement familier, comme si elle l'avait
connu longtemps auparavant, mais impossible de
dire dans quelles circonstances.

— La matière sombre ? répéta-t-il. Comme c'est
intéressant ! J'ai lu un article sur ce sujet ce matin
même, dans le *Times*. L'univers est rempli de cette
substance mystérieuse, mais personne ne sait ce
que c'est ! Et ton amie mène des recherches sur ce
sujet, c'est ça ?

— Oui. Elle sait un tas de choses.

— Que comptes-tu faire plus tard, Lizzie ? Tu
veux étudier la physique, toi aussi ?

— Peut-être. Ça dépend.

Le chauffeur toussota discrètement et la voiture
ralentit.

— Nous sommes arrivés à Summertown, dit le
vieil homme. Où veux-tu que je te dépose ?

— Oh … juste après les boutiques, là-bas. Je
finirai à pied, dit Lyra. Merci.

— Tournez à gauche dans South Parade, et
garez-vous sur le côté droit, voulez-vous, Allan.

— Très bien, monsieur, répondit le chauffeur.

Une minute plus tard, la voiture s'arrêtait en
silence devant une bibliothèque municipale. Le
vieil homme ouvrit la portière de son côté, si bien
que Lyra dut enjamber ses genoux pour sortir.
Certes, la voiture était spacieuse, mais ce n'était
pas très pratique, et elle n'avait pas envie de toucher cet homme, si gentil fût-il.

— N'oublie pas ton sac à dos, dit-il en le lui tendant.

— Merci.

— À bientôt, j'espère, Lizzie. Salue ton amie de ma part.

— Au revoir, dit-elle, et elle resta sur le trottoir jusqu'à ce que la voiture eût tourné et disparu au coin de la rue, puis se dirigea vers l'alignement de marronniers, Elle avait un pressentiment étrange au sujet de cet homme aux cheveux pâles, et elle voulait interroger l'aléthiomètre.

Will relisait les lettres de son père. Assis à la terrasse du café, il entendait au loin les cris des enfants qui s'amusaient à plonger de l'extrémité de la digue, et ses yeux restaient fixés sur cette écriture élégante qui couvrait les fines feuilles de papier « par avion » ; il essayait d'imaginer l'homme qui avait tracé ces mots, et sans cesse, il relisait l'allusion à ce bébé, qui n'était autre que lui-même.

Il entendit Lyra arriver en courant. Le temps qu'il range les lettres dans sa poche et se lève, elle était déjà là, l'air affolé, accompagnée de Pantalaimon transformé en chat sauvage menaçant, tellement désespéré lui aussi qu'il ne songeait même pas à se cacher. Lyra, qui pleurait rarement, sanglotait de rage ; sa poitrine se soulevait, elle serrait les dents. Finalement, elle se jeta sur Will, en lui agrippant les bras et en criant :

— Tue-le ! Tue-le ! Je veux le voir mourir ! Ah, si seulement Iorek était ici… Oh, Will, j'ai fait une bêtise, je suis navrée…

— Quoi ? Que se passe-t-il ?

— Le vieil homme… ce n'est qu'un sale voleur,

en réalité… Il me l'a volé, Will ! Il m'a volé l'aléthiomètre ! Ce vieux bonhomme puant, avec ses
beaux vêtements et son domestique qui conduit
la voiture… Oh, je n'ai fait que des bêtises ce
matin… Je…

Elle sanglotait avec une telle violence que Will
fut persuadé que les cœurs se brisaient pour de
bon parfois, comme celui de Lyra à cet instant, car
elle se laissa tomber par terre, en gémissant et en
tremblant. À ses côtés, Pantalaimon se transforma
en loup pour hurler toute sa peine et sa rancœur.

De l'autre côté du port, les enfants interrompirent leurs jeux et mirent leurs mains en visière
pour voir ce qui se passait. Will s'accroupit près
de Lyra et la secoua par les épaules.

— Arrête ! Arrête de pleurer ! Raconte-moi tout
depuis le début. Qui est ce vieil homme dont tu
parles ? Que s'est-il passé ?

— Oh, tu vas être furieux… J'avais juré de ne
jamais te trahir. J'ai juré et…

Elle se remit à sangloter, et Pantalaimon se transforma en jeune chiot pataud qui baisse les oreilles
et agite la queue en signe d'humiliation. Will comprit alors que Lyra avait fait une chose dont elle
avait honte, et il décida de s'adresser au dæmon.

— Que s'est-il passé ? Raconte-moi tout.

Pantalaimon s'exécuta :

— On est allés voir le Dr Malone, mais il y
avait déjà quelqu'un, un homme et une femme, et
ils nous ont piégés. Ils ont posé un tas de questions, et soudain, ils ont parlé de toi, et on a laissé
échapper qu'on te connaissait. Après, on s'est
enfuis…

Lyra cachait son visage dans ses mains, le front

appuyé contre le trottoir. En proie à la plus vive agitation, Pantalaimon passait d'une forme à l'autre : chien, oiseau, chat, hermine au pelage immaculé.

— À quoi ressemblait l'homme qui t'a interrogée ? demanda Will.

— Il était grand, répondit Lyra d'une voix étouffée, et très très fort, avec des yeux pâles...

— Est-ce qu'il t'a vue repasser par la fenêtre ?

— Non, mais...

— Dans ce cas, il ne sait pas où on est.

— Mais l'aléthiomètre ! s'exclama-t-elle en se redressant avec fougue, le visage crispé par l'émotion, comme un masque de la tragédie grecque.

— Parle-moi de cette histoire, dit Will.

Entre deux sanglots et grincements de dents, elle lui raconta ce qui s'était passé : le vieil homme l'avait vue utiliser l'aléthiomètre dans le musée, la veille. Aujourd'hui, il s'était arrêté devant elle avec sa voiture et elle y était montée pour échapper à l'homme aux cheveux pâles. Pour descendre, elle avait été obligée d'enjamber le vieux bonhomme ; c'est à ce moment-là qu'il avait dû subtiliser l'aléthiomètre, avant de lui tendre son sac à dos...

Will voyait à quel point elle était effondrée, sans comprendre toutefois pourquoi elle se sentait coupable. Mais Lyra n'avait pas fini :

— J'ai fait quelque chose de très mal, Will, pardonne-moi. L'aléthiomètre m'avait pourtant dit de ne plus m'intéresser à la Poussière. À la place, il voulait que je t'aide à retrouver ton père. Et je pourrais le faire, je pourrais te conduire jusqu'à lui, si j'avais encore l'aléthiomètre. Mais je n'ai pas

voulu l'écouter. Je n'en ai fait qu'à ma tête, et je
n'aurais pas dû...

Will l'avait vue se servir de cet instrument, il
savait qu'elle ne mentait pas. Il détourna la tête.
Lyra lui agrippa les poignets, mais il se libéra et
marcha vers le bord de l'eau. Les enfants continuaient à s'amuser de l'autre côté du port. Lyra le
rejoignit en courant.

— Will, je suis désolée...

— Qu'est-ce que ça change ? Je me fiche pas
mal que tu sois désolée ou pas. Le mal est fait.

— Il faut qu'on s'aide mutuellement, Will, toi
et moi, car on n'a personne d'autre !

— Je ne vois pas comment.

— Moi non plus, mais...

Elle s'interrompit au milieu de sa phrase, et une
lueur s'alluma dans ses yeux. Elle courut chercher
son sac à dos resté sur le trottoir et fouilla à l'intérieur avec frénésie.

— Je sais qui est cet homme ! Et je sais où il vit.
Regarde ! s'exclama-t-elle en brandissant une petite
carte blanche. Il m'a donné ça au musée ! On va
pouvoir aller récupérer l'aléthiomètre !

Will lui prit la carte des mains et lut :

> *Sir Charles Latrom*
> *Limefield House*
> *Old Headington*
> *Oxford*

— Cet homme porte le titre de « sir », c'est un
noble, dit-il. Ça signifie que les gens le croiront
forcément plus que nous. Que voudrais-tu que je
fasse, de toute façon ? Que j'aille voir la police ?

Je suis recherché ! Du moins, si je ne l'étais pas hier, je le suis aujourd'hui ! Même chose pour toi : ils savent qui tu es maintenant, et ils savent que tu me connais ; ça ne marchera pas non plus.

— On pourrait le voler. On pourrait aller chez ce type et voler l'aléthiomètre. Je sais où se trouve Headington, il y a un Headington dans mon Oxford. C'est pas très loin. On pourrait y être en une heure, à peine.

— Tu es idiote.

— Iorek Byrnison, lui, il irait chez ce bonhomme et il lui arracherait la tête. Dommage qu'il ne soit pas là. Il le...

Elle n'acheva pas sa phrase. Will la regardait fixement, et elle frissonna. Elle aurait frissonné de la même manière si l'ours en armure l'avait regardée ainsi, car il y avait dans les yeux de Will, si jeunes soient-ils, quelque chose qui lui rappelait Iorek.

— Je n'ai jamais rien entendu d'aussi stupide de toute ma vie, dit-il. Tu crois qu'on peut tout simplement aller là-bas, s'introduire dans la maison et voler ton machin ? Réfléchis un peu ! Sers-toi de ta cervelle, bon sang ! Ce type doit avoir un tas de systèmes d'alarme et des trucs comme ça, s'il est vraiment riche. Je parie qu'il y a des sirènes qui se déclenchent, des serrures spéciales et des lumières à infrarouge qui s'allument toutes seules...

— Je sais pas de quoi tu parles, dit Lyra. On n'a pas ça dans mon monde. Je pouvais pas le savoir, Will.

— D'accord, alors écoute-moi bien : il a pu cacher l'aléthiomètre n'importe où dans sa maison. Combien de temps faudrait-il à un cambrioleur pour fouiller tous les tiroirs, tous les placards, toutes les autres cachettes possibles ? Les deux types qui sont venus chez moi ont eu des heures pour fouiller partout, et pourtant, ils n'ont pas trouvé ce qu'ils cherchaient. Et je suppose que la maison de ce bonhomme est bien plus grande que la mienne. En outre, il a sûrement un coffre-fort. Conclusion, même si on parvenait à s'introduire chez lui, on n'a aucune chance de retrouver l'aléthiomètre avant l'arrivée de la police.

Elle baissa la tête. Il avait raison.

— Qu'est-ce qu'on va faire, alors ?

Will ne répondit pas. Mais quoi qu'ils fassent, ils le feraient ensemble, car le sort de Will était lié au sien désormais, que cela lui plaise ou non.

Il marcha jusqu'au bord de l'eau, revint vers la terrasse, retourna au bord de l'eau. Tout cela en tapant dans ses mains, à la recherche d'une solution qui ne venait pas, et il secoua la tête d'un air rageur.

— Le mieux... c'est d'y aller, dit-il. Allons rendre visite à ce type. Inutile de demander à ta scientifique de t'aider, surtout si la police est allée l'interroger. Elle les croira plus facilement que nous. Au moins, si on arrive à entrer dans la maison, on pourra repérer l'emplacement des pièces principales. Ce sera déjà un début.

Sur ce, il retourna dans le café, monta au premier étage et cacha les lettres sous l'oreiller du lit où il avait dormi. Ainsi, s'il se faisait prendre, ils ne les auraient pas.

Lyra l'attendait sur la terrasse ; Pantalaimon

était perché sur son épaule, sous l'aspect d'un
moineau. Elle semblait avoir retrouvé le sourire.

— On va le récupérer, dit-elle. Je le sens.

Will ne dit rien. Ils prirent la direction de la
fenêtre.

Il leur fallut une heure et demie pour atteindre
Headington à pied. Lyra ouvrit le chemin, en évitant de passer par le centre-ville, tandis que Will
surveillait les alentours sans rien dire. Pour Lyra,
cette épreuve était bien plus pénible qu'elle ne
l'avait été dans l'Arctique, sur le chemin de Bolvangar car, alors, elle avait les gitans et Iorek
Byrnison à ses côtés. Ici, dans cette ville qui était
la sienne sans l'être véritablement, le danger pouvait prendre une apparence amicale, la perfidie
pouvait vous sourire et répandre un parfum suave ;
et même si ces gens n'avaient pas l'intention de la
tuer ou de la séparer de Pantalaimon, ils lui avaient
volé son unique guide. Sans l'aléthiomètre, elle
n'était qu'une petite fille égarée.

Limefield House était une grande maison couleur de miel, dont la façade était à demi recouverte
de vigne vierge. La demeure se dressait au centre
d'un grand jardin parfaitement entretenu, planté
d'arbustes ; une allée de gravier serpentait jusqu'à
la porte d'entrée. La Rolls-Royce était garée devant
un double garage, sur la gauche. Tout ce que Will
voyait ici évoquait la richesse et le pouvoir, le
genre de supériorité établie et informelle que certains membres des classes supérieures anglaises
tenaient encore pour acquise. Il y avait dans tout
cela quelque chose qui le faisait grincer des dents,
sans qu'il sût pourquoi. Soudain, il se souvint du
jour où, lorsqu'il était encore tout jeune, sa mère

l'avait emmené dans une maison assez semblable
à celle-ci. Ils avaient revêtu l'un et l'autre leurs
plus beaux habits, et sa mère lui avait recom-
mandé de bien se tenir. Ce jour-là, un couple de
gens âgés avait fait pleurer sa mère, et quand ils
avaient quitté cette maison, elle pleurait encore...

Son souffle s'accéléra, il serra les poings de rage.
Lyra avait remarqué cette tension soudaine, mais
elle eut l'intelligence de ne pas l'interroger ; cela ne
la regardait pas. Will prit une profonde inspiration.

— Très bien, tentons notre chance, dit-il.

Il s'engagea dans l'allée, suivi de près par Lyra.
Ils avaient l'impression que des milliers d'yeux les
observaient.

La porte était dotée d'une poignée de sonnette
à l'ancienne, comme celles qui existaient dans le
monde de Lyra, et Will chercha où il devait son-
ner, jusqu'à ce que Lyra vienne à son secours. Ils
tirèrent sur la poignée et la cloche résonna longuement dans les profondeurs de la maison.

L'homme qui vint ouvrir était le domestique qui
conduisait la voiture, mais il ne portait plus sa casquette à visière. Il regarda d'abord Will, puis Lyra,
et son expression se modifia très légèrement.

— Nous venons voir Sir Charles Latrom, annonça
Will.

Il pointait le menton d'un air de défi, comme la
veille, au pied de la tour, face aux enfants qui
lançaient des pierres sur le chat. Le domestique
acquiesça.

— Attendez ici. Je vais prévenir Sir Charles.

Il referma la porte. Elle était en chêne massif,
avec deux épaisses serrures, et des verrous en haut
et en bas. Jamais, songea Will, un cambrioleur

sensé n'essaierait d'entrer par cette porte. Un système d'alarme antieffraction était installé de manière ostensible sur la façade, accompagné d'un gros projecteur à chaque angle. Ils n'auraient eu aucune chance de s'approcher, et encore moins d'entrer, sans se faire repérer.

Un bruit de pas réguliers résonna derrière la porte, et celle-ci s'ouvrit de nouveau. Will leva les yeux vers cet homme qui possédait déjà tellement de choses qu'il en voulait davantage et fut surpris de découvrir sur son visage tant de douceur, de calme et de puissance ; aucune trace de culpabilité ou de honte.

Sentant l'impatience et la colère de Lyra à ses côtés, Will dit rapidement :

— Excusez-moi, mais Lyra croit avoir oublié quelque chose dans votre voiture quand vous l'avez ramenée tout à l'heure.

— Lyra ? Je ne connais aucune Lyra. Quel drôle de nom. En revanche, je connais une enfant prénommée Lizzie. Et toi, qui es-tu, mon garçon ?

Se maudissant pour cette gaffe, Will déclara :

— Je suis son frère, Mark.

— Hmm, je vois. Bonjour, Lizzie… ou Lyra. Entrez donc.

Il s'écarta pour les laisser entrer. Ni Will, ni Lyra ne s'attendaient à cette réaction. Ils pénétrèrent dans la maison d'un pas hésitant. Le vestibule, plongé dans une demi-pénombre, sentait la cire d'abeille et les fleurs. Tout était propre et brillant ; un grand meuble vitré en acajou renfermait de délicates figurines en porcelaine. Will remarqua que le domestique se tenait légèrement en retrait, comme s'il attendait qu'on le siffle.

— Suivez-moi dans mon bureau, dit Sir Charles, et il ouvrit une porte donnant sur le vestibule.

Il se montrait courtois, et même accueillant, malgré tout, quelque chose d'étrange dans ses manières incitait Will à demeurer sur ses gardes. Le bureau était une grande pièce confortable dont les murs disparaissaient sous les rayonnages de livres, les tableaux et les trophées de chasse. Trois ou quatre vitrines abritaient de vieux instruments scientifiques : microscopes en cuivre, télescopes gainés de cuir vert, sextants, boussoles… On comprenait pourquoi il s'intéressait à l'aléthiomètre.

— Asseyez-vous, ordonna Sir Charles en désignant un canapé en cuir. (Il alla s'asseoir dans le fauteuil derrière son bureau.) Eh bien ? reprit-il. Je vous écoute.

— Vous m'avez volé ! s'écria Lyra avec fougue, mais Will la foudroya du regard, et elle se tut.

— Lyra pense qu'elle a oublié quelque chose dans votre voiture, répéta-t-il. Nous sommes venus le chercher.

— Vous faites allusion à ceci ? demanda Sir Charles en sortant du tiroir de son bureau un objet enveloppé de velours noir.

Lyra se leva. Sans lui prêter attention, l'homme déplia l'étoffe, faisant apparaître la splendeur dorée de l'aléthiomètre qui reposait au creux de sa paume.

— Oui ! s'écria Lyra en essayant de s'en emparer.

Mais Sir Charles referma le poing. Le bureau était large, et Lyra avait le bras trop court. Avant qu'elle ne puisse faire quoi que ce soit, il pivota dans son fauteuil et déposa l'aléthiomètre dans une vitrine dont il ferma la porte à clé. Puis il glissa la clé dans la petite poche de son gilet.

— **Cet objet ne t'**appartient pas, Lizzie, dit-il.
Ou Lyra, si tel est ton **vrai n**om.

— C'est à moi ! C'est **mon** aléthiomètre !

Il secoua la tête, d'un air triste, comme s'il était
sincèrement désolé de le contredire, mais le faisait
pour son bien.

— Je pense qu'il existe, pour le moins, de sérieux
doutes à ce sujet, dit-il.

— C'est à elle ! s'exclama Will. Je vous l'assure ! Elle me l'a montré ! Je sais que c'est à elle !

Il faudrait pouvoir le prouver, rétorqua Sir
Charles. Moi, je n'ai aucune preuve à apporter,
car l'objet est en ma possession. On peut donc
supposer qu'il m'appartient. Au même titre que
tous les autres objets de ma collection. J'avoue,
Lyra, que je m'étonne de découvrir que tu es malhonnête...

— Je ne suis pas malhonnête !

— Oh que si. Tu m'as dit que tu t'appelais Lizzie.
Maintenant, j'apprends que c'est faux. Franchement, tu ne peux pas espérer convaincre quiconque
qu'un objet d'une telle valeur t'appartient. Préve-
nons la police.

Il tourna la tête pour appeler le domestique.

— Non, attendez ! dit Will avant que Sir Charles
n'ouvre la bouche.

Au même moment, Lyra se précipita derrière
le bureau, et Pantalaimon, jailli de nulle part, se
retrouva dans ses bras : chat sauvage enragé montrant les dents et crachant devant le vieil homme.
Sir Charles sursauta devant cette apparition inattendue du dæmon, sans toutefois paraître effrayé.

— Vous ne savez même pas ce que vous avez
volé ! lança Lyra. Vous m'avez vue utiliser cet ins-

trument, et vous avez décidé de me le voler. Mais, en fait, vous êtes pire que ma mère, car elle au moins, elle connaît l'importance de l'aléthiomètre, alors que vous, vous allez le ranger dans une vitrine, sans vous en servir ! Je voudrais vous voir mourir ! Si je pouvais, je demanderais à quelqu'un de vous tuer. Vous ne méritez pas de vivre. Vous...

L'émotion l'empêcha de continuer. La seule chose qu'elle pouvait faire, c'était lui cracher au visage, et elle le fit, avec toute sa hargne.

Pendant ce temps, Will, assis sur le canapé, regardait autour de lui ; il mémorisait l'emplacement de chaque chose.

Calmement, Sir Charles prit sa pochette en soie, la déplia d'un petit geste du poignet et s'essuya le visage.

— Es-tu donc incapable de te contrôler ? dit-il. Retourne t'asseoir, sale petite teigne.

Lyra sentit les larmes couler de ses yeux, sous l'effet des tremblements qui agitaient son corps ; elle se jeta sur le canapé. Pantalaimon vint se poster sur ses genoux, sa queue de gros chat sauvage dressée et ses yeux éclatants fixés sur le vieil homme.

Will, lui, resta muet et perplexe. Sir Charles aurait pu les jeter dehors depuis longtemps, se disait-il. À quel jeu jouait-il ?

C'est alors qu'il vit une chose si invraisemblable qu'il crut l'avoir imaginée. De la manche de la veste en lin de Sir Charles, sous le poignet immaculé de la chemise blanche, surgit la petite tête vert émeraude d'un serpent ! Sa langue noire fourchue darda de tous les côtés, sa tête maillée, aux yeux noirs cerclés d'or, se tendit vers Lyra, puis vers

Will, avant de revenir sur la fillette. Mais cette dernière était trop aveuglée par sa colère pour y prêter attention, et Will ne vit le serpent qu'un très bref instant, avant qu'il ne retourne se réfugier dans la manche du vieil homme. Il demeura bouche bée.

Comme si de rien n'était, Sir Charles se dirigea vers la banquette placée sous la fenêtre et s'y assit calmement, en lissant les plis de son pantalon.

— Je crois que vous feriez mieux de m'écouter, au lieu de vous comporter de manière irresponsable, dit-il. D'ailleurs, vous n'avez pas vraiment le choix. L'instrument est en ma possession, et il le restera. J'y tiens beaucoup. Je suis un collectionneur, voyez-vous. Vous pouvez cracher, taper du pied, hurler tant que vous voulez ; le temps que vous réussissiez à persuader quiconque de simplement vous écouter, j'aurai rassemblé un tas de documents prouvant que je l'ai acheté. C'est très facile. Et vous ne le récupérerez jamais.

Will et Lyra ne disaient plus rien. Sir Charles n'avait pas fini. Un immense sentiment de perplexité ralentissait les battements du cœur de Lyra et semblait figer l'atmosphère de la pièce.

— Toutefois, ajouta le vieil homme, il existe un objet que je désire encore plus. Et ne pouvant me le procurer moi-même, je suis prêt à vous proposer un marché. Vous me rapportez l'objet en question, et je vous rends le... comment l'avez-vous appelé ?

— L'aléthiomètre, dit Lyra d'une voix enrouée.

— Aléthiomètre. Comme c'est intéressant. *Aletheia...* la vérité, en grec... Ah, oui, je comprends... tous ces symboles.

— Quelle est cette chose ? demanda Will. Et où est-elle ?

— Dans un endroit où je ne peux pas aller, contrairement à vous. Je sais parfaitement que vous avez découvert un passage quelque part. Et je suppose qu'il n'est pas très loin de Summertown, là où j'ai déposé Lizzie, pardon, Lyra. Derrière cette porte, il existe un autre monde, un monde sans adultes. Je ne me trompe pas, jusqu'à présent ? Voyez-vous, l'homme qui a ouvert cette porte possède un couteau. Et l'homme en question se cache dans cet autre monde ; il tremble de peur. Non sans raison, d'ailleurs. S'il est bien là où je le suppose, il s'est réfugié dans une vieille tour de pierre, dont la porte est encadrée d'anges sculptés. La Torre degli Angeli. C'est là que vous devrez aller. Débrouillez-vous comme vous le pouvez, je veux ce couteau. Rapportez-le-moi, et vous aurez votre aléthiomètre. Certes, je serai triste de voir partir un si bel objet, mais je suis un homme de parole. Vous savez ce qu'il vous reste à faire : apportez-moi le couteau.

8

La Tour des Anges

Will demanda :

— Qui est cet homme qui détient le couteau ?

Ils traversaient Oxford à bord de la Rolls-Royce. Sir Charles était assis à l'avant, à demi tourné sur son siège ; Will et Lyra avaient pris place à l'arrière. Pantalaimon, métamorphosé en souris, se reposait entre les mains de la fillette.

— Quelqu'un qui n'a pas plus de droits sur ce couteau que je n'en ai sur l'aléthiomètre, répondit Sir Charles. Malheureusement, pour nous tous, l'aléthiomètre est en ma possession, et c'est cet homme qui a le couteau.

— Mais comment connaissez-vous l'existence de cet autre monde ?

— Je sais un tas de choses que vous ignorez. Cela vous étonne ? Je suis beaucoup plus âgé que vous, et beaucoup mieux informé. Il existe un certain nombre de portes entre ce monde-ci et l'autre ; ceux qui connaissent leurs emplacements peuvent voyager aisément entre les deux. Il existe à Cittàgazze une Guilde de soi-disant Érudits qui ne s'en privaient pas autrefois.

— Vous n'êtes pas d'ici ! s'exclama Lyra tout à coup. Vous venez de cet autre monde, pas vrai ?

Une fois de plus, elle ressentit cet étrange tiraillement de la mémoire ; elle aurait parié qu'elle avait déjà vu cet homme quelque part.

— Non, c'est faux, répondit-il.

Will intervint :

— Si on veut reprendre le couteau à cet homme, on a besoin d'en savoir plus sur lui. Car je doute qu'il nous le donne de son plein gré, n'est-ce pas ?

— Certainement pas. Ce couteau est l'unique chose capable de repousser les Spectres. Ce ne sera pas une tâche facile, assurément.

— Les Spectres ont peur du couteau ?

— Oui, terriblement.

— Pourquoi attaquent-ils uniquement les adultes ?

— Vous n'avez pas besoin de le savoir pour l'instant. C'est sans importance. Lyra, ajouta Sir Charles en se tournant vers la fillette, parle-moi un peu de ton surprenant compagnon.

Il faisait allusion à Pantalaimon. Dès qu'il prononça ces mots, Will comprit que le serpent caché dans la manche du vieil homme était un dæmon lui aussi, et que Sir Charles venait certainement du même monde que Lyra. Il l'interrogeait sur Pantalaimon afin de donner le change ; il ignorait donc que Will avait entr'aperçu son dæmon.

Lyra plaqua Pantalaimon contre sa poitrine, et celui-ci se métamorphosa aussitôt en gros rat noir. Il enroula sa longue queue autour du poignet de la fillette et foudroya Sir Charles avec ses yeux rouges.

— Vous n'étiez pas censé le voir, normalement, dit-elle. C'est mon dæmon. Vous autres, dans ce monde, vous croyez que vous n'avez pas de dæmon, mais c'est faux. Le vôtre, il aurait l'apparence d'un bousier !

Il rétorqua du tac au tac :

— Si les pharaons de l'ancienne Égypte s'estimaient flattés d'être représentés par un scarabée, je ne vais pas me plaindre. Ainsi, tu viens d'un monde encore différent. Très intéressant. L'aléthiomètre vient du même endroit que toi, ou bien tu l'as volé au cours de tes pérégrinations ?

— On me l'a donné ! répondit Lyra, furieuse. C'est le Maître de Jordan Collège qui me l'a remis. Il m'appartient légalement. Et vous ne sauriez même pas quoi en faire, espèce de vieil imbécile puant. Même en cent ans vous ne seriez pas capable de le déchiffrer. Pour vous, ce n'est qu'un jouet. Mais moi, j'en ai besoin, et Will aussi. On le récupérera, soyez tranquille.

— Nous verrons, dit Sir Charles. C'est ici que je t'ai déposée tout à l'heure. Vous voulez descendre ?

— Non, répondit Will, car il avait repéré une voiture de police un peu plus loin dans la rue. De toute façon, vous ne pouvez pas aller à Ci'gazze à cause des Spectres ; peu importe que vous sachiez où se trouve la fenêtre. Conduisez-nous un peu plus loin dans Ring Road.

— Comme vous voulez, dit Sir Charles, et la voiture redémarra. Quand vous aurez le couteau, si vous réussissez à le récupérer, téléphonez-moi. Allan viendra vous chercher.

Ils gardèrent tous le silence jusqu'à ce que le chauffeur arrête la Rolls-Royce. Alors que Lyra et Will descendaient, Sir Charles s'adressa au garçon :

— Au fait, si vous ne pouvez pas récupérer le couteau, inutile de revenir. Si vous vous présentez chez moi les mains vides, j'appelle la police. Je suis sûr qu'ils s'empresseront d'arriver quand je leur donnerai ton vrai nom. William Parry, c'est bien ça ? Oui, je ne m'étais pas trompé. Il y a une excellente photo de toi dans les journaux d'aujourd'hui.

Sur ce, la Rolls-Royce repartit. Will était estomaqué.

Lyra lui secoua le bras.

— T'en fais pas, lui dit-elle, il ne dira rien à personne. Il l'aurait déjà fait, sinon. Allez, viens.

Dix minutes plus tard, ils se tenaient sur la petite place, au pied de la Tour des Anges. Will avait évoqué l'apparition du dæmon-serpent dans la manche de Sir Charles, et Lyra s'était immobilisée en pleine rue, harcelée une fois de plus par un souvenir vague. Qui était donc ce vieil homme ? Où l'avait-elle déjà vu ? Elle avait beau se creuser la cervelle, l'image demeurait floue.

— J'ai pas voulu en parler devant lui, dit Lyra, mais j'ai vu un homme tout là-haut, hier soir. Il s'est penché pour regarder en bas quand les enfants faisaient du raffut...

— Comment était-il ?

— Jeune, avec des cheveux bouclés. Pas vieux du tout. Mais je l'ai vu juste un instant, tout en haut, entre les créneaux. J'ai pensé que c'était peut-être... Tu te souviens d'Angelica et Paolo ; Paolo

nous a dit qu'ils avaient un frère aîné, qui lui aussi
était venu en ville, mais Angelica a fait taire Paolo,
comme s'il dévoilait un secret. Je me suis dit que
c'était peut-être lui. Peut-être qu'il cherche le
fameux couteau, lui aussi. Et je pense que tous les
enfants le savent. C'est même pour cette raison
qu'ils sont revenus ici.

— Mmm, fit Will en levant les yeux vers le
sommet de la tour. Peut-être...

Lyra repensa à sa discussion du matin avec les
enfants, sur le port. Aucun d'eux n'oserait jamais
entrer dans la tour, avaient-ils dit. Il y avait, paraît-
il, des choses terrifiantes à l'intérieur. De fait, elle
se souvenait encore de son propre sentiment de
malaise lorsque Pantalaimon et elle avaient jeté
un coup d'œil par la porte entrouverte, avant de
quitter la ville. C'était peut-être pour cela qu'ils
avaient besoin d'un adulte pour pénétrer dans la
tour.

Son dæmon voletait autour de sa tête, papillon
de nuit dans la lumière éclatante du soleil, et il lui
murmurait ses inquiétudes à l'oreille.

— Chut, fit-elle. On n'a pas le choix, Pan. C'est
notre faute. On doit réparer notre bêtise, et il n'y
a pas d'autre moyen.

Will longea le mur de la tour, du côté droit. Au
coin, une étroite ruelle pavée s'enfonçait entre la
tour et la maison voisine, et Will s'y aventura, en
levant les yeux, pour examiner les lieux. Lyra lui
emboîta le pas. Il s'arrêta sous une fenêtre située
à la hauteur du deuxième étage, et s'adressa à
Pantalaimon :

— Peux-tu voler jusque là-haut et jeter un coup
d'œil à l'intérieur ?

Le dæmon prit aussitôt l'apparence d'un moineau, et s'envola. Il pouvait tout juste atteindre la fenêtre, et Lyra laissa échapper un petit cri de douleur quand il se posa sur le rebord et resta perché là-haut pendant une ou deux secondes avant de redescendre. La fillette poussa un profond soupir et inspira plusieurs fois à fond, comme quelqu'un qui vient d'échapper à la noyade. Will l'observa d'un air perplexe.

— C'est très pénible quand ton dæmon s'éloigne de toi, expliqua-t-elle. Ça fait mal

— Désolé. Alors, tu as vu quelque chose, Pantalaimon ?

— Des escaliers, répondit le dæmon. Et des pièces sombres. Avec des épées accrochées aux murs, des lances et des boucliers également, comme dans un musée. Et j'ai vu l'homme. Il… il dansait.

— Il dansait ?

— Oui, il avançait d'avant en arrière… en faisant de grands gestes avec sa main. On aurait dit qu'il combattait une chose invisible… Mais je l'ai juste entrevu à travers une porte ouverte. Pas très nettement.

— Peut-être qu'il se bat contre un Spectre ? suggéra Lyra.

En l'absence d'autres hypothèses, ils continuèrent leur inspection. Derrière la tour, un haut mur de pierre, surmonté de morceaux de verre pilé, protégeait un petit jardin où des parterres d'herbes aromatiques, soigneusement entretenus, entouraient une fontaine (Pantalaimon fut envoyé en éclaireur encore une fois). De l'autre côté, une ruelle semblable à la première les ramena à leur point de départ, sur la place. Les fenêtres tout autour de la tour étaient étroites et enfoncées dans la pierre, comme des yeux au milieu d'un visage renfrogné.

— Nous sommes obligés d'entrer par-devant, commenta Will.

Joignant le geste à la parole, il gravit les marches et poussa la porte. Les rayons du soleil s'engouffrèrent à l'intérieur de l'édifice ; les lourdes charnières grincèrent. Il avança d'un ou deux pas et, ne voyant personne, il continua de progresser, Lyra le suivait de près. Le sol était constitué de dalles de pierre usées et lustrées par les siècles, et l'air était frais.

Avisant une volée de marches qui s'enfonçait dans le sol, Will s'y aventura à petits pas, et découvrit une vaste pièce au plafond bas, avec une énorme chaudière éteinte, tout au fond, là où les murs de plâtre étaient noircis par la suie. Mais il n'y avait pas âme qui vive ; il remonta dans le hall, où il retrouva Lyra, les yeux levés vers le sommet de la tour et le doigt sur les lèvres pour lui intimer le silence.

— Je l'entends, chuchota-t-elle. Il parle tout seul, on dirait.

Will tendit l'oreille, et il l'entendit lui aussi : une sorte de fredonnement, presque un murmure, interrompu parfois par un éclat de rire rauque ou un petit cri de colère. On aurait dit la voix d'un fou.

Will respira un grand coup et entreprit de gravir l'escalier. Celui-ci était fait d'énormes et larges planches de chêne noirci ; les marches étaient aussi usées que les dalles de pierre du hall, mais bien trop épaisses pour grincer sous les pas. La lumière diminuait à mesure qu'ils montaient, car elle n'entrait que par les étroites fenêtres, semblables à des meurtrières, qui s'ouvraient dans les murs à chaque palier. Will et Lyra montaient un étage, s'arrêtaient pour tendre l'oreille, puis continuaient à monter. Les murmures de l'homme s'accompagnaient désormais de bruits de pas rythmés et discontinus. Ils provenaient d'une pièce située au bout du palier, dont la porte était entrouverte.

Will s'en approcha sur la pointe des pieds et l'ouvrit de quelques centimètres supplémentaires pour regarder de l'autre côté.

C'était une grande pièce au plafond recouvert d'un entrelacs d'épaisses toiles d'araignée. Sur les murs s'étendaient des rayonnages remplis d'ouvrages en piteux état, déformés et rongés par l'humidité ; les grosses reliures de cuir s'écaillaient comme du plâtre. Plusieurs livres ouverts gisaient par terre ou sur les tables poussiéreuses ; d'autres avaient été rangés pêle-mêle sur les étagères.

Au centre de cette pièce, un jeune homme... dansait. Pantalaimon avait raison : c'était exactement l'impression qu'il donnait. Tournant le dos à la porte, il glissait d'un côté, puis de l'autre et, pendant tout ce temps, sa main droite s'agitait devant lui, comme s'il se frayait un chemin à travers des obstacles invisibles. Dans cette main, il tenait un couteau. Un couteau parfaitement ordinaire de prime abord, une simple lame terne d'une quinzaine de centimètres, avec laquelle il transperçait, découpait, tailladait, lacérait... le vide.

Soudain, il sembla sur le point de se retourner, et Will recula derrière la porte. Le doigt sur les lèvres, il fit signe à Lyra de le rejoindre, et il l'entraîna vers l'escalier pour monter à l'étage supérieur.

— Alors, que fait-il? murmura-t-elle.

Il lui décrivit de son mieux le comportement du jeune homme.

— Il a perdu la tête, commenta Lyra. C'est un jeune homme maigre, avec des cheveux bouclés?

— Oui. Des cheveux roux, comme ceux d'Angelica. Il est fou, c'est certain. Tout cela me paraît encore plus invraisemblable que les explications de Sir Charles. Allons jeter un coup d'œil là-haut, avant d'aborder ce type.

Sans protester ni poser de question, Lyra le laissa gravir en premier un escalier de plus, pour arriver au dernier étage. Il faisait beaucoup plus clair ici, car une volée de marches peintes en blanc menait au toit ou, plus exactement, à une structure de bois et de verre qui ressemblait à une serre. Même au pied des marches, on sentait toute la chaleur qu'elle absorbait.

C'est alors qu'ils entendirent un grognement venu de là-haut.

Ils sursautèrent. Ils étaient convaincus qu'il n'y avait qu'une seule personne dans la tour. Pantalaimon fut tellement surpris, lui aussi, qu'il se métamorphosa aussitôt en oiseau, et vint se poser sur la poitrine de la fillette. Will et Lyra découvrirent ainsi qu'ils s'étaient pris par la main, instinctivement. Un peu gênés, ils se lâchèrent lentement.

— Il vaudrait mieux aller voir, murmura Will. J'y vais.

— Non, moi d'abord, dit Lyra à voix basse. C'est moi la fautive.

— Justement, tu m'obéis.

Elle fit la grimace, mais le laissa passer devant.

Au sommet des marches, Will déboucha dans le soleil. La lumière à l'intérieur de la structure de verre était aveuglante, et il y faisait aussi chaud que dans une serre, si bien que Will avait autant de mal à voir qu'à respirer. Avisant une poignée de porte, il l'abaissa et se précipita au-dehors, en levant la main pour protéger ses yeux des rayons du soleil.

Il se retrouva sur un toit en plomb, entouré par le parapet crénelé. La structure de verre se dressait au centre, et le toit s'inclinait légèrement, de tous les côtés, vers une gouttière située à l'intérieur du parapet, percée de trous carrés creusés dans la pierre, destinés à évacuer l'eau de pluie.

Un vieil homme aux cheveux blancs était allongé sur le revêtement en plomb, en plein soleil. Son visage était couvert d'ecchymoses et de traces de coups. En s'approchant, ils découvrirent qu'il avait les mains attachées dans le dos.

Les ayant entendus arriver, il grogna de nouveau, et essaya désespérément de se retourner pour se protéger.

— Calmez-vous, lui dit Will, on ne vous fera pas de mal. C'est le type au couteau qui vous a mis dans cet état ?

— Mmm, grommela le vieil homme.

— Je vais vous détacher.

La corde avait été nouée à la hâte, de manière maladroite, et elle ne put résister aux mains habiles de Will. Avec Lyra, il aida le vieil homme à se lever et ils le conduisirent à l'ombre du parapet.

— Qui êtes-vous ? interrogea Will. On s'atten-

dait à trouver une personne dans cette tour, pas
deux.

— Je m'appelle Giacomo Paradisi, marmonna
le vieil homme entre ses dents cassées. C'est moi
le porteur, et personne d'autre ! Ce jeune homme
m'a volé le couteau. Il y a toujours de jeunes fous
qui prennent des risques insensés à cause de ce
couteau. Mais celui-ci est prêt à tout. Il va me
tuer...

— Mais non, dit Lyra. Qui est le porteur ?
Qu'est-ce que ça signifie ?

— Je veille sur le poignard subtil pour le compte
de la Guilde. Où est le jeune homme ?

— Il est juste en dessous, répondit Will. On l'a
aperçu en montant. Il ne nous a pas vus. Il faisait
de grands gestes dans le vide...

— Il essaye de percer une ouverture. Mais il
n'y arrivera pas. Quand il...

— Attention ! s'écria Lyra.

Will se retourna. Le jeune homme grimpait à
l'intérieur de la serre. Il ne les avait pas encore
vus, mais il n'y avait aucun endroit pour se cacher
sur ce toit, et au moment où ils se redressaient, il
perçut leurs mouvements du coin de l'œil et fit
volte-face.

Aussitôt, Pantalaimon se transforma en ours,
dressé sur ses pattes arrière. Seule Lyra savait
qu'il était incapable de toucher cet homme, et
celui-ci l'observa d'un air hébété pendant une
seconde, mais Will constata qu'il n'avait pas véritablement conscience du danger. Aucun doute, cet
homme était fou. Ses cheveux roux bouclés étaient
tout emmêlés, son menton constellé de bave, ses
pupilles dilatées.

Et surtout, il avait le couteau, et eux n'étaient pas armés.

Will remonta la pente du toit, pour s'éloigner du vieil homme, en position fléchie, prêt à bondir, que ce soit pour se battre ou esquiver une attaque.

Soudain, le jeune homme s'élança et tenta de le lacérer à coups de couteau, en frappant de droite à gauche, de gauche à droite... Il se rapprochait peu à peu, obligeant Will à reculer, jusqu'à ce qu'il se retrouve acculé dans un angle de la tour.

Pendant ce temps, Lyra rampait par-derrière vers le jeune homme, avec le bout de corde. Will bondit à son tour, comme il l'avait fait chez lui face à l'intrus, avec le même résultat : son agresseur, surpris, recula en titubant, trébucha sur Lyra et tomba lourdement sur le toit. Tout cela s'enchaînait trop rapidement pour que Will puisse avoir peur. En revanche, il eut le temps de voir le couteau échapper au jeune homme et se planter dans le revêtement en plomb, quelques dizaines de centimètres plus loin, aussi aisément que dans du beurre : la lame s'enfonça jusqu'au manche et s'immobilisa.

Le jeune homme se retourna immédiatement pour le récupérer, mais Will le plaqua au sol et le saisit par les cheveux. Il avait appris à se battre à l'école ; les occasions n'avaient jamais manqué à partir du jour où les autres enfants avaient découvert que sa mère n'avait pas toute sa tête. Il avait appris également que le but d'une bagarre de cour d'école n'est pas de faire admirer son style, mais d'obliger votre adversaire à s'avouer vaincu, autrement dit de lui faire plus de mal qu'il ne vous en fait. Il fallait se montrer impitoyable et Will avait découvert que, au pied du mur, peu de personnes en étaient réellement capables. Lui si.

Malgré tout, c'était la première fois qu'il se battait contre un adversaire presque adulte, armé d'un couteau qui plus est, et il devait à tout prix l'empêcher de le récupérer, maintenant qu'il l'avait laissé tomber.

Il enfouit ses doigts dans l'épaisse tignasse humide du jeune homme et tira vers lui de toutes ses forces. L'autre poussa un grognement et se jeta sur le côté pour tenter de se libérer, mais Will tenait bon, et son adversaire poussa un cri de douleur mêlé de rage. Il parvint néanmoins à se mettre en position accroupie et à se rejeter en arrière, écrasant ainsi Will sous son poids. Cette fois, Will ne put résister au choc. Il eut le souffle coupé et lâcha prise. Le jeune fou se libéra.

Will tomba à genoux dans la gouttière, incapable de respirer, tout en sachant qu'il ne pouvait pas rester là. Mais en essayant de se relever, il enfonça le pied dans un des trous d'évacuation de la gouttière. Pendant un bref instant de terreur, il crut qu'il n'y avait plus que le vide derrière lui. Ses doigts agrippèrent désespérément le plomb brûlant pour retenir sa chute... qui ne se produisit pas. Seule sa jambe gauche pendait dans le vide.

Il ramena son pied à l'intérieur du parapet et parvint à se redresser. Pendant ce temps, son adversaire s'était jeté sur le couteau, mais il n'eut pas le temps de l'extraire du plomb, car Lyra avait bondi, griffant et mordant comme un chat sauvage. Toutefois, elle ne parvint pas à le saisir par les cheveux et le jeune dément la repoussa brutalement. Quand il se releva, il brandissait le couteau.

Lyra était tombée sur le côté ; Pantalaimon se tenait près d'elle, transformé en véritable chat sauvage, le poil dressé, les dents sorties. Will eut le temps d'observer réellement le jeune homme roux. Aucun doute, c'était bien le frère d'Angelica. Une terrible violence l'habitait ; toutes ses pensées haineuses étaient fixées sur Will, et il tenait le couteau.

Heureusement, Will n'était pas totalement désarmé.

Il avait récupéré le bout de corde que Lyra avait laissé tomber, et il l'enroula autour de sa main gauche pour parer les attaques du couteau. Il se déplaça de côté, entre le soleil et son adversaire, de manière que celui-ci soit obligé de plisser les yeux. Mieux encore : la structure de verre projetait des reflets éblouissants et Will constata que l'autre en était presque aveuglé.

Il bondit sur la gauche du jeune dément, à l'écart du couteau, en gardant sa main gauche levée devant lui, et il lui décocha un violent coup de pied dans le genou. Il avait pris soin de viser, et son pied frappa en plein dans la rotule. Le jeune homme s'effondra avec un grognement de douleur avant de reculer en boitant.

Alors, Will se jeta sur lui, le rouant de coups de poings, des deux mains, et de coups de pieds, frappant partout où il le pouvait, obligeant l'autre à reculer vers la maison de verre. S'il parvenait à le repousser jusqu'en haut de l'escalier…

Cette fois, le jeune homme tomba plus lourdement, et sa main droite, qui tenait le couteau, heurta le revêtement en plomb, aux pieds de Will. Celui-ci l'écrasa immédiatement, avec force, broyant les doigts de son agresseur entre le manche et le

sol, puis, après avoir resserré la corde enroulée
autour de sa main, il frappa du pied une deuxième
fois. Le jeune homme hurla et lâcha enfin le couteau. Will shoota dedans aussitôt ; fort heureusement, son pied heurta le manche, et non la lame, et
le couteau glissa sur le toit en tournoyant, pour
finir sa course dans la gouttière, juste à côté d'un
trou d'évacuation. La corde s'était détendue de
nouveau autour de la main gauche de Will, et une
surprenante quantité de sang, jaillie d'on ne sait
où, arrosa le toit et ses chaussures. Déjà, le jeune
homme se relevait...

— Attention ! hurla Lyra, mais Will était sur
ses gardes.

Profitant de ce que son adversaire était en position de déséquilibre, il se jeta sur lui et le percuta
de tout son poids. Le jeune homme bascula à la
renverse et tomba sur la paroi de verre de la serre,
qui vola en éclats. La fine ossature en bois ne put
résister, elle non plus. Étendu au milieu des débris,
sur les marches, il voulut agripper l'encadrement
de la porte, mais celui-ci n'avait plus rien pour le
soutenir, et il s'effondra à son tour. Le jeune
homme chuta jusqu'au sol. accompagné par une
pluie de verre.

Immédiatement, Will se précipita vers la gouttière pour récupérer le couteau ; le combat était
terminé. Couvert de coupures et meurtri, le jeune
homme gravit les marches en boitant, mais il découvrit Will debout devant lui, le couteau à la main.
Une lueur de folie furieuse enflamma son regard,
puis il pivota sur lui-même et s'enfuit.

Will s'assit lourdement par terre, en poussant
un long soupir.

C'est alors seulement qu'il prit conscience de la gravité de la situation. Il lâcha le couteau et plaqua sa main gauche contre sa poitrine. La corde était imbibée de sang, et quand il la déroula...

— Tes doigts ! s'exclama Lyra, horrifiée. Oh, Will...

Son auriculaire et son annulaire tombèrent en même temps que la corde...

Sa tête se mit à tourner. Le sang jaillissait à gros bouillons des deux moignons ; son jean et ses chaussures étaient déjà trempés. Il dut s'allonger et fermer les yeux. Pourtant, la douleur n'était pas insupportable, constata une partie de son esprit avec un étonnement diffus : ce n'était pas la douleur fulgurante et vive d'une coupure superficielle, plutôt une douleur sourde, lancinante et profonde.

Jamais il ne s'était senti si faible. Sans doute s'était-il assoupi quelques instants, d'ailleurs. Penchée au-dessus de lui, Lyra s'occupait de son bras. Il se redressa pour regarder les dégâts, et sentit son estomac se soulever. Le vieil homme était à ses côtés lui aussi, mais Will ne voyait pas ce qu'il faisait, et pendant ce temps, Lyra lui parlait.

— Ah, si seulement on avait de la mousse, disait-elle, comme celle qu'utilisent les ours, ce serait plus facile. Je pourrais... Écoute, je vais nouer ce morceau de corde autour de ton bras, pour arrêter le saignement. Je ne peux pas la nouer autour de tes doigts, vu que tu n'en as plus... Bouge pas...

Will la laissa faire, en cherchant ses doigts autour de lui. Ils étaient là-bas, recroquevillés comme deux points d'interrogation sur le toit en plomb. Il éclata de rire.

— Hé, arrête de bouger ! dit-elle. Lève-toi, main-

tenant. M. Paradisi a un remède, paraît-il, une
pommade ou je ne sais quoi. Mais il faut que tu
descendes. Le jeune type a fichu le camp, on l'a vu
sortir de la tour en courant. Il ne reviendra plus.
Tu l'as vaincu. Viens, Will...

Avec douceur et ténacité, elle l'obligea à descendre l'escalier, après quoi, ils se frayèrent un
chemin au milieu des débris de verre et des éclats
de bois, pour pénétrer dans une petite pièce fraîche
qui donnait sur le palier du dernier étage. Les
murs disparaissaient derrière des étagères chargées
de bocaux, de bouteilles, de pots, de mortiers et de
pilons, de balances de pharmaciens. Sous la fenêtre
se trouvait un évier en pierre, au-dessus duquel le
vieil homme transvasait, d'une main tremblante,
le contenu d'une grande bouteille dans une plus
petite.

— Assieds-toi et bois ça, mon garçon, dit-il en
versant un liquide sombre dans un petit verre.

Will s'assit et prit le verre qu'on lui tendait. La
première gorgée lui enflamma le fond de la gorge.
Il suffoqua, et Lyra lui prit le verre des mains pour
l'empêcher de tomber.

— Bois tout, ordonna le vieil homme.

— C'est quoi, ce truc ?

— De l'eau-de-vie de prune. Bois.

Will avala une autre gorgée, prudemment. Sa
main commençait à le faire souffrir sérieusement.

— Vous pouvez le guérir ? demanda Lyra d'une
voix désespérée.

— Oh, oui, nous avons des remèdes pour tout.
Tiens, petite, ouvre ce tiroir de la table et sors-moi
une bande.

Will aperçut le couteau posé sur la table au

centre de la pièce mais, avant qu'il ne puisse s'en saisir, le vieil homme avançait vers lui en boitant, avec une bassine d'eau chaude.

— Bois encore, ordonna-t-il.

Will serra le verre entre ses doigts et ferma les yeux pendant que le vieil homme s'occupait de sa main estropiée. La sensation de brûlure était horrible, puis il sentit ensuite le contact rugueux d'une serviette sur son poignet, et quelque chose qui épongeait la plaie, plus délicatement. Il éprouva une sensation de fraîcheur pendant un court instant, puis la douleur réapparut.

— C'est un onguent rare, expliqua le vieil homme. Très difficile à obtenir. Excellent pour les blessures.

En vérité, il s'agissait d'un vieux tube poussiéreux de crème antiseptique ordinaire, comme Will aurait pu en acheter dans n'importe quelle pharmacie de son monde. Pourtant, le vieil homme le manipulait comme s'il renfermait de la myrrhe. Will détourna le regard.

Pendant que le vieil homme nettoyait la plaie, Lyra sentit Pantalaimon qui l'appelait, en silence, pour qu'elle vienne regarder par la fenêtre. Transformé en crécerelle, il était perché sur le montant de la fenêtre ouverte, et il avait repéré un mouvement tout en bas. Lyra le rejoignit et découvrit alors une silhouette familière : la jeune Angelica courait vers son frère aîné, Tullio, adossé contre le mur de l'autre côté de l'étroite ruelle. Il agitait les bras dans le vide comme pour chasser un vol de chauves-souris de devant son visage. Puis il se retourna et promena ses mains sur les pierres du mur, en les observant attentivement, une par une ;

il les comptait, il caressait les arêtes saillantes, le cou rentré dans les épaules comme pour se protéger d'une chose dans son dos, en secouant la tête.

Angelica semblait affolée, tout comme son petit frère, Paolo, qui courait derrière elle, et lorsqu'ils rejoignirent leur grand frère, ils le saisirent par les bras et tentèrent de l'arracher à la cause de son tourment.

Avec un haut-le-cœur, Lyra comprit alors ce qui se passait : le jeune homme était attaqué par des Spectres ! Angelica le savait, elle aussi, bien qu'elle ne puisse pas voir les créatures, évidemment, et le jeune Paolo pleurait en frappant dans le vide avec ses petits poings pour essayer de les chasser. Mais tout cela était vain : Tullio était perdu. Ses mouvements se firent de plus en plus léthargiques, et finalement, il se figea. Accrochée à lui, Angelica lui secouait le bras, avec l'énergie du désespoir. Paolo répétait le nom de son frère, tout en pleurant, comme si cela pouvait le faire revenir.

Soudain, Angelica sembla sentir le regard de Lyra, et elle leva la tête. L'espace d'un instant, leurs regards. se croisèrent. Lyra en eut le souffle coupé, comme si la jeune fille lui avait décoché un coup de poing, tant la haine était intense dans ses yeux. Voyant que sa sœur regardait en l'air, Paolo l'imita, et de sa petite voix fluette, il s'écria :

— On vous tuera ! C'est vous qui avez fait ça à Tullio ! On vous tuera !

Les deux enfants firent demi-tour et s'enfuirent, abandonnant leur frère pétrifié. Lyra, effrayée et rongée par la culpabilité, recula à l'intérieur de la pièce et ferma la fenêtre. Les autres n'avaient pas entendu. Giacomo continuait à appliquer de la pommade sur les plaies de Will, et Lyra s'efforça de chasser de son esprit la scène à laquelle elle venait d'assister.

— Il faut lui attacher quelque chose autour du bras pour arrêter l'hémorragie, déclara-t-elle. Le sang va continuer de couler, sinon.

— Oui, oui, je sais, dit le vieil homme.

Will garda la tête tournée sur le côté pendant qu'ils lui confectionnaient un pansement, et il but l'eau-de-vie de prune gorgée par gorgée. Au bout d'un moment, il se sentit apaisé et étrangement absent, même si sa main continuait à le faire souffrir.

— Et voilà, déclara Giacomo Paradisi, c'est fait. Tu peux prendre le couteau maintenant, il est à toi.

— Je n'en veux pas, répondit Will. Je ne veux pas être mêlé à tout ça.

— Tu n'as pas le choix, dit le vieil homme. Tu es le porteur, désormais.

— N'avez-vous pas dit que c'était vous ? demanda Lyra.

Giacomo Paradisi leva sa main gauche. Son auriculaire et son annulaire avaient été tranchés, exactement comme ceux de Will !

— Eh oui, dit-il, moi aussi. J'ai combattu et j'ai perdu les mêmes doigts : le symbole du porteur. Évidemment, je l'ignorais sur le moment,

Lyra s'assit, les yeux écarquillés, Will, lui, s'accrocha à la table poussiéreuse avec sa main valide. Il avait du mal à trouver ses mots.

— Mais je… nous sommes venus ici parce que… un homme a volé quelque chose à Lyra ; il

voulait s'approprier ce couteau, et si on le lui rap-
portait, il nous...

— Je connais cet homme. C'est un menteur, un
tricheur. Il ne vous donnera rien, croyez-moi. Tout
ce qu'il veut, c'est le couteau, et une fois qu'il
l'aura, il vous trahira. Il ne sera jamais le porteur.
Le couteau est à toi.

À contrecœur, Will se tourna vers le couteau et
le prit. Il s'agissait d'un poignard d'aspect banal,
avec une lame à double tranchant en métal terne,
d'une quinzaine de centimètres, une petite garde
du même métal et un manche en bois de rose. En
l'examinant de plus près, Will constata que le bois
était incrusté de filaments d'or formant un dessin qu'il ne parvenait pas à identifier, jusqu'à ce
qu'il retourne le poignard : il découvrit alors un
ange aux ailes repliées. De l'autre côté figurait un
autre ange, aux ailes déployées celui-ci. Les filaments étaient légèrement en relief, pour offrir une
meilleure prise. Le couteau était à la fois très
léger et très résistant, merveilleusement équilibré.
En vérité, la lame n'était pas si terne : un tourbillon de nuages teintés semblait affleurer à la
surface du métal : violets, bleus, ocre, gris et d'un
vert profond comme la voûte des arbres touffus,
semblables aux ombres qui se rassemblent à l'entrée d'une tombe lorsque la nuit descend sur un
cimetière désert.

Mais les deux tranchants n'étaient pas identiques.
L'un des deux possédait l'éclat étincelant du métal,
avant de se fondre dans les reflets irisés de la lame,
mais l'on devinait un acier d'une incomparable
dureté. Will avait mal aux yeux à force de le regarder, tant il paraissait aiguisé. L'autre tranchant,

tout aussi affilé, était de couleur argentée, et Lyra, qui examinait le poignard par-dessus l'épaule de Will, s'exclama :

— J'ai déjà vu une lame de cette couleur ! Celle qui a failli me séparer de Pantalaimon... c'est la même !

— Ce côté-ci, déclara Giacomo Paradisi, en frôlant la lame avec le manche d'une cuillère, peut couper n'importe quel matériau existant. Regarde.

Il appuya la cuillère en argent contre la lame. Will, qui tenait le couteau, sentit une infime résistance, juste avant que l'extrémité de la cuillère ne tombe sur la table, tranchée net.

— L'autre côté de la lame, reprit le vieil homme, possède des pouvoirs plus subtils. Grâce à lui, tu peux même découper une ouverture dans ce monde. Essaye. Fais ce que je te dis : tu es le porteur désormais. Tu dois apprendre. Il n'y a que moi qui puisse t'enseigner ces choses, et il ne me reste plus beaucoup de temps. Lève-toi et écoute-moi.

Will repoussa sa chaise et se leva, tenant toujours le poignard. Il avait des vertiges, des nausées et des velléités d'insoumission.

— Je ne veux pas...

Giacomo Paradisi lui coupa la parole.

— Tais-toi ! « Je ne veux pas... Je ne veux pas... » Tu n'as pas le choix, je te l'ai dit ! Écoute-moi bien, car le temps presse. Tiens le couteau devant toi... Oui, comme ça. Ce n'est pas seulement le couteau qui coupe, sers-toi aussi de ton esprit. Tu dois te concentrer. Fais ce que je te dis : dirige ton esprit sur l'extrémité de la lame. Concentre-toi bien, mon garçon. Concentre tes pensées. Oublie ta blessure. Elle guérira. Pense

uniquement à l'extrémité de la lame. C'est là que
tu dois être. Sens les choses avec elle, en douceur.
Tu cherches une ouverture, si minuscule que tu ne
peux pas la voir à l'œil nu, mais la pointe du couteau saura la trouver, si tu l'accompagnes avec ton
esprit. Sonde le vide, tâtonne dans l'air, jusqu'à
ce que tu sentes cette infime déchirure dans le
monde…

Will essaya de faire ce qu'on lui demandait.
Mais sa tête bourdonnait et sa main gauche l'élançait affreusement ; il revit ses deux doigts coupés,
gisant sur le toit, et soudain, il repensa à sa mère,
sa pauvre mère… Que lui dirait-elle à cet instant ?
Comment s'y prendrait-elle pour le réconforter ? Et lui, comment pourrait-il la réconforter ? Il
reposa le couteau sur la table et s'accroupit jusqu'à
terre, en plaquant contre lui sa main estropiée, et il
se mit à pleurer. Tout cela était trop lourd à supporter. Les sanglots lui lacérèrent la gorge et la
poitrine, ses larmes l'aveuglèrent. Comment ne
pas pleurer en pensant à elle, cette pauvre mère
adorée, terrorisée et malheureuse ? Il l'avait abandonnée, il l'avait abandonnée…

Will était effondré. Mais soudain, il éprouva
une sensation étrange, inconnue, et en essuyant
ses larmes avec le dos de sa main droite, il découvrit la tête de Pantalaimon posée sur ses genoux !
Transformé en chien-loup, le dæmon levait vers
lui ses yeux remplis de tristesse, et délicatement, il
se mit à lécher la main blessée de Will, plusieurs
fois, avant de reposer sa tête sur ses genoux.

Will ignorait tout du tabou en vigueur dans le
monde de Lyra qui interdisait à une personne de
toucher le dæmon de quelqu'un d'autre, et s'il

n'avait pas caressé Pantalaimon jusqu'à présent, c'était uniquement par respect. Lyra, elle, était estomaquée. Son dæmon avait agi de son propre chef, et après avoir réconforté Will et repris son apparence de minuscule papillon de nuit, voilà qu'il revenait se poser sur son épaule. Le vieil homme avait assisté à cette scène avec intérêt, mais sans marque d'incrédulité. Il avait déjà vu des dæmons, apparemment ; lui aussi avait voyagé dans d'autres mondes.

Le geste de Pantalaimon n'avait pas été inutile. Will déglutit avec peine et se releva en séchant ses larmes.

— Très bien, dit-il. Je vais essayer de nouveau. Expliquez-moi ce que je dois faire.

Cette fois, il obligea son esprit à faire ce que lui disait Giacomo Paradisi, les dents serrées, tremblant sous l'effort, ruisselant de sueur. Lyra brûlait d'envie d'intervenir, car elle connaissait ce processus. Comme le Dr Malone et ce poète nommé Keats. Et tous savaient bien qu'on ne pouvait pas y arriver par la force. Mais elle s'obligea à tenir sa langue et joignit ses mains.

— Stop ! s'écria le vieil homme. Détends-toi. Ne force pas. Il s'agit d'un poignard magique, pas d'une grossière épée. Tu le serres trop fort, Desserre un peu tes doigts. Laisse ton esprit glisser dans tout ton bras, jusque dans le poignet, dans le manche ensuite, et le long de la lame, sans te presser, en douceur. Détends-toi. Laisse-le aller jusqu'au bout de la lame, là où le fil est le plus tranchant. Tu dois devenir le bout du couteau. Vas-y... Va tout au bout, sens-le, et reviens.

Will essaya une nouvelle fois. Lyra voyait tout

son corps vibrer sous la tension, ses mâchoires se crisper, et au bout d'un moment, une sorte de force supérieure s'empara de lui, apaisante et éclairante. Cette force n'était, en vérité, que la volonté de Will, ou celle de son dæmon peut-être. Comme il devait se sentir seul sans dæmon ! songea Lyra. Quelle tristesse… Pas étonnant qu'il ait fondu en larmes, et Pantalaimon avait eu raison de réagir de cette façon, même si elle avait éprouvé une curieuse sensation à ce moment-là. Elle tendit la main vers son dæmon adoré, et celui-ci, sous sa forme d'hermine, descendit sur ses genoux.

Ensemble, ils constatèrent que le corps de Will avait cessé de trembler. Certes, il paraissait toujours aussi crispé, mais de manière différente ; le poignard avait changé, lui aussi. Peut-être était-ce dû aux nuages de couleurs sur la lame, ou bien à la façon toute naturelle dont il reposait dans la main de Will. Les petits mouvements qu'il effectuait avec le bout de la lame n'étaient plus le fait du hasard, de toute évidence. Il sonda l'air avec la lame, d'un côté tout d'abord, puis il fit pivoter le couteau dans sa main pour tester l'autre côté, mais toujours avec le tranchant argenté, et soudain, il lui sembla déceler un minuscule accroc dans l'étoffe de l'atmosphère.

— C'est quoi ? C'est ça ? demanda-t-il d'une voix enrouée par l'émotion.

— Oui. Ne force pas. Reviens maintenant. Reviens à toi.

Lyra imagina qu'elle voyait l'âme de Will remonter le long de la lame, jusqu'à sa main, puis dans son bras, jusqu'à son cœur. Il se redressa et laissa retomber sa main, l'air hébété.

— J'ai senti quelque chose au bout, dit-il à Giacomo Paradisi. Au début, le couteau glissait dans le vide, et tout à coup, j'ai senti comme un...

— Parfait. Tu vas recommencer. Cette fois, quand tu sentiras l'ouverture, enfonce le couteau et fais une entaille. N'hésite pas. Mais ne sois pas surpris, surtout ; ne lâche pas le couteau.

Will dut s'accroupir et inspirer à fond deux ou trois fois en coinçant sa main mutilée sous son bras droit avant de continuer. Mais il était déterminé, maintenant ; il se redressa, tenant le couteau devant lui.

La seconde tentative fut plus aisée, Ayant senti une première fois l'étrange petit accroc dans le vide, il savait ce qu'il cherchait, et il lui fallut moins d'une minute pour le retrouver. C'était comme chercher délicatement l'espace entre deux points de suture avec la pointe d'un scalpel. Il le sonda avec la lame, la retira, l'enfonça encore une fois pour être sûr, et il obéit aux ordres du vieil homme : il tailla en oblique avec le bord argenté.

Heureusement que Giacomo Paradisi lui avait dit de ne pas se laisser surprendre. Will tint fermement le couteau et le reposa sur la table avant de donner libre cours à sa stupéfaction. Lyra s'était déjà levée, hébétée car, devant eux, au milieu de cette petite pièce poussiéreuse, s'ouvrait désormais une fenêtre semblable à celle qui se trouvait sous les marronniers : un trou dans le vide, par lequel on apercevait un autre monde !

Et parce qu'ils étaient haut dans la tour, ils surplombaient le nord d'Oxford. Ils se trouvaient à l'aplomb d'un cimetière, plus précisément, tournés vers la ville. On distinguait la rangée de mar-

ronniers un peu plus loin; des maisons aussi, des
routes et, à l'horizon, les tours et les clochers de la
ville.

S'ils n'avaient jamais vu de fenêtre semblable,
ils auraient cru à une quelconque illusion d'optique. Mais ce n'était pas une illusion : l'air pénétrait par cette ouverture, ils sentaient les effluves
des gaz d'échappement; or les voitures n'existaient pas dans le monde de Cittàgazze. Pantalaimon se changea en moineau pour franchir l'orifice
et virevolter avec délice dans les airs; il goba un
insecte, avant de franchir la fenêtre en sens inverse
pour revenir se poser sur l'épaule de Lyra.

Giacomo Paradisi regardait tout cela avec un
étrange petit sourire empreint de tristesse.

— Voilà comment on ouvre un passage, dit-il.
Maintenant, tu dois apprendre à le refermer.

Lyra recula pour laisser de la place à Will, et le
vieil homme vint se placer à côté de lui.

— Pour ce faire, tu dois te servir de tes doigts,
dit-il. Une main suffit. Pour commencer, palpe
d'abord les contours du trou, comme tu l'as fait
avec le couteau. Pour les sentir, tu dois projeter ton
âme dans l'extrémité de tes doigts. Caresse délicatement l'air, jusqu'à ce que tu trouves les bords,
et ensuite, tu les pinces l'un contre l'autre. C'est
aussi simple que ça. Essaye.

Mais Will tremblait. Il ne parvenait pas à retrouver ce fragile équilibre de la pensée qui était nécessaire, et il sentait monter la frustration. Lyra
comprit ce qui se passait.

Elle s'approcha et lui prit le bras droit.

— Assieds-toi, Will, je vais te montrer comment
faire. Repose-toi une minute, car ta main te fait

mal et la douleur te déconcentre. Ça va passer au bout d'un moment.

Le vieil homme leva les mains au ciel, comme pour protester, mais finalement, il se ravisa, haussa les épaules et se rassit sans rien dire.

Will s'assit lui aussi, pour regarder Lyra.

— Qu'est-ce que je ne fais pas bien ? demanda-t-il.

Il était maculé de sang et tremblant ; ses yeux étaient exorbités. Aucun doute, il fonctionnait sur les nerfs : il serrait les mâchoires, tapait du pied, le souffle haletant.

— C'est à cause de ta blessure, expliqua-t-elle. Ce n'est pas ta faute. Tu fais exactement ce qu'il faut, mais ta main t'empêche de te concentrer. Je ne connais pas de moyen d'éviter ce problème, mais peut-être que si tu n'essayes pas d'oublier la douleur justement...

— Comment ça ?

— Tu essayes de faire deux choses en même temps avec ton esprit. Tu essayes d'ignorer la douleur et de refermer la fenêtre. Je me souviens du jour où j'ai essayé de déchiffrer l'aléthiomètre en ayant peur. Détends-toi, et dis-toi : « Oui, ça fait mal, je sais. » N'essaye pas d'ignorer la douleur.

Will ferma les yeux quelques secondes. Sa respiration ralentit.

— D'accord, dit-il. Je vais essayer.

De fait, ce fut beaucoup plus facile cette fois. Il palpa l'air invisible à la recherche des contours du trou et les trouva en moins d'une minute. Il suivit alors les instructions de Giacomo Paradisi : il pinça les bords. Il n'y avait rien de plus facile au monde, en effet. Il eut un sentiment d'exaltation, bref et intense, et soudain, la fenêtre disparut. L'accès à l'autre monde était refermé.

Le vieil homme tendit à Will une gaine en cuir, renforcée avec de la corne et munie d'attaches destinées à maintenir le couteau en place, car le moindre mouvement de la lame aurait suffi à trancher le cuir le plus épais. Will glissa et fixa le poignard à l'intérieur de la gaine, aussi solidement que le lui permettait sa main estropiée.

— Ce devrait être une occasion solennelle, déclara Giacomo Paradisi. Si nous avions des jours et des semaines devant nous, je pourrais commencer à te raconter l'histoire du poignard subtil de la Guilde de la Torre degli Angeli, et toute la triste histoire de ce monde corrompu et insouciant. Les Spectres sont apparus par notre faute, notre seule faute. À cause de mes prédécesseurs : des alchimistes, des philosophes, des hommes de savoir qui effectuaient des recherches sur la nature la plus profonde des choses. Ils ont fini par s'intéresser aux liens qui unissent les plus petites particules de matière.

C'était une ville mercantile et riche, une ville de marchands et de banquiers. Nous pensions tout savoir, tout connaître. Alors, nous avons défait ces liens, et nous avons laissé entrer les Spectres.

— Mais d'où viennent ces Spectres ? interrogea Will. Pourquoi une fenêtre est-elle restée ouverte sous les marronniers, celle par où nous sommes passés la première fois ? Y a-t-il d'autres fenêtres dans le monde ?

— La provenance des Spectres demeure un mystère. Viennent-ils d'un autre monde, des profondeurs de l'espace ? Nul ne le sait. Ce qui importe, c'est qu'ils sont là désormais, et ils nous ont détruits. Y a-t-il d'autres fenêtres dans ce monde ? Oui, quelques-unes car, parfois, le porteur du couteau fait preuve de négligence ; il oublie ou bien il n'a pas le temps de refermer le trou comme il le devrait. Quant à la fenêtre sous les arbres, celle que vous avez empruntée… c'est moi-même qui l'ai laissée ouverte, dans un moment de stupidité impardonnable. Cet homme dont vous parliez… J'avais envisagé de l'attirer dans cette ville, où il aurait été victime des Spectres. Mais je suppose qu'il est trop intelligent pour tomber dans ce genre de piège. Pourtant, il veut le couteau à tout prix. Je vous en prie, faites qu'il ne l'ait jamais entre les mains.

Will et Lyra échangèrent un regard.

— Bref, conclut le vieil homme avec un haussement d'épaules fataliste. Tout ce que je peux faire, mon garçon, c'est te remettre le couteau et te montrer comment l'utiliser, ce que j'ai fait, et t'expliquer quelles étaient les règles de la Guilde, avant son déclin. Premièrement : ne jamais ouvrir un trou sans le refermer. Deuxièmement : ne jamais laisser quelqu'un d'autre utiliser le couteau. Il n'appartient qu'à toi. Troisièmement : ne jamais l'utiliser pour de vils motifs. Quatrièmement : nul ne doit connaître son existence. S'il y avait d'autres règles, je les ai oubliées, et si je les ai oubliées, c'est qu'elles n'ont pas d'importance. Tu as le couteau. Tu es le porteur. Tu es trop jeune pour cette tâche, mais notre monde est en train de s'écrouler, et la marque du porteur est indéniable. Je ne connais même pas ton nom. Pars maintenant. Je vais bientôt mourir, car je sais où sont les drogues empoisonnées, et je n'ai pas l'intention d'attendre que les Spectres viennent me chercher dès que le couteau ne sera plus là. Pars.

— Mais, monsieur Paradisi… dit Lyra.

Le vieil homme secoua la tête.

— Le temps presse. Vous êtes venus ici pour accomplir une tâche précise. Peut-être ignorez-vous sa nature, mais les anges qui ont conduit vos pas la connaissent. Allez, mon garçon. Tu es courageux et ton amie est intelligente. Et tu as le couteau. Va !

— Vous… vous n'allez pas vous empoisonner ? demanda Lyra.

— Viens, lui dit Will.

— Quelle est cette histoire d'anges ? insista-t-elle.

Will la tira par le bras.

— Viens, répéta-t-il. Il faut y aller. Merci, monsieur Paradisi.

Il tendit sa main droite maculée de poussière et de sang, et le vieil homme la serra doucement. Il serra celle de Lyra ensuite et, d'un signe de tête, salua Pantalaimon, qui répondit en inclinant sa petite tête blanche d'hermine.

La main plaquée sur le couteau dans sa gaine en cuir, Will descendit le grand escalier obscur et ressortit de la tour le premier. Sur la petite place, le soleil était brûlant et le silence profond. Lyra jeta des regards méfiants autour d'elle, mais la rue était déserte. Et mieux valait ne pas alarmer Will en lui parlant de ce qu'elle avait vu, songea-t-elle ; il avait déjà assez de soucis. Elle l'entraîna dans la direction opposée à la rue où elle avait aperçu les enfants, et où le pauvre Tullio était resté figé, pétrifié comme une statue.

— J'aurais voulu... dit Lyra lorsqu'ils eurent presque traversé la place, en s'arrêtant pour regarder en arrière. C'est affreux de penser que... ses dents étaient toutes cassées, et il ne voyait presque rien avec son œil... Il va avaler du poison et mourir. J'aurais voulu...

Elle était au bord des larmes.

— Tais-toi, dit Will. Il ne souffrira pas. Il va juste s'endormir. Mieux vaut la mort que les Spectres, a-t-il dit.

— Oh, qu'est-ce qu'on va faire, Will ? se lamenta-t-elle. Qu'est-ce qu'on va devenir ? Tu es grièvement blessé, et ce pauvre vieil homme... Ah, je déteste cet endroit, franchement ! J'aimerais y mettre le feu. Qu'est-ce qu'on va faire ?

— C'est facile, répondit Will. Il faut qu'on récupère l'aléthiomètre, on va donc être obligés de le voler. Voilà ce qu'on va faire.

9

Le vol

 Tout d'abord, ils revinrent au café pour se remettre de leurs émotions, se reposer et se changer. Il était évident que Will ne pouvait pas se promener dans les rues couvert de sang, et la culpabilité qu'ils pouvaient éprouver à voler dans les boutiques n'était plus de mise, Will choisit donc une nouvelle tenue, sans oublier les chaussures, et Lyra, qui insistait pour l'aider et jetait des regards de tous côtés pour guetter l'apparition éventuelle d'autres enfants, rapporta les vêtements au café.

Pendant que Lyra faisait bouillir de l'eau, Will monta dans la salle de bains avec ses habits neufs et se déshabilla entièrement pour se laver de la tête aux pieds. La douleur qui irradiait de sa main était sourde, mais incessante ; heureusement, les plaies étaient propres, et ayant vu ce dont était capable ce couteau, il savait qu'aucune coupure ne pouvait être plus propre. Malgré tout, les moignons qui avaient remplacé ses deux doigts tranchés continuaient de saigner abondamment. En les observant, il fut pris de nausée, et les battements de son cœur s'accélérèrent, ce qui eut pour effet, semble-t-il, d'accentuer le saignement. Il s'assit au bord de la baignoire, ferma les yeux et inspira à fond plusieurs fois.

Ayant retrouvé son calme, il entreprit de se laver, tant bien que mal. Il s'essuya avec des serviettes, vite imbibées de sang, puis enfila ses nouveaux vêtements, en essayant de ne pas les tacher.

— Il va falloir que tu me refasses mon pansement, dit-il à Lyra. N'aie pas peur de serrer, je veux que ça s'arrête de saigner.

Elle déchira un drap qu'elle enroula plusieurs fois autour de la main estropiée, en serrant de toutes ses forces. Will avait beau crisper la mâchoire, il ne put s'empêcher de pleurer de douleur. Il sécha ses larmes, sans dire un mot, et Lyra garda le silence elle aussi.

Quand elle eut terminé, il la remercia et ajouta :

— J'aimerais que tu prennes quelque chose dans ton sac à dos, au cas où on ne pourrait pas revenir ici. Ce ne sont que des lettres. Tu peux même les lire si tu veux.

Il sortit de sa cachette l'écritoire en cuir vert et lui tendit les feuilles de papier « par avion ».

— Je les lirai seulement si...

— Je m'en fiche. Je ne te l'aurais pas proposé, sinon.

Lyra plia les lettres ; Will s'allongea sur le lit, poussa le chat sur le côté et s'endormit aussitôt.

Beaucoup plus tard ce soir-là, Will et Lyra se tenaient accroupis dans la ruelle qui longeait la rangée d'arbustes dans le jardin de Sir Charles.

Du côté de Cittàgazze, ils étaient dans un parc luxuriant qui entourait une villa de style classique, dont la blancheur scintillait au clair de lune. Il leur avait fallu un long moment pour atteindre la demeure de Sir Charles, en effectuant la majeure partie du trajet dans Cittàgazze où ils s'arrêtaient fréquemment pour ouvrir un trou et vérifier leur position dans le monde de Will, sans oublier de refermer la fenêtre qu'ils avaient ouverte dès qu'ils s'étaient repérés.

Depuis leur départ, le chat tigré les suivait d'assez près, tout en gardant ses distances. Il avait beaucoup dormi depuis qu'ils l'avaient arraché aux mains des enfants lanceurs de pierres, et maintenant qu'il avait repris des forces, il ne voulait plus quitter ses sauveurs, comme si, où qu'ils aillent, il était sûr de se trouver en sécurité. Will était loin de partager cette certitude, mais il avait d'autres préoccupations, et il décida d'ignorer la présence du chat. Il sentait qu'il se familiarisait avec le couteau, il le dominait de mieux en mieux. Mais sa blessure le faisait souffrir de plus en plus ; la douleur était lancinante, et le nouveau pansement que lui avait fait Lyra à son réveil était déjà trempé de sang.

À l'aide du poignard subtil, il découpa une ouverture dans l'air, non loin de l'éclatante villa blanche, et ils débouchèrent dans la paisible ruelle du quartier de Headington. Il fallait désormais trouver un moyen de pénétrer dans le bureau où Sir Charles avait enfermé l'aléthiomètre. Deux projecteurs inondaient le jardin de lumière ; les fenêtres sur le devant de la maison étaient éclairées, mais pas celles du bureau.

La ruelle bordée d'arbres conduisait à une autre route tout au bout, et elle n'était pas éclairée. Un cambrioleur ordinaire n'aurait eu aucun mal à s'infiltrer au milieu des arbustes, et à pénétrer ensuite dans le jardin, sans se faire repérer, mais une épaisse grille, deux fois plus haute que Will et hérissée de pointes au sommet, entourait toute la propriété de Sir Charles. Évidemment, cet obstacle ne pouvait arrêter le poignard subtil.

— Tiens ce barreau pendant que je le coupe, murmura Will. Et rattrape-le quand il va tomber.

Lyra s'exécuta et Will coupa quatre barreaux à l'aide du couteau ; de quoi leur permettre de franchir la grille sans difficulté. Lyra les déposa dans l'herbe, un par un, et quelques secondes plus tard, ils se faufilaient au milieu des buissons du jardin.

Lorsqu'ils se furent approchés d'un côté de la maison, face à la fenêtre du bureau, en partie masquée par le lierre grimpant, à l'autre bout de la pelouse tondue à ras, Will expliqua son plan à voix basse :

— Je vais retourner à Cittàgazze d'ici, et laisser la fenêtre ouverte. J'avance dans Cittàgazze jusqu'à l'endroit où doit se trouver le bureau, et ensuite, je découpe un autre trou pour revenir dans ce monde. Je récupère l'aléthiomètre dans la vitrine, je referme la fenêtre, et je reviens. Toi, tu m'attends ici, dans ce monde, et tu fais le guet. Dès que je t'appelle, tu retournes à Cittàgazze par cette fenêtre ; je la refermerai ensuite. D'accord ?

— D'accord, murmura-t-elle. Pantalaimon et moi, on monte la garde.

Le dæmon avait pris l'apparence d'une petite chouette couleur fauve ; ce qui le rendait quasiment invisible au milieu des ombres mouchetées sous les arbres. Ses grands yeux clairs captaient tous les mouvements.

Will se redressa, tendit le poignard devant lui, et très délicatement, avec la pointe de la lame, il caressa, il sonda le vide, jusqu'à ce que, au bout d'une minute environ, il découvre un endroit où il pouvait percer l'étoffe de l'air. D'un geste vif et déjà expert, il découpa une fenêtre qui s'ouvrait sur le parc inondé de lune de Cittàgazze, après quoi il se recula, calcula combien de pas il devrait faire dans ce monde-ci pour atteindre le bureau, et mémorisa la direction.

Puis, sans un mot, il passa par la fenêtre et disparut.

Lyra s'accroupit près de l'ouverture entre les mondes. Perché sur une branche au-dessus de sa tête, Pantalaimon scrutait les environs, en silence. La fillette entendait le bruit des voitures venant de Headington derrière elle, les pas tranquilles de quelqu'un qui marchait à l'entrée de la ruelle, et même les déplacements des insectes au milieu des branches et des feuilles mortes à ses pieds.

Une minute s'écoula, puis une autre. Où était Will à cet instant ? Elle plissa les yeux pour essayer de voir à travers la fenêtre du bureau, mais ce n'était qu'un rectangle à meneaux tout noir, à demi recouvert de lierre. Dire que ce matin, Sir Charles s'était assis sur cette banquette devant la fenêtre, en croisant les jambes et en lissant les plis de son pantalon. Où se trouvait la vitrine par rapport à la fenêtre ? Will parviendrait-il à entrer dans le bureau sans alerter quelqu'un dans la maison ? Lyra entendait également les battements de son cœur.

Soudain, Pantalaimon émit un petit son flûté avec sa bouche et, au même moment, un bruit différent leur parvint du devant de la maison, sur la gauche de Lyra. De sa cachette, elle ne distinguait pas la façade, mais elle vit une lumière balayer les arbres, et elle entendit des crissements : des pneus sur le gravier ! Pourtant, elle n'avait entendu aucun bruit de moteur.

Elle leva les yeux vers Pantalaimon ; déjà il s'éloignait en planant, sans faire de bruit, aussi loin d'elle que possible. Il exécuta un demi-tour dans l'obscurité et revint se poser sur le poing de la fillette.

— Sir Charles vient d'arriver, murmura-t-il. Et il y a quelqu'un avec lui.

Le dæmon s'envola de nouveau, et cette fois, Lyra le suivit vers le devant de la maison, marchant sur la pointe des pieds dans l'herbe tendre, avec la plus extrême prudence, s'accroupissant derrière les buissons, pour finalement avancer à quatre pattes, afin d'observer entre les feuilles d'un laurier.

La Rolls-Royce s'était arrêtée devant la maison, et le chauffeur faisait le tour de la voiture pour aller ouvrir la portière. Sir Charles attendait, sourire aux lèvres, offrant son bras à la femme qui descendait, et lorsque celle-ci apparut, Lyra reçut un coup en plein cœur, le coup le plus terrible depuis sa fuite de Bolvangar, car l'invitée de Sir Charles n'était autre que sa mère, Mme Coulter !

Will traversait prudemment l'étendue d'herbe baignée de lune dans le parc de Cittàgazze, comptant ses pas et essayant de conserver dans son esprit le souvenir de l'emplacement du bureau pour pou-

voir le localiser par rapport à la villa qui se dressait à proximité, avec ses murs en stuc blanc et ses
colonnes, au milieu d'un jardin bien ordonné, orné
de statues et d'une fontaine. Il savait combien il
était exposé aux regards dans cet espace dégagé
inondé de lune.

Estimant être arrivé au bon endroit, il s'arrêta
et dégaina de nouveau le poignard subtil, dont il
se servit pour tâtonner devant lui. Ces accrocs
invisibles dans la texture de l'air étaient dissémi-
nés partout, mais pas n'importe où, car sinon, un
simple coup de couteau, au hasard, aurait suffi à
ouvrir une fenêtre sur l'autre monde.

Will découpa d'abord une petite ouverture, pas
plus grande que sa main, et regarda à travers. De
l'autre côté, il n'y avait que l'obscurité, impossible
de voir où il était. Il referma donc cette petite
ouverture, effectua un quart de tour sur lui-même
et en perça une autre. Cette fois, il se retrouva
face à un pan de tissu : un épais velours vert, les
rideaux du bureau sans doute. Mais quel était leur
emplacement par rapport à la vitrine ? Will fut
obligé de refermer cette ouverture et de se tourner de l'autre côté pour tenter sa chance encore
une fois. Le temps passait.

Le troisième essai fut plus réussi : il apercevait
l'ensemble du bureau, plongé dans la pénombre,
par la porte ouverte du couloir. Il y avait la table,
le canapé… et la vitrine ! Un faible éclat de lumière
se reflétait sur un microscope en cuivre. La pièce
était déserte et la maison silencieuse. On ne pouvait pas espérer mieux.

Will calcula soigneusement la distance, referma
cette fenêtre, avança de quatre pas et brandit de

nouveau son couteau. S'il ne s'était pas trompé, il se trouvait maintenant à l'endroit parfait pour pouvoir, en tendant simplement la main par l'ouverture, découper le verre de la vitrine, s'emparer de l'aléthiomètre et refermer la fenêtre derrière lui.

Il découpa une ouverture juste à la bonne hauteur. En effet, le verre de la vitrine était devant lui, à portée de main. Il approcha son visage du trou pour examiner les étagères, de haut en bas.

L'aléthiomètre n'était pas là.

Will crut tout d'abord s'être trompé de vitrine. Il y en avait quatre dans la pièce — il les avait comptées ce matin et avait mémorisé leur disposition —, c'étaient de grands meubles de forme carrée en bois sombre, vitrés sur trois côtés, avec des étagères recouvertes de velours, destinées à exposer des objets de valeur, en porcelaine, en ivoire ou en or, Avait-il ouvert une fenêtre devant une vitrine qui n'était pas la bonne ? Pourtant, sur l'étagère du haut était posé cet instrument volumineux avec les anneaux de cuivre ; Will avait pris soin de s'en servir comme repère. Et sur l'étagère du milieu, là où Sir Charles avait déposé l'aléthiomètre, il y avait un espace vide. Aucun doute, c'était bien la bonne vitrine, mais l'aléthiomètre ne s'y trouvait plus.

Will recula d'un pas et inspira profondément.

Il était obligé de passer entièrement de l'autre côté pour inspecter les lieux. Ouvrir des fenêtres ici et là, au hasard, lui prendrait toute la nuit. Ayant refermé la fenêtre devant la vitrine, il en ouvrit une autre pour examiner le reste de la pièce ; après quoi, il referma également cette fenêtre pour

aller en ouvrir une nouvelle, plus grande, derrière
le canapé, à travers laquelle il pourrait s'échapper
rapidement en cas de besoin.

Sa main estropiée l'élançait violemment, et le
bandage commençait à se défaire. Il l'enroula du
mieux qu'il put et coinça l'extrémité de la bande
en dessous. Sur ce, il pénétra entièrement dans la
maison de Sir Charles, accroupi derrière le canapé
en cuir, le couteau dans la main droite, aux aguets.

N'entendant aucun bruit, il se releva lentement
et balaya la pièce du regard. La porte du couloir
était entrouverte, comme il l'avait déjà constaté,
et la lumière qu'elle laissait entrer était suffisante
pour éclairer le bureau. Les vitrines, les rayonnages de livres, les tableaux, tout était à sa place,
comme ce matin.

Il s'avança à pas feutrés sur le tapis pour inspecter le contenu de chaque vitrine, l'une après
l'autre. L'aléthiomètre ne s'y trouvait pas. Il n'était
pas non plus sur le bureau au milieu des livres et
des documents soigneusement empilés, pas plus
que sur la cheminée, parmi les cartons d'invitation pour telle inauguration, telle réception, ni sur
la banquette rembourrée sous la fenêtre, ni sur la
table octogonale derrière la porte.

Will revint vers le bureau dans l'intention de
fouiller les tiroirs, mais il entendit alors, ou crut
entendre, un lointain crissement de pneus sur le
gravier. Tout était tellement silencieux dans la
maison qu'il pensa avoir rêvé. Il s'immobilisa malgré tout et tendit l'oreille. Le bruit avait cessé.

Mais soudain, il entendit s'ouvrir la porte
d'entrée.

Il fonça vers le canapé et s'accroupit derrière, à

côté de la fenêtre qui s'ouvrait sur le parc de Cittàgazze baigné de lumière argentée. À peine s'était-il caché qu'il entendit des pas dans cet autre monde, des pas légers qui couraient dans l'herbe. Penchant la tête par l'ouverture, il vit Lyra se précipiter vers lui. Il eut juste le temps de lui faire signe et de plaquer son doigt sur ses lèvres. Lyra ralentit sa course ; elle comprit que Will était au courant du retour de Sir Charles.

— Je ne l'ai pas trouvé ! murmura-t-il lorsqu'elle le rejoignit. Il n'est plus là. Sir Charles l'a certainement emporté. Je vais écouter pour savoir s'il le remet à sa place. Reste là.

— C'est plus grave que ça ! dit Lyra, proche de l'hystérie. Elle est avec lui ! Mme Coulter... ma mère ! Je ne sais pas comment elle a atterri ici, mais si elle me voit, je suis morte, Will, je suis fichue... Et je sais enfin qui est ce vieux bonhomme ! Je me souviens où je l'ai déjà vu ! Il s'appelle Lord Boreal ! Je l'ai rencontré à la réception de Mme Coulter, le jour où je me suis enfuie de chez elle ! Je parie qu'il sait qui je suis depuis le début...

— Chut ! Si tu veux faire du bruit, va ailleurs.

Lyra parvint à se contrôler ; elle déglutit avec peine et secoua la tête.

— Excuse-moi, murmura-t-elle. Je veux rester avec toi. Je veux écouter ce qu'ils disent.

— Tais-toi, alors...

Will avait entendu des voix dans le couloir. Lyra et lui étaient si près l'un de l'autre qu'ils auraient pu se toucher ; lui dans son monde, la fillette à Cittàgazze. En remarquant le pansement défait de Will, Lyra lui tapota le bras et lui fit signe de le rattacher. Will tendit la main à travers la fenêtre pour qu'elle s'en charge, pendant que, accroupi derrière le canapé, il tendait l'oreille.

Une lumière s'alluma dans le bureau. Will entendit Sir Charles s'adresser au domestique, puis le renvoyer, entrer dans le bureau et refermer la porte.

— Puis-je vous offrir un verre de tokay ? dit-il.

Une voix de femme, grave et suave, lui répondit :

— C'est très gentil à vous, Carlo. Je n'ai pas bu de tokay depuis des années.

— Prenez le fauteuil près de la cheminée.

On entendit le discret glouglou du vin que l'on verse, le tintement cristallin d'une carafe contre le bord d'un verre, des remerciements murmurés, puis Sir Charles vint s'asseoir sur le canapé, à quelques centimètres seulement de Will.

— À la vôtre, Marisa, dit-il en buvant une gorgée de tokay. Eh bien, si vous me disiez maintenant ce que vous attendez de moi ?

— Je veux savoir comment vous avez récupéré l'aléthiomètre.

— Pourquoi ?

— Cet objet était en possession de Lyra, et je veux la retrouver.

— Je me demande bien pourquoi. C'est une gamine détestable.

— Puis-je vous rappeler qu'il s'agit de ma fille ?

— Dans ce cas, elle n'en est que plus détestable, car il faut qu'elle ait résisté à votre influence envoûtante. Nul ne peut s'y soustraire par accident.

— Où est-elle ?

— Je vous le dirai, c'est promis. Mais seulement si vous répondez d'abord à une question.

— Si je le peux, répliqua la femme, d'un ton différent, empreint de menace.

Sa voix était enivrante, apaisante, douce, musicale et jeune. Il était impatient de voir à quoi ressemblait cette femme, car Lyra ne lui avait jamais décrit sa mère, et le visage qui accompagnait cette voix était forcément remarquable.

— Que voulez-vous savoir ? demanda-t-elle.

— Que prépare Lord Asriel ?

Il y eut un moment de silence, comme si la femme réfléchissait à ce qu'elle devait répondre. Will se tourna vers Lyra ; il aperçut à travers la fenêtre son visage baigné de lune et ses yeux écarquillés. Elle se mordait les lèvres pour s'empêcher de parler, et elle tendait l'oreille, comme lui.

Finalement, Mme Coulter déclara :

— Très bien, je vais vous le dire. Lord Asriel rassemble une armée pour reprendre et achever la guerre qui s'est déroulée dans le ciel, il y a une éternité.

— Quelle idée moyenâgeuse ! Néanmoins, il semble disposer de pouvoirs extrêmement modernes. Qu'a-t-il fait subir au pôle magnétique ?

— Il a trouvé un moyen de faire voler en éclats la barrière entre notre monde et les autres. Cela a provoqué de grosses perturbations dans le champ magnétique terrestre, qui se répercutent certainement dans ce monde-ci… Mais comment êtes-vous au courant ? Carlo, je crois que vous me devez quelques explications. Dans quel monde sommes-nous ? Et comment m'avez-vous conduite jusqu'ici ?

— C'est un monde parmi des millions d'autres. Il existe de nombreux passages entre ces mondes, mais on ne les trouve pas facilement. Personnellement, j'en connais une douzaine, mais les endroits auxquels ils permettaient d'accéder se sont déplacés, sans doute à cause de l'intervention de Lord Asriel. Apparemment, on peut désormais passer directement de ce monde-ci au vôtre, et dans beaucoup d'autres, sans doute. Autrefois, il y avait un unique monde qui faisait office de carrefour, en quelque sorte, et toutes les portes s'ouvraient sur ce monde. Vous imaginez ma surprise lorsque, en franchissant la fenêtre aujourd'hui, je vous ai vue, et ma joie de pouvoir vous amener ici directement, sans prendre le risque de passer par Cittàgazze.

— Cittàgazze? Qu'est-ce donc?

— Le carrefour en question. Un monde auquel je m'intéresse beaucoup, chère Marisa. Malheureusement, nous ne pouvons pas le visiter pour l'instant, c'est trop dangereux.

— Pour quelle raison?

— Cet endroit est dangereux seulement pour les adultes. Les enfants, eux, peuvent s'y promener en toute liberté.

— Vraiment? Racontez-moi tout, Carlo! s'exclama la femme, avec une curiosité et une passion qui n'échappèrent pas à Will. Cette différence entre adultes et enfants, dit-elle, est au centre de tout! Elle renferme le mystère de la Poussière! Voilà pourquoi je dois absolument retrouver cette enfant, vous comprenez? Les sorcières lui ont donné un nom... J'ai bien failli découvrir la solution de cette énigme, de la bouche d'une sorcière en personne, malheureusement, elle est morte trop vite. Voilà pourquoi il faut que je retrouve cette enfant. Elle détient la réponse, d'une manière ou d'une autre, et je la veux absolument...

— Vous l'aurez. Cet instrument fera revenir votre fille jusqu'à moi, n'ayez crainte. Et une fois qu'elle m'aura donné ce que je veux, je vous la laisserai. Mais parlez-moi un peu de vos étranges gardes du corps, Marisa. Je n'ai jamais vu de semblables soldats. D'où viennent-ils ?

— Ce sont des hommes, rien de plus. Mais… ils ont subi une amputation. Ils n'ont plus de dæmon ; par conséquent, ils n'ont plus aucune peur, aucune imagination, aucune volonté, et ils sont prêts à se battre jusqu'à la mort.

— Ils n'ont plus de dæmon, dites-vous ?… Voilà qui est très intéressant. Je me demande si… Seriez-vous disposée à m'en céder un, pour une petite expérience ? J'aimerais voir si les Spectres s'intéressent à lui. S'ils l'ignorent, nous pourrions peut-être voyager à travers Cittàgazze, finalement…

— Les Spectres ? De quoi s'agit-il ?

— Je vous expliquerai plus tard, ma chère. Ils sont le fléau qui empêche les adultes de pénétrer dans ce monde. La Poussière, les enfants, les Spectres, les dæmons, l'amputation… Oui, ça pourrait peut-être marcher. Reprenez donc un peu de vin.

— Je veux tout savoir, dit la femme, pendant que Sir Charles versait du vin dans son verre. Et je compte sur vous, Carlo. Mais en attendant, expliquez-moi ce que vous faites ici, dans ce monde ? C'est ici que vous venez lorsque nous vous croyons au Brésil ou aux Indes ?

— J'ai découvert le chemin de ce monde il y a fort longtemps. Évidemment, je ne pouvais révéler à personne un tel secret, pas même à vous, ma chère Marisa. Comme vous le voyez, je me suis installé confortablement. En tant que membre du Conseil d'État, là-bas chez moi, j'étais bien placé pour savoir où résidait le pouvoir ici.

En vérité, je suis devenu espion, bien que je n'aie jamais dit à mes maîtres tout ce que je savais. Les services de sécurité de ce monde se sont inquiétés pendant des années des agissements de l'Union soviétique, que nous appelons Moscovie. Et même si cette menace s'est atténuée, des instruments espions sont toujours braqués dans cette direction, et je reste en contact avec les personnes qui dirigent les espions.

C'est ainsi que j'ai entendu parler, récemment, des importantes perturbations survenues dans le champ magnétique terrestre. Les services de sécurité s'en inquiètent. Toutes les nations qui mènent des recherches en physique fondamentale — ce que nous appelons chez nous la théologie expérimentale — se tournent vers les scientifiques pour savoir ce qui se passe. En effet, ils savent qu'il se passe quelque chose. Et ils savent que ces changements ont un rapport avec d'autres mondes.

À vrai dire, ils possèdent même quelques indices concrets. La Poussière fait l'objet de recherches. Eh oui, chère Marisa, ici aussi on connaît son existence. Il y a dans cette ville même une équipe de scientifiques qui travaille sur le sujet. Une chose encore : un homme a disparu voici dix ou douze ans, dans le Nord, et les services de sécurité pensent qu'il détenait des renseignements capitaux. Plus précisément, il connaissait l'emplacement d'une porte entre les mondes, comme celle que vous avez franchie aujourd'hui. Ce passage qu'il aurait découvert est d'ailleurs le seul dont ils ont connaissance ; vous imaginez bien que je ne leur ai rien dit de ce que je savais. Quand ces nouvelles perturbations sont apparues, ils se sont tous mis en quête de cet homme.

Et naturellement, chère Marisa, je suis fort curieux moi aussi. J'ai hâte d'étoffer mes connaissances.

Will était pétrifié ; son cœur cognait si fort dans sa poitrine qu'il craignait que les adultes ne l'entendent. Sir Charles parlait de son père ! Voilà donc d'où venaient ces hommes qui s'étaient introduits chez lui, et ce qu'ils cherchaient !

Malgré sa stupeur, il avait conscience d'une autre présence dans la pièce, outre Sir Charles et son invitée. Une ombre se déplaçait sur le sol ; il la voyait passer dans son champ de vision, au-delà du canapé et des pieds de la petite table octogonale. Pourtant, ni Sir Charles, ni la femme ne bougeaient. L'ombre se déplaçait par petits bonds rapides, et cela inquiétait grandement Will. L'unique lumière du bureau provenait d'une lampe posée près de la cheminée, et l'ombre se découpait de manière très nette, mais elle ne s'arrêtait jamais assez longtemps pour que Will puisse l'identifier.

Deux choses se produisirent alors.

La première : Sir Charles évoqua l'aléthiomètre.

— Par exemple, reprit-il, je suis très intrigué par cet instrument. Si vous m'expliquiez comment il fonctionne ?

Il déposa l'aléthiomètre au centre de la table octogonale, à l'extrémité du canapé. De sa cachette, Will l'avait sous les yeux ; il aurait presque pu le toucher.

La deuxième chose : l'ombre s'immobilisa enfin.

La créature s'était sans doute perchée sur le dossier du fauteuil de Mme Coulter, car la lumière qui se trouvait juste derrière projetait sa silhouette sur le mur en ombre chinoise. Dès que l'ombre cessa de bouger, Will comprit qu'il s'agissait, en réalité, du dæmon de la femme : un singe accroupi qui tournait la tête de droite à gauche, comme s'il cherchait quelque chose.

Will entendit Lyra retenir sa respiration dans son dos. Il se retourna sans bruit et murmura :

— Va jusqu'à l'autre fenêtre, et entre dans le jardin de Sir Charles. Ramasse des pierres et lance-les en direction du bureau pour détourner leur attention un instant, afin que je puisse subtiliser l'aléthiomètre. Ensuite, dépêche-toi de retourner m'attendre à l'autre fenêtre.

Lyra acquiesça, fit demi-tour et s'éloigna en courant dans l'herbe. Will reporta son attention sur le bureau.

La femme disait :

— Le Maître de Jordan College est un vieil idiot. Je ne comprends pas pourquoi il lui a donné cet instrument ; il faut plusieurs années d'études intensives pour réussir à en percer les secrets. À votre tour de répondre à mes questions, Carlo. Comment avez-vous mis la main sur l'aléthiomètre ? Et où est mon enfant ?

— Je l'ai vue utiliser cet instrument dans un musée, ici en ville. Je l'ai reconnue, évidemment, l'ayant vue chez vous lors de cette réception, il y a bien longtemps, et j'en ai déduit qu'elle avait sans doute découvert un passage. J'ai compris, ensuite, que je pouvais me servir de cet objet dans mon propre intérêt. Et donc, lorsque je suis tombé une deuxième fois sur cette enfant, je lui ai subtilisé l'instrument en question.

— J'admire votre franchise.

— Inutile de tourner autour du pot, nous sommes adultes.

— Et où est-elle maintenant ? Comment a-t-elle réagi en découvrant la disparition de l'aléthiomètre ?

— Elle est venue me trouver, figurez-vous. Elle ne manque pas d'un certain courage.

— Non, en effet. Et que comptez-vous faire de cet objet, Carlo ? Quel est votre but ?

— Je lui ai dit qu'elle pouvait le récupérer, à condition qu'elle m'apporte autre chose en échange... une chose que je ne peux obtenir moi-même.

— Et de quoi s'agit-il ?

— Je ne sais pas si vous...

C'est à cet instant que la première pierre frappa la fenêtre du bureau, qui se brisa dans un grand fracas, extrêmement doux à l'oreille de Will. Immédiatement, le singe jaillit du dossier du fauteuil, tandis que les deux adultes laissaient échapper un petit cri surpris. Un deuxième fracas de verre brisé succéda au premier, puis un troisième, et Will sentit Sir Charles se lever du canapé.

Alors, il se pencha en avant pour s'emparer de l'aléthiomètre sur la table basse, le fourra dans sa poche et s'empressa de traverser la fenêtre. Dès qu'il se retrouva dans l'herbe de Cittàgazze, il chercha à tâtons les bords invisibles du trou, s'obligeant à respirer lentement, à réfléchir posément, en sachant qu'à quelques centimètres seulement rôdait un effroyable danger.

Un long cri perçant retentit soudain, ni humain, ni animal, et d'autant plus effroyable. Will comprit qu'il émanait de cet épouvantable singe. Heureusement, il avait presque fini de refermer la fenêtre, il ne restait qu'un petit trou à la hauteur de sa poitrine... mais il dut faire un bond en arrière, car à travers cette ouverture venait de jaillir une main recouverte d'un épais pelage doré, avec de grands ongles noirs, aussitôt suivie d'un visage cauchemardesque. Le singe doré montrait les dents, ses yeux lançaient des éclairs et il irradiait de tout son être un tel concentré de haine que Will se sentit comme transpercé de part en part.

Arrivé une seconde plus tôt, le singe aurait franchi la fenêtre entre les mondes, causant la perte de Will, mais celui-ci n'avait pas lâché le couteau, et sans hésiter, il frappa sauvagement de droite à gauche, de gauche à droite, à l'endroit où dépassait la tête du singe... qui la retira juste à temps. Ce bref répit offrit à Will le temps nécessaire pour agripper les bords de la fenêtre et les souder l'un à l'autre.

Et voilà, son monde s'était évanoui, et il se retrouvait seul dans ce parc de Cittàgazze éclairé par la lune, le souffle coupé et tremblant de frayeur.

Mais il devait aller au secours de Lyra. Il se précipita vers la première fenêtre, celle qu'il avait ouverte au milieu des arbustes du jardin de Sir Charles, et il pencha la tête de l'autre côté. Les feuilles noires du laurier et du houx lui masquaient la vue, mais il glissa le bras par l'ouverture et les écarta pour mieux voir la maison : la fenêtre brisée se détachait avec netteté dans l'éclat de la lune.

Il vit alors le singe jaillir au coin de la maison et traverser la pelouse à la vitesse d'un félin, puis il vit surgir Sir Charles et la femme, qui le suivaient de près. Le vieil homme était armé d'un pistolet. La femme était très belle, constata Will avec stupéfaction; ses yeux noirs brillaient d'une lueur magique dans la lumière blanche de la lune qui soulignait sa silhouette gracile et élégante. Elle claqua des doigts et le singe s'immobilisa immédiatement pour bondir dans ses bras. Will constata alors que cette femme au visage angélique et ce singe diabolique ne faisaient qu'un.

Mais où donc était Lyra?

Les adultes regardaient partout autour d'eux, et lorsque la femme reposa le singe, il se mit à fureter dans l'herbe comme s'il reniflait une piste ou cherchait des empreintes. Le silence régnait dans le jardin. Si Lyra s'était réfugiée au milieu des arbustes, elle ne pouvait pas bouger sans risquer de se faire repérer immédiatement.

Sir Charles produisit un petit déclic en manipulant son arme : il avait ôté le cran de sûreté ! Il scruta le bosquet d'arbustes et Will eut l'impression qu'il le dévisageait, mais les yeux du vieil homme glissèrent sur lui sans s'arrêter.

Soudain, les deux adultes tournèrent la tête vers la gauche, car le singe avait, semble-t-il, entendu quelque chose. Rapide comme l'éclair, il se jeta sur l'endroit où devait se cacher Lyra…

Mais au même moment, le chat tigré jaillit des arbustes, au milieu de la pelouse, en crachant.

Le singe fit un bond en l'air, surpris par cette apparition, mais pas autant que Will lui-même. Le primate retomba sur ses quatre pattes, face au chat qui faisait le gros dos, la queue dressée, cra-chant et grognant, dans une posture de défi.

Le singe bondit. Le chat se dressa sur ses pattes arrière, en décochant des coups de griffes avec une rapidité qui confondait le regard. Soudain, Lyra apparut aux côtés de Will, après avoir sauté à travers la fenêtre, avec Pantalaimon. Le chat poussa un cri sauvage, et le singe aussi lorsque les griffes du félin lui lacérèrent le visage. Le primate fit demi-tour et courut se réfugier dans les bras de Mme Coulter, pendant que le chat disparaissait dans les buissons du monde auquel il appartenait.

Will chercha à tâtons les bords immatériels de la fenêtre pour les rabattre rapidement l'un contre l'autre, tandis qu'à travers l'ouverture qui se rétré-cissait leur parvenaient des bruits de pas précipi-tés et des craquements de branches...

Il ne restait plus qu'un petit trou de la taille de la main de Will, et lorsque celui-ci se retrouva scellé, un silence absolu s'abattit sur le monde. Will tomba à genoux dans l'herbe humide de rosée et ramassa l'aléthiomètre.

— Tiens, dit-il à Lyra.

Elle prit l'instrument qu'il lui tendait. D'une main tremblante, il glissa le couteau dans sa gaine. Après quoi, il s'allongea dans l'herbe, secoué de frissons nerveux, et ferma les yeux ; il sentit le clair de lune l'envelopper d'une douce lueur argentée et les gestes doux et attentionnés de Lyra qui refai-sait son pansement.

— Oh, Will, dit-elle. Merci pour tout ce que tu as fait...

— J'espère que le chat va s'en tirer, murmura-t-il. Il ressemble à mon Moxie. Il a dû rentrer chez lui. Il a retrouvé son monde.

— Tu sais ce que j'ai cru ? Pendant un instant, j'ai imaginé que c'était ton dæmon. Ce chat a fait ce qu'un bon dæmon aurait fait. On l'a sauvé, et il nous a sauvés. Viens, Will, ne reste pas allongé dans l'herbe mouillée. Tu vas attraper froid. On va aller dans cette grande maison là-bas ; il y a certainement des lits, de la nourriture et tout ça. Viens, je vais te faire un autre pansement, je te ferai du café et une omelette aussi, tout ce que tu voudras. Et on va se reposer... On ne craint plus rien, maintenant qu'on a récupéré l'aléthiomètre. Et c'est promis, à partir de maintenant, je t'aide à retrouver ton père, et rien d'autre...

Will s'appuya sur Lyra pour se relever, et ils traversèrent lentement le jardin en direction de la grande maison blanche qui scintillait dans l'éclat de la lune.

10

Le chaman

 En débarquant dans le port
situé à l'embouchure du fleuve
Ienisseï, Lee Scoresby découvrit
avec stupeur un endroit en plein
chaos : les pêcheurs tentaient
désespérément de vendre aux
conserveries les rares poissons,
appartenant à des espèces inconnues, qu'ils avaient
pris dans leurs filets ; les propriétaires de bateaux
pestaient contre les autorités qui avaient augmenté
les taxes portuaires afin de contrebalancer le coût
des inondations ; quant aux chasseurs et aux trap-
peurs, ils erraient en ville, désœuvrés, empêchés
d'exercer leur profession du fait du dégel rapide
de la forêt et du comportement inhabituel des
animaux.

Il ne serait pas facile de pénétrer à l'intérieur
des terres en empruntant la route, c'était une certitude, se dit Lee Scoresby. En temps normal,
cette route n'était qu'une vulgaire piste de terre
gelée au milieu de la toundra, et maintenant que
le permafrost lui-même commençait à fondre, la
surface ressemblait à un marécage de boue.

Après avoir remisé son ballon et tout son équipement dans un hangar, Lee loua un bateau à moteur, grâce à son or qui, soit dit en passant, diminuait rapidement. Il acheta des provisions et plusieurs bidons de carburant, après quoi il s'élança sur le fleuve en crue.

Tout d'abord, il progressa lentement. Le courant était violent et les eaux charriaient toutes sortes de débris : des troncs d'arbres, des broussailles, des animaux morts, et même le cadavre boursouflé d'un homme. Lee devait piloter avec prudence, tout en poussant au maximum le petit moteur.

Il se dirigeait vers le village de la tribu de Grumman. Pour se guider, il n'avait que sa mémoire, car il avait survolé cette région quelques années auparavant, mais il n'eut guère de difficulté à repérer le bon chemin au milieu des cours d'eau tumultueux, bien que certaines rives aient complètement disparu sous des alluvions d'un brun laiteux. Le changement brutal de température avait perturbé les insectes, et un gigantesque nuage de moucherons étendait un voile sur tout le paysage. Pour les repousser, Lee s'enduisit le visage et les mains d'une pommade à base de stramoine et se mit à fumer sans interruption de petits cigares à l'odeur âcre.

Quant à Hester, il restait assis à l'avant du bateau, l'air taciturne, ses longues oreilles plaquées contre son dos brillant, les yeux plissés. Lee était habitué au silence de son dæmon. L'un et l'autre ne parlaient jamais pour ne rien dire.

Au matin du troisième jour, Lee remonta avec son petit canot le courant d'une rivière qui rejoignait le fleuve, en descendant d'une chaîne de collines qui auraient dû disparaître sous une épaisse couche de neige, mais qui étaient constellées de plaques de terre brune. La rivière serpentait au milieu des pins et des sapins. Après quelques kilomètres, ils atteignirent un énorme rocher rond, de la taille d'une maison, au pied duquel Lee accosta et attacha son canot.

— Dans le temps, il y avait un débarcadère ici, dit-il à Hester. Tu te souviens du vieux chasseur de phoques de Nova Zembla qui nous en a parlé ? Je parie qu'il est six pieds sous terre maintenant.

— J'espère qu'ils ont eu assez de bon sens pour bâtir leur village en hauteur, répondit le dæmon en sautant à terre.

Une demi-heure plus tard, Lee déposait son bagage devant la maison en bois du chef du village. Il se retourna pour saluer la petite foule qui s'était rassemblée dès son arrivée. Après avoir mimé le geste qui, dans le Nord, signifiait amitié, il abandonna son fusil à ses pieds.

Un vieux Tartare de Sibérie, dont les yeux disparaissaient presque au milieu d'un réseau de rides, déposa son arc à côté du fusil. Son dæmon-glouton regarda Hester en remuant le nez, et le dæmon de Lee répondit en agitant une oreille. Le chef du village prit la parole.

Les deux hommes passèrent en revue une demi-douzaine de langages avant de trouver celui dans lequel ils pouvaient communiquer.

— Mes respects à vous et à votre tribu, dit Lee. J'ai là quelques feuilles à fumer qui ne sont pas excellentes, mais je serais honoré de vous les offrir.

Le chef remercia d'un hochement de tête, et l'une

de ses épouses reçut le petit paquet que Lee avait sorti de son sac.

— Je suis à la recherche d'un dénommé Grumman, dit Lee. J'ai entendu dire qu'il était devenu l'un des vôtres, par adoption. Peut-être a-t-il changé son nom, mais c'est un Européen.

— Ah, fit le chef de la tribu. On vous attendait.

Les autres habitants du village, rassemblés dans la faible lueur du soleil vaporeux, sur le sol boueux, au milieu des huttes, ne comprenaient pas les paroles échangées par les deux hommes, mais ils voyaient que leur chef était ravi. Ravi et également soulagé, songea Lee par le biais de Hester.

Le chef hocha la tête à plusieurs reprises.

— On vous attendait, répéta-t-il. Vous venez pour emmener le Dr Grumman dans l'autre monde.

Lee ne put cacher son étonnement, mais il répondit simplement :

— C'est possible. Il est ici ?

— Suivez-moi.

Les habitants du village s'écartèrent respectueusement. Comprenant le dégoût qu'éprouvait Hester à l'idée de devoir sautiller dans toute cette boue, Lee prit son dæmon dans ses bras et, son sac sur l'épaule, suivit le chef de la tribu sur un chemin forestier conduisant à une hutte isolée, située à dix jets de flèche du village, dans une clairière au milieu des mélèzes.

Le chef s'arrêta devant la hutte, une structure de bois tendue de peaux de bête. Elle était décorée de défenses de sangliers, de bois d'élans et de rennes ; on y avait accroché des fleurs séchées et des branches de sapin soigneusement tressées, comme pour un rituel.

— Il faut lui parler avec beaucoup de respect, murmura le chef. C'est un chaman. Et il a le cœur malade.

Lee sentit un frisson lui parcourir le dos, et Hester se raidit dans ses bras en constatant soudain qu'on les observait depuis leur arrivée : au milieu des fleurs séchées et des branches de sapin brillait un grand œil jaune. C'était un dæmon. Sous le regard hébété de Lee, il tourna la tête, saisit délicatement une branche de sapin avec son bec puissant et la tira devant l'ouverture.

Le chef du village lança quelques mots dans sa langue, s'adressant à l'homme qui se trouvait à l'intérieur de la hutte en utilisant le nom qu'avait mentionné le vieux chasseur de phoques : Jopari. Peu après, le rabat s'ouvrit.

Un homme apparut, vêtu de peaux et de fourrures, décharné, le regard fiévreux. Ses cheveux noirs étaient striés de mèches grises, sa mâchoire volontaire saillait, et son dæmon-balbuzard, perché sur son poing, jetait des regards noirs.

Le chef du village s'inclina trois fois et se retira.

— Docteur Grumman, je m'appelle Lee Scoresby. Je viens du Texas, et je suis aéronaute de profession. Si vous m'autorisez à m'asseoir et à discuter avec vous un instant, je vous expliquerai la raison de ma venue. Car je ne me trompe pas, n'est-ce pas ? Vous êtes bien le Dr Stanislaus Grumman, de l'Académie de Berlin ?

— En effet, répondit le chaman. Et vous venez du Texas, dites-vous ? Les vents vous ont entraîné bien loin de votre terre natale, monsieur Scoresby.

— D'étranges vents balayent le monde depuis quelque temps, monsieur.

— C'est juste. Le soleil est doux aujourd'hui. Il y a un banc dans ma hutte. Si vous m'aidez à le sortir, nous pourrons nous asseoir dans cette agréable lumière et bavarder. J'ai fait du café, si cela vous tente.

— C'est très aimable, monsieur.

Lee sortit le banc de la hutte pendant que Grumman allait chercher la casserole posée sur le réchaud et versait le café brûlant dans deux tasses en fer-blanc. Son accent n'était pas allemand, constata Lee, mais plutôt anglais, d'Angleterre précisément. Le directeur de l'observatoire avait donc raison.

Dès qu'ils furent installés, Hester assis à côté de Lee, les yeux plissés, impassible comme toujours, et le grand dæmon-balbuzard regardant le soleil d'un air farouche, le Texan commença son récit. Il commença par sa rencontre avec John Faa, le Seigneur des gitans, à Trollesund, et raconta comment ils avaient recruté Iorek Byrnison, l'ours en armure, et voyagé jusqu'à Bolvangar pour libérer Lyra et les autres enfants ; il lui rapporta ensuite ce qu'il avait appris de la bouche de Lyra et de Serafina Pekkala, à bord de son ballon, pendant qu'ils volaient vers Svalbard.

— Voyez-vous, docteur Grumman, il m'a semblé, à la façon dont la fillette m'a décrit la scène, que Lord Asriel avait simplement brandi cette tête coupée, conservée dans la glace, devant tous ces Érudits ; et ceux-ci étaient tellement effrayés qu'ils n'ont pas regardé de plus près. J'en ai déduit que, peut-être, vous étiez encore en vie. De toute évidence, monsieur, vous êtes une sorte de spécialiste dans ce domaine. On n'a cessé de me parler de vous tout au long de la côte arctique : on m'a raconté comment vous vous êtes fait percer le crâne, on m'a dit que vos sujets d'études alternaient les prélèvements au fond de l'océan et l'observation des lumières du Nord, et il paraît que vous êtes apparu tout à coup, voici une dizaine d'années, venant de nulle part. Tout cela a éveillé mon intérêt. Toutefois, ce n'est pas uniquement la curiosité qui m'a attiré jusqu'ici, docteur Grumman. À vrai dire, je m'inquiète au sujet de cette fillette. Je crois qu'elle a un rôle capital à jouer, et les sorcières partagent cet avis. Si vous savez quelque chose sur elle et sur tout ce qui se passe, j'aimerais que vous m'en parliez. Comme je vous l'ai dit, j'ai la conviction que vous pouvez me renseigner, c'est pourquoi je suis venu jusqu'ici.

Mais à moins de me tromper, monsieur, j'ai entendu le chef du village dire que j'étais venu pour vous conduire dans l'autre monde. Ai-je bien compris le sens de ses paroles ? Encore une dernière question : comment vous a-t-il appelé ? S'agit-il d'une sorte de nom tribal, d'un titre de magicien ?

Grumman esquissa un sourire.

— Il m'a appelé par mon véritable nom : John Parry. Et c'est vrai, vous êtes venu pour me conduire dans l'autre monde. Quant à ce qui vous a amené jusqu'ici, vous allez le savoir...

En disant cela, il ouvrit la main. Dans sa paume reposait un objet que Lee reconnut, sans comprendre ce qu'il faisait là. Car il s'agissait d'une bague en argent et turquoise, ornée d'un motif navajo... La bague que portait sa mère ! Il connaissait bien son poids et la douceur de la pierre, la manière dont l'orfèvre avait pris soin de replier le métal sur le coin où la pierre était ébréchée, et il savait que le coin endommagé avait fini par se polir avec l'usure, car il l'avait souvent caressé du bout des doigts, il y avait des années et des années de cela, quand il était enfant, dans les prairies désertiques de sa terre natale.

Lee s'était levé, sans même s'en apercevoir. Hester s'était redressé lui aussi, en tremblant, les oreilles droites. Le balbuzard était venu se placer, à l'insu de Lee, entre le Texan et Grumman, afin de protéger celui-ci sans doute, mais Lee n'avait pas l'intention de l'attaquer ; il se sentait anéanti, il avait l'impression d'être redevenu un enfant, et c'est d'une voix crispée, mal assurée, qu'il demanda :

— D'où tenez-vous cette bague ?

— Prenez-la, dit Grumman, ou Parry. Elle a accompli son travail. C'est elle qui vous a fait venir. Je n'en ai plus besoin.

— Mais comment… ? demanda Lee en récupérant l'objet aimé dans la paume de Grumman. Je ne comprends pas comment vous avez pu… Comment avez-vous eu cette bague ? Je ne l'ai pas vue depuis quarante ans.

— Je suis un chaman. Je peux faire un tas de choses que vous ne comprenez pas. Asseyez-vous, monsieur Scoresby. Restez calme. Je vais vous raconter tout ce que vous avez besoin de savoir.

Lee se rassit, en caressant la bague.

— Je suis ébranlé, je l'avoue. Expliquez-moi.

— Très bien, dit Grumman. Je commence. Comme je vous l'ai dit, je m'appelle Parry, et je ne suis pas né dans ce monde. Lord Asriel n'est certainement pas le premier à être passé d'un monde à l'autre, même s'il fut le premier à ouvrir la voie de manière aussi spectaculaire. Dans mon monde, j'ai d'abord été soldat, puis explorateur. Il y a douze ans, j'accompagnais une expédition dans une contrée lointaine qui correspond à votre Beringland. Mes compagnons avaient tous des motivations différentes ; quant à moi, j'étais à la recherche d'une chose dont parlaient les vieilles légendes : une déchirure dans l'étoffe de l'univers, un trou qui était apparu mystérieusement entre notre monde et un autre. Certains de mes compagnons se sont perdus au cours de cette expédition. En partant à leur recherche avec deux autres explorateurs, nous avons franchi ce trou, cette porte, sans le vouloir, ni même nous en apercevoir, et nous avons ainsi quitté notre monde. D'abord, nous n'avons pas compris ce qui se passait. Nous avons continué à marcher, jusqu'à ce que nous atteignions une ville. À ce moment-là, plus aucun doute ne fut possible : nous étions dans un autre monde.

Malgré tous nos efforts, jamais nous ne pûmes retrouver cette porte. Nous l'avions franchie en plein brouillard ; vous connaissez bien l'Arctique : vous savez ce que ça signifie.

Nous étions donc condamnés à demeurer dans ce monde-là. Et nous ne tardâmes pas à découvrir combien il était dangereux. Apparemment, cet endroit était hanté par une sorte de goule étrange, ou plutôt une espèce de spectre, aussi mortel qu'implacable. Mes deux compagnons périrent peu de temps après, victimes des Spectres, ainsi qu'on appelle ces créatures.

Leur univers était un lieu de cauchemar, et j'avais hâte de le quitter. Hélas, tout retour vers mon monde m'était interdit désormais, pour toujours. Mais il existait d'autres passages, vers d'autres mondes et, après quelques recherches, j'ai découvert le passage conduisant à celui-ci.

Et je me suis retrouvé ici même. À peine arrivé, j'ai eu une merveilleuse surprise, monsieur Scoresby, car les mondes sont extrêmement différents, et c'est ici que j'ai fait la connaissance de mon dæmon. Eh oui, j'ignorais l'existence de Sayan Kötör avant d'arriver ici. Vos semblables ne peuvent concevoir des mondes où les dæmons se réduisent à une voix silencieuse enfouie dans l'esprit, et rien d'autre. Pouvez-vous imaginer ma stupéfaction, à moi aussi, en apprenant qu'une partie de ma personnalité était, en réalité, une magnifique créature ressemblant à un oiseau ?

C'est ainsi que, désormais accompagné de Sayan Kötör, je voyageai à travers les territoires du Nord, et j'appris beaucoup de choses au contact des peuples de l'Arctique, comme mes bons amis de ce village. Ce qu'ils m'enseignèrent sur ce monde m'aida à combler certaines lacunes dans les connaissances que j'avais accumulées dans mon monde, et je commençai à percevoir les réponses à certains mystères.

Je me rendis à Berlin, sous le nom de Grumman. Je ne parlai à personne de mes origines ; c'était mon secret. Je présentai une thèse à l'Académie, et la soutins en public comme le veut leur tradition. Étant mieux informé que les Académiciens eux-mêmes, je n'eus aucun mal à être reçu dans leurs rangs.

Grâce à ces nouveaux titres, je pus commencer à travailler dans ce monde où, dans l'ensemble, je me sentais heureux. Évidemment, je me languissais de certaines choses de mon passé. Êtes-vous marié, monsieur Scoresby? Non? Eh bien, moi, je l'étais, et j'aimais énormément ma femme, et j'adorais mon fils, mon seul enfant, un petit garçon qui n'avait même pas un an à l'époque où, sans le vouloir, j'ai quitté mon monde. L'un et l'autre me manquaient terriblement. Mais j'aurais pu chercher pendant des milliers d'années sans jamais trouver le chemin du retour. Nous étions séparés pour toujours.

Heureusement, mon travail m'absorbait. J'étais à la recherche d'autres formes de savoir; je fus initié au « culte du crâne », et je devins chaman. Je fis également quelques découvertes utiles : ainsi, je trouvai le moyen de fabriquer, à partir de mousse magique, une pommade qui conserve toutes les vertus de la plante fraîche.

Je sais énormément de choses sur ce monde maintenant, monsieur Scoresby. Je connais, par exemple, l'existence de la Poussière. Je vois, à votre expression, que ce terme ne vous est pas inconnu. Il fait trembler de peur vos théologiens, mais moi, ce sont eux qui m'effrayent. Je sais ce que prépare Lord Asriel, et je sais pourquoi; c'est la raison pour laquelle je vous ai fait venir jusqu'ici. J'ai décidé de l'aider, voyez-vous, car la tâche qu'il a entreprise est la plus grande de toute l'histoire de l'humanité. La plus grande depuis trente-cinq mille ans d'histoire humaine, monsieur Scoresby.

Personnellement, je ne peux pas faire grand-chose. Mon cœur est très malade, et personne dans ce monde n'a le pouvoir de le soigner. Peut-être me reste-t-il encore assez de force pour accomplir un dernier effort. Or, je sais une chose que Lord

Asriel ignore ; une chose qu'il doit absolument savoir s'il veut atteindre son objectif.

J'étais très intrigué, voyez-vous, par ce monde maudit où les Spectres se nourrissent de la conscience humaine. Je voulais savoir ce qu'ils sont véritablement, comment ils se sont formés. En ma qualité de chaman, il m'est possible de découvrir par le biais de l'esprit des domaines où je ne peux m'aventurer physiquement, et je passe de longs moments en état de transe, pour explorer cet autre monde. Ainsi, j'ai appris que les philosophes de là-bas ont créé, il y a des siècles, un outil qui a causé leur perte : un instrument qu'ils nomment le poignard subtil. Celui-ci possède de nombreux pouvoirs, plus qu'ils ne l'avaient imaginé en le fabriquant, bien plus même qu'ils ne l'imaginent encore aujourd'hui, et d'une manière ou d'une autre, en l'utilisant, ils ont laissé entrer les Spectres dans leur monde.

Je connais l'existence de ce poignard subtil, et je sais ce dont il est capable. Je sais également où il se trouve, et je sais comment reconnaître la personne qui doit l'utiliser. Enfin, je sais ce que doit faire cette personne pour servir la cause de Lord Asriel. J'espère qu'elle sera à la hauteur de cette tâche. C'est pourquoi je vous ai attiré jusqu'ici, pour que vous m'emmeniez dans le Nord avec votre ballon, dans ce monde ouvert par Lord Asriel, où je pense trouver le porteur du poignard subtil.

Attention, c'est un monde dangereux, je vous l'ai dit. Ces Spectres sont plus redoutables que tout ce qui existe dans votre monde ou le mien. Nous devrons faire preuve de prudence et de courage. Je ne reviendrai pas, et si vous voulez revoir

votre pays, vous aurez besoin de toute votre bra-
voure, de toute votre expérience… et d'une bonne
dose de chance.

Voilà quelle est votre mission, monsieur Scoresby. Voilà pourquoi vous êtes venu jusqu'à moi.

Après cette longue tirade, le chaman se tut. Son
visage était blême, couvert de sueur.

— C'est l'idée la plus folle que j'ai jamais enten-
due de toute ma vie, dit Lee.

Trop énervé pour tenir en place, il se leva et
marcha de long en large devant la hutte, sous le
regard figé de Hester, assis sur le banc. Grumman
avait les yeux mi-clos ; son dæmon, installé sur ses
genoux, observait Lee avec méfiance.

— Voulez-vous de l'argent ? demanda finalement le chaman. Je peux vous offrir de l'or. Ce
n'est pas difficile à fabriquer.

— Bon sang, je ne suis pas venu ici pour de
l'or ! s'exclama Lee avec fureur. Je suis venu… Je
suis venu voir si vous étiez effectivement vivant,
comme je le supposais. Ma curiosité est satisfaite
sur ce point.

— Vous m'en voyez ravi.

— Mais ce n'est pas la seule raison, ajouta Lee.

Et il évoqua le conseil des sorcières au lac
Enara et leur serment solennel.

— Comprenez bien une chose, conclut-il. Cette
fillette, Lyra… C'est pour elle que j'ai décidé d'aider les sorcières, au départ. Vous affirmez m'avoir
attiré jusqu'ici grâce à cette bague navajo. C'est
peut-être vrai, peut-être pas. Ce que je sais, en
revanche, c'est qu'en venant ici je pensais aider
Lyra. Jamais je n'ai connu une enfant comme elle.
Si j'avais une fille, j'aimerais qu'elle soit seule-

ment à moitié aussi forte, aussi généreuse et aussi courageuse. J'avais entendu dire que vous aviez connaissance d'un objet qui confère une protection absolue à quiconque le possède ; j'ignorais de quoi il s'agissait, mais d'après ce que vous me dites, je pense qu'il s'agit de ce... poignard subtil. Si vous voulez que je vous conduise dans l'autre monde, docteur Grumman, voici quel est mon prix : je ne veux pas d'or, je veux ce poignard ; pas pour moi, mais pour Lyra. Jurez-moi que vous lui offrirez la protection de cet objet, et alors, je vous emmènerai là où vous voulez.

Le chaman l'avait écouté attentivement.

— Très bien, monsieur Scoresby, dit-il. Je vous le jure. Avez-vous confiance en ma parole ?

— Sur quoi êtes-vous prêt à jurer ?

— Je vous laisse le choix.

Lee réfléchit.

— Jurez sur cette chose, ou cette personne, qui vous a poussé à rejeter l'amour d'une sorcière. Je suppose que pour vous, c'est ce qui compte le plus au monde.

Grumman ne put masquer son étonnement.

— Vous supposez bien, monsieur Scoresby. C'est avec plaisir que je jure sur cette personne. Je vous donne ma parole que je ferai tout pour que cette enfant, Lyra Belacqua, soit sous la protection du poignard subtil. Mais je vous préviens : le porteur du poignard est, lui aussi, investi d'une mission, et il se peut qu'en voulant l'accomplir, il coure un danger encore plus grand.

Lee hocha la tête.

— C'est possible, dit-il, mais malgré les risques, je veux qu'elle ait ce couteau.

— Vous avez ma parole. Il faut maintenant que je me rende dans ce nouveau monde, et c'est à vous de m'y emmener.

— Et le vent ? Votre état de santé vous aurait-il empêché d'observer les conditions atmosphériques, par hasard ?

— Laissez-moi m'occuper du vent.

Lee acquiesça sans rien dire. Il se rassit sur le banc, sans cesser de caresser la bague en turquoise, pendant que Grumman rassemblait les quelques affaires dont il avait besoin dans une besace en peau de renne ; après quoi, les deux hommes empruntèrent le sentier au milieu des bois pour retourner au village.

Le chef leur parla longuement. Pendant ce temps, les membres de la tribu ne cessaient d'affluer pour toucher la main de Grumman, lui murmurer quelques mots, et recevoir en retour ce qui ressemblait à une bénédiction. Lee Scoresby, quant à lui, observait le ciel : il était dégagé au sud et une brise fraîche venait de se lever, faisant tourbillonner les brindilles sur le sol et agitant les cimes des pins. Au nord, le brouillard flottait toujours au-dessus du fleuve en crue, mais pour la première fois depuis des jours et des jours se dessinait une promesse d'éclaircie.

Arrivé au rocher où se trouvait autrefois l'embarcadère, Lee hissa le sac de Grumman à bord du canot et fit le plein. Le petit moteur démarra du premier coup. Il largua les amarres et, le chaman étant assis à l'avant, l'embarcation dévala le courant, sous la voûte des arbres, pour déboucher dans le lit du fleuve, si vite que Lee s'inquiéta pour Hester, accroupi au bord du canot. Son

dæmon était pourtant un voyageur aguerri. Pourquoi diable était-il si nerveux ?

En atteignant le port situé à l'embouchure du
fleuve, ils découvrirent avec stupéfaction que tous
les hôtels, toutes les pensions, et même toutes les
chambres d'hôtes avaient été réquisitionnés par
des soldats. Et pas n'importe quels soldats : il
s'agissait des troupes de la Garde Impériale de
Moscovie, l'armée la plus entraînée, la plus féroce et
la mieux équipée au monde, entièrement dévouée
à la défense du pouvoir du Magisterium.

Lee avait l'intention de se reposer une nuit avant
de s'envoler, car Grumman semblait en avoir
besoin, mais impossible de trouver un lit.

— Que se passe-t-il ici ? demanda-t-il au loueur
de canots en lui rapportant celui qu'il avait utilisé.

— On n'en sait rien. Le régiment est arrivé
hier, et ils ont réquisitionné tous les logements, la
moindre miette de nourriture et toutes les embar-
cations. Ils auraient pris ce canot également, si
vous n'étiez pas déjà parti avec.

— Savez-vous où ils comptent aller ?

— Dans le Nord, répondit le loueur de canots.
Une guerre va avoir lieu, au dire de tout le monde.
La plus grande guerre qu'on ait jamais connue.

— Dans le Nord ? Dans ce nouveau monde ?

— Exact. Et d'autres troupes vont arriver...
Ce régiment n'est que l'avant-garde. Dans une
semaine, il ne restera plus une seule miche de pain
ni un seul litre d'alcool en ville. Vous m'avez
rendu un sacré service en prenant ce bateau, les
prix ont déjà doublé...

Inutile de chercher à se reposer, désormais, même si, par miracle, ils trouvaient un endroit pour dormir. Inquiet au sujet de son ballon, Lee se rendit aussitôt au hangar où il l'avait laissé, accompagné de Grumman. Celui-ci le suivait sans se plaindre. Certes, il paraissait mal en point, mais c'était un homme robuste.

Le propriétaire du hangar, occupé à vérifier une liste de pièces détachées de moteur devant un sergent de la Garde Impériale, leva brièvement la tête de ses feuilles.

— Le ballon ? Ah, trop tard. Dommage. Il a été réquisitionné hier, dit-il.

Hester agita ses oreilles, et Lee comprit le message.

— Sont-ils déjà venus le chercher ? demanda-t-il.

— Non, ils vont l'emporter cet après-midi.

— Eh bien, non, déclara le Texan, car mon autorité surpasse celle de la Garde Impériale.

Il mit sous le nez du propriétaire du hangar l'anneau qu'il avait arraché au doigt du Skraeling mort, en Nova Zembla. Le sergent qui se tenait à ses côtés, devant le comptoir, interrompit ce qu'il était en train de faire et se mit au garde-à-vous à la vue du symbole de l'Église mais, malgré son sens aigu de la discipline, il ne put réprimer un petit rictus de perplexité.

— Nous réquisitionnons ce ballon immédiatement, déclara Lee Scoresby. Vous pouvez demander à vos hommes de le gonfler. Tout de suite. Sans oublier les provisions, l'eau et le lest.

Le propriétaire du hangar se tourna vers le sergent, qui répondit par un haussement d'épaules, puis il s'empressa de s'occuper du ballon. Lee et Grumman se dirigèrent vers la jetée, là où se trouvaient les citernes de gaz, afin de superviser le remplissage et de discuter loin des oreilles indiscrètes.

— D'où tenez-vous cet anneau ? demanda Grumman.

— Je l'ai ôté du doigt d'un mort. J'ai pris un risque en l'utilisant, mais je ne voyais pas d'autre moyen de récupérer mon ballon. Vous croyez que ce sergent a des doutes ?

— Évidemment. Mais c'est un soldat discipliné. Il ne veut pas s'opposer à l'Église. S'il donne l'alerte, malgré tout, nous serons déjà loin avant qu'ils puissent intervenir Je vous avais promis un vent favorable, monsieur Scoresby ; j'espère que celui-ci vous convient.

Le ciel était bleu à présent au-dessus de leurs têtes, et le soleil brillait de nouveau. Au nord, des nappes de brouillard flottaient encore, telle une chaîne de montagnes, au-dessus de la mer, mais la brise les repoussait de plus en plus loin vers le large, et Lee avait hâte de se retrouver dans les airs.

Tandis que le ballon se remplissait de gaz et commençait à gonfler, là-bas derrière l'extrémité du toit de l'entrepôt, Lee inspecta l'état de la nacelle, dans laquelle il installa tout son matériel avec le plus grand soin, car comment savoir quelles turbulences ils pouvaient rencontrer dans cet autre monde ? De même, il fixa ses instruments de navigation aux montants de l'habitacle avec beaucoup d'attention, y compris la boussole, dont l'aiguille s'affolait inutilement. En guise de lest, il attacha une vingtaine de sacs de sable tout autour de la nacelle.

Lorsque le ballon rempli de gaz commença à pencher vers le nord, sous l'effet des rafales de vent, et quand les cordes épaisses qui retenaient la nacelle au sol se tendirent, Lee paya le propriétaire du hangar avec l'or qui lui restait et aida Grumman à monter à bord. Cela étant fait, il se tourna vers les hommes postés à côté des cordes pour leur ordonner de les détacher.

Mais avant qu'ils ne s'exécutent, ils furent interrompus par des bruits de bottes précipités, venant de la ruelle située sur le côté de l'entrepôt. Soudain, un ordre retentit :

— Halte !

Les hommes qui s'apprêtaient à détacher les cordes s'arrêtèrent ; certains tournèrent la tête en direction de la ruelle, tandis que d'autres interrogeaient Lee du regard.

— Larguez les amarres ! leur cria-t-il.

Deux des hommes seulement obéirent, et le ballon s'éleva de travers, mais les deux autres avaient les yeux tournés vers les soldats qui venaient de déboucher à grands pas au coin du bâtiment. Ces deux hommes tenaient toujours les cordes et le ballon tanguait dangereusement. Lee s'agrippa à l'anneau de suspension ; Grumman s'y accrochait lui aussi, et son dæmon l'avait coincé entre ses serres.

— Lâchez tout, bande d'idiots ! s'écria Lee. Le ballon va s'envoler !

La puissance du gaz était trop forte, et les hommes avaient beau lutter de toutes leurs forces, ils étaient incapables de retenir le ballon. L'un des deux lâcha enfin la corde, qui se détacha comme un serpent qui se détend, mais son camarade, sentant la corde lui échapper, s'y accrocha instinctivement, au lieu de la laisser filer. Lee avait déjà assisté à pareille scène, et il la redoutait. Le dæmon de ce pauvre homme, un husky corpulent, resté à terre, poussa un hurlement de terreur et de douleur, tandis que le ballon s'élevait à toute allure dans le ciel. Cinq secondes plus tard, brèves et interminables, c'était fini : à bout de forces, l'homme lâcha prise et tomba, à moitié mort, pour aller s'écraser dans l'eau.

Mais les soldats avaient déjà levé leurs fusils. Une salve de balles frôla le ballon en sifflant ; l'une d'elles provoqua une étincelle en ricochant contre l'anneau de suspension, et Lee Scoresby ressentit une vive brûlure dans les mains mais, fort heureusement, il n'y eut pas le moindre dégât. Le temps que les soldats tirent leur deuxième salve, la montgolfière était quasiment hors d'atteinte ; elle grimpait dans le ciel à toute vitesse et s'éloignait au-dessus de la mer. Lee sentit son moral remonter en même temps que son ballon. Un jour, il avait dit à Serafina Pekkala que voler ne l'intéressait pas, ce n'était qu'un métier pour lui, mais il n'était pas sincère en disant cela. S'élever dans les airs, avec un vent propice dans le dos, et devant soi, un nouveau monde : que pouvait-il y avoir de meilleur dans la vie ?

Il lâcha enfin l'anneau de suspension et constata que Hester s'était couché dans son coin habituel, les yeux à demi clos. Du sol monta une dernière rafale de projectiles, aussi lointaine que futile. La ville rapetissait à toute allure, et l'immensité plate de l'embouchure du fleuve scintillait dans le soleil, tout en bas,

— Eh bien, docteur Grumman, dit Lee, je ne sais pas ce que vous en pensez, mais moi, je me sens mieux dans les airs. Je regrette que ce pauvre homme n'ait pas lâché la corde. Ce sont des choses qui arrivent fréquemment, hélas ; si vous ne lâchez pas assez vite, vous n'avez plus aucune chance.

— Merci, monsieur Scoresby, dit le chaman. Vous vous en êtes très bien sorti. Maintenant que nous sommes partis, j'accepterais volontiers ces fourrures que je vois là ; le fond de l'air est frais.

11

Le belvédère

 Will dormit d'un sommeil agité dans la grande villa blanche au milieu du parc, assailli par des rêves d'angoisses et de délices, si bien qu'il cherchait à se réveiller pour échapper au cauchemar, tout en désirant prolonger son sommeil. Bien qu'il eût les yeux grands ouverts, il se sentait encore si endormi qu'il pouvait à peine bouger, et lorsqu'il se redressa enfin, il aperçut son bandage défait autour de sa main et les draps écarlates.

Il se leva péniblement et traversa l'immense maison, dans les rayons de soleil chargés de particules de poussière et le silence. Pour descendre jusqu'à la cuisine, Will dut parcourir un long et pénible chemin, car Lyra et lui avaient dormi dans les chambres des domestiques, tout en haut sous le grenier, trop intimidés par les lits à baldaquin qui meublaient les chambres des maîtres de maison à l'étage inférieur.

— Will… ! s'exclama la fillette, d'une voix

inquiète, en le voyant entrer, et elle se détourna
de la cuisinière pour le conduire jusqu'à une chaise.

Will était pris de vertiges. Sans doute avait-il
perdu énormément de sang, supposa-t-il. Ce n'était
même pas une supposition ; il en portait les traces
sur lui. Et les plaies continuaient de saigner.

— J'étais en train de préparer du café, dit Lyra.
Tu en veux, ou tu préfères que je refasse ton pansement d'abord ? Je peux faire tout ce que tu
veux. Il y a des œufs dans le placard à froid, mais
je n'ai pas trouvé de haricots blancs à la sauce
tomate.

— Ce n'est pas le genre de la maison. Commence par le pansement. Il y a de l'eau chaude au
robinet ? Je voudrais me laver. Je ne supporte pas
d'être couvert de...

Elle fit couler de l'eau chaude, pendant qu'il se
mettait en slip. Il était bien trop faible pour éprouver un sentiment de pudeur, mais Lyra, gênée,
quitta la pièce. Will se lava de son mieux, puis se
sécha avec les torchons suspendus à un fil de Nylon
près de la cuisinière.

Lyra revint quelques instants plus tard ; elle lui
avait trouvé des vêtements : une chemise, un pantalon de toile et une ceinture. Tandis qu'il s'ha-
billait, elle déchira des bandes de coton dans un
torchon propre et refit son pansement, en serrant
fort. L'état de sa main inquiétait terriblement
Lyra : non seulement les deux bouts de doigts coupés continuaient de saigner, mais le reste de la
main était tout rouge et gonflé. Toutefois, comme
Will ne faisait aucun commentaire à ce sujet, elle
ne dit rien.

Elle prépara ensuite le café et fit griller des

tranches de pain rassis ; ils allèrent s'installer dans la grande salle de séjour sur le devant de la maison, dont les fenêtres dominaient la ville. Après s'être restauré, Will se sentit un peu mieux.

— Ta ferais bien de demander à l'aléthiomètre ce qu'on va faire maintenant, dit-il. Tu l'as déjà interrogé ?

— Non, dit Lyra. Dorénavant, je fais uniquement ce que tu me dis de faire. J'ai pensé l'interroger hier soir, mais je ne l'ai pas fait. Et je le ferai seulement si tu me le demandes.

— Eh bien, vas-y, dit-il. Le danger est aussi grand ici que dans mon monde, désormais. À commencer par le frère d'Angelica. Et si...

Il s'interrompit, car Lyra avait commencé à dire quelque chose, mais elle se tut en même temps que lui. Elle se ressaisit et reprit :

— Will, il s'est passé une chose, hier, dont je ne t'ai pas parlé. J'aurais dû, mais on avait déjà d'autres soucis. Je suis désolée...

Elle lui raconta alors tout ce qu'elle avait vu du haut de la tour, pendant que Giacomo Paradisi le soignait : les Spectres qui avaient agressé Tullio, le regard haineux d'Angelica quand elle l'avait aperçue penchée à la fenêtre, et les menaces proférées par le petit Paolo.

— Tu te souviens, dit-elle, de la première fois où ils nous ont parlé ? Paolo a fait allusion à son grand frère ; il a dit « Il va prendre... » mais Angelica lui a coupé la parole, et elle l'a giflé, tu te souviens ? Je parie qu'il allait nous dire que Tullio était à la recherche du poignard, et c'est pour cette raison que tous les enfants sont venus ici. S'ils avaient le poignard, ils pourraient faire tout ce

qu'ils veulent, y compris grandir en paix sans
craindre les Spectres.

— Comment ça s'est passé, lorsque Tullio a été
attaqué ? demanda Will.

Il s'était penché en avant sur sa chaise, au grand
étonnement de Lyra, le regard rempli de curiosité
et d'impatience.

— Il... (Elle essaya de se représenter l'effroyable
scène.) Il a commencé par... compter les pierres
du mur ! On aurait dit qu'il les caressait une par
une... Mais il n'a pas pu continuer. Finalement, il a
semblé s'en désintéresser. Et après, il est resté figé
comme une statue, conclut-elle... Pourquoi ?

— Je crois que les Spectres viennent peut-être
de mon monde, en fin de compte, déclara Will. Vu
ce qu'ils font subir aux gens, je ne serais pas étonné
d'apprendre qu'ils viennent de mon monde. Quand
les membres de la Guilde ont ouvert leur première fenêtre, si elle débouchait sur mon monde,
les Spectres ont très bien pu passer par là.

— Mais il n'existe pas de Spectres dans ton
monde ! Tu n'en as jamais entendu parler, pas
vrai ?

— Peut-être qu'on ne les appelle pas ainsi. Peut-
être ont-ils un autre nom.

Lyra ne comprenait pas trop ce qu'il voulait dire,
mais elle n'insista pas. Will avait les joues rouges
et les yeux brillants de fièvre.

— Bref, dit-elle en tournant la tête, ce qui
compte, c'est qu'Angelica m'a vue en haut de la
tour. Et maintenant qu'elle sait qu'on a le poignard, elle va le dire à tous les autres. Elle pensera
que c'est notre faute si son frère a été attaqué par
les Spectres. Je suis désolée, Will. J'aurais dû t'en

parler plus tôt. Mais il s'est passé tellement de choses...

— Bah, ça n'aurait rien changé, j'imagine. Tullio avait commencé à torturer le vieil homme, et une fois qu'il aurait appris à manier le poignard, il nous aurait tués, toi et moi, s'il avait pu. On était obligés de se battre contre lui.

— Quand même, j'ai des remords, Will. C'était leur frère, après tout. Et je parie que si on était à la place de ces enfants, on aurait voulu récupérer le poignard, nous aussi.

— Oui, mais il n'est pas possible de revenir en arrière. Il fallait absolument qu'on s'empare du couteau pour l'échanger contre l'aléthiomètre, et si on avait pu s'en emparer sans avoir à se battre, on l'aurait fait.

— Oui, c'est juste.

Comme Iorek Byrnison, Will était un guerrier dans l'âme, aussi Lyra était-elle toute disposée à le croire quand il disait qu'il valait mieux éviter de se battre : elle savait que ce n'était pas la lâcheté qui le faisait parler ainsi, mais une prudence stratégique.

Will avait retrouvé son calme, ses joues étaient redevenues pâles. Le regard perdu dans le vide, il réfléchissait.

— Pour l'instant, déclara-t-il finalement, il vaut peut-être mieux se préoccuper des réactions de Sir Charles et de Mme Coulter. Si elle possède des gardes du corps particuliers — ces soldats à qui on a arraché leur dæmon —, peut-être peuvent-ils échapper aux Spectres, comme le prétendait Sir Charles. Sais-tu ce que je crois ? Je crois qu'en vérité, les Spectres se nourrissent des dæmons des gens.

— Mais les enfants ont des dæmons eux aussi. Et pourtant, les Spectres ne s'attaquent pas aux enfants. Ça ne peut pas être ça.

— Dans ce cas, tout vient de la différence qui existe entre les dæmons des adultes et ceux des enfants, dit Will. Car il existe une différence, n'est-ce pas ? Tu m'as expliqué que les dæmons des adultes ne changeaient plus de forme. Il y a certainement un rapport. Si les soldats de Mme Coulter n'ont plus de dæmons, peut-être que l'effet est le même…

— Oui, oui ! s'exclama Lyra. C'est possible. Quant à Mme Coulter, elle n'aura pas peur des Spectres. Cette femme n'a peur de rien. Et elle est tellement intelligente, Will ; tellement impitoyable et cruelle, qu'elle pourrait même les enjôler. Elle réussirait à commander les Spectres, comme elle commande les gens, et ils seraient obligés de lui obéir. Lord Boreal est un homme puissant et rusé, et pourtant, elle le mène par le bout du nez. Oh, Will, je recommence à avoir peur, en imaginant ce qu'elle est capable de faire… Je vais interroger l'aléthiomètre, comme tu me l'as demandé. Dieu soit loué, on l'a récupéré.

Elle sortit l'instrument de son enveloppe de velours et caressa amoureusement l'épais cadran en or.

— Je vais l'interroger au sujet de ton père, dit-elle. Pour savoir comment on peut le retrouver. Tu vois, si je dirige les aiguilles sur…

— Non. Interroge-le d'abord au sujet de ma mère. Je veux savoir si elle va bien.

Lyra acquiesça et orienta différemment les aiguilles, avant de poser l'aléthiomètre sur ses genoux. Will regardait la longue aiguille fine tournoyer avec une détermination évidente, se précipiter ici et là, s'immobiliser, puis repartir avec la même vivacité, tel un moineau qui picore des miettes ; et il regardait les yeux de Lyra, si bleus et intenses, remplis d'une clairvoyance limpide.

Au bout d'un moment, elle battit des paupières et releva la tête.

— Ta mère va bien, annonça-t-elle. L'amie qui veille sur elle est très gentille. Personne ne sait où elle se cache, et cette femme ne la trahira pas.

Will ignorait jusqu'alors combien il était inquiet. Il poussa un soupir de soulagement et sentit une partie de la tension qu'il éprouvait abandonner son corps. Par contrecoup, il ressentit plus vivement la douleur de sa blessure à la main.

— Merci, dit-il. Maintenant, tu peux l'interroger au sujet de mon père...

Un cri retentit à l'extérieur de la villa.

Ils se tournèrent aussitôt vers les fenêtres. À l'entrée du parc se dressait une rangée d'arbres, parmi lesquels semblaient se mouvoir des silhouettes. Se transformant immédiatement en lynx, Pantalaimon avança à pas feutrés jusqu'à la porte restée ouverte, pour scruter les environs d'un œil farouche.

— Ce sont les enfants, déclara-t-il.

Will et Lyra se levèrent. En effet, une cinquantaine d'enfants émergeaient des arbres, l'un après l'autre. Un grand nombre d'entre eux étaient armés de bâtons. À leur tête marchait le garçon au T-shirt rayé, et lui ne brandissait pas un bâton, mais un pistolet.

— Regarde, Angelica est là, murmura Lyra en la désignant du doigt.

Angelica marchait aux côtés de celui qui semblait être le chef, le tirant par le bras comme pour l'obliger à avancer plus vite. Juste derrière eux, le petit Paolo poussait des cris aigus d'excitation, imité par les autres enfants qui vociféraient en levant rageusement le poing. Deux d'entre eux transportaient même, avec peine, de gros fusils. Will avait déjà vu des bandes de gamins enragés, mais jamais aussi nombreux, et ceux de chez lui n'avaient pas d'armes à feu.

Ils criaient de plus en plus fort, mais Will parvint à discerner la voix d'Angelica au milieu de cette clameur haineuse :

— Vous avez tué mon frère et vous avez volé le poignard ! Assassins ! À cause de vous, les Spectres l'ont attaqué ! Vous l'avez tué et on vous tuera ! N'espérez pas vous en tirer ! On va vous tuer comme vous l'avez tué !

— Will, tu n'as qu'à découper une fenêtre ! s'exclama Lyra d'un ton pressant où affleurait la panique, en l'agrippant par son bras valide. On pourra s'enfuir, ni vu ni connu...

— Et on se retrouvera où ? À Oxford, à quelques mètres de la maison de Sir Charles, en plein jour. Peut-être même au milieu de la chaussée, devant un autobus ! Je ne peux pas ouvrir un passage n'importe où, c'est trop risqué. Il faut d'abord que je regarde où on est par rapport à l'autre monde, et ça prendrait trop de temps. En revanche, il y a une

sorte de forêt derrière cette maison. Si on parvient
à atteindre les arbres, on sera à l'abri.

Lyra se retourna vers la fenêtre, furieuse.

— J'aurais dû la tuer hier ! Elle est aussi mau-
vaise que son frère. Si je pouvais lui...

— Tais-toi et suis-moi, dit Will.

Il vérifia que le poignard était accroché à sa
ceinture, pendant que Lyra ajustait sur son dos le
petit sac de toile contenant l'aléthiomètre et les
lettres du père de Will. En courant, ils traversèrent le hall où leurs pas résonnèrent, puis le couloir
menant à la cuisine et le cellier, pour finalement
déboucher dans une petite cour pavée derrière la
maison. Une porte en bois découpée dans le mur
s'ouvrait sur un potager où des lits de légumes et
d'herbes aromatiques s'étendaient sous le soleil
matinal.

L'orée du bois se trouvait à quelques centaines
de mètres, au sommet d'une petite colline. Sur un
tertre, à gauche, plus près que les arbres, se dressait un petit bâtiment de forme circulaire, semblable à un temple, doté d'un premier étage ouvert,
comme un balcon, permettant d'admirer toute la
ville.

— Vite ! Courons ! s'écria Will, bien qu'il eût
surtout envie, à cet instant, de s'allonger dans
l'herbe et de fermer les yeux.

Alors que Pantalaimon volait au-dessus de leurs
têtes pour surveiller les environs, ils s'élancèrent
vers le sommet de la pente. Mais l'herbe était
haute, et au bout de quelques mètres seulement,
Will, pris de vertiges, ne put continuer à courir. Il
se mit à marcher.

Lyra regarda derrière elle. Les enfants ne les

✝ avaient pas encore aperçus ; ils étaient rassemblés
devant la maison. Peut-être leur faudrait-il un certain temps pour inspecter toutes les pièces…

Mais soudain, Pantalaimon émit un gazouillis
pour donner l'alerte. Un garçon venait d'apparaître à une fenêtre du deuxième étage de la villa,
et il pointait le doigt dans leur direction. Ils entendirent alors un cri.

— Allez, viens, Will, dit Lyra.

Elle saisit son bras valide pour l'aider à avancer, le soutenir. Il essaya de réagir, mais il n'en
avait pas la force. Il pouvait juste mettre un pied
devant l'autre.

— On n'arrivera jamais jusqu'aux arbres, dit-il.
C'est trop loin. Allons vers ce temple. En ver-
rouillant la porte, peut-être qu'on pourra les retenir assez longtemps pour ouvrir un passage…

Pantalaimon s'élança aussitôt, arrachant un petit
cri à Lyra qui le rappela, d'une voix suffocante de
douleur. Will pouvait presque apercevoir le lien
invisible qui unissait le dæmon et la fillette. Il avançait en titubant dans l'herbe haute et épaisse. Lyra
courait en tête, puis revenait sur ses pas pour l'aider. Enfin, ils atteignirent le seuil du temple.

La porte située sous le petit portique n'était pas
verrouillée ; ils s'engouffrèrent à l'intérieur de l'édifice et se retrouvèrent dans une pièce circulaire,
nue, percée de plusieurs niches abritant des statues de déesses. Au centre, un escalier en colima-
çon, en fer forgé, conduisait à l'étage supérieur à
travers une ouverture dans le plafond. Aucune clé
ne permettait de verrouiller la porte d'entrée ; ils
gravirent péniblement l'escalier pentu et débouchèrent sur le plancher du premier étage qui offrait

véritablement un lieu d'observation, car il n'y avait ni fenêtres ni murs, uniquement une succession d'arches ouvertes supportant la coupole. À l'intérieur de chacune des arches, un balcon de pierre placé à mi-hauteur permettait de s'appuyer pour se pencher au-dehors ; au-dessous, le toit de tuiles descendait en pente douce jusqu'à la gouttière.

Will et Lyra apercevaient la forêt derrière eux, à la fois proche et lointaine, la grande villa blanche en contrebas, le vaste parc dégagé, puis les toits ocre de la ville, avec la tour qui se dressait sur la gauche. Des vautours tournoyaient dans le ciel au-dessus des créneaux, et Will eut un haut-le-cœur en comprenant ce qui les avait attirés.

Mais ce n'était pas le moment d'admirer le paysage ; ils devaient d'abord s'occuper des enfants qui se précipitaient maintenant vers le temple, en poussant des cris de rage et d'excitation. Le chef du groupe ralentit, leva son pistolet et tira au hasard en direction de l'édifice, puis ils repartirent à l'assaut en hurlant :

— Voleurs !

— Assassins !

— On va vous tuer !

— Vous avez volé notre poignard !

— Vous n'êtes pas d'ici !

— Vous allez mourir !

Will ne les écoutait pas. Il avait déjà sorti son poignard. D'une main habile, il découpa une petite fenêtre dans le vide… et se rejeta en arrière. Prudemment, Lyra regarda à son tour par l'ouverture, et recula en poussant un soupir de découragement. Ils étaient à une quinzaine de mètres du sol, au-dessus d'une grande route encombrée de voitures.

— C'est logique, commenta Will d'un ton amer, on a gravi une pente... Et voilà, on est bloqués. Il va falloir les repousser...

Quelques secondes plus tard, les premiers enfants franchissaient la porte. Leurs cris, résonnant à l'intérieur du temple, paraissaient encore plus sauvages. Puis un coup de feu claqua, assourdissant, suivi d'un deuxième, et les cris redoublèrent d'intensité. L'escalier en fer se mit à trembler lorsque les enfants montèrent à l'assaut de la galerie.

Lyra était recroquevillée contre le mur, paralysée, mais Will tenait toujours le poignard. Il se précipita vers l'ouverture dans le plancher et se pencha pour découper la dernière marche en fer, comme s'il tranchait une vulgaire feuille de papier. Privé de point d'appui, l'escalier commença à ployer sous le poids des enfants, puis bascula et s'effondra dans un gigantesque fracas. De nouveaux cris retentirent, suivis d'un coup de feu, sans doute accidentel cette fois, car quelqu'un avait été touché ; un gémissement de douleur résonna dans le temple. Penché au-dessus du vide, Will découvrit un entrelacs de corps gesticulants, recouverts de plâtre, de poussière et de sang.

Les enfants ne formaient plus qu'une masse unique et compacte, semblable à une vague. Elle gronda à ses pieds et jaillit avec fureur, menaçante, hurlante et crachante, dévorante, sans parvenir à l'atteindre.

Soudain, une voix retentit à l'extérieur, et toutes les têtes se tournèrent vers la porte ; les enfants qui pouvaient encore bouger se précipitèrent vers la sortie, abandonnant plusieurs de leurs camarades coincés sous l'escalier en fer, ou hébétés, essayant de se relever au milieu des débris qui jonchaient le sol.

Will ne tarda pas à comprendre la raison de cette débandade. Percevant tout à coup des bruits de raclements sur le toit, sous les arches, il se précipita vers le rebord de pierre, juste à temps pour voir la première paire de mains agripper le bord des tuiles en S, puis des bras et une tête. Quelqu'un poussait par-derrière. Une deuxième tête apparut, puis une deuxième paire de mains... Les enfants grimpaient sur les épaules et les dos de ceux qui se trouvaient au-dessous pour envahir le toit, telle une armée de fourmis.

Mais il n'était pas facile de marcher sur les tuiles ondulées, et les enfants avançaient à quatre pattes, les yeux fixés sur Will. Lyra l'avait rejoint, et Pantalaimon, transformé en léopard, montrait les dents, les deux pattes posées sur le rebord de pierre, faisant hésiter les premiers assaillants. Mais d'autres continuaient d'investir le toit, de plus en plus nombreux.

— À mort! À mort! À mort! criait l'un des enfants, et les autres reprirent ce cri en chœur, avec une violence renouvelée, pendant que ceux qui se trouvaient déjà sur le toit tapaient du pied et du poing sur les tuiles, en cadence; mais ils n'osaient pas approcher davantage à cause du dæmon menaçant. Une tuile se brisa, et l'enfant qui se tenait dessus dérapa et tomba dans le vide; celui qui se trouvait à ses côtés ramassa la tuile brisée et la lança avec force en direction de Lyra.

Elle esquiva le projectile, qui se brisa contre la colonne juste derrière elle. Will avait repéré la balustrade qui entourait l'ouverture de la cage d'es-

calier dans le sol, et découpé, à l'aide du poignard,
deux barres de fer de la taille d'une épée. Il en
tendit une à Lyra, qui pivota sur elle-même et
frappa de toutes ses forces le premier assaillant.
Celui-ci s'effondra mais, déjà, un autre enfant prenait sa place. Il s'agissait d'Angelica, cheveux roux,
visage blême et yeux exorbités ; elle escalada le
rebord de pierre, mais Lyra la repoussa farouche-
ment avec sa barre de fer et elle retomba sur le
toit.

Pendant ce temps, Will avait rangé le poignard
dans sa gaine, et il frappait de tous côtés avec
sa barre de fer qu'il maniait d'une seule main.
Plusieurs enfants tombèrent à la renverse, mais
d'autres les remplaçaient aussitôt ; ils étaient de
plus en plus nombreux à grimper sur le toit.

Le garçon au T-shirt rayé apparut à son tour,
mais il avait perdu son pistolet, ou peut-être était-
il à court de munitions. Son regard haineux croisa
celui de Will, et tous les deux comprirent ce qui
allait se passer : ils allaient s'affronter en un combat brutal et meurtrier.

— Approche, dit Will, avide d'en découdre.
Allez, viens...

Encore une seconde, et ils se seraient jetés l'un
sur l'autre.

Mais il se produisit alors une chose des plus
incroyables : une énorme oie blanche, les ailes
déployées, apparut dans le ciel. Elle volait en rase-
mottes en poussant des cris stridents d'une telle
puissance que même les enfants sur le toit les entendirent au milieu de leurs hurlements sauvages et se
retournèrent.

— Kaisa! s'exclama Lyra avec une joie et un soulagement immenses.

Elle avait reconnu le dæmon de Serafina Pekkala.

L'oie sauvage poussa un autre cri perçant qui emplit le ciel, puis elle fit demi-tour et vint tournoyer à un centimètre du visage du garçon au T-shirt rayé. Effrayé, il perdit l'équilibre et chuta dans le vide. D'autres enfants poussèrent à leur tour des cris d'effroi, car l'oie n'était pas seule dans le ciel, et en voyant apparaître les petites silhouettes noires au milieu de l'immensité bleue, Lyra laissa éclater sa joie.

— Serafina Pekkala! Ici! À l'aide! Nous sommes là! Dans le temple...

Soudain, dans un sifflement, une douzaine de flèches, suivies presque aussitôt d'une autre salve, puis d'une autre encore, s'abattirent comme une averse de grêle sur le toit du temple, au-dessus de la galerie. Stupéfaits, hébétés, les enfants perdirent immédiatement toute leur agressivité, remplacée par une peur indicible : qui étaient donc ces femmes vêtues de noir, surgies du ciel et qui fondaient sur eux? Comment était-ce possible? Étaient-ce des fantômes? Ou une nouvelle race de Spectres?

Dans un concert de gémissements et de cris, ils sautèrent du toit ; certains retombèrent maladroitement et s'enfuirent en boitillant, tandis que d'autres se laissaient rouler dans l'herbe jusqu'au pied de la pente, pressés de se mettre à l'abri. La meute furieuse avait laissé place à une bande de gamins effrayés et honteux. Moins d'une minute après l'apparition du dæmon-oie, le dernier enfant abandonnait précipitamment le temple, et l'on n'entendait plus que le sifflement de l'air dans les branches de sapin des sorcières qui tournoyaient dans le ciel.

Stupéfait, Will ne pouvait que lever les yeux, incapable de prononcer le moindre mot, mais Lyra, à ses côtés, sautait de joie en criant :

— Serafina Pekkala ! Comment nous avez-vous retrouvés ? Merci ! Merci ! Ils allaient nous tuer ! Venez, descendez… !

Serafina et les autres sorcières secouèrent la tête et, au contraire, reprirent de l'altitude, pour continuer à tournoyer au-dessus du temple. Le dæmon-oie, lui, exécuta un demi-tour et plongea vers le toit, en utilisant ses grandes ailes pour ralentir sa descente. Il atterrit bruyamment sur les tuiles, sous le rebord de pierre des arches.

— Bonjour, Lyra, dit-il. Serafina Pekkala ne peut pas se poser au sol, et les autres sorcières non plus. Cet endroit regorge de Spectres ; ils sont plus d'une centaine autour de ce bâtiment, et d'autres continuent d'arriver. Vous ne les voyez donc pas ?

— Non ! Ils sont invisibles pour nous !

— Nous avons déjà perdu une sorcière. Nous ne voulons pas prendre de nouveaux risques. Pouvez-vous redescendre d'ici ?

— Oui, en sautant du toit, comme les enfants. Mais comment nous avez-vous retrouvés ? Et où…

— Nous parlerons de ça plus tard. D'autres ennuis se préparent, plus graves encore. Redescendez d'ici comme vous le pouvez et foncez vers les arbres.

Lyra et Will escaladèrent le rebord de pierre et progressèrent en biais sur le toit, en évitant les tuiles brisées, jusqu'à la gouttière. Le toit n'était pas très haut, il y avait de l'herbe en bas pour les recevoir, et le terrain était légèrement en pente. Lyra sauta la première, suivie de Will, qui roula sur lui-même en essayant de protéger sa main estropiée qui s'était remise à saigner abondamment et le faisait souffrir. Son pansement s'était défait et traînait derrière lui ; tandis qu'il essayait de l'enrouler autour de sa main, l'oie se posa dans l'herbe à ses côtés.

— Lyra, qui est ce garçon ? demanda Kaisa.

— C'est Will. Il vient avec nous...

— Pourquoi les Spectres reculent-ils devant toi ? demanda le dæmon-oie en s'adressant directement au jeune garçon.

Plus rien ne pouvait étonner Will désormais, et il répondit :

— Je n'en sais rien. On ne les voit pas... Non, attendez ! (Il se redressa, frappé par une pensée soudaine.) Où sont-ils ? Où est le Spectre le plus proche ?

— À une dizaine de pas, en descendant, répondit le dæmon. Ils ne veulent pas s'approcher davantage de toi, c'est évident.

Will dégaina le poignard et se tourna dans la direction indiquée ; le dæmon-oie laissa échapper un petit sifflement de surprise.

Mais Will ne put mettre son projet à exécution car, au même moment, une sorcière se posa dans l'herbe à côté de lui. Il fut stupéfait, moins par cette apparition inattendue que par la grâce de la sorcière, la clarté froide et farouche de son regard pénétrant, et la pâleur de ses membres nus, si jeunes, et pourtant si âgés.

— Tu te nommes Will ? demanda-t-elle.

— Oui, mais…

— Pourquoi les Spectres ont-ils peur de toi ?

— À cause du poignard. Où est le plus proche ?
Dites-le-moi ! Je vais le tuer !

Lyra arriva en courant, avant que la sorcière ne
puisse répondre.

— Serafina Pekkala ! s'exclama-t-elle en lui
sautant au cou et en la serrant si fort dans ses bras
que la sorcière éclata de rire et déposa un baiser
sur son front. Oh, Serafina, d'où venez-vous comme
ça ? Nous étions… ces enfants… ils allaient nous
tuer ! Des enfants ! Vous avez vu ? Will et moi, on
a bien cru qu'on allait mourir, et… Oh, comme je
suis heureuse que vous soyez là ! Je pensais bien
ne jamais vous revoir !

Serafina Pekkala observait, par-dessus la tête de
Lyra, l'endroit où s'étaient rassemblés les Spectres,
un peu en retrait, puis elle reporta son attention
sur Will.

— Écoutez-moi bien, lui dit-elle. Il y a une
caverne dans ces bois, pas très loin d'ici. Remon-
tez la pente et longez la crête vers la gauche. Nous
pourrions porter Lyra quelques instants, mais toi,
tu es trop lourd. Tu devras y aller à pied. Les
Spectres ne nous suivront pas : ils ne nous voient
pas quand nous sommes dans le ciel, et ils ont
peur de toi. On se retrouvera là-bas, c'est à une
demi-heure de marche.

Sur ce, la sorcière s'élança dans les airs. Will mit
sa main en visière pour voir Serafina et les autres
silhouettes élégantes tournoyer dans le ciel et s'envoler au-dessus des arbres.

— Oh, Will, nous n'avons plus rien à craindre !
s'exclama Lyra. Maintenant que Serafina Pekkala

est là, tout va s'arranger! Je ne pensais pas la
revoir un jour... Elle est arrivée au bon moment,
hein? Comme la dernière fois, à Bolvangar...

Bavardant gaiement, comme si elle avait déjà
oublié le combat qui venait de se dérouler, elle
précéda Will sur la pente qui menait à la forêt. Le
garçon la suivait sans rien dire. Sa main l'élançait
terriblement et, à chaque battement de cœur, son
organisme perdait un peu plus de sang. Il plaqua
sa main contre sa poitrine, en essayant de ne pas y
penser.

Le trajet ne dura pas une demi-heure, mais
presque deux heures, car Will dut s'arrêter plusieurs fois pour se reposer. Quand ils arrivèrent
enfin à la caverne, un grand feu avait été allumé,
un lapin était en train de cuire, et Serafina Pekkala remuait le contenu d'un petit pot en fer.

— Fais-moi voir ta blessure.

Ce fut la première chose qu'elle dit à Will, qui
lui tendit fébrilement sa main.

Pantalaimon, métamorphosé en chat, observait
la scène avec curiosité, mais Will préféra détourner la tête. Il n'aimait pas voir sa main mutilée.

Les sorcières échangèrent quelques mots à voix
basse, et Serafina Pekkala déclara :

— Quelle est l'arme qui a causé cette blessure ?

Will sortit le poignard et le lui tendit, sans un
mot. Les sœurs de Serafina regardaient l'arme avec
un mélange d'émerveillement et de méfiance, car
jamais elles n'avaient vu une telle lame.

— Il faudra plus que des herbes pour guérir
cette blessure. Il faut faire appel à un sortilège,
déclara Serafina Pekkala. Nous allons en confec-

tionner un. Il sera prêt quand la lune se lèvera. En
attendant, tu vas dormir.

Elle lui tendit un petit gobelet en corne contenant une potion brûlante dont l'amertume était
fort heureusement atténuée par le goût du miel.
Après l'avoir bue, Will s'allongea et plongea aussitôt dans un sommeil profond. La sorcière le couvrit
de feuilles, puis se tourna vers Lyra, qui dévorait
une cuisse de lapin.

— Dis-moi qui est ce garçon, Lyra. Raconte-
moi ce que tu sais de ce monde, et de ce poignard.

Lyra prit une profonde inspiration et commença
son récit.

12

Le langage de l'écran

— Répète-moi ça, Mary, dit le Dr Oliver Payne, dans le petit laboratoire dont les fenêtres donnaient sur le parc. J'ai mal entendu, ou alors tu divagues. Une enfant venue d'un autre monde ?

— C'est ce qu'elle m'a dit. D'accord, c'est invraisemblable, mais je te supplie de m'écouter, Oliver, tu veux bien ? demanda le Dr Mary Malone. Cette fillette connaissait l'existence des Ombres. Elle appelle ça la Poussière, mais il s'agit de la même chose. Ce sont nos particules-ombres. Et tu peux me croire, quand je lui ai posé les électrodes sur la tête pour la connecter sur la Caverne, des choses extraordinaires sont apparues sur l'écran : des images, des symboles... Elle possède également un curieux instrument, une sorte de boussole en or, avec un tas de dessins tout autour du cadran. Et elle m'a expliqué qu'elle pouvait le déchiffrer, en adoptant l'état d'esprit adéquat, comme nous avec la machine !

C'était le milieu de la matinée. Le Dr Malone

avait les yeux rougis par le manque de sommeil, et son collègue, de retour de Genève, était à la fois impatient d'en savoir plus, sceptique et préoccupé.

— En fait, Oliver, reprit-elle, cette enfant communiquait véritablement avec les Ombres. Elles sont conscientes, effectivement ! Elles réagissent. Tu te souviens de tes crânes préhistoriques ? Eh bien, elle m'a parlé des crânes du musée Pitt-Rivers, figure-toi ! Grâce à sa boussole, elle a découvert qu'ils étaient beaucoup plus anciens que l'affirmaient les gens du musée, et qu'il y avait des Ombres...

— Attends un peu, Mary. Je te demanderai d'être un peu plus claire. Qu'es-tu en train de me dire ? Que cette gamine a confirmé ce qu'on savait déjà, ou qu'elle nous a appris des choses nouvelles ?

— Les deux, sans doute. Mais suppose qu'il se soit passé quelque chose il y a 30 ou 40 000 ans. Les particules-ombres existaient déjà en ce temps-là, de toute évidence — elles existent depuis le Big Bang — mais on n'avait aucun moyen physique d'amplifier leurs effets jusqu'à atteindre notre niveau, le stade anthropique. Celui des êtres humains. Et puis, quelque chose s'est produit, je ne sais pas quoi, mais cela concerne l'évolution. Repense à tes crânes. Pas d'Ombres avant cette date, et une grande quantité après. Pareil pour les crânes que cette enfant a trouvés au musée et qu'elle a testés avec son espèce de boussole. Elle m'a dit exactement la même chose. Ce que je veux dire, c'est qu'autour de cette période, le cerveau humain est devenu le véhicule idéal pour ce procédé d'amplification. Brusquement, nous avons acquis une conscience.

Le Dr Payne but les dernières gouttes de son café.

— Mais pourquoi à ce moment-là, précisément ? demanda-t-il. Pourquoi il y a 35 000 ans ?

— Comment savoir ? Nous ne sommes pas paléontologues. Je n'en sais rien, Oliver ; j'émets des hypothèses. Tu ne crois pas que c'est une probabilité, au moins ?

— Et ce policier ? Parle-moi un peu de lui.

Le Dr Malone se frotta les yeux.

— Il s'appelle Walters. Il a prétendu appartenir aux Renseignements généraux. Ils s'occupent de politique ou un truc dans ce genre, si je ne m'abuse ?

— Terrorisme, espionnage, subversion... Et tout le tintouin. Continue. Que voulait-il exactement ? Pourquoi est-il venu ici ?

— À cause de la fillette. Il m'a dit qu'il cherchait un garçon du même âge, sans m'expliquer pour quelle raison. Ce garçon avait été vu en compagnie de la fillette, Mais ce type avait autre chose en tête, Oliver ! Il était au courant de nos recherches ; il m'a même demandé...

Le téléphone sonna. Le Dr Malone s'interrompit avec un haussement d'épaules, et le Dr Payne répondit. Il marmonna quelques paroles brèves, puis raccrocha.

— Nous avons un visiteur.

— Qui ?

— Son nom ne me dit rien. Sir Machin-Chose. Écoute, Mary... je ne suis plus dans le coup, tu saisis ?

— Ils t'ont proposé le poste ?

— Oui. Je n'ai pas le choix. Tu peux le comprendre.

— Ça veut dire qu'on arrête tout, hein ?

Le Dr Payne leva les mains au ciel, en signe d'impuissance.

— Pour être franc... Je ne comprends rien à tous ces trucs que tu me racontes. Une gamine venue d'un autre monde, des Ombres fossilisées... C'est complètement fou. Je ne peux pas m'impliquer là-dedans. Je dois penser à ma carrière, Mary.

— Et les crânes que tu as testés ? Et les Ombres autour des figurines d'ivoire ?

Il secoua la tête et lui tourna le dos. Avant qu'il ne réponde, on frappa discrètement à la porte, et Oliver alla ouvrir avec une sorte de soulagement.

— Bonjour ! lança Sir Charles. Docteur Payne ? Docteur Malone ? Je m'appelle Charles Latrom. C'est très aimable à vous de me recevoir à l'improviste.

— Entrez, dit le Dr Malone, fatiguée, mais intriguée. Oliver a bien dit « Sir » Charles ? Que peut-on faire pour vous ?

— Il se pourrait que ce soit moi qui fasse quelque chose pour vous. Je crois savoir que vous attendez la réponse concernant votre demande de subvention.

— Comment le savez-vous ? demanda le Dr Payne.

— J'ai été haut fonctionnaire. Plus précisément, je m'occupais des questions de recherches scientifiques, et j'ai conservé un certain nombre de contacts dans ce milieu. J'ai donc entendu dire... Puis-je m'asseoir ?

— Je vous en prie, dit le Dr Malone.

Elle avança une chaise, et le vieil homme s'assit

d'un air solennel, comme s'il s'apprêtait à diriger une importante réunion.

— Merci. J'ai donc appris par un ami... je préfère ne pas mentionner son nom car, voyez-vous, le devoir de réserve s'applique à un tas de petites choses ridicules. Bref, j'ai appris que votre demande était actuellement à l'étude, et ce que j'ai entendu m'a beaucoup intrigué, au point que j'ai demandé, je l'avoue, à consulter certains de vos travaux. Je sais bien que cela ne me concerne pas, mais il se trouve que je fais toujours office de conseiller officieux, et je me suis servi de ce prétexte. Et, franchement, ce que j'ai découvert m'a fasciné.

— Vous pensez donc qu'on a une chance d'obtenir des crédits ? demanda le Dr Malone en se penchant en avant, pleine d'espoir.

— Malheureusement, non. Je dois être franc et brutal. Ils n'ont pas l'intention de renouveler vos subventions.

Le Dr Malone laissa retomber ses épaules. Le Dr Payne, lui, observait le vieil homme avec un mélange de curiosité et de méfiance.

— Que venez-vous faire ici, alors ? demanda-t-il.

— Voyez-vous, la commission n'a pas encore arrêté sa décision. Les choses sont mal engagées, et je serai honnête avec vous : ils ne voient pas l'intérêt de financer ce genre de recherches à l'avenir. Néanmoins, si quelqu'un plaidait votre cause, sans doute verraient-ils la question d'un autre œil.

— Un avocat ? Vous, par exemple ? J'ignorais que ça fonctionnait ainsi, dit le Dr Malone en se redressant sur sa chaise. Je pensais que seuls des scientifiques jugeaient le...

— Oui, en principe, évidemment, dit Sir Charles, mais il n'est pas inutile de savoir comment fonctionnent ces commissions, dans la réalité. Et de savoir qui y siège. Et je sais tout cela. Je vous l'ai dit, je suis extrêmement intéressé par votre travail, je pense qu'il peut avoir de formidables débouchés, et il mérite d'être poursuivi. Êtes-vous disposés à me laisser plaider votre cause, de manière informelle ?

Le Dr Malone avait l'impression d'être un marin en train de se noyer, à qui on lance un gilet de sauvetage.

— Euh... Oui, bien sûr ! Mon Dieu, oui ! Merci infiniment... Vous croyez vraiment que ça peut changer les choses ? Je ne veux pas dire que vous ne... Oh, je ne sais plus ce que je veux dire. Oui, oui, évidemment !

— Et qu'attendez-vous de nous ? demanda le Dr Payne.

Le Dr Malone lui jeta un regard étonné. Oliver ne lui avait-il pas dit, à l'instant, qu'il partait travailler à Genève ? Mais il avait apparemment saisi le sens de la démarche de Sir Charles, car un courant de connivence semblait passer entre eux. Oliver vint s'asseoir à son tour.

— Je me réjouis de constater que vous me comprenez, dit le vieil homme. Vous avez raison. Je serais ravi de voir vos travaux évoluer dans une certaine direction. En supposant que nous parvenions à nous entendre, je pourrais peut-être même vous obtenir des financements supplémentaires, par un autre biais.

— Attendez, attendez, intervint le Dr Malone. Pas si vite. La nature de nos recherches ne concerne que nous. Je suis disposée à discuter des résultats, mais pas de la direction à suivre. Vous comprenez bien...

Sir Charles écarta les bras pour signifier ses regrets et se leva. Oliver Payne se leva aussi, inquiet.

— Non, ne partez pas, Sir Charles, dit-il. Je suis sûr que le Dr Malone est prête à vous écouter. Allons, Mary, ça ne coûte rien, bon sang ! Et ça pourrait tout changer.

— Je croyais que tu partais travailler à Genève ? ironisa-t-elle.

— Genève ? dit Sir Charles. Excellent choix. Il y a énormément de possibilités là-bas. Beaucoup d'argent, également. Je ne voudrais surtout pas compromettre vos projets.

— Non, non, rien n'est encore décidé, s'empressa de préciser le Dr Payne. Il reste de nombreux détails à régler... tout cela est encore très flou. Asseyez-vous, Sir Charles. Voulez-vous un café ?

— Avec plaisir.

Sir Charles se rassit, l'air d'un chat satisfait.

Le Dr Malone prit le temps de l'observer. C'était un homme d'une soixantaine d'années, aisé, sûr de lui, très bien habillé, habitué au raffinement, qui côtoyait des gens influents, murmurait aux oreilles importantes. Oliver avait raison : il voulait quelque chose. Et il ne leur accorderait son soutien qu'en échange de leur collaboration.

Elle croisa les bras sur sa poitrine.

Le Dr Payne tendit une grande tasse de café au vieil homme.

— Désolé, ce n'est pas très élégant...

— C'est parfait. Puis-je poursuivre ce que je disais ?

— Faites donc, dit Oliver.

— Je crois savoir que vous avez fait des découvertes fascinantes dans le domaine de la conscience. Oui, je sais, rien n'a encore été publié, et de toute évidence, il reste du pain sur la planche, comme on dit, à en juger par le sujet apparent de vos recherches. Malgré tout, la nouvelle se répand. Et je suis particulièrement intéressé par tout cela. Premièrement, j'aimerais beaucoup que vous orientiez vos recherches vers la manipulation de la conscience, par exemple. Deuxièmement, la théorie des mondes parallèles... Vous vous souvenez, l'expédition sur l'Everest en 1957, ou dans ces eaux-là... Je crois que vous êtes sur la voie d'une découverte qui pourrait faire progresser prodigieusement cette théorie. Ce type de recherches pourrait, par ailleurs, susciter l'intérêt de l'armée qui, comme vous le savez, ne manque pas de crédits, aujourd'hui encore, et n'est pas soumise à ces pénibles demandes de subventions.

Ne comptez pas sur moi pour dévoiler mes sources, ajouta Sir Charles en levant la main, alors que le Dr Malone se penchait en avant et ouvrait la bouche pour parler. J'ai déjà évoqué le devoir de réserve, une obligation parfois fastidieuse, mais qu'il ne faut pas négliger. Personnellement, j'espère des avancées dans le domaine des mondes parallèles, et je pense que vous êtes les personnes les plus compétentes. Et troisièmement, il s'agit d'une affaire particulière, liée à une certaine personne. Une enfant.

Il s'interrompit pour avaler une gorgée de café.

Le Dr Malone demeura bouche bée. Elle était
devenue blême, même si elle ne pouvait s'en apercevoir, mais elle sentait ses membres trembler.

— Pour diverses raisons, reprit Sir Charles, je
suis en contact avec les services secrets de ce pays.
Ils s'intéressent beaucoup à une fillette qui détient
un objet insolite, un très vieil instrument scientifique, volé certainement, et qui devrait se trouver
entre des mains plus sûres. Un garçon du même âge
environ, soit une douzaine d'années, est recherché
lui aussi, pour une affaire de meurtre. Un garçon
de cet âge est-il capable de commettre un meurtre ?
C'est un point discutable, évidemment, mais il est
certain qu'il a tué un homme. Et on l'a vu en compagnie de cette fillette.

Il est possible, docteur Malone, que vous ayez
rencontré l'un ou l'autre de ces enfants. Il est possible, également, que vous soyez légitimement ten-
tée de raconter à la police tout ce que vous savez
à ce sujet. Toutefois, votre aide serait beaucoup
plus efficace si vous acceptiez de me réserver ces
informations. Je veillerais à ce que les autorités
concernées règlent le problème avec rapidité et
efficacité, en évitant toute publicité déplaisante.
Je sais que l'inspecteur Walters est venu vous voir
hier, et je sais que la fillette est venue elle aussi...
Vous voyez, je ne parle pas en l'air. De même, si
vous décidiez de la revoir sans me le dire, j'en
serais averti. Vous seriez bien avisée de réfléchir
à cela, et de rassembler vos souvenirs pour me
raconter tout ce qu'elle a fait et dit quand elle est
venue ici. Il s'agit d'une affaire de sécurité nationale. Vous m'avez compris.

Voilà, je vous ai tout dit. Voici ma carte pour

que vous puissiez me contacter. À votre place, je
ne tarderais pas trop ; la commission des subventions se réunit demain, comme vous le savez. Vous
pouvez me joindre à ce numéro à tout moment.

Il tendit une carte de visite à Oliver Payne et,
voyant que le Dr Malone gardait les bras croisés,
il en déposa une autre sur le plan de travail à son
intention. Le Dr Payne lui ouvrit la porte. D'une
petite tape, Sir Charles ajusta son panama sur sa
tête, leur adressa un large sourire et sortit.

Dès qu'il eut refermé la porte, le Dr Payne s'exclama :

— Es-tu devenue folle, Mary ? Qu'est-ce qui
t'a pris de te comporter ainsi ?

— Pardon ? Ne me dis pas que tu t'es laissé pié-
ger par ce vieux hibou ?

— On ne refuse pas ce genre de proposition !
Tu veux que ce projet survive, oui ou non ?

— Ce n'était pas une proposition ! répliqua-
t-elle. C'était un ultimatum. On fait ce qu'il dit ou
on met la clé sous la porte. Bon sang, Oliver, tu
n'as pas saisi ces menaces à peine voilées, ces allusions à la sécurité nationale et ainsi de suite ? Tu
ne comprends pas ce que ça signifie ?

— Je crois que je comprends mieux que toi, au
contraire. Si tu refuses cette offre, ils ne fermeront
pas ce labo, contrairement à ce que tu crois. Ils
l'installeront ailleurs, simplement. S'ils sont aussi
intéressés qu'il le dit, ils voudront continuer les
recherches. Mais à leurs conditions.

— À leurs conditions, ça veut dire... Il a parlé
de l'armée, nom d'un chien ! Ils veulent trouver de
nouvelles façons de tuer les gens. Et tu as entendu
ce qu'il a dit au sujet de la conscience : il veut

manipuler les cerveaux ! Je refuse d'être mêlée à tout ça, Oliver ! Jamais !

— Ils le feront quand même, sans toi, et tu n'auras plus de boulot. En revanche, si tu restes, tu pourras peut-être influencer les recherches dans une meilleure direction. Et tu resteras impliquée dans le projet !

— Qu'est-ce que ça peut te faire, d'abord ? demanda-t-elle. Je croyais que pour Genève, c'était réglé, non ?

Oliver passa sa main dans ses cheveux.

— Non, pas encore. En fait, rien n'est signé. Ce serait un travail complètement différent ; ça me ferait de la peine de tout plaquer maintenant, car je suis persuadé qu'on est sur le point de…

— Où veux-tu en venir ?

— Nulle part.

— Tu fais des allusions. Parle franchement.

— Eh bien… (Il fit le tour du laboratoire, haussant les épaules, levant les bras et secouant la tête.) Si tu refuses de contacter ce type, je le ferai, déclara-t-il finalement.

Le Dr Malone resta muette un moment.

— Je vois, dit-elle.

— Écoute, Mary, je dois penser à…

— Oui, évidemment.

— Ce n'est pas ce que…

— Non, bien sûr.

— Tu ne comprends pas.

— Si, je comprends très bien. C'est très simple. Tu promets de faire ce qu'il te demande, tu obtiens les subventions, je fiche le camp, tu deviens directeur à ma place. Ce n'est pas difficile à comprendre. Tu auras un plus gros budget. Un tas de machines

neuves. Une demi-douzaine d'étudiants supplé-
mentaires sous tes ordres. C'est une bonne idée.
Fais-le, Oliver. Vas-y. Mais sans moi. Je me barre.
Ça pue ici.

— Tu n'as pas...

Le regard noir du Dr Malone le réduisit au
silence. Elle ôta sa blouse et l'accrocha derrière la
porte, rassembla quelques papiers qu'elle fourra
dans un sac, et quitta le laboratoire sans dire un mot.
Dès qu'elle fut partie, Oliver Payne prit la carte de
visite de Sir Charles et décrocha le téléphone.

*

Quelques heures plus tard, peu avant minuit, le
Dr Malone gara sa voiture devant le bâtiment des
sciences et y pénétra par une entrée latérale. Mais
juste au moment où elle tournait au bout du couloir pour emprunter l'escalier, un homme déboucha d'un autre couloir, et sa surprise fut telle qu'elle
faillit lâcher son porte-documents. L'homme était
en uniforme.

— Où allez-vous ? lui demanda-t-il.

Il dressait sa large carrure sur son chemin ; on
distinguait à peine ses yeux sous la visière de sa
casquette.

— Je vais dans mon laboratoire. Je travaille ici.
Qui êtes-vous, d'abord ? demanda-t-elle, à la fois
en colère et un peu effrayée.

— Sécurité, madame. Avez-vous une pièce
d'identité ?

— Sécurité de quoi ? Quand j'ai quitté ce bâtiment à trois heures cet après-midi, il n'y avait que
le concierge en bas, comme toujours. C'est plutôt

moi qui devrais vous demander vos papiers. Qui
vous a engagé ? Et pourquoi ?

— Voici mes papiers, dit l'homme. Il lui mit
une carte sous le nez, mais la retira avant qu'elle
puisse la lire. Puis-je voir les vôtres ?

Elle remarqua qu'il avait un téléphone portable
accroché dans un étui à sa ceinture. À moins qu'il
ne s'agisse d'une arme ? Non, elle devenait para-
noïaque, pensa-t-elle. En tout cas, il n'avait pas
répondu à ses questions. Mais elle craignait, en
insistant, d'éveiller ses soupçons, et le plus important pour l'instant, c'était d'accéder au laboratoire.
Mieux valait le caresser dans le sens du poil. Le
Dr Malone farfouilla dans son sac à la recherche
de son portefeuille.

— Ça vous suffit ? demanda-t-elle en lui montrant la carte magnétique qui lui servait à ouvrir la
barrière du parking.

Il y jeta un rapide coup d'œil.

— Que venez-vous faire ici en pleine nuit ?
interrogea-t-il.

— J'ai une expérience en cours ; je dois consulter régulièrement l'ordinateur.

L'homme semblait chercher une raison de lui
interdire le passage, ou peut-être voulait-il simplement exercer son autorité. Finalement, il hocha la
tête et s'écarta. Le Dr Malone lui adressa un sourire en passant, mais il demeura de marbre.

Elle tremblait encore en arrivant au laboratoire.
Il n'y avait jamais eu de service de sécurité dans
ce bâtiment, juste une serrure sur la porte et un
vieux concierge dans le hall. Elle connaissait la
cause de ce changement. Cela signifiait que le temps
lui était compté : elle n'avait pas droit à l'erreur

car, dès qu'ils découvriraient ce qu'elle manigançait, l'accès du laboratoire lui serait définitivement interdit.

Après avoir verrouillé la porte derrière elle, elle baissa les stores. Elle brancha le capteur, sortit une disquette de sa poche et l'introduisit dans l'ordinateur qui contrôlait la Caverne. Moins d'une minute plus tard, elle faisait apparaître une succession de chiffres sur l'écran, en faisant appel à la logique, au hasard, et au programme qu'elle avait élaboré chez elle durant toute la soirée ; et la tâche était aussi complexe que de réunir trois fragments disparates pour obtenir un tout cohérent. Finalement, elle repoussa ses cheveux, installa les électrodes sur sa tête et se remit à pianoter sur le clavier, se sentant à la fois intimidée et ridicule.

Bonjour. Je ne sais pas trop ce que je fais.

C'est peut-être fou.

Les mots se placèrent aussitôt sur la gauche de l'écran, ce qui constituait la première surprise. Pourtant, elle n'utilisait aucun programme de traitement de texte — en fait, elle opérait même en dehors du système d'exploitation de l'ordinateur. C'était comme si les mots avaient choisi eux-mêmes d'adopter cette disposition. Le Dr Malone sentit ses cheveux se hérisser sur sa nuque. Soudain, elle prit conscience de la totalité du bâtiment qui l'entourait : les couloirs obscurs, les machines au repos, les différentes expériences qui se poursuivaient automatiquement, les ordinateurs qui contrôlaient des tests et enregistraient les résultats, le système d'air conditionné qui calculait le degré d'humidité et la température, tous les tuyaux, les conduits et les câbles qui constituaient les artères et les nerfs du bâtiment éveillé et aux aguets... presque conscient, en vérité.

Elle fit une nouvelle tentative.

J'essaye d'obtenir avec des mots
ce que j'ai déjà fait mentalement, mais

Avant même qu'elle n'achève sa phrase, le curseur fila vers la droite de l'écran et inscrivit :

Posez une question.

Elle eut alors l'impression d'avoir pénétré dans un espace qui n'existait pas. Tout son être vacilla sous le choc. Il lui fallut plusieurs minutes pour retrouver son calme et poursuivre l'expérience. Désormais, les réponses à ses questions s'inscrivaient à toute vitesse, d'elles-mêmes, sur la droite de l'écran, presque avant qu'elle ait fini de les écrire.

Vous êtes les Ombres ?   *Oui*

Vous êtes comme la Poussière de Lyra ?   *Oui.*

Comme la matière sombre ?   *Oui.*

La matière sombre   *De toute*
est consciente ?   *évidence.*

Ce que j'ai dit à Oliver ce matin,   *Exact. Mais*
mon idée concernant l'évolution   *il faut poser*
humaine, c'est   *d'autres questions.*

Le Dr Malone s'interrompit, prit une profonde inspiration, repoussa sa chaise et fit craquer les articulations de ses doigts. Elle sentait son cœur s'emballer. Tout ce qui était en train de se passer était absolument impossible. Son éducation, son caractère, l'image qu'elle avait d'elle-même en tant que scientifique, tout cela lui hurlait d'une voix stridente : « C'est impossible ! Cela ne peut pas arriver ! Tu fais un rêve ! » Et pourtant, elles étaient là, sur l'écran : ses questions, et les réponses émanant d'une autre intelligence.

Elle se ressaisit et recommença à taper sur le clavier. De nouveau, les réponses s'affichèrent à toute vitesse, sans aucun temps mort perceptible.

L'esprit qui répond   *Non. Mais les humains*
à ces questions n'est pas   *nous connaissent*
humain, n'est-ce pas ?   *depuis toujours.*

Nous ? Vous êtes donc   *Des millions*
plusieurs ?   *et des millions.*

Mais qui êtes-vous ?   *Des anges.*

Mary Malone avait la tête qui bourdonnait. Elle avait été élevée dans la religion catholique. Plus que cela encore : ainsi que l'avait découvert Lyra, elle avait été nonne. Certes, elle avait perdu la foi, mais elle savait qui étaient les anges. Saint Augustin avait dit : *Le mot ange ne désigne pas leur nature, mais leur fonction. Si tu cherches le nom de leur nature, c'est le mot esprit ; si tu cherches le* nom de leur fonction, c'est le mot ange. Esprit pour ce qu'ils sont. Ange pour ce qu'ils font.

Prise de vertiges et de tremblements, Mary continua malgré tout à taper :

Les anges sont des créatures	*Des structures.*
de la matière-Ombre ?	
De la Poussière ?	*Des êtres complexifiés.*
La matière-Ombre est	*Pour ce que nous*
ce qu'on appelle l'esprit ?	*sommes : esprit.*
	Pour ce que nous
	faisons : matière.
	Matière et esprit ne font qu'un.

Elle frissonna. Ils avaient lu ses pensées.

Êtes-vous intervenus	*oui.*
dans l'évolution humaine ?	

Pourquoi ?	*Par vengeance.*

Vengeance à cause de…	*Trouvez la fille*
Oh, les anges rebelles ! Après	*et le garçon.*
la guerre au paradis…	*Ne perdez plus*
Satan et le jardin d'Éden…	*de temps.*
Mais ce n'est pas vrai, n'est-ce pas ?	*Jouez le rôle*
C'est ce que vous… pourquoi ?	*du serpent.*

Mary Malone ôta ses mains du clavier et se frotta les yeux. Quand elle les rouvrit, les mots étaient toujours là, sur l'écran.

Où…	*Allez à Sunderland Avenue*
	et cherchez une tente.
	Trompez le gardien et entrez.

Prenez des vivres pour un long voyage.
Vous serez protégée.
Les Spectres ne vous toucheront pas.

Mais je...   *Avant de partir,*
                          détruisez tout ce matériel.

Je ne comprends pas.   *Vous vous préparez*
Pourquoi moi ? Quel   *à cela depuis*
est ce voyage ? Et...   *votre naissance.*
Votre travail ici est terminé.
La dernière chose que vous devez faire
dans ce monde, c'est empêcher
les ennemis d'en prendre le contrôle.
Détruisez ce matériel. Faites-le
maintenant et partez aussitôt après.

Mary Malone repoussa sa chaise de nouveau et
se leva en tremblant. Ses doigts pressèrent ses
tempes et elle constata que les électrodes étaient
toujours fixées sur son crâne. Elle les ôta une par
une, d'un air absent. Certes, elle aurait pu douter de ce qu'elle avait fait, et de ce qu'elle pouvait
encore lire sur l'écran mais, en l'espace d'une
demi-heure, elle avait franchi le stade du doute ou
de la croyance. Une chose venait de se produire et
elle se sentait galvanisée.

Elle éteignit le capteur et l'amplificateur. Après
quoi, elle contourna tous les codes de verrouillage
pour initialiser le disque dur de l'ordinateur et ainsi
l'effacer entièrement ; puis elle ôta l'interface entre
le capteur et l'amplificateur, qui figurait sur une
carte spécialement conçue ; elle posa cette carte
sur le plan de travail et l'écrasa avec le talon de sa

chaussure, n'ayant pas d'objet lourd à portée de main. Ceci étant fait, elle débrancha les connexions entre le bouclier électromagnétique et le capteur, et après avoir déniché les schémas de branchements dans un tiroir du classeur, elle les fit brûler. Avait-elle oublié quelque chose ? Oliver Payne connaissait le programme par cœur, évidemment, et elle ne pouvait pas faire grand-chose à ce niveau-là, mais, au moins, tout le matériel spécifique était maintenant hors d'usage.

Elle fourra dans sa mallette des documents qui se trouvaient dans un tiroir et, pour finir, ôta de la porte l'affiche représentant les hexagrammes du I-Ching et la plia pour la glisser dans sa poche. Puis elle éteignit la lumière et quitta le laboratoire.

L'agent de sécurité s'était posté au pied de l'escalier ; il était au téléphone. Il rangea l'appareil en la voyant descendre et l'escorta sans dire un mot jusqu'à la sortie située sur le côté du bâtiment. À travers la porte vitrée, il la regarda monter en voiture et s'en aller.

Une heure et demie plus tard, Mary Malone, au volant de sa voiture, s'engageait dans une rue proche de Sunderland Avenue. Ne connaissant pas cette partie de la ville, elle avait été obligée de la chercher sur un plan d'Oxford. Jusqu'à cet instant, elle avait été mue par un sentiment d'excitation contenue mais, en descendant de voiture dans l'obscurité, la fraîcheur, le silence et l'immobilité de la nuit qui l'entouraient, elle ressentit tout à coup un pincement d'angoisse. Et si tout cela

n'était, en réalité, qu'un rêve ? Ou bien une gigantesque farce très élaborée ?

Trop tard pour se poser ce genre de questions.
Elle était trop engagée maintenant pour reculer.
En s'emparant du sac à dos avec lequel elle avait
effectué de nombreuses randonnées, en Écosse ou
dans les Alpes, elle songea qu'elle serait capable,
s'il le fallait, de survivre dans la nature ; dans le
pire des cas, elle pourrait toujours s'enfuir ; disparaître dans les collines...

Allons, c'était grotesque.

Elle mit le sac sur son dos et pénétra à pied
dans Banbury Road pour parcourir les deux ou
trois cents mètres jusqu'au rond-point d'où partait
Sunderland Avenue sur la gauche. Jamais sans
doute elle ne s'était sentie aussi ridicule.

Mais en tournant au coin de la rue et à la vue de
cette même rangée d'arbres que Will avait découverte peu de temps auparavant, elle comprit qu'il
y avait au moins quelque chose de vrai dans tout
cela. Sous les arbres, dans l'herbe, de l'autre côté
de la route, on avait installé une petite tente rouge
et blanc, en Nylon, comme celles qu'utilisent les
électriciens pour travailler à l'abri de la pluie. Juste
à côté était garée une camionnette Transit blanche,
anonyme, avec des vitres fumées.

Mieux valait ne pas donner l'impression d'hésiter. Elle marcha droit vers la tente. Elle était
presque arrivée lorsque la porte arrière de la
camionnette s'ouvrit brutalement. Un policier en
descendit. Sans son casque, il paraissait extrêmement jeune. Le lampadaire, sous le feuillage dense
des arbres, éclairait en plein son visage.

— Puis-je vous demander où vous allez, madame ?

— Je vais dans cette tente.

— J'ai peur que ce ne soit pas possible, madame. J'ai reçu ordre de ne laisser approcher personne.

— Tant mieux, dit Mary Malone. Je suis rassurée de constater qu'ils ont pensé à protéger le site. Mais j'appartiens au département des Sciences physiques de l'université. Sir Charles Latrom nous a demandé de procéder à un examen préliminaire et de rédiger un rapport avant de mener des études plus approfondies. Il est important que cela soit fait maintenant, pendant que l'endroit est désert... Je suis sûre que vous comprenez pourquoi.

— Euh... oui, évidemment. Mais... Avez-vous une preuve de votre identité ?

— Oui, oui, bien sûr.

Elle se débarrassa de son sac à dos pour sortir son portefeuille. Parmi les documents qu'elle avait récupérés dans les tiroirs du laboratoire figurait une vieille carte de bibliothèque au nom d'Oliver Payne. Après un quart d'heure de travail minutieux sur la table de la cuisine, et à l'aide de la photo provenant de son propre passeport, elle avait obtenu un résultat qu'elle espérait convaincant. Le policier prit la carte plastifiée qu'elle lui tendait et l'examina de près.

— Docteur Olive Payne, lut-il. Connaissez-vous le Dr Mary Malone ?

— Oui, très bien. C'est une collègue.

— Savez-vous par hasard où elle est en ce moment ?

— Chez elle, dans son lit, je suppose. Pourquoi ?

— Je crois savoir qu'elle ne fait plus partie de

votre équipe, et de ce fait, l'accès à ce lieu lui est interdit. À vrai dire, j'ai même reçu l'ordre de l'arrêter si elle se présentait ici. En voyant approcher une femme, j'ai naturellement pensé que c'était elle, vous comprenez? Toutes mes excuses, docteur Payne.

— Je comprends, dit Mary Malone.

Le policier examina de nouveau la carte.

— Tout m'a l'air en ordre, dit-il.

Il lui rendit sa carte. Mais il avait visiblement envie de parler; sans doute pour tromper la solitude, ou sa nervosité.

— Savez-vous ce qu'il y a sous cette tente? demanda-t-il.

— Non, pas vraiment, répondit-elle en toute franchise. C'est pourquoi je suis ici.

— Oui, bien sûr. Très bien, docteur Payne.

Le jeune policier se recula et la laissa détacher le rabat de la tente. «Pourvu qu'il ne remarque pas le tremblement de mes mains», se disait-elle. Serrant son sac à dos contre sa poitrine, Mary Malone franchit l'ouverture de la tente. «Trompez le gardien»... Voilà, c'était fait. Mais elle ignorait ce qu'elle allait trouver à l'intérieur de cette tente. Elle s'attendait à découvrir des sortes de fouilles archéologiques, ou un cadavre, ou une météorite... Rien dans son existence, ni même dans ses rêves les plus fous, ne l'avait préparée à la vision de ce mètre carré de vide en suspension dans l'air, ni au spectacle d'une ville endormie et silencieuse au bord de la mer...

13

Æsahœttr

 Dès que la lune se leva, les sorcières entamèrent leurs incantations destinées à guérir les blessures de Will.

Elles le réveillèrent et lui demandèrent de poser le poignard sur le sol, de manière que la lame reflète l'éclat des étoiles. Assise à proximité, Lyra remuait des herbes dans un pot contenant de l'eau bouillante, au-dessus d'un feu ; et, pendant que les sorcières tapaient dans leurs mains, frappaient du pied et scandaient des refrains, Serafina s'accroupit au-dessus du poignard et se mit à chanter, d'une voix haut perchée et forte :

« Petit poignard ! Ils ont arraché ton acier
des entrailles de notre Mère la Terre,
ils ont allumé un feu et fait fondre le minerai,
ils l'ont fait pleurer, saigner et couler,
ils l'ont martelé et trempé,
en le plongeant dans les eaux glacées,
en le faisant chauffer dans la forge,
jusqu'à ce que ta lame devienne rouge sang, brûlante !

Et puis, ils t'ont obligé a transpercer l'eau
encore une fois, et encore une fois,
jusqu'à ce que la vapeur ne soit plus que brouillard
bouillonnant, et que l'eau demande grâce.
Et quand tu découpas une seule ombre
en trente mille reflets,
ils surent que tu étais prêt,
alors ils te baptisèrent poignard subtil.
Mais qu'as-tu fait ?
Tu as ouvert les portes du sang, et les as laissées
    béantes !
Petit poignard, ta mère t'appelle
des entrailles de la terre,
des mines et des cavernes les plus profondes,
de son ventre de fer enfoui.
Écoute ! »

Serafina frappa du pied et tapa dans ses mains
en même temps que ses sœurs, et toutes les sorcières poussèrent des ululements sauvages qui déchi-
rèrent l'air comme des griffes. Assis au milieu
d'elles, Will sentit un frisson glacé parcourir sa
colonne vertébrale.

Serafina Pekkala se tourna vers lui et prit sa
main estropiée entre les siennes. Quand elle se
remit à chanter, le garçon ne put s'empêcher de
tressaillir, tant la voix de la sorcière était aiguë et
claire et ses yeux brillants, mais il resta assis, sans
bouger, et laissa les incantations se poursuivre.

« Sang ! Obéis-moi ! Rebrousse chemin,
Deviens un lac et ne te fais plus rivière.
Arrivé à l'air libre,
arrête-toi ! Et dresse un mur de caillots,

assez solide pour contenir le flot.
Sang, ton ciel est le sommet du crâne ;
ton soleil est l'œil ouvert ;
ton vent, le souffle dans les poumons ;
sang, ton monde est clos. Restes-y ! »

Will avait l'impression que tous les atomes de son corps réagissaient à cet ordre, et il se joignit à cet appel, obligeant son sang tumultueux à écouter et à obéir.

Il abaissa sa main et se tourna vers le petit pot de fer au-dessus du feu. Une fumée âcre s'en échappait. Will entendait la potion bouillonner furieusement.

Serafina continua de chanter :

« Écorce de chêne, soie d'araignée,
mousse du sol, algue marine...
tenez bon, serrez fort,
barrez la porte, tirez le verrou,
renforcez le mur de sang,
asséchez le flot écarlate. »

À l'aide de son propre couteau, la sorcière fendit un jeune aulne dans le sens de la longueur. La blancheur de la plaie brillait dans l'éclat de la lune. Elle versa un peu de liquide bouillonnant à l'intérieur de la fente, puis referma la blessure, en joignant délicatement les deux morceaux, de la racine jusqu'à la pointe. Le jeune arbre était de nouveau intact.

Will entendit le petit cri étouffé de Lyra, et en se retournant, il vit une autre sorcière tenir dans ses mains robustes un lièvre qui se débattait. Essoufflé, les yeux exorbités, l'animal donnait de grands coups de pattes, mais les mains de la sorcière étaient impitoyables. Le tenant par les pattes avant, d'une seule main, elle lui saisit les pattes arrière avec l'autre, et étira le lièvre, ventre en l'air.

Le couteau de Serafina l'ouvrit de haut en bas. Will fut pris de vertiges, tandis que Lyra tenait fermement dans ses bras Pantalaimon, métamorphosé en lièvre par solidarité, qui ruait et tentait de mordre. Le véritable lièvre se figea, les yeux saillants ; sa poitrine se soulevait, ses entrailles luisaient.

Serafina reprit un peu de décoction, qu'elle fît couler goutte par goutte dans la plaie béante ; après quoi, elle referma la blessure avec ses doigts, en lissant le poil par-dessus, jusqu'à ce que la blessure ait totalement disparu.

La sorcière qui tenait le lièvre desserra alors l'étau de ses mains et le déposa délicatement sur le sol ; l'animal s'ébroua, se retourna pour lécher son flanc, agita les oreilles et mordilla un brin d'herbe, comme s'il était totalement seul. Mais soudain, il sembla prendre conscience du cercle d'humains qui l'entourait et, telle une flèche, il s'élança et disparut dans l'obscurité en faisant de grands bonds.

Tout en réconfortant Pantalaimon, Lyra jeta un coup d'œil en direction de Will. Il avait compris ce que cela signifiait : le remède magique était prêt. Il tendit sa main, et quand Serafina versa le mélange fumant sur les moignons sanglants de ses doigts, il détourna le regard et inspira à fond plusieurs fois, mais sans grimacer.

Quand sa chair à vif fut bien imbibée, la sorcière appliqua quelques herbes détrempées sur les plaies et les maintint en place à l'aide d'une bande de soie.

Le sortilège était terminé.

Will dormit à poings fermés le reste de la nuit. Il faisait froid, mais les sorcières le recouvrirent de feuilles, et Lyra se coucha en boule contre son dos. Au matin, Serafina lui refit un pansement, et Will essaya de déchiffrer son expression pour savoir si sa blessure guérissait, mais le visage de la sorcière demeura impassible.

Quand ils se furent restaurés, Serafina annonça aux deux enfants que les sorcières avaient décidé, puisqu'elles étaient venues dans ce monde pour retrouver Lyra, d'aider celle-ci à accomplir cette tâche qu'elle savait être la sienne désormais. À savoir : conduire Will jusqu'à son père.

C'est ainsi qu'ils se mirent en route, et le voyage se déroula sans encombre. Avant toute chose, Lyra, avec une certaine méfiance, consulta l'aléthiomètre et celui-ci lui apprit qu'ils devaient prendre la direction des montagnes qu'on distinguait au loin, de l'autre côté de l'immense baie. N'étant jamais montés aussi haut au-dessus de la ville, ils ne pouvaient imaginer combien la côte était incurvée, et les montagnes se trouvaient alors sous la ligne d'horizon ; mais à présent, quand les arbres s'éclaircissaient, ou quand une longue pente s'ouvrait sous leurs pieds, ils apercevaient la mer bleue et déserte et, au-delà, ces montagnes également bleues, leur destination. La route paraissait longue.

Ils parlaient peu. Lyra était occupée à observer

la vie de la forêt : les piverts, les écureuils ou encore les petits serpents de mousse verts, avec des losanges sur le dos. Quant à Will, il avait besoin de toute son énergie pour continuer d'avancer. Lyra et Pantalaimon évoquèrent longuement son cas.

— On pourrait quand même consulter l'aléthiomètre, suggéra Pantalaimon au bout d'un moment, après qu'ils eurent lambiné en chemin pour tenter de s'approcher d'un faon qui broutait. On n'a jamais promis de ne pas le faire, ajouta-t-il. Et on pourrait apprendre un tas de choses utiles. On ferait ça pour lui, pas pour nous.

— Ne sois pas idiot, répondit Lyra. On le ferait uniquement pour nous, étant donné que Will ne nous a jamais rien demandé. Tu n'es qu'un sale curieux, Pan !

— Ça change, pour une fois, répliqua le dæmon. Généralement, c'est toi qui fourres ton nez partout, et je suis obligé de te mettre en garde. Comme dans le Salon à Jordan College. Je n'étais pas d'accord pour y entrer.

— Si je t'avais écouté ce jour-là, Pan, crois-tu que tout cela serait arrivé ?

— Non. Car le Maître aurait empoisonné Lord Asriel, et tout serait terminé depuis longtemps.

— Oui, sans doute… À ton avis, qui est le père de Will ? Et pourquoi est-il si important ?

— Justement ! C'est ce que je disais. On pourrait le savoir en quelques minutes !

Lyra prit un air mélancolique.

— Autrefois, je l'aurais sans doute fait, dit-elle, mais je crois que je suis en train de changer, Pan.

— Non, je ne pense pas.

— Parle pour toi… Dis, Pan, quand je change-
rai, toi, tu cesseras de changer. Qu'est-ce que tu
seras comme animal ?

— Une puce, j'espère.

— Ah, non. Tu n'as pas une idée de ce que tu
pourrais devenir ?

— Non. Et je ne tiens pas à le savoir.

— Tu fais la tête parce que je refuse de satisfaire ton caprice.

Pantalaimon se changea alors en cochon, et il
grogna, couina et renifla jusqu'à ce que Lyra se
moque de lui ; après quoi, il se métamorphosa en
écureuil et bondit de branche en branche à ses
côtés.

— Et à ton avis, qui est le père de Will ?
demanda-t-il. Crois-tu que c'est quelqu'un qu'on
connaît ?

— Possible. En tout cas, c'est quelqu'un d'important, presque autant que Lord Asriel.

— On n'en sait rien, répliqua le dæmon. On le
suppose, mais sans aucune preuve. Nous avons
décidé de partir à la recherche de la Poussière uniquement à cause de la mort de Roger.

— Nous savons que c'est important ! s'exclama
Lyra avec hargne, en tapant du pied. Et les sorcières aussi le savent. Elles ont fait tout ce chemin pour nous retrouver, me protéger et m'aider !
Et nous devons aider Will à retrouver son père.
Voilà ce qui est important. Et tu le sais bien, toi
aussi, car sinon, tu ne l'aurais pas léché quand il
était blessé. Au fait, pourquoi as-tu fait ça ? Tu ne
m'as même pas demandé la permission. Je n'en
croyais pas mes yeux !

— Je l'ai fait parce que Will n'avait pas de

dæmon, et il en avait besoin. Si tu étais aussi douée
que tu le prétends pour comprendre les choses, tu
l'aurais compris.

— Je le savais, en vérité.

Ils s'interrompirent finalement, car ils avaient
rejoint Will, qui s'était assis sur une pierre au bord
du chemin. Devenu gobe-mouches, Pantalaimon
virevoltait au milieu des branches.

Lyra demanda à Will :

— À ton avis, que vont faire ces enfants maintenant ?

— Ils ne nous suivront pas. Ils avaient trop
peur des sorcières. Peut-être vont-ils recommencer à errer.

— Oui, sans doute… Mais peut-être voudront-
ils s'emparer du poignard, malgré tout. En ce cas,
ils nous poursuivront.

— Qu'ils essayent. Ils n'auront pas le poignard.
Au début, je n'en voulais pas. Mais s'il permet de
tuer les Spectres…

— Je me suis toujours méfiée d'Angelica, dès
la première fois, déclara Lyra d'un ton vertueux.

— Oui, c'est juste, confirma Will.

— Et cette ville… je la haïssais à la fin.

— Quand je l'ai découverte, j'ai cru que c'était
le paradis. Je ne pouvais pas imaginer un plus bel
endroit. En vérité, il était infesté de Spectres…

— Je ne ferai plus confiance à des enfants, dit
Lyra. Quand j'étais à Bolvangar, je pensais que
même si les grandes personnes faisaient des choses
horribles, les enfants ne leur ressemblaient pas. Je
croyais qu'ils étaient incapables de pareilles cruau-
tés. J'en suis moins sûre maintenant. En tout cas,

je n'ai jamais vu des enfants comme ceux-là, c'est certain.

— Moi, si, dit Will.

— Quand ? Dans ton monde ?

— Oui...

Lyra ne dit rien ; elle attendait la suite. Après un silence, Will reprit :

— C'était à un moment où ma mère traversait une de ses crises. On vivait tous les deux, elle et moi, vu que mon père avait disparu. Et parfois, elle se mettait à imaginer des choses qui n'existaient pas. Ou bien, elle se sentait obligée de faire des choses qui n'avaient aucun sens, pour moi en tout cas. Elle était obligée de le faire : sinon, elle paniquait et elle avait peur de tout ; alors, j'avais pris l'habitude de l'aider. Il fallait toucher toutes les grilles du parc, par exemple, ou compter les feuilles d'un buisson, ce genre de trucs. Au bout d'un moment, elle se sentait mieux. Mais j'avais peur qu'on découvre que ma mère était comme ça, car je me disais qu'ils l'emmèneraient. Alors, je m'occupais d'elle et je cachais la vérité. Je n'ai jamais rien dit à personne.

Mais un jour où je n'étais pas là pour l'aider, elle a pris peur. J'étais à l'école. Elle est sortie dans la rue, presque nue... Mais elle ne s'en rendait pas compte. Des garçons de mon école l'ont vue, et ils ont commencé à...

Will avait le visage en feu. Incapable de tenir en place, il se leva et se mit à faire les cent pas, en évitant le regard de Lyra. Sa voix frémissait et ses yeux étaient humides.

— Ils se sont amusés à la harceler, exactement comme ces gamins avec le chat au pied de la tour...

Ils pensaient qu'elle était folle, et ils voulaient lui
faire du mal, peut-être même la tuer, ça ne m'aurait pas étonné. Elle était différente d'eux, alors
ils la haïssaient. Heureusement, je suis arrivé à
temps, et je l'ai ramenée à la maison. Le lende-
main, à l'école, je me suis battu avec le chef de la
bande. Je lui ai cassé le bras, et quelques dents, je
crois. Je voulais me battre avec les autres aussi,
mais je me suis attiré des ennuis avec les profs et
le directeur et j'ai compris que je ferais mieux de
me calmer, car ils risquaient d'aller voir ma mère
pour se plaindre. Ils verraient alors dans quel état
elle était, et ils l'emmèneraient. Donc, j'ai fait
semblant de regretter mon geste, et j'ai promis de
ne pas recommencer ; ils m'ont puni pour m'être
battu, mais je n'ai rien dit. J'avais réussi à protéger ma mère, tu comprends ? Personne n'était au
courant, à part ces garçons, et ils savaient ce que
je ferais si jamais ils racontaient ce qu'ils avaient
vu ; ils savaient que la prochaine fois, je ne me
contenterais pas de leur faire du mal : je les tuerais. Un peu plus tard, son état s'est amélioré. Personne n'a jamais rien su.

Mais désormais, je me méfiais autant des enfants
que des adultes. Eux aussi sont capables de faire de
vilaines choses. Voilà pourquoi je n'étais pas surpris par le comportement des gamins de Ci'gazze.
Mais j'étais bien content de voir arriver les sorcières.

Will se rassit, tournant le dos à Lyra, et il sécha
ses larmes d'un revers de main. Elle fit semblant
de ne rien voir.

— Will... ce que tu m'as raconté au sujet de ta
mère... La réaction de Tullio, quand les Spectres

l'ont attaqué … Et hier, quand tu pensais que les Spectres venaient de ton monde …

— Oui. Car ce qui est arrivé à ma mère n'a aucun sens. Elle n'est pas folle. Ces gamins le pensaient peut-être ; ils se sont moqués d'elle et ont essayé de lui faire du mal, mais ils avaient tort : elle n'était pas folle. À part qu'elle avait peur de choses que je ne pouvais pas voir. Et qu'elle se sentait obligée de faire des choses qui semblaient insensées ; ça n'avait aucun sens pour nous, mais pour elle, si. Comme le fait de compter les feuilles d'un arbre, ou Tullio, hier, qui caressait les pierres du mur. Peut-être était-ce un moyen d'essayer de repousser les Spectres. Comme si, en tournant le dos à une chose qui les effrayait, en essayant de se concentrer sur les pierres ou sur les feuilles d'un arbre, en s'obligeant à croire que c'était important, ils pouvaient se protéger… Je n'en sais rien. On dirait que ça marche comme ça. Ma mère avait de vraies raisons d'avoir peur : ces deux hommes qui sont venus chez nous pour nous voler, par exemple, mais pas seulement. Alors, peut-être que les Spectres existent aussi dans mon monde ; simplement, on ne les voit pas, et on ne leur a pas donné de nom. Mais ils existent, et ils continuent d'attaquer ma mère. Voilà pourquoi j'étais soulagé hier, quand l'aléthiomètre t'a dit qu'elle allait bien.

Will respirait vite et sa main droite serrait avec force le manche du poignard dans sa gaine. Lyra ne disait rien ; Pantalaimon se tenait immobile.

— À quel moment as-tu décidé que tu devais partir à la recherche de ton père ? demanda-t-elle finalement.

— Oh, il y a longtemps. Quand j'étais petit, j'imaginais qu'il était prisonnier et que je l'aidais à s'évader. Je m'amusais tout seul dans mon coin, pendant plusieurs jours. Ou bien, je l'imaginais sur une île déserte, et je prenais un bateau pour aller le chercher et le ramener à la maison. Il saurait exactement comment faire pour régler les problèmes, surtout celui de ma mère ; grâce à lui, elle irait mieux, il s'occuperait d'elle, et moi, j'irais à l'école normalement, j'aurais des amis, j'aurais une mère et un père. Je disais toujours que quand je serais grand, je partirais chercher mon père... Et ma mère disait que je reprendrais le flambeau de mon père. Elle disait cela pour me faire plaisir. Je ne savais pas ce que ça voulait dire, mais ça me paraissait important.

— Tu n'avais pas d'amis ?

— Comment aurais-je pu en avoir ? répondit Will, surpris par cette question. Des amis... Ils viennent à la maison et ils connaissent tes parents et... Des fois, un garçon de l'école m'invitait chez lui ; j'y allais ou je n'y allais pas, mais je ne pouvais jamais lui rendre l'invitation. Conclusion, je n'ai jamais eu vraiment d'amis. J'aurais bien aimé pourtant... J'avais mon chat, ajouta-t-il. J'espère qu'il va bien. J'espère que quelqu'un s'occupe de lui...

— Et cet homme que tu as tué ? demanda Lyra, en sentant battre son cœur. C'était qui ?

— Je n'en sais rien. Si je l'ai vraiment tué, je m'en fiche. Il le méritait. Ils étaient deux. Ils venaient sans cesse à la maison et ils ont harcelé ma mère jusqu'à ce qu'elle recommence à avoir peur, encore plus qu'avant. Ils ne la laissaient pas tranquille, ils voulaient tout savoir sur mon père.

J'ignore si c'étaient des policiers. Au début, j'ai
cru qu'ils appartenaient à une bande de gangsters ;
ils pensaient peut-être que mon père avait cam-
briolé une banque et qu'il avait caché l'argent.
Mais ce n'était pas de l'argent qu'ils cherchaient,
c'étaient des papiers. Ils voulaient récupérer les
lettres que mon père avait envoyées. Un jour, ils
se sont introduits dans la maison, et j'ai compris
que ma mère serait plus en sécurité ailleurs. Je ne
pouvais pas prévenir la police, tu comprends, car
ils m'auraient pris ma mère. Je ne savais pas quoi
faire.

Finalement, je suis allé voir la vieille dame qui
me donnait des leçons de piano. Je ne voyais personne d'autre à qui m'adresser. Je lui ai demandé
si elle pouvait héberger ma mère. Je crois qu'elle
saura veiller sur elle. Ensuite, je suis retourné à la
maison pour chercher ces fameuses lettres, et je
les ai trouvées, mais les deux hommes sont revenus encore une fois. C'était la nuit, ou le petit
matin. Je m'étais caché en haut de l'escalier, et
Moxie, c'est mon chat, est sorti de la chambre. Je
ne l'avais pas vu, et l'homme non plus ; et quand
je l'ai bousculé, il a trébuché sur le chat, et il est
tombé dans l'escalier.

Alors, je me suis enfui. Voilà comment ça s'est
passé. Je n'avais pas l'intention de le tuer, mais
peu m'importe de l'avoir fait. Je me suis enfui vers
Oxford ; c'est là que j'ai découvert la fenêtre. Uniquement parce que j'ai vu un chat ! Je me suis
arrêté pour l'observer ; c'est lui qui a trouvé la
fenêtre en premier. Si je ne l'avais pas vu... Et
si Moxie n'était pas sorti de la chambre à ce
moment-là...

— Oui, un sacré coup de chance, dit Lyra. Pan et moi, on se demandait justement : que se serait-il passé si je ne m'étais pas cachée dans la penderie du Salon à Jordan College, et si je n'avais pas vu le Maître verser du poison dans le vin ? Rien de tout cela ne serait arrivé également…

Tous les deux demeurèrent assis en silence sur la pierre recouverte de mousse, éclairés par les rayons obliques du soleil qui filtraient à travers les branches des vieux pins, songeant à tous ces minuscules hasards qui s'étaient combinés pour les conduire ici. Un rien aurait suffi à les entraîner dans une autre direction. Peut-être que, dans un autre monde, un autre Will n'avait pas vu la fenêtre dans Sunderland Avenue, et avait continué de fuir vers les Midlands, épuisé et égaré, jusqu'à ce qu'on l'arrête. Et dans un autre monde, un autre Pantalaimon avait persuadé une autre Lyra de ne pas rester cachée dans le Salon et un autre Lord Asriel était mort empoisonné, un autre Roger était toujours vivant, pour jouer éternellement avec cette même Lyra sur les toits et dans les ruelles d'un autre Oxford, immuable.

Will avait récupéré suffisamment de forces pour continuer et, ensemble, ils se remirent en route, au milieu de l'immense forêt silencieuse.

Ils marchèrent toute la journée, se reposant parfois. Les arbres devenaient plus clairsemés et le terrain plus rocailleux. Lyra consulta l'aléthiomètre. « Continue, lui dit-il, tu es dans la bonne direction. » Vers midi, ils atteignirent un village épargné par les Spectres : des chèvres broutaient à flanc de colline, un bosquet de citronniers projetait de l'ombre sur le sol de pierres ; les enfants qui jouaient dans le ruisseau s'enfuirent en criant pour rejoindre leurs mères, quand ils aperçurent soudain la fillette aux vêtements déchirés, le garçon au visage pâle, au regard fiévreux, avec son T-shirt taché de sang, et le lévrier élégant qui marchait à leurs côtés.

Malgré leur méfiance évidente, les adultes acceptèrent de leur vendre du pain, du fromage et des fruits, en échange d'une des pièces d'or de Lyra. Les sorcières restèrent à l'écart, mais Will et Lyra savaient qu'elles seraient là en une fraction de seconde si le moindre danger menaçait. Après de nouveaux marchandages, une vieille femme leur vendit deux gourdes en peau de chèvre et une jolie chemise en lin. Soulagé de pouvoir enfin quitter son T-shirt souillé, Will se lava dans l'eau glacée du ruisseau et s'allongea au chaud soleil de l'après-midi pour se faire sécher.

Revigorés, ils reprirent leur route. Le paysage se faisait plus aride ; pour trouver de l'ombre, ils devaient maintenant se mettre à l'abri des rochers qui avaient remplacé les arbres feuillus. Le sol était chaud sous leurs pieds, à travers les semelles de leurs chaussures. Le soleil les éblouissait. Ils avançaient de plus en plus lentement, à mesure que le relief s'accentuait, et quand le soleil atteignit la crête des montagnes, ils virent une petite vallée s'ouvrir devant eux et décidèrent de s'arrêter.

Ils dévalèrent la pente, manquant plus d'une fois de perdre l'équilibre ; après quoi, ils durent encore se frayer un chemin au milieu des fourrés de rhododendrons nains, des feuilles noires lustrées et des touffes de fleurs écarlates envahies par le bour-

donnement des abeilles, avant de déboucher au
crépuscule dans une prairie sauvage bordée par
un ruisseau. L'herbe haute était envahie de bleuets,
de gentianes et de quintefeuilles.

Will but à grandes gorgées l'eau du ruisseau,
puis se coucha. Il était incapable de rester éveillé,
et incapable de dormir ; sa tête tournait, une brume
d'étrangeté lui semblait planer au-dessus de chaque
chose, et sa main gonflée l'élançait.

Plus grave, elle s'était remise à saigner.

Ayant examiné les plaies, Serafina y appliqua
de nouvelles herbes et noua encore plus fortement
la bande de soie, mais elle avait du mal à cacher
son inquiétude. Will s'abstint de la questionner. À
quoi bon ? De toute évidence, le sortilège n'avait
pas agi, et il voyait bien que la sorcière en était
consciente, elle aussi.

Alors que la nuit tombait, Lyra s'allongea près
de lui et, bientôt, il perçut un léger ronronnement.
Transformé en chat, le dæmon s'était assoupi, les
pattes croisées à moins d'un mètre de lui. Will
murmura :

— Pantalaimon ?

Le dæmon ouvrit les yeux. Lyra ne bougea pas.
Pantalaimon répondit en chuchotant :

— Oui ?

— Pan, est-ce que je vais mourir ?

— Les sorcières ne te laisseront pas mourir. Et
Lyra non plus.

— Mais je continue à me vider de mon sang ; il
ne doit pas m'en rester beaucoup. Si l'hémorragie
ne cesse pas… J'ai peur…

— Lyra croit que tu ignores la peur.

— Ah bon ?

— Elle trouve que tu es la personne la plus courageuse qu'elle connaisse, aussi téméraire que Iorek Byrnison.

— Dans ce cas, j'ai intérêt à cacher ma frayeur, je suppose, dit-il.

Will resta muet un instant, avant d'ajouter :

— Je crois que Lyra est plus courageuse que moi. Et je crois que c'est la meilleure amie que j'aie jamais eue.

— Elle pense la même chose de toi, murmura le dæmon.

Will ferma les yeux.

Lyra était immobile, mais elle avait les yeux grands ouverts dans le noir, et son cœur battait à tout rompre.

Quand Will reprit conscience, la nuit était tombée et sa main le faisait souffrir plus que jamais. Il se redressa avec prudence et vit brûler un feu à proximité, là où Lyra essayait de faire griller un morceau de pain planté au bout d'une branche fourchue. Pendant ce temps, deux oiseaux étaient en train de rôtir sur une broche de fortune, et quand Will s'assit près du feu, Serafina Pekkala vint se poser à ses côtés.

— Will, dit-elle, mange ces feuilles avant d'avaler toute autre nourriture.

Elle lui tendit une poignée de feuilles au goût amer, ressemblant un peu à de la sauge, qu'il mâcha en silence et fit passer en déglutissant. Elles étaient astringentes, mais Will se sentit étrangement ragaillardi ; la fatigue et le froid s'étaient dissipés.

Ils mangèrent les oiseaux rôtis, assaisonnés avec du jus de citron, puis une autre sorcière apporta des myrtilles qu'elle avait cueillies sous la pierraille, et toutes les sorcières se réunirent alors autour du feu. Elles parlèrent sans élever la voix ; certaines étaient montées très haut dans le ciel pour scruter les environs, et l'une d'elles avait aperçu une montgolfière au-dessus de la mer. En entendant ce récit, Lyra se redressa.

— C'était le ballon de M. Scoresby ? demanda-t-elle.

— Il y avait deux hommes à bord, mais le ballon était trop loin pour que je les distingue. Un orage se préparait dans leur dos.

Lyra frappa dans ses mains.

— Si M. Scoresby nous rejoint, on pourra voyager dans les airs, Will ! s'exclama-t-elle. Oh, pourvu que ce soit lui ! Je n'ai pas eu l'occasion de lui dire au revoir, et il était si gentil… J'aimerais tant le revoir !

La sorcière nommée Juta Kamainen écoutait la conversation, son dæmon-rouge-gorge posé sur son épaule, le regard enflammé, car le nom de Lee Scoresby évoquait pour elle la mission entreprise par le Texan. Juta était la sorcière dont Stanislaus Grumman avait rejeté l'amour, la sorcière que Serafina Pekkala avait emmenée avec elle dans ce long voyage pour l'empêcher de tuer Grumman en restant dans leur monde.

Cette réaction n'aurait pas échappé à Serafina mais, au même moment, elle leva la main pour obtenir le silence et pencha la tête sur le côté, imitée en cela par ses sœurs. Will et Lyra perçurent faiblement, au nord, le cri d'un oiseau de nuit. Mais ce n'était pas un oiseau : les sorcières comprirent immédiatement qu'il s'agissait d'un dæmon. Serafina Pekkala leva la tête et scruta le ciel.

— Je crois que c'est Ruta Skadi.

Ils demeurèrent muets et immobiles, la tête inclinée vers l'immensité silencieuse, tendant l'oreille.

Un autre cri perça la nuit, plus proche celui-ci, puis un troisième.

À cet instant, toutes les sorcières s'emparèrent de leurs branches et s'élancèrent dans les airs ; toutes sauf deux, qui demeurèrent au sol, leur arc bandé, pour protéger Will et Lyra.

Quelque part dans l'obscurité, au-dessus de leurs têtes, un combat se déroulait. Et quelques secondes plus tard, ils entendirent un bruissement d'ailes, le sifflement des flèches, des grognements, des cris de douleur ou de fureur, des ordres aboyés.

Et soudain, avec un bruit sourd, si brutal qu'ils n'eurent même pas le temps de sursauter, une créature tomba du ciel, à leurs pieds ; une bête à la peau parcheminée et aux poils emmêlés que Lyra reconnut aussitôt : c'était un monstre des falaises, ou quelque chose de semblable.

La créature avait le corps disloqué par la chute, et une flèche était plantée dans son flanc. Malgré tout, elle se releva, en titubant, et se jeta sur Lyra avec une cruauté désespérée. Les sorcières ne pouvaient décocher leurs flèches, car la fillette se trouvait dans leur ligne de mire, mais Will arriva le premier, armé de son poignard et, d'un revers, il trancha la tête du monstre, qui roula sur le sol. L'air jaillit des poumons de la bête dans un gargouillis sinistre, et elle s'effondra, raide morte.

Tous les yeux se levèrent alors vers le ciel, car le combat aérien s'était rapproché du sol, et les flammes du feu de camp faisaient rougeoyer un tourbillon de lambeaux de soie noire, de bras à la peau pâle, de branches de sapin aux aiguilles vertes, de peau grisâtre et croûteuse. La manière dont les sorcières parvenaient à conserver leur équilibre malgré les demi-tours, les arrêts brutaux, et les accélérations soudaines, tout en visant et en tirant avec leurs arcs, voilà qui dépassait l'entendement de Will.

Un deuxième monstre des falaises, puis un troisième tombèrent dans le ruisseau, ou sur les rochers juste à côté, morts et bien morts. Leurs congénères s'enfuirent alors vers le nord dans un concert de couinements et disparurent dans l'obscurité.

Quelques secondes plus tard, Serafina Pekkala se posa au sol, accompagnée de ses sœurs et d'une autre sorcière : une très belle femme au regard féroce et aux cheveux noirs, dont les joues étaient enflammées par la colère et l'excitation.

Apercevant le cadavre décapité du monstre des falaises, elle cracha par terre.

— Cette abomination ne vient pas de notre monde, dit-elle, ni de celui-ci. Il y en a des milliers semblables à celle-ci, qui se reproduisent comme des mouches... Qui est cette enfant ? Est-ce la dénommée Lyra ? Et qui est ce garçon ?

Lyra soutint le regard scrutateur de la sorcière tandis que son pouls s'accélérait, car Ruta Skadi vibrait d'une énergie intérieure si éclatante qu'elle déclenchait le même afflux nerveux chez quiconque l'approchait.

La sorcière se tourna ensuite vers Will et, à son tour, il éprouva les mêmes picotements d'intensité ; comme Lyra, il resta maître de ses réactions.

Il tenait toujours le poignard dans la main, et Ruta Skadi sourit en voyant quel usage il en avait fait. Will l'enfonça dans la terre pour nettoyer le sang de la créature immonde, puis il le rinça dans le ruisseau.

Ruta Skadi reprit la parole :

— Serafina Pekkala, j'ai beaucoup appris : toutes les choses du passé sont en train de changer, ou de mourir. J'ai faim...

Elle mangea comme un animal, déchiquetant à mains nues les restes d'oiseaux rôtis, fourrant des poignées de pain dans sa bouche, et faisant passer le tout en buvant à pleine gorge l'eau du ruisseau. Pendant qu'elle se restaurait, quelques-unes des sorcières emportèrent la dépouille des monstres des falaises, puis ranimèrent le feu, avant de monter la garde.

Les autres vinrent s'asseoir autour de Ruta Skadi pour écouter ce qu'elle avait à leur dire. Pour commencer, elle leur raconta ce qui s'était passé quand elle s'était envolée à la poursuite des anges, puis son voyage vers la forteresse de Lord Asriel.

— Mes sœurs, c'est le château le plus gigantesque que l'on puisse imaginer ; les remparts de basalte montent jusqu'au ciel. De larges routes y conduisent de tous les côtés, et ces routes sont encombrées de chargements de poudre, de nourriture, de plaques d'armures. Comment Lord Asriel a-t-il réussi un tel prodige ? Je suppose qu'il prépare cela depuis longtemps, une éternité. Il s'y préparait déjà avant notre naissance, mes sœurs, bien qu'il soit beaucoup plus jeune que nous... Mais comment est-ce possible ? Je l'ignore. Je ne comprends pas. À croire qu'il commande au temps ; il peut l'accélérer ou au contraire le ralentir, à sa guise.

Des guerriers de toutes sortes, venus de tous les mondes, affluent vers la forteresse. Des hommes et des femmes, oui, mais aussi des esprits guerriers, et des créatures armées comme je n'en ai jamais vu : des lézards, des singes, des oiseaux gigantesques dotés d'éperons empoisonnés, des êtres trop invraisemblables pour que je puisse deviner leurs noms. Saviez-vous, mes sœurs, qu'il existait des sorcières dans d'autres mondes ? J'ai parlé à des sorcières venant d'un monde semblable au nôtre en apparence, mais profondément différent, car ces sorcières ne vivent pas plus longtemps que des êtres humains, et il y a même des hommes parmi elles, des sorciers capables de voler comme nous...

Les sorcières du clan de Serafina Pekkala écoutaient le récit de Ruta Skadi avec un mélange d'appréhension, d'émerveillement et d'incrédulité. Mais Serafina ne mettait pas en doute sa parole, et elle l'incita à poursuivre.

— As-tu vu Lord Asriel, Ruta Skadi ? Es-tu parvenue jusqu'à lui ?

— Oui, mais cela n'a pas été facile, car il vit au cœur de nombreux cercles d'activité, qu'il commande. Cependant, en me rendant invisible, j'ai pu pénétrer dans ses appartements privés, au moment où il se couchait.

Toutes les sorcières présentes devinaient ce qui s'était passé ensuite, alors que ni Will ni Lyra ne pouvaient même l'imaginer. N'ayant pas besoin de s'étendre sur le sujet, Ruta Skadi poursuivit :

— Je lui ai demandé ensuite pourquoi il rassem-

blait toutes ces forces, et s'il était exact, comme
nous l'avions entendu dire, qu'il avait décidé de
défier l'Autorité. Il a éclaté de rire.

« On en parle donc jusqu'en Sibérie ? » m'a-t-il
demandé, et je lui ai répondu oui, à Svalbard également, et dans toutes les régions du Nord, de
notre Nord. Je lui ai parlé alors de notre pacte, je
lui ai dit que nous avions quitté notre monde pour
partir à sa recherche, afin d'en savoir plus.

Et il nous a conviées à nous joindre à lui, mes
sœurs. À rejoindre son armée pour livrer bataille
contre l'Autorité. J'aurais voulu, de tout mon cœur,
pouvoir nous engager sur-le-champ ; j'aurais été
heureuse d'impliquer mon clan dans le combat. Il
m'a prouvé qu'il est juste et légitime de se rebeller, lorsqu'on songe aux horreurs que les agents
de l'Autorité accomplissent en son nom... J'ai
repensé alors aux enfants de Bolvangar, et aux
terribles mutilations auxquelles j'ai assisté dans
les territoires du Sud de notre propre monde. Il
m'a décrit les innombrables ignominies perpétrées
au nom de l'Autorité ; il m'a raconté comment,
dans certains mondes, on capture les sorcières
pour les brûler vives, mes sœurs, oui, des sorcières
comme nous...

Lord Asriel m'a ouvert les yeux. Il m'a montré
des choses que je n'avais jamais vues, des atrocités,
des actes de cruauté commis au nom de l'Autorité, et destinés à détruire les joies et l'authenticité
de la vie. Oh, mes sœurs, comme j'avais hâte de
me rallier, avec mon clan, à sa juste cause ! Mais je
savais que je devais d'abord vous consulter, puis
revenir dans notre monde pour en discuter avec
Ieva Kasku et Reina Miti, et les autres reines.

✝ Alors, j'ai quitté sa chambre, toujours invisible, j'ai récupéré ma branche de sapin et je suis repartie. Mais à peine m'étais-je envolée qu'un vent violent m'a entraînée vers les montagnes, et j'ai dû me réfugier sur une crête. Connaissant le genre de créatures qui hantent ces cimes, je me suis rendue invisible de nouveau, et là, dans l'obscurité, j'ai entendu des voix.

Apparemment, j'étais tombée par hasard sur le repaire de l'ancêtre des monstres des falaises. Il était aveugle, et ses congénères lui apportaient de la nourriture, quelque charogne puante provenant de tout en bas. Et ils lui demandaient conseil.

— Grand-père, disaient-ils, jusqu'où remontent tes souvenirs ?

— Oh, très, très loin. Bien avant l'arrivée des humains, leur répondit-il d'une voix douce, chevrotante et fêlée.

— Est-il vrai, grand-père, que la plus grande des batailles qui a jamais eu lieu est sur le point de se dérouler ?

— Oui, mes enfants. Une bataille encore plus gigantesque que la précédente. Un festin en perspective pour nous tous. Ce sera une période de joie et d'opulence pour tous les êtres monstrueux de tous les mondes.

— Et qui va l'emporter, grand-père ? Lord Asriel réussira-t-il à vaincre l'Autorité ?

— Lord Asriel possède une armée de plusieurs millions de soldats, répondit le vieux monstre des falaises, venus de tous les mondes. Une armée beaucoup plus importante que celle qui a déjà affronté l'Autorité par le passé. Évidemment, les forces de l'Autorité sont cent fois plus nombreuses. Mais l'Autorité est séculaire, bien plus âgée que moi, mes enfants; ses troupes ont peur, et celles qui n'ont pas peur sont trop sûres d'elles. Ce sera un combat acharné, et Lord Asriel devrait normalement l'emporter, car il est animé par la passion, il n'a peur de rien et il a foi en sa cause. Mais il lui manque une chose, mes enfants. Il n'a pas Æsahættr. Sans Æsahættr, son armée et lui seront vaincus. Et nous pourrons festoyer pendant des années, mes petits !

Il éclata de rire et se mit à ronger le vieil os puant qu'on lui avait apporté. Ses jeunes congénères poussèrent des cris de joie stridents.

Vous imaginez bien, ajouta Ruta Skadi, que je tendais l'oreille pour en savoir plus au sujet de ce mystérieux Æsahættr mais, au milieu des hurlements du vent, je n'entendis que la question d'un jeune monstre :

— Si Lord Asriel a besoin d'Æsahættr, pourquoi ne l'appelle-t-il pas ?

Le vieux monstre des falaises répondit :

— Lord Asriel ne connaît pas plus que toi l'existence d'Æsahættr, mon petit ! C'est ça qui est drôle ! Esclaffons-nous !...

Alors que j'essayais de me rapprocher de ces ignobles créatures pour en apprendre davantage, mon pouvoir a faibli, mes sœurs; je ne pouvais plus maintenir mon invisibilité. En me voyant, les plus jeunes se sont mis à crier; j'ai dû m'enfuir et réintégrer ce monde en empruntant le passage dans le ciel. Quelques créatures m'ont poursuivie, celles qui sont mortes devant vos yeux en faisaient partie.

Il est évident que Lord Asriel a besoin de nous,

mes sœurs. J'ignore qui est cet Æsahættr, mais
Lord Asriel a besoin de nous ! J'aimerais retourner auprès de lui immédiatement et lui dire : « N'aie
crainte, nous arrivons, nous les sorcières du Nord,
et nous t'aiderons à vaincre... » Mettons-nous
d'accord dès maintenant, Serafina Pekkala, réunis-
sons le grand conseil de toutes les sorcières, de
tous les clans, et partons en guerre !

Serafina Pekkala se tourna vers Will, et il eut
l'impression qu'elle quêtait sa permission. Mais il
ne pouvait lui donner le moindre conseil, et elle
reporta son attention sur Ruta Skadi.

— Nous ne t'accompagnerons pas, dit-elle. Notre
mission est d'aider Lyra, et la sienne est de
conduire Will jusqu'à son père. Il est bon que tu
retournes dans notre monde, en effet, mais nous,
nous devons rester avec Lyra.

Ruta Skadi rejeta la tête en arrière, visiblement
contrariée.

— Très bien, s'il le faut, dit-elle.

Will s'allongea par terre, car sa blessure le faisait souffrir beaucoup plus qu'au moment de l'accident. Toute sa main était maintenant boursouflée.
Lyra s'allongea à son tour, et Pantalaimon vint se
lover dans son cou ; elle regarda le feu à travers
ses yeux mi-clos en écoutant, dans une sorte de
somnolence, le murmure des voix des sorcières.

Ruta Skadi s'éloigna le long du ruisseau, en
marchant à contre-courant, et Serafina Pekkala
l'accompagna.

— Ah, Serafina Pekkala, tu devrais voir Lord
Asriel, dit la reine de Lettonie. Jamais il n'y eut
plus grand chef guerrier. Il connaît dans le détail
la composition de toutes ses forces. Imagine un

peu l'audace de son entreprise : déclarer la guerre au créateur ! Mais qui peut bien être cet Æsahættr, à ton avis ? Comment se fait-il que nous n'ayons pas entendu parler de lui ? Et comment l'inciter à rejoindre Lord Asriel ?

— Peut-être n'est-ce pas un homme, ni une personne, ma sœur. Nous n'en savons pas plus que ce jeune monstre des falaises. Ce nom fait penser un peu à l'expression *destructeur de dieu*. Tu n'as pas remarqué ?

— Dans ce cas, il pourrait bien s'agir de nous, chère Serafina ! Ses forces seront encore plus invincibles quand nous nous joindrons à lui. Ah, que j'ai hâte de voir mes flèches tuer ces ignobles individus de Bolvangar, et de tous les Bolvangar de tous les mondes ! Pourquoi font-ils cela, ma sœur ? Dans tous les mondes, les agents de l'Autorité sacrifient des enfants à leur dieu cruel ! Pourquoi ? Pourquoi ?

— Ils ont peur de la Poussière, répondit Serafina Pekkala, mais j'ignore de quoi il s'agit.

— Ce jeune garçon que vous avez trouvé, qui est-ce ? De quel monde vient-il ?

Serafina Pekkala lui raconta tout ce qu'elle savait sur Will.

— J'ignore pourquoi il est si important, conclut-elle, mais nous sommes là pour servir Lyra. Et son instrument lui dit que sa tâche est d'aider ce garçon. Nous avons essayé de soigner sa blessure, ma sœur, sans succès. Nous avons essayé le sortilège de contention, mais ça n'a pas marché. Peut-être les herbes de ce monde sont-elles moins efficaces que les nôtres. Le climat est trop chaud pour que pousse la mousse magique...

— Ce jeune garçon est étrange, dit Ruta Skadi
Il est de la même race que Lord Asriel. As-tu
sondé son regard ?

— À dire vrai, répondit Serafina Pekkala, je
n'ai pas osé.

Les deux reines s'assirent au bord du ruisseau
Le temps s'écoula, des étoiles s'éteignirent, d'autres
s'allumèrent ; un petit cri s'éleva parmi les dormeurs, mais c'était simplement Lyra qui rêvait.
Les deux sorcières entendirent un roulement de
tonnerre ; elles virent les éclairs au-dessus de la
mer et des collines, mais l'orage était lointain.

Ruta Skadi fut la première à briser le silence :

— Cette fille, Lyra. Quel rôle est-elle censée
jouer exactement ? Est-elle précieuse uniquement
parce qu'elle peut conduire ce garçon jusqu'à son
père ? Il y a une autre raison, n'est-ce pas ?

— C'est la tâche qu'elle doit accomplir pour
l'instant. Mais tu as raison, bien d'autres missions
l'attendent par la suite. Nous, sorcières, avons dit
de cette enfant qu'elle devait mettre fin au destin.
Nous connaissons le nom qui lui donnerait toute
sa signification aux yeux de Mme Coulter, et nous
savons que cette femme ignore ce nom. Notre sœur
qu'elle a torturée sur le bateau, non loin de Svalbard, a failli livrer le secret, mais Yambe-Akka est
venue à elle juste à temps.

Mais maintenant, je pense que Lyra est peut-
être cette personne mystérieuse dont ces créatures
immondes ont parlé devant toi, cet Æsahættr. Il
ne s'agit pas des sorcières, ni des anges, mais de
cette enfant endormie : l'arme ultime dans la guerre
contre l'Autorité. Pourquoi, sinon, Mme Coulter
voudrait-elle absolument la retrouver ?

— Mme Coulter a été la maîtresse de Lord Asriel, dit Ruta Skadi. Et Lyra est leur fille... Ah, ma sœur, si j'avais porté cette enfant, quelle sorcière ce serait ! La reine des reines !

— Chut, ma sœur, dit Serafina. Écoute... Quelle est donc cette lumière ?

Elles se levèrent, craignant qu'une menace n'eût réussi à déjouer la surveillance des sentinelles. Elles virent une lumière briller au centre du campement : ce n'était pas la lueur des flammes, cela n'y ressemblait même pas.

Elles revinrent vers le camp en courant, à pas feutrés, en bandant déjà leurs arcs mais, tout à coup, elles se figèrent.

Toutes les sorcières dormaient dans l'herbe, ainsi que Will et Lyra. Mais une douzaine d'anges, ou plus, entouraient les deux enfants et les contemplaient.

Serafina comprit alors une chose pour laquelle les sorcières n'avaient pas de mot : la notion de pèlerinage. Elle comprit pourquoi ces êtres étaient capables d'attendre des milliers d'années et de parcourir des distances infinies afin d'approcher une chose capitale à leurs yeux. Dès lors, après avoir côtoyé brièvement cette présence, ils s'en trouvaient changés pour toujours. Voilà l'impression que donnaient ces créatures à cet instant, ces magnifiques pèlerins de lumière diffuse, debout autour de la fillette au visage barbouillé de crasse, avec sa jupe écossaise, et du garçon à la main estropiée, qui fronçait les sourcils dans son sommeil.

Quelque chose remua dans le cou de Lyra. Pantalaimon, hermine blanche comme neige, ouvrit ses yeux noirs encore endormis et regarda autour de lui sans éprouver la moindre peur. Plus tard, Lyra associerait cette scène à un rêve. Pantalaimon sembla accepter cette marque de dévotion comme une chose due à Lyra ; il se pelotonna à nouveau dans son cou et ferma les yeux.

Finalement, l'un des êtres lumineux déploya ses ailes. Les autres firent de même, et leurs ailes s'entremêlèrent, sans aucune résistance, elles battirent les unes dans les autres, comme des faisceaux lumineux qui se croisent, jusqu'à ce qu'un cercle rayonnant entoure les dormeurs allongés dans l'herbe.

Et puis, les veilleurs célestes prirent leur envol, l'un après l'autre, s'élevant dans le ciel telles des flammes, prenant de l'ampleur jusqu'à devenir gigantesques. Mais, déjà, ils étaient loin et, semblables à des étoiles filantes, ils volaient vers le nord.

Serafina et Ruta Skadi enfourchèrent aussitôt leurs branches de sapin pour les suivre dans le ciel, mais elles ne purent les rejoindre.

— Les créatures que tu as vues ressemblaient-elles à celles-ci, Ruta Skadi ? demanda Serafina, tandis que les deux sorcières ralentissaient, en regardant les flammes éclatantes s'amenuiser à l'horizon.

— Celles-ci me semblent plus grandes, mais ce sont les mêmes. Tu as vu, elles n'ont pas de chair. Elles ne sont que lumière. Leurs sens sont sans doute différents des nôtres... Je te quitte maintenant, Serafina Pekkala, afin de rassembler toutes les sorcières du Nord. Quand nous nous reverrons, la guerre aura éclaté. Bon vent, ma sœur...

Elles s'étreignirent, puis Ruta Skadi fit demi-tour et fila vers le sud.

Après l'avoir regardée s'éloigner, Serafina se retourna pour voir les dernières lueurs des anges disparaître. Elle n'éprouvait que compassion pour ces veilleurs immenses. Comme ils devaient souffrir de ne jamais sentir la terre sous leurs pieds, ni le vent dans leurs cheveux, ni le picotement des étoiles sur leur peau nue ! Elle brisa une brindille de la branche de sapin sur laquelle elle volait, inspira avec un plaisir avide l'odeur âcre de la résine, avant de redescendre, lentement, pour rejoindre les dormeurs allongés dans l'herbe.

14

Fort Alamo

 Lee Scoresby contempla l'océan placide sur sa gauche, puis le rivage vert sur sa droite, et mit sa main en visière pour essayer de repérer des traces de vie humaine. Ils avaient quitté le fleuve Ienisseï depuis un jour et une nuit déjà.

— Sommes-nous dans un nouveau monde ? demanda-t-il.

— Nouveau pour ceux qui n'y sont pas nés, répondit Stanislaus Grumman. Car il est aussi vieux que le vôtre ou le mien. Asriel a tout chamboulé, monsieur Scoresby ; jamais l'ordre des choses n'a été bouleversé aussi profondément. Ces passages et ces fenêtres dont je vous parlais s'ouvrent désormais sur les lieux les plus inattendus. Il n'est pas facile de naviguer ; heureusement, ce vent nous est favorable.

— Nouveau ou ancien, c'est un drôle de monde qu'on aperçoit tout en bas, commenta Lee.

— En effet, dit Stanislaus Grumman. C'est un

monde étrange, et pourtant, certains s'y sentent chez eux.

— Il a l'air vide, fit remarquer le Texan.

— Détrompez-vous. Derrière ce cap, vous découvrirez une ville qui fut jadis puissante et riche. Elle est toujours habitée par les descendants des marchands et des nobles qui l'ont construite, bien qu'elle ait connu des temps difficiles depuis trois cents ans...

Quelques minutes plus tard, tandis que la montgolfière continuait de dériver, Lee aperçut tout d'abord un phare, puis la courbe d'une digue de pierre et, enfin, les tours, les dômes et les toits ocre d'une magnifique cité construite autour d'un port. Un bâtiment somptueux ressemblant à un opéra se dressait au milieu de jardins luxuriants; il y avait de grands boulevards bordés d'hôtels élégants et de petites rues où des arbres en fleurs ombrageaient des balcons.

Grumman avait raison : des gens vivaient dans cette ville ! Mais alors qu'ils s'en approchaient, Lee constata avec stupéfaction qu'il s'agissait uniquement d'enfants. Pas un seul adulte en vue. Les enfants jouaient sur la plage, ils entraient et ressortaient des cafés en courant, ils mangeaient, buvaient, remplissaient des sacs de marchandises diverses dans les maisons et les boutiques. Dans un coin, des garçons se battaient sous les encouragements d'une fillette rousse, pendant qu'un autre bambin s'amusait à briser toutes les vitres d'un bâtiment voisin, à coups de pierres. On aurait dit un gigantesque terrain de jeux, aux dimensions d'une ville, sans un seul parent ou professeur dans les parages : c'était un monde d'enfants.

Mais ils ne constituaient pas l'unique présence dans cette ville. Lee dut se frotter les yeux quand il vit ces « choses » pour la première fois ; mais non, il ne rêvait pas : des colonnes de brume — ou un phénomène plus ténu encore — épaississaient l'air par endroits. La ville en était pleine ; elles flottaient sur les boulevards, elles entraient dans les maisons, se rassemblaient sur les places et dans les cours. Pourtant, les enfants évoluaient parmi elles sans les voir.

Mais pas sans être vus. À mesure que le ballon dérivait au-dessus de la ville, Lee put observer l'étrange comportement de ces formes. De toute évidence, certains enfants les intéressaient plus que d'autres, et ceux-là, elles les suivaient partout ; il s'agissait des enfants les plus âgés, comme le constata Lee grâce à sa lunette, ceux qui atteignaient l'adolescence. Ainsi, un jeune garçon grand et maigre, doté d'une tignasse brune, était à ce point entouré de créatures transparentes que sa silhouette elle-même semblait scintiller dans l'air. Elles étaient comme des mouches autour d'un morceau de viande. Pourtant, le garçon ne se doutait de rien, même si, de temps en temps, il était obligé de se frotter les yeux ou de secouer la tête pour éclaircir sa vue.

— Bon sang, quelles sont ces choses ? demanda Lee.

— Les gens les appellent les Spectres.

— Que font-ils exactement ?

— Avez-vous entendu parler des vampires ?

— Oui, dans les légendes.

— Comme les vampires se nourrissent de sang, les Spectres, eux, se nourrissent de la capacité d'attention des autres. D'un intérêt conscient et informé pour le monde. L'immaturité des enfants a beaucoup moins d'attrait pour eux.

— Ils sont donc tout l'opposé de ces monstres de Bolvangar.

— Non, au contraire. Le Conseil d'Oblation et les Spectres d'Indifférence sont, les uns comme les autres, obnubilés par cette vérité qui concerne les êtres humains : l'innocence diffère de l'expérience. Le Conseil d'Oblation redoute et déteste la Poussière ; les Spectres, eux, s'en nourrissent, mais tous sont obsédés par cette Poussière.

— Regardez, ils sont rassemblés autour de cet enfant, là-bas...

— Il devient adolescent. Ils vont bientôt l'attaquer et sa vie deviendra un désert de misère et d'indifférence. Il est condamné.

— Nom d'un chien ! Ne peut-on pas voler à son secours ?

— Non. Les Spectres s'empareraient de nous immédiatement. À cette hauteur, ils ne peuvent pas nous atteindre. Nous ne pouvons que demeurer spectateurs.

— Mais où sont passés tous les adultes ? Ne me dites pas que ce monde est peuplé uniquement d'enfants ?

— Ces enfants sont les orphelins des Spectres. Il existe beaucoup de bandes semblables d'un bout à l'autre de ce monde. Ce sont des vagabonds qui subsistent grâce à ce qu'ils trouvent quand les adultes ont fui. Il y a beaucoup de choses à récupérer, comme vous le voyez. Ils ne meurent pas de faim. En revanche, il semblerait qu'une multitude de Spectres ait envahi cette cité, et que les adultes soient partis se cacher. Avez-vous remarqué qu'il y a peu de bateaux dans le port ? Mais rassurez-vous, les enfants ne risquent rien.

— Sauf les plus âgés. Comme ce pauvre garçon là-bas...

— Ainsi va le monde, monsieur Scoresby. Si vous avez l'intention de mettre fin à la cruauté et à l'injustice, emmenez-moi d'abord à destination. J'ai une tâche à accomplir.

— Il me semble pourtant... dit Lee, en cherchant ses mots — il me semble que l'on doit combattre la cruauté là où on la trouve, et il faut apporter son aide là où elle paraît nécessaire. À moins que je me trompe, docteur Grumman ? Je ne suis qu'un aéronaute ignorant. Tellement ignorant que je croyais, comme on me l'avait dit, que les chamans étaient capables de voler, par exemple. Eh bien, j'en connais un qui ne vole pas.

— Oh, mais je vole.

— Ah bon ? Et comment ?

Le ballon avait perdu de l'altitude, et le sol semblait monter vers eux. Une tour de pierre carrée se dressait sur leur route, or, Lee Scoresby semblait ne pas l'avoir remarquée.

— J'avais besoin de voler, dit Grumman, alors je vous ai fait venir, et voilà, je vole.

Il avait pleinement conscience du danger qui les menaçait ; malgré tout, il s'abstint d'adresser la moindre remarque à l'aéronaute. Et de fait, juste à temps, Lee Scoresby se pencha par-dessus le bord de la nacelle pour tirer sur la corde d'un des sacs de lest. Le sable se déversa dans le vide, et le ballon s'éleva aussitôt, en douceur, pour passer à plus de deux mètres au-dessus de la tour. Une dizaine de corbeaux, dérangés par cet intrus, s'envolèrent en croassant.

— Vous êtes un drôle de personnage, docteur Grumman, dit le Texan. Avez-vous vécu parmi les sorcières ?

— Oui, avoua Grumman. Et aussi parmi des universitaires, et parmi les esprits. Partout, j'ai rencontré la folie, mais parsemée de grains de sagesse. Sans doute y avait-il beaucoup plus de sagesse que je ne pouvais m'en apercevoir. La vie est dure, monsieur Scoresby, et pourtant, tout le monde s'y accroche.

— Et le voyage que nous effectuons ? Est-ce de la folie ou de la sagesse ?

— Je ne connais rien de plus sage.

— Parlez-moi encore de votre objectif. Vous allez retrouver le porteur de ce poignard subtil, et ensuite ?

— Je lui dirai quelle est sa mission.

— Une mission qui inclut la protection de Lyra, lui rappela l'aéronaute.

— Une mission qui nous protégera tous.

Ils continuèrent à voler et, bientôt, la cité des enfants disparut dans leur dos.

Lee consulta ses instruments de navigation. La boussole tournoyait toujours comme une toupie folle, mais l'altimètre fonctionnait avec précision, autant qu'il pût en juger, et indiquait qu'ils volaient à environ trois mille pieds au-dessus de la mer, parallèlement à la côte. Droit devant, une chaîne de grandes collines vertes se dressait dans la brume, et Lee se réjouit d'avoir emporté une grande quantité de lest.

Mais soudain, tandis qu'il inspectait l'horizon,

comme il le faisait régulièrement, son cœur bondit. Hester éprouva la même sensation ; il dressa les oreilles et tourna la tête vers Lee pour fixer sur son visage un seul de ses yeux noisette aux reflets dorés. Le Texan prit son dæmon pour le glisser sous sa veste, puis déplia de nouveau sa longue-vue.

Non, il ne se trompait pas. Très loin derrière eux, au sud (en supposant qu'ils soient effectivement venus du sud), un autre ballon flottait dans la brume. À cause des scintillements de chaleur et de la distance, il était impossible d'en distinguer les détails, mais cet autre ballon était indubitablement plus gros que le leur, et il volait plus haut.

Grumman l'avait aperçu, lui aussi.

— Des ennemis, monsieur Scoresby ? demanda-t-il en se protégeant les yeux de la main pour scruter la luminosité perlée.

— Cela ne fait aucun doute. Malgré tout, j'hésite entre lâcher du lest pour prendre de la hauteur et profiter de vents plus rapides, ou bien rester à basse altitude pour ne pas nous faire repérer. Heureusement, il ne s'agit pas d'un zeppelin, car ils pourraient nous rattraper en quelques heures... Et puis zut ! Je vais prendre de l'altitude, car si j'étais dans ce ballon, je nous aurais déjà repérés, et je parie qu'ils ont une bonne vue.

Après avoir reposé Hester, il se pencha dans le vide pour larguer trois autres sacs de lest. Le ballon s'éleva aussitôt, et Lee garda l'œil rivé à la lunette.

Une minute plus tard, il eut la certitude qu'ils avaient été repérés, car il perçut des mouvements dans la brume, qui prirent l'apparence d'un filet de fumée s'échappant à angle droit de l'autre ballon. Ayant atteint une certaine hauteur, la fumée s'embrasa. Une lueur d'un rouge profond éclaira le ciel quelques instants, avant de se transformer en un nuage de fumée grise, mais le signal était aussi clair qu'un tocsin qui résonne dans la nuit.

— Docteur Grumman, pouvez-vous faire apparaître un vent plus violent ? demanda Lee. J'aimerais atteindre ces collines avant la tombée de la nuit.

Car ils quittaient maintenant les côtes, et leur vol les entraînait au-dessus d'une immense baie d'une soixantaine de kilomètres de long. Sur l'autre rive se dressait la chaîne de collines, et maintenant qu'ils avaient pris de l'altitude, Lee constata qu'elles méritaient sans doute le nom de montagnes.

Se tournant vers Grumman, il vit que celui-ci était en transe. Le chaman avait les yeux fermés, des gouttes de sueur perlaient sur son front, et il se balançait lentement d'avant en arrière. Un gémissement sourd et rythmé montait de sa gorge, tandis que son dæmon, dans un état second, lui aussi, agrippait le rebord de la nacelle.

Était-ce le fait d'avoir pris de l'altitude, ou l'effet des incantations du chaman ? Toujours est-il qu'un souffle d'air balaya le visage de Lee. Levant la tête, il constata que le ballon s'était incliné d'un ou deux degrés en direction des collines.

Hélas, ce vent qui les faisait avancer plus vite accordait avec la même générosité ses bienfaits à l'autre ballon. Certes, il ne s'était pas rapproché, mais ils n'avaient pas réussi à le distancer. Et en braquant sa longue-vue sur leur poursuivant, Lee distingua d'autres silhouettes, plus sombres, plus petites, derrière le ballon, dans l'immensité scintillante. Elles avançaient groupées et devenaient plus nettes, plus réelles et menaçantes, de minute en minute.

— Des zeppelins ! commenta-t-il. Et impossible de se cacher par ici.

Il essaya d'estimer la distance à laquelle se trouvaient les dirigeables, puis il appliqua la même méthode de calcul aux collines vers lesquelles ils voguaient. Leur vitesse avait augmenté, sans aucun doute, et le vent violent arrachait des crêtes blanches au sommet des vagues, tout en bas.

Grumman restait assis dans un coin de la nacelle, pendant que son dæmon se lissait les plumes. Le chaman avait toujours les yeux fermés, mais Lee, lui, était réveillé.

— Voici quelle est la situation, docteur Grumman. Je ne veux pas que ces zeppelins nous attaquent en vol. Nous n'avons aucune défense ; ils nous abattraient en quelques secondes. Et je n'ai aucune envie de me poser en pleine mer, de mon plein gré ou contraint et forcé ; nous pourrions flotter un petit moment, mais ils n'auraient aucun mal à nous canarder avec des grenades, comme on va à la pêche.

C'est pourquoi, ajouta-t-il, je veux essayer d'atteindre ces collines et m'y poser. J'aperçois une sorte de forêt ; nous pourrons nous cacher au milieu des arbres pendant un petit moment, ou même plus longtemps.

Le soleil va décliner. D'après mes calculs, nous avons environ trois heures avant le coucher du soleil. Évidemment, c'est difficile à prévoir, mais je pense que d'ici là les zeppelins auront parcouru la moitié de la distance qui nous sépare d'eux

pour le moment, et nous aurons atteint l'autre
rive de la baie. Je vais nous conduire dans ces collines et y atterrir, car toute autre solution mène-
rait à une mort assurée. À l'heure qu'il est, ils ont
certainement fait le rapprochement entre cette
bague que je leur ai montrée et le Skraeling que
j'ai tué en Nova Zembla, et ils ne nous pourchas-
sent pas avec une telle obstination pour nous dire
que nous avons oublié notre portefeuille sur le
comptoir.

À un moment donné, docteur Grumman, ce vol
va s'achever. Avez-vous déjà atterri à bord d'une
montgolfière ?

— Non, répondit le chaman. Mais j'ai confiance
en votre savoir-faire.

— J'essaierai de monter le plus haut possible à
flanc de colline. Tout est une question de dosage,
car plus nous volons longtemps, plus ils se rappro-
chent de nous. Si je me pose quand ils sont trop
près, ils verront où nous atterrissons ; mais si je me
pose trop tôt, nous ne pourrons pas profiter de
l'abri des arbres. Dans un cas comme dans l'autre,
il y aura une fusillade.

Assis dans son coin, impassible, Grumman faisait aller et venir entre ses mains un objet magique
constitué de plumes et de perles, selon un schéma
qui, comme le devinait Lee, possédait une signification bien précise. Son dæmon, lui, ne quittait
pas des yeux les zeppelins lancés à leur poursuite.

Une heure s'écoula ainsi, puis une autre. Lee
mâchonnait un cigare éteint et sirotait du café froid
contenu dans une gourde en fer-blanc. Le soleil
déclinait dans leur dos, et Lee voyait la grande
ombre du soir ramper sur le rivage de la baie et

gravir lentement les contreforts des collines devant eux, tandis que le ballon lui-même et les cimes des montagnes étaient baignés d'or.

Derrière eux, presque invisibles dans l'éclat du soleil couchant, les petits points des zeppelins continuaient de grandir, devenant à chaque instant plus réels. Déjà, ils avaient rattrapé l'autre ballon, et on les apercevait à l'œil nu désormais : quatre dirigeables alignés. Le bruit de leurs moteurs traversait le silence de la baie, discret, mais clair, semblable au bourdonnement incessant d'un moustique.

Alors qu'ils n'étaient plus qu'à quelques minutes de la côte, au pied des collines, Lee aperçut autre chose dans le ciel, au-delà des zeppelins. Des nuages s'étaient amoncelés et un gigantesque cumulo-nimbus s'étendait dans les couches supérieures du ciel, encore illuminées. Comment ne l'avait-il pas remarqué plus tôt ? Si un orage se préparait, ils avaient intérêt à se poser rapidement.

Mais soudain, un rideau de pluie couleur émeraude tomba du ciel et resta accroché aux nuages ; on aurait dit que l'orage pourchassait les dirigeables comme ceux-ci pourchassaient le ballon de Lee, car la pluie venue de la mer fonçait vers eux, et lorsque le soleil disparut finalement, un puissant éclair jaillit des nuages, suivi, quelques secondes plus tard, par un coup de tonnerre si violent qu'il fit trembler la toile du ballon de Lee, et résonna longuement d'une montagne à l'autre.

Il y eut un deuxième éclair, et cette fois-ci, la fourche brisée, surgie du cumulo-nimbus, alla frapper directement l'un des zeppelins. En une seconde, le gaz s'enflamma : un bouquet de flammes éclatantes s'épanouit au milieu des nuages presque noirs, et l'engin plongea lentement, illuminé comme une balise ; il continua de brûler une fois dans l'eau.

Lee relâcha le souffle qu'il retenait. Grumman était debout à ses côtés, agrippé d'une main à l'anneau de suspension, le visage creusé par des rides d'épuisement.

— C'est vous qui avez provoqué cet orage ? demanda Lee.

Grumman hocha la tête.

Le ciel ressemblait maintenant au pelage d'un tigre : les bandes dorées alternaient avec les rayures et les taches d'un brun profond, presque noir ; les motifs ne cessaient de se modifier, car les reflets d'or s'atténuaient rapidement, engloutis par le brun. La mer, au-delà, était un patchwork d'eau noire et d'écume phosphorescente et les dernières flammes du zeppelin en feu mouraient peu à peu, à mesure qu'il s'enfonçait dans la mer.

Bien que sévèrement ballottés, les trois autres dirigeables poursuivaient leur course, au milieu des éclairs et, alors que l'orage continuait de se rapprocher, Lee commença à craindre pour le gaz que renfermait son propre ballon. Il suffisait d'un seul coup de foudre pour l'abattre en plein vol, et il doutait que le chaman fût capable de contrôler l'orage au point d'éviter ce drame.

— Écoutez-moi, docteur Grumman, déclara le Texan. Je vais ignorer les zeppelins pour l'instant et me concentrer sur notre atterrissage dans les montagnes. Je vous demande de vous asseoir au fond de la nacelle et de vous accrocher, en vous tenant prêt à sauter quand je vous le dirai. Je vous préviendrai avant, et je vais essayer de faire ça en douceur, autant que possible, mais un atterrissage dans ces conditions est une question de chance plus que d'habileté.

— J'ai confiance en vous, monsieur Scoresby, répondit simplement le chaman.

Il se rassit dans un coin de la nacelle, pendant que son dæmon restait perché sur l'anneau de suspension, les serres plantées dans la courroie de cuir.

Le vent les poussait violemment, et les rafales faisaient gonfler et onduler le corps du ballon. Les cordes se tendaient en grinçant, mais Lee ne craignait pas de les voir céder. Il lâcha un peu de lest et observa attentivement l'aiguille de l'altimètre. Pendant un orage, quand la pression atmosphérique chutait, il fallait compenser cette baisse par rapport aux indications de l'altimètre, et très souvent, il s'agissait d'un calcul approximatif. Lee consulta plusieurs fois les données avant de se débarrasser du dernier sac de lest. Désormais, son seul moyen de contrôle était la valve des gaz. Il ne pouvait plus prendre d'altitude ; il était obligé de descendre, quoi qu'il arrive.

Il scruta l'étendue orageuse et aperçut la silhouette imposante des collines, masse noire dans le ciel sombre. D'en bas montait un rugissement, semblable au fracas des vagues qui s'écrasent sur un rivage rocheux, mais Lee savait qu'il s'agissait, en vérité, du vent qui s'engouffrait dans les feuilles des arbres. Si proches, déjà ! Privé de lest, le ballon avançait beaucoup plus vite qu'il ne l'avait cru.

Il allait devoir se poser rapidement. Lee était d'un tempérament trop calme pour pester contre le sort ; il était plutôt du genre à hausser un sourcil et à l'accueillir de manière laconique. Malgré tout, il ne put s'empêcher d'éprouver un pincement de désespoir en songeant que la seule chose qu'il aurait dû faire — à savoir voler devant l'orage en attendant qu'il se calme — était justement la seule chose qui causerait leur perte à coup sûr.

Il ramassa Hester pour le mettre à l'abri à l'intérieur de son manteau en toile épaisse, qu'il boutonna jusqu'en haut. Grumman, lui, était toujours assis dans la nacelle, immobile et muet ; son dæmon luttait contre le vent, les serres enfoncées dans le rebord de la nacelle, les plumes hérissées.

— Je vais tenter l'atterrissage, docteur Grumman ! cria Lee pour couvrir le souffle du vent. Levez-vous pour être prêt à sauter. Accrochez-vous à l'anneau et, à mon signal, vous plongez hors de la nacelle.

Grumman obéit, Lee regardait de tous les côtés, en haut, en bas, devant, essayant de capter une vision fugitive du paysage ; il battait des paupières pour chasser les grosses gouttes de pluie qui s'étaient abattues sur eux, telle une poignée de graviers, portées par une soudaine rafale ; le martèlement qu'elles produisaient sur la toile du ballon venait s'ajouter au gémissement du vent et au sifflement des feuilles au-dessous, au point de masquer le fracas du tonnerre.

— C'est parti ! s'écria Lee. Vous nous avez concocté un bel orage, monsieur le chaman.

Il tira sur la corde de la soupape de gaz et l'attacha autour d'un taquet pour que le clapet demeure ouvert. Tandis que le gaz s'échappait, invisible, par le haut, le dessous du ballon commença à se ratatiner ; un premier pli apparut dans la toile, puis un deuxième, là où, une minute plus tôt, elle formait une sphère parfaite.

La nacelle ballottait si violemment qu'il était difficile de dire s'ils perdaient de l'altitude, et les bourrasques étaient si brutales, si imprévisibles, qu'ils auraient pu se trouver projetés très haut dans le ciel sans même s'en apercevoir mais, au bout d'une minute environ, Lee sentit soudain une secousse et comprit que le grappin avait accroché une branche au passage. La chute du ballon ne fut que brièvement interrompue, car la branche finit par se briser, mais cela prouvait qu'ils étaient proches des arbres.

— Quinze mètres encore ! cria-t-il.

Le chaman se contenta de hocher la tête.

Une nouvelle secousse se produisit, plus violente que la première, et les deux hommes furent projetés contre le bord de la nacelle. Habitué à ce genre de désagréments, Lee retrouva immédiatement son équilibre, mais Grumman, lui, fut surpris par le choc. Il parvint néanmoins à rester accroché à l'anneau de suspension, et Lee constata qu'il se tenait debout sur ses deux jambes, prêt à sauter.

Le choc le plus brutal eut lieu quelques secondes plus tard, lorsque le grappin accrocha une autre branche, qui résista cette fois. Déséquilibrée, la nacelle se renversa immédiatement pour venir s'écraser sur la voûte des arbres ; et parmi les coups de fouet des feuilles mouillées, le fracas des branches qui se brisent et les gémissements de celles qui refusent de céder, le ballon s'immobilisa dans un soubresaut, en équilibre précaire.

— Vous êtes toujours là, docteur Grumman ?

s'écria Lee, car il était impossible de voir quoi que ce soit.

— Oui, toujours, monsieur Scoresby.

— Ne bougeons pas pour l'instant, le temps d'analyser la situation, dit le Texan.

Ils se balançaient sauvagement dans le vent et sentaient la nacelle se stabiliser par à-coups.

Le ballon continuait à exercer une forte traction sur le côté, car bien qu'il ne renfermât presque plus de gaz désormais, il se gonflait sous le vent comme une voile. Lee songea pendant un court moment à le détacher en coupant les courroies, mais s'il ne s'envolait pas, il resterait accroché à la cime des arbres comme un véritable étendard qui signalerait leur position ; il était préférable de le tirer jusqu'à terre, si cela était possible.

Un nouvel éclair zébra le ciel et, une seconde plus tard, un coup de tonnerre retentit. L'orage était presque au-dessus de leur tête. Dans la brève lumière aveuglante, Lee découvrit le tronc d'un chêne, marqué d'une grande plaie blanche à l'endroit où une branche avait été en partie arrachée ; la nacelle y était accrochée, près de l'endroit où elle était encore fixée au tronc.

— Je vais lancer une corde pour descendre ! cria-t-il. Dès que nos pieds auront touché le plancher des vaches, nous aviserons.

— Je vous suivrai, monsieur Scoresby, dit Grumman. Mon dæmon me dit que le sol se trouve douze mètres plus bas environ.

Lee entendit alors un puissant battement d'ailes ; le dæmon-balbuzard revenait se poser sur le bord de la nacelle.

— Il peut s'éloigner autant de vous ? demanda-t-il, stupéfait.

Mais il préféra se concentrer sur un problème plus immédiat : attacher solidement la corde, d'abord à l'anneau de suspension, et ensuite à la branche. Ainsi, même si la nacelle tombait, elle serait retenue dans sa chute.

Puis, après avoir coincé Hester dans son manteau, il lança l'autre extrémité de la corde par-dessus bord et se laissa glisser le long d'elle jusqu'à ce qu'il sente la terre ferme sous ses pieds. Le feuillage était touffu autour du tronc : il s'agissait d'un arbre massif, un chêne géant, auquel Lee adressa des remerciements muets, tandis qu'il tirait sur la corde d'un petit coup sec pour indiquer à Grumman qu'il pouvait descendre à son tour.

Il lui sembla percevoir un bruit différent au milieu de ce tumulte. Il tendit l'oreille. Oui, c'était le moteur d'un zeppelin, peut-être même étaient-ils plusieurs, quelque part tout en haut ; impossible de dire à quelle hauteur, ni dans quelle direction il volait, mais le bruit persista pendant une minute environ, avant de disparaître.

Le chaman le rejoignit au sol.

— Vous avez entendu ce bruit ? demanda Lee.

— Oui. Il semblait s'élever vers les montagnes. Félicitations pour l'atterrissage, monsieur Scoresby.

— Attendez, on n'est pas encore tirés d'affaire. Je veux cacher le ballon sous les arbres avant le lever du jour car, sinon, il va signaler notre position à des kilomètres à la ronde. Vous vous sentez d'attaque pour un peu d'exercice physique, docteur Grumman ?

— Dites-moi ce que je dois faire.

— Je vais remonter dans l'arbre avec la corde, et je vais vous lancer des trucs. Dont une tente. Vous pourrez commencer à l'installer pendant que je cherche un moyen de cacher le ballon.

Ce fut une longue et pénible entreprise. Dangereuse même, car la branche à moitié arrachée qui soutenait la nacelle finit par céder, entraînant Lee dans sa chute. Heureusement, elle fut brève, grâce à l'enveloppe du ballon, qui resta accrochée à la cime des arbres et retint la nacelle.

En fait, cette chute facilita l'opération de camouflage, car toute la partie supérieure du ballon avait traversé l'épais feuillage, et, profitant de la lumière des éclairs, à force de tirer sauvagement, dans tous les sens, Lee Scoresby parvint à attirer la totalité du ballon au milieu des branches basses, à l'abri des regards.

Le vent continuait de faire danser les cimes des arbres, mais la pluie avait diminué d'intensité quand Lee décida qu'il ne pouvait pas faire mieux. En redescendant sur le sol, il constata que le chaman avait non seulement dressé la tente, mais également allumé un feu de camp ; il était en train de faire du café.

— C'est encore de la magie ? demanda le Texan, trempé et ankylosé, en se glissant sous la tente et en prenant la tasse que lui tendait Grumman.

— Non, ce sont les scouts qu'il faut remercier, dit Grumman. Il y a des scouts dans votre monde ? De tous les moyens pour allumer un feu, le meilleur c'est encore d'utiliser des allumettes bien sèches. J'en ai toujours sur moi quand je voyage. On peut trouver pire comme campement de fortune, monsieur Scoresby... Vous entendez les zeppelins ?

Grumman désigna le ciel. Lee tendit l'oreille…. En effet, on entendait un bruit de moteur, plus facile à repérer maintenant que la pluie s'était calmée.

— C'est la deuxième fois qu'ils passent, dit Grumman. Ils ignorent où nous sommes exactement, mais ils savent que c'est par ici.

Une minute plus tard, une lueur scintillante apparut dans la direction où s'était éloigné le zeppelin, moins brillante qu'un éclair, mais persistante, et Lee comprit qu'il s'agissait d'une fusée éclairante.

— Mieux vaut éteindre le feu, docteur Grumman, même si je regrette de devoir m'en passer. Certes, la voûte des arbres est épaisse, mais on ne sait jamais. De toute façon, trempé ou pas, je crois que je vais dormir.

— Demain matin, vous serez sec, dit le chaman.

Il prit une poignée de terre humide qu'il répandit sur les flammes, tandis que Lee se démenait pour s'allonger à l'intérieur de la tente exiguë et fermait les yeux.

Il fit d'étranges et puissants rêves. À un moment, convaincu d'être éveillé, il vit le chaman assis en tailleur, entouré de flammes; celles-ci consumaient rapidement sa chair, ne laissant de lui qu'un squelette blanc, assis sur un monticule de cendres rougeoyantes. Paniqué, Lee chercha Hester du regard, et il trouva son dæmon endormi, ce qui n'arrivait jamais car, quand il était réveillé, Hester l'était aussi. En découvrant son dæmon endormi, l'air si doux et vulnérable, il se sentit ému par l'étrangeté de cette scène, et il s'allongea à ses côtés, avec une certaine gêne, éveillé à l'inté-

rieur de son rêve et, pendant un long moment, il
rêva qu'il était réveillé.

Le Dr Grumman réapparut dans un autre rêve.
Lee crut voir le chaman agiter une crécelle ornée
de plumes et l'entendre donner des ordres. Ces
ordres, constata Lee avec une sensation de nausée, s'adressaient à un Spectre, comme ceux qu'ils
avaient aperçus du ballon! Immense et presque
invisible, la créature provoquait une telle répul-
sion chez Lee que celui-ci faillit se réveiller sous
l'effet de la terreur. Mais Grumman la commandait sans aucune crainte, et en toute sécurité, car
la chose l'écouta avec attention, avant de s'élever
dans les airs comme une bulle de savon, pour aller
se perdre dans la voûte des arbres.

Lee se trouvait maintenant dans le cockpit d'un
zeppelin, et il observait le pilote. En fait, il était
assis sur le siège du copilote et survolait la forêt,
en contemplant les cimes des arbres qui se balançaient violemment, telle une mer déchaînée de
feuilles et de branches. Et soudain, le Spectre
réapparut, avec eux, dans la cabine.

Prisonnier de son rêve, Lee ne pouvait ni bouger ni crier, et il ressentit toute la terreur du pilote
lorsque l'homme comprit ce qui lui arrivait.

Penché au-dessus du pilote, le Spectre appuyait
ce qui devait correspondre à son visage contre
celui de sa victime. Le dæmon du pilote, un chardonneret, battit des ailes en poussant de petits cris
stridents et essaya de s'enfuir, pour finalement
s'écraser, à demi évanoui, sur le tableau de bord.
Le pilote se tourna vers Lee et tendit sa main,
mais Lee était incapable de faire le moindre mouvement. L'angoisse qu'il voyait dans les yeux de

l'homme lui déchirait le cœur. Une substance vitale et authentique s'échappait du pilote, et son dæmon qui continuait de battre des ailes, faiblement, lança un grand cri sauvage ; déjà, il agonisait.

Et soudain, il disparut. Mais le pilote, lui, était toujours en vie. Ses yeux se couvrirent d'une pellicule terne, et sa main tendue retomba mollement, avec un bruit sourd, sur la commande des gaz. Il était vivant sans l'être ; il était indifférent à tout désormais.

Assis sur son siège, Lee regardait, impuissant, le dirigeable foncer tout droit vers un escarpement au milieu des montagnes qui se dressaient devant eux. Le pilote, lui aussi, les voyait grossir à travers la vitre du cockpit, mais plus rien ne l'intéressait. Horrifié, Lee se colla au fond de son siège, mais rien ne pouvait arrêter l'appareil, et au moment de l'impact, il hurla :

— Hester !

Et il se réveilla.

Il était couché sous la tente, à l'abri, et Hester lui mordillait le menton. Il était en sueur. Le chaman était assis en tailleur, effectivement, et Lee fut parcouru d'un frisson glacé en constatant que le dæmon-balbuzard n'était pas près de lui. De toute évidence, cette forêt était un lieu maudit, rempli de fantasmagories obsédantes.

Soudain, il s'interrogea sur l'origine de la lumière qui lui permettait de voir le chaman, car le feu était éteint depuis longtemps, et l'obscurité de la forêt profonde. Au loin, un vacillement lumineux découpait les silhouettes des troncs et des feuilles dégoulinantes d'eau de pluie. Lee comprit aussitôt de quoi il s'agissait : son rêve n'en était pas un, un zeppelin s'était réellement écrasé contre la colline.

— Bon sang, Lee, tu trembles comme une feuille! Qu'est-ce qui t'arrive? grommela Hester en agitant ses longues oreilles.

— Tu n'es pas en train de rêver, toi aussi, Hester? murmura-t-il.

— Tu ne rêves pas, Lee, tu as des visions. Si j'avais su que tu étais voyant, je t'aurais guéri depuis longtemps. Arrête ça tout de suite, tu entends?

Lee lui caressa la tête avec son pouce, et le dæmon secoua les oreilles.

Sans la moindre transition, voilà que Lee flottait maintenant dans les airs, aux côtés du dæmon du chaman, Sayan Kötör, le balbuzard. Côtoyer le dæmon d'un autre homme, loin du sien, imprégnait Lee d'un fort sentiment de culpabilité, teinté d'un étrange plaisir. Ils se laissaient porter par les courants ascendants, au-dessus de la forêt, comme si Lee lui-même était un oiseau, et il contemplait le ciel obscur où se répandait maintenant la lueur pâle de la pleine lune, qui brillait parfois à travers une brève déchirure dans la couverture de nuages et couronnait d'argent les cimes des arbres.

Le dæmon-balbuzard poussa un cri strident, et d'en bas montèrent un millier de voix différentes: le ululement des chouettes, le pépiement des petits moineaux, la mélodie fluide du rossignol… Sayan Kötör les appelait. Et ils venaient tous à lui, les oiseaux de la forêt; qu'ils aient été en train de chasser en glissant sans bruit dans les airs ou en train de dormir, perchés quelque part, ils s'élevèrent par milliers à travers les turbulences,

Lee sentait la part de nature animale qu'il avait en lui réagir avec joie à l'ordre de l'aigle, et la dose d'humain qu'il avait conservée ressentait le plus étrange des plaisirs : celui d'une obéissance totale à une force supérieure et suprêmement juste. Une multitude d'oiseaux d'espèces différentes tournoyaient ensemble dans les airs comme s'ils ne faisaient qu'un, rassemblés par la volonté magnétique de l'aigle ; puis, devant la toile de fond des nuages argentés, Lee vit se découper la silhouette lisse, sombre et détestable, d'un zeppelin.

Tous les oiseaux savaient parfaitement ce qu'ils devaient faire. Ils s'élancèrent vers le dirigeable ; les plus rapides toutefois ne purent devancer Sayan Kötör. Les minuscules roitelets et chardonnerets, les martinets véloces, les chouettes aux ailes silencieuses... en moins d'une minute, le zeppelin fut assailli d'oiseaux qui griffaient la toile de soie huilée pour essayer de s'y accrocher ou tentaient de la percer à coups de bec.

Ils savaient qu'il leur fallait éviter le moteur, même si certains, prisonniers de l'aspiration, furent réduits en bouillie par les énormes hélices. La plupart des oiseaux se contentèrent de rester perchés sur le corps de l'appareil, et ceux qui les rejoignirent s'accrochèrent à leurs congénères, jusqu'à recouvrir non seulement le fuselage du dirigeable, qui se vidait maintenant de son hydrogène par des milliers de minuscules trous de griffes, mais aussi les vitres du cockpit, les étançons et les câbles. Chaque centimètre carré était occupé par un oiseau, deux oiseaux, trois oiseaux ou plus, qui s'y accrochaient.

Le pilote était impuissant. Sous le poids conjugué de tous les oiseaux, le dirigeable commença à

piquer du nez, de plus en plus, et soudain, une autre
de ces cruelles parois rocheuses surgit du milieu de
la nuit, invisible, bien entendu, pour les hommes
qui se trouvaient à l'intérieur du zeppelin, et
avaient dégainé leurs armes pour tirer dans tous
les sens, à l'aveuglette.

Au tout dernier moment, Sayan Kötör poussa
un grand cri et, lorsque tous les oiseaux s'envolèrent en même temps, un tonnerre de battements
d'ailes masqua le vrombissement des moteurs. Les
hommes dans le cockpit vécurent ainsi quatre ou
cinq secondes d'horreur, avant que le dirigeable
ne s'écrase contre la colline et n'explose.

Le feu, la chaleur, les flammes… Lee se réveilla
de nouveau, le corps aussi brûlant que s'il s'était
couché au soleil du désert.

On entendait encore le tip-tip-tip… incessant
des feuilles qui gouttaient sur la toile de la tente,
mais l'orage était passé. Une pâle lumière grise
s'infiltrait à l'intérieur, et Lee se dressa sur un
coude pour découvrir Hester qui clignait des yeux
à ses côtés, et le chaman enveloppé dans une couverture, dormant si profondément qu'on aurait pu
le croire mort, mais Sayan Kötör dormait lui aussi,
à l'extérieur, perché sur une branche cassée.

Le seul bruit, hormis l'écoulement des gouttes
de pluie, était le chant des oiseaux de la forêt.
Aucun moteur dans le ciel, pas de voix ennemies,
et Lee se dit qu'il pouvait sans risque allumer un
feu. Après quelques minutes d'efforts, le bois prit,
il prépara du café.

— Et maintenant, Hester ? demanda-t-il.

— Ça dépend. Il y avait quatre zeppelins, il en
a détruit trois.

— Mais avons-nous accompli notre devoir ?

Le dæmon agita les oreilles.

— Je ne me souviens pas que tu aies signé un contrat, Lee.

— Il ne s'agit pas d'une obligation contractuelle. C'est une question morale.

— Il faut encore s'occuper du dernier zeppelin avant même de commencer à se poser des questions de morale. Trente ou quarante types armés sont à notre recherche. Des soldats impériaux, qui plus est. La survie d'abord, la morale ensuite.

Hester avait raison, évidemment, et tandis qu'il sirotait le café brûlant, en fumant un cigare, alors que la lumière du jour augmentait peu à peu, Lee se demanda ce qu'il ferait s'il était aux commandes du dernier zeppelin. Il attendrait le lever du jour, assurément, et il volerait suffisamment haut pour surveiller l'orée de la forêt sur une grande distance, afin de repérer Lee et Grumman quand ils apparaîtraient à découvert.

Sayan Kötör, le dæmon-balbuzard, se réveilla à son tour et déploya ses larges ailes au-dessus de l'endroit où Lee était assis. Hester leva la tête et se tourna de ce côté-ci, de ce côté-là, pour observer le puissant dæmon de ses deux yeux dorés. Quelques instants plus tard, le chaman en personne sortit de la tente.

— Une nuit chargée, commenta Lee.

— La journée le sera également. Nous devons quitter cette forêt immédiatement, monsieur Scoresby. Ils vont y mettre le feu.

Lee regarda d'un air incrédule la végétation détrempée qui les entourait.

— Comment ?

— Ils possèdent un engin qui projette une sorte de naphte mélangé à de la potasse, qui s'enflamme au contact de l'eau. La Marine Impériale a mis au point ce produit durant la guerre contre les Nippons. Si la forêt est gorgée de pluie, elle s'embrasera encore plus vite.

— Vous avez vu ce qui va se produire, n'est-ce pas ?

— Aussi clairement que vous avez vu ce qui est arrivé aux zeppelins cette nuit. Prenez les affaires que vous voulez emporter et allons-nous-en.

Lee se frotta la mâchoire. Ses objets les plus précieux étaient aussi les plus faciles à transporter, à savoir les instruments de navigation de son ballon. Il alla les récupérer dans la nacelle, les déposa soigneusement dans un sac à dos, et vérifia que son fusil était chargé et sec. Sur ce, il abandonna la nacelle, les gréements et le ballon où ils étaient, coincés et entortillés parmi les branches. Voilà, il n'était plus aéronaute ; à moins que, par miracle, il n'en réchappe et trouve assez d'argent pour acheter un nouveau ballon. Désormais, il devait se déplacer comme un insecte, à la surface, de la terre.

Ils sentirent l'odeur de la fumée avant de percevoir le bruit des flammes, car un vent venant de la mer la poussait vers l'intérieur des terres. Mais, en atteignant la limite des arbres, ils entendirent le grondement sourd et vorace du feu.

— Pourquoi n'ont-ils pas incendié la forêt hier soir ? s'étonna Lee. Ils auraient pu nous faire rôtir dans notre sommeil.

— Je suppose qu'ils veulent nous capturer

vivants, répondit Grumman, tandis qu'il effeuillait
une branche afin de s'en servir comme canne, et
ils attendent simplement que nous émergions de
la forêt.

En effet, le vrombissement du zeppelin devint
bientôt perceptible, malgré le bruit des flammes et
celui des respirations haletantes des deux hommes,
car ils avaient accéléré le pas, obligés d'enjamber
des racines, d'escalader des rochers ou des troncs
d'arbres abattus, ne s'arrêtant que pour reprendre
leur souffle. Sayan Kötör volait en altitude et
redescendait régulièrement pour les tenir informés
de leur progression et de l'avancée des flammes
dans leur dos; mais, très vite, ils virent la fumée
s'élever au-dessus des arbres, précédant un étendard de flammes flottant au vent.

Les petites créatures de la forêt, les écureuils,
les oiseaux, mais aussi les sangliers, fuyaient à
leurs côtés dans un concert de cris et de couinements. Les deux fugitifs progressaient avec difficulté vers l'extrême limite des arbres, qui n'était
plus très loin. Ils l'atteignirent enfin, tandis que les
vagues successives de chaleur s'abattaient sur eux,
projetées par les flots déchaînés de flammes qui
se dressaient maintenant à plus de quinze mètres
dans le ciel. Les arbres s'embrasaient comme des
torches; la sève contenue dans leurs veines bouil-
lonnait et les faisait éclater, la résine des conifères
s'enflammait comme du naphte, sur les branches
semblaient éclore de féroces fleurs orange.

Le souffle coupé, Lee et Grumman gravirent à
grand-peine la pente raide et rocailleuse, couverte
d'éboulis. La moitié du ciel était obscurcie par la
fumée et le scintillement de la chaleur, mais au-

dessus d'eux flottait la silhouette massive du dernier zeppelin, trop loin, songea Lee avec optimisme, pour les apercevoir, même avec des jumelles.

Le flanc de la montagne se dressait devant eux, abrupt et infranchissable. Il n'y avait qu'une seule route pour sortir du piège où ils étaient coincés, c'était un étroit défilé, formé par le lit d'une rivière asséchée émergeant d'un pli au milieu des roches

Lee le montra du doigt, et Grumman dit :

— C'était exactement ce que je pensais, monsieur Scoresby.

Son dæmon, qui tournoyait au-dessus de leurs têtes, vira de bord et fonça vers la ravine, porté par un courant ascendant. Sans faire de pause, les deux hommes continuèrent de grimper, le plus vite possible, mais Lee demanda :

— Pardonnez cette question si elle est impertinente, mais, à part les sorcières, je n'ai jamais connu personne dont le dæmon pouvait ainsi s'éloigner en toute liberté. Est-ce une chose que vous avez apprise, ou cela vous est-il venu naturellement ?

— Pour un être humain, rien ne vient jamais naturellement, répondit Grumman. Nous sommes obligés de tout apprendre. Sayan Kötör m'informe que la ravine conduit à un col. Si nous l'atteignons avant qu'ils nous voient, nous pouvons encore leur échapper.

Le balbuzard redescendit vers eux, tandis que les fugitifs continuaient de grimper. Hester préférait se frayer son propre chemin au milieu des éboulis, et Lee se laissa guider par son dæmon, en évitant de marcher sur les pierres branlantes.

Il se faisait du souci pour Grumman, car le chaman avait le visage pâle et tiré, il respirait avec
difficulté. Son travail de cette nuit l'avait vidé de
toute son énergie. Combien de temps pourrait-il
encore tenir ? C'était une question que Lee refusait de se poser mais, alors qu'ils étaient presque
arrivés à l'entrée de la ravine, au moment même
où ils atteignaient le bord de la rivière asséchée, il
perçut un changement de rythme dans le ronronnement du zeppelin.

— Ils nous ont repérés ! dit-il.

Cette phrase sonnait comme une condamnation
à mort. Hester trébucha — le dæmon-lièvre au
pied si sûr et au cœur si solide —, trébucha et
chancela. Grumman prit appui sur sa canne et se
protégea les yeux de la main pour regarder en
arrière.

Le zeppelin perdait rapidement de l'altitude. Il
était évident que leurs poursuivants avaient l'intention de capturer les fugitifs, et non de les tuer
car, à cet instant, il aurait suffi d'une rafale d'arme
à feu pour les abattre. Au lieu de cela, le pilote,
habile, immobilisa son appareil juste au-dessus du
sol, sans prendre trop de risques. La porte de la
cabine s'ouvrit et un flot d'hommes en uniforme
bleu se déversa à terre ; accompagnés de leurs
dæmons-loups, les soldats se lancèrent à l'assaut
de la colline.

Lee et Grumman se trouvaient à environ cinq
cents mètres au-dessus d'eux, près de l'entrée de
la ravine. Quand ils l'auraient atteinte, ils pourraient tenir les soldats en respect, aussi longtemps
que le leur permettraient leurs munitions. Hélas,
ils n'avaient qu'un seul fusil.

— C'est moi qu'ils veulent, monsieur Scoresby, dit Grumman, pas vous. Si vous me donnez le fusil et si vous vous rendez, vous aurez la vie sauve. Ce sont des soldats disciplinés, vous serez un prisonnier de guerre.

Lee ignora cette remarque.

— Continuons. Quand nous serons arrivés à la ravine, je les retiendrai à l'entrée, pendant que vous ressortirez de l'autre côté. Je vous ai conduit jusqu'ici, je ne vais pas rester assis les bras croisés pendant qu'ils vous arrêtent.

En contrebas, les soldats progressaient rapidement ; c'étaient des hommes exercés et alertes.

— Je n'ai pas eu la force d'abattre le quatrième zeppelin, avoua tristement Grumman.

Sur ce, ils se précipitèrent vers l'abri de la ravine.

— Dites-moi juste une chose avant de partir, dit Lee, car je ne serai pas tranquille si je n'en ai pas le cœur net. J'ignore dans quel camp je me bats, et à vrai dire, cela m'importe assez peu. Je veux juste savoir une chose : ce que je m'apprête à faire servira-t-il à aider cette fillette, Lyra, ou bien vais-je lui nuire ?

— Vous allez l'aider, répondit Grumman.

— Vous n'oublierez pas ce que vous m'avez juré ? Vous m'avez fait une promesse.

— Non, je n'oublierai pas.

— Soyez sûr d'une chose, docteur Grumman, monsieur John Parry, ou quel que soit le nom que vous porterez dans votre monde futur. J'aime cette enfant comme ma propre fille. Si j'avais un enfant, je ne pourrais l'aimer davantage. Si vous trahissez votre serment, je vous pourchasserai inlassablement, quel que soit mon état, et quel que soit le vôtre; et vous passerez le reste de l'éternité à regretter d'avoir vu le jour. Voilà l'importance que j'attache à cette promesse.

— Je comprends. Et vous avez ma parole.

— C'est tout ce que je voulais savoir. Bon vent.

Le chaman offrit sa main à Lee, qui la serra. Puis Grumman tourna les talons et s'enfonça dans la ravine, pendant que Lee cherchait autour de lui le meilleur endroit pour se poster.

— Non, Lee, pas le gros rocher, lui glissa Hester. Tu ne verras pas ce qui se passe à droite; ils risquent d'attaquer en force. Choisis plutôt le plus petit.

Lee entendait dans ses oreilles un grondement qui n'avait rien à voir avec l'incendie de la forêt en contrebas, ni avec le vrombissement laborieux du zeppelin qui essayait de reprendre de l'altitude. Non, ce bruit obsédant était lié à son enfance, et à la bataille d'Alamo. Combien de fois ses camarades et lui avaient-ils mimé ce siège héroïque, dans les ruines du vieux fort, incarnant tour à tour les soldats des deux camps! Son enfance lui revenait tout à coup en mémoire, avec force. Il sortit de sa poche la bague navajo de sa mère et la déposa sur le rocher près de lui. Dans ces anciennes batailles de Fort Alamo, Hester se métamorphosait souvent en couguar ou en loup, et même en serpent à sonnette une ou deux fois, mais surtout en oiseau moqueur. Aujourd'hui...

— Cesse donc de rêver, Lee, et épaule ton fusil! dit Hester. Ce n'est pas un jeu!

Les soldats qui gravissaient la colline s'étaient dispersés. Ils avançaient plus lentement, conscients de la situation. Ils savaient qu'ils devaient s'empa-

rer de la ravine, mais ils savaient également qu'un
homme seul, armé d'un fusil, pouvait les maintenir en respect un long moment. Derrière eux, au
grand étonnement de Lee, le zeppelin semblait
avoir le plus grand mal à s'élever. Peut-être avait-
il perdu sa puissance de poussée, ou peut-être
était-il à court de carburant; quoi qu'il en soit, il
n'avait pas encore décollé, et cela lui donna une
idée.

Il ajusta le viseur de sa vieille carabine Winchester, de manière à avoir dans sa ligne de tir le
radiateur du moteur gauche. Il tira. La détonation
fit dresser la tête des soldats qui grimpaient vers
lui mais, à la seconde suivante, le moteur du dirigeable vrombit et, tout aussi soudainement, le bruit
s'étouffa puis mourut. Le zeppelin pencha sur le
côté. Lee entendait les hurlements du deuxième
moteur, mais l'engin volant était désormais cloué
au sol.

Les soldats s'étaient arrêtés pour se mettre à
couvert de leur mieux. Lee pouvait maintenant
les compter : ils étaient vingt-cinq. Il avait trente
balles.

Hester s'approcha de son épaule gauche en
rampant.

— Je surveille ce côté-ci, dit-il.

Accroupi sur le rocher gris, les oreilles plaquées
en arrière, le dæmon lui-même ressemblait à une
petite pierre gris-brun, presque invisible, à l'exception des yeux. Hester n'était pas une beauté; il
était aussi banal et efflanqué que peut l'être un
lièvre, mais ses yeux étaient d'une couleur merveilleuse : ses iris noisette, dorés, étaient constel-
lés de taches brunes comme de la tourbe et vertes

comme un sous-bois. Et maintenant, ces yeux contemplaient le dernier paysage qu'ils verraient jamais : une pente rocailleuse et désertique, recou· verte d'éboulis, et au-delà, une forêt en feu. Pas un seul brin d'herbe, pas une plaque de verdure pour y reposer.

Ses oreilles tressaillirent.

— Ils parlent, dit Hester. Je les entends, mais je comprends pas ce qu'ils disent.

— C'est du russe, dit Lee. Ils vont attaquer tous en même temps, de tous les côtés. Ils savent que cela nous laisse moins de chances.

— Vise juste, dans ce cas.

— Compte sur moi. Mais, bon sang, je déteste tuer.

— C'est leur vie ou la nôtre.

— Non, c'est bien plus que ça, Hester, dit le Texan. C'est leur vie contre celle de Lyra. J'ignore de quelle façon, mais notre sort est lié à celui de cette fillette, et je m'en réjouis.

— Il y a un homme sur la gauche qui se prépare à tirer, dit le dæmon-lièvre.

Au moment où il achevait de prononcer ces mots, un coup de feu retentit, et des éclats de pierre furent arrachés au rocher, à quelques centimètres de l'endroit où Hester était tapi. La balle disparut à l'intérieur de la ravine en sifflant mais pas un seul muscle du dæmon ne bougea.

— Voilà qui m'enlève mes derniers remords, dit Lee. Il épaula sa carabine, visa avec soin et tira.

La cible n'était qu'une petite tache bleue, mais il l'atteignit. Le soldat poussa un cri de surprise, plus que de douleur, et tomba à la renverse, mort.

La bataille éclata alors. En l'espace de quelques secondes, les détonations des fusils, les sifflements des balles qui ricochent, les bruits d'impact sur les rochers résonnèrent et se répercutèrent sur le flanc de la montagne et à l'intérieur de la ravine. L'odeur de la cordite et l'odeur de brûlé provenant des pierres pulvérisées par les projectiles n'étaient que des variations de celle de bois calciné qui montait de la forêt. Bientôt, ce fut comme si le monde entier se consumait.

Le rocher derrière lequel se cachait Lee fut rapidement couvert d'éraflures et grêlé d'impacts ; il le sentait vibrer sous le choc des projectiles. Soudain, le souffle d'une balle fit frémir la fourrure sur le dos de Hester, mais le dæmon demeura impassible. Et Lee continua de tirer.

La première minute de fusillade fut redoutable. Durant la brève accalmie qui suivit, Lee découvrit qu'il était blessé : il y avait du sang sur le rocher sous sa joue, sa main droite et le fusil étaient tout rouges.

Hester passa derrière lui pour examiner la blessure.

— Rien de grave, dit-il. Une balle t'a frôlé le cuir chevelu.

— As-tu compté combien j'en ai eus ?

— Non. J'étais trop occupé à esquiver les balles. Profites-en pour recharger, mon vieux.

Lee roula à l'abri du rocher et actionna plusieurs fois la culasse de son fusil. Elle était brûlante, et le sang qui avait coulé en abondance de sa blessure au crâne avait enrayé le mécanisme en coagulant. Lee dut cracher dessus pour le débloquer.

Il reprit alors sa position mais, avant même

qu'il puisse coller son œil contre le viseur, une balle l'atteignit.

Ce fut comme une explosion dans son épaule gauche. Pendant quelques secondes, il resta sonné, avant de retrouver ses esprits, et de constater que son bras gauche était totalement ankylosé, inutilisable. Une énorme douleur s'apprêtait à fondre sur lui, mais Lee trouva la force de se concentrer sur ses adversaires et de continuer à tirer.

Il appuya son fusil sur son bras gauche si plein de vie quelques secondes plus tôt et devenu inutile ; il visa en rassemblant toute sa concentration : un tir, deux, trois... chaque balle atteignit sa cible.

— Alors, on en est où ? murmura-t-il.

— Joli carton, répondit Hester qui s'était tapi près de sa joue. Ne t'arrête pas. Là-bas, derrière le gros rocher noir...

Lee tourna la tête, visa et tira. La silhouette s'effondra.

— Bon sang, ce sont des hommes comme moi, dit-il.

— Ça ne change rien, dit son dæmon. Continue.

— Tu lui fais confiance à ce Grumman ?

— Évidemment. Vas-y, Lee, tire !

Pan ! Un autre soldat tomba, et son dæmon s'éteignit comme une bougie qu'on souffle.

Il s'ensuivit un long silence. Lee fouilla dans sa poche et trouva d'autres balles. Tandis qu'il rechargeait son fusil, il éprouva une sensation si rare, si forte, que son cœur faillit s'arrêter de battre ; il sentit Hester appuyer son visage contre le sien ! Il était humide de larmes.

— Lee, c'est ma faute.

— Pourquoi?

— Le Skraeling. Je t'ai dit de voler sa bague. Sans elle, on ne serait pas dans cette situation.

— Tu crois que j'ai l'habitude d'écouter tes conseils? J'ai pris cette bague parce que la sorcière...

Il n'eut pas le loisir d'achever sa phrase, car une autre balle venait de l'atteindre. Celle-ci s'enfonça dans sa cuisse gauche, et avant même qu'il puisse grimacer de douleur, une troisième balle frôla de nouveau sa tête, comme un fer chauffé à blanc que l'on aurait appuyé sur son crâne.

— Il n'y en a plus pour longtemps, Hester, murmura-t-il, en s'efforçant néanmoins de tenir bon.

— La sorcière, Lee! Tu as parlé de la sorcière! Tu te souviens?

Pauvre Hester, il s'était couché sur le sol, il n'était plus accroupi, aux aguets, toujours prêt à bondir, comme durant toute sa vie d'adulte. Ses magnifiques yeux noisette et or se ternissaient.

— Tu es toujours beau... Oh, Hester, tu as raison, la sorcière! Elle m'a donné...

— Bien sûr! La fleur...

— Dans ma poche de poitrine. Prends-la, Hester, je ne peux plus bouger.

Ce fut un âpre combat, mais le dæmon parvint à sortir la petite fleur violette avec ses dents et à la déposer près de la main droite de Lee. Au prix d'un effort surhumain, il la serra à l'intérieur de son poing, et dit :

— Serafina Pekkala! Aide-moi, je t'en supplie...

Il perçut un mouvement en contrebas, alors il

lâcha la fleur, épaula son fusil et tira. Le mouvement cessa.

Hester défaillait.

— Hester, ne pars pas avant moi, murmura
Lee.

— Allons, Lee, je ne pourrais supporter d'être
séparé de toi pendant une seule seconde.

— Tu crois que la sorcière va venir ?

— Évidemment. On aurait dû l'appeler plus
tôt.

— Il y a tellement de choses qu'on aurait dû
faire

— Oui, peut-être…

Il y eut une nouvelle détonation et, cette fois, la
balle pénétra profondément en lui, à la recherche
de son centre vital. « Elle ne le trouvera pas en
moi, songea-t-il. Mon cœur, c'est Hester. » Apercevant un reflet bleu dans la pente, il rassembla
ses dernières forces pour pointer le canon de sa
carabine.

— C'est lui qui a tiré, dit Hester d'une voix
haletante.

Lee avait du mal à appuyer sur la détente. Tout
était devenu difficile. Il dut s'y reprendre à trois
fois, avant de tirer. Le soldat en uniforme bleu
dégringola au pied de la colline.

Le silence s'installa de nouveau. La douleur
tapie aux côtés de Lee ressemblait à une meute de
chacals qui rôde, tourne autour de sa proie, renifle
et se rapproche peu à peu. Il savait qu'elle ne
repartirait pas avant de l'avoir entièrement dévoré.

— Il ne reste plus qu'un seul homme, murmura
Hester. Il retourne vers le zeppelin.

Lee l'aperçut, en effet, dans une sorte de brouillard : un soldat de la Garde Impériale qui s'éloignait en rampant après la déroute de sa compagnie.

— Je ne peux pas tirer dans le dos d'un homme, dit Lee.

— C'est une honte de mourir avec une balle dans son fusil.

Alors, Lee se servit de sa dernière balle pour tirer, non pas sur le soldat, mais sur le zeppelin, qui tentait toujours de décoller en faisant rugir son unique moteur. Peut-être la balle était-elle chauffée à blanc, ou peut-être qu'un tison enflammé provenant de la forêt au-dessous et transporté par un courant d'air ascendant s'était abattu sur le dirigeable car, soudain, le gaz se transforma en une boule de feu orange. L'enveloppe de toile et le squelette métallique de l'appareil s'élevèrent de quelques mètres, avant de retomber, très lentement, en douceur, mais porteurs d'une mort flamboyante.

L'homme qui fuyait en rampant, et les derniers membres de la Garde Impériale, les six ou sept autres soldats qui n'avaient pas osé s'approcher de l'homme seul défendant l'accès à la ravine, furent engloutis par le feu qui s'abattit sur eux.

Lee vit la boule de feu monter dans le ciel, et malgré le grondement dans ses oreilles, il entendit la voix faible de Hester :

— Il n'y en a plus, Lee.

Alors, il dit, ou il pensa :

— Ces pauvres hommes n'auraient pas dû finir comme ça, et nous non plus.

— Nous les avons repoussés, dit son dæmon.
Nous avons tenu bon. Nous avons aidé Lyra.

Hester le dæmon-lièvre blottit son petit être fier
et meurtri contre le visage de Lee, le plus près
possible et, ensemble, ils moururent.

15
La mission

«Continuez, disait l'aléthiomètre. Toujours plus loin, toujours plus haut.»

Alors, ils continuèrent à grimper. Les sorcières survolaient les
parages pour repérer le meilleur
chemin, car le paysage vallonné
laissa bientôt place à des pentes plus raides, plus
rocailleuses, et tandis que le soleil montait vers
son zénith, les voyageurs se retrouvèrent au milieu
d'un enchevêtrement de ravins asséchés, de parois
rocheuses et de vallées parsemées d'éboulis, où pas
une seule feuille verte ne poussait, et où l'unique
bruit était la stridulation des insectes,

Ils poursuivirent leur chemin, ne s'arrêtant que
pour prendre une gorgée d'eau dans leurs gourdes
en peau de chèvre, parlant peu. Pantalaimon vola
au-dessus de Lyra pendant quelque temps, puis,
lassé, il se métamorphosa en une jeune chèvre des
montagnes, alerte, fière de ses cornes, et il gambada
de rocher en rocher, pendant que Lyra grimpait
péniblement à ses côtés. Quant à Will, il avançait
en serrant les dents, les yeux plissés à cause du

soleil aveuglant, ignorant la douleur grandissante
dans sa main, pour atteindre finalement un état
où seul le fait de bouger était supportable, et l'immobilité intolérable. Il souffrait davantage au repos
qu'en marchant. Et depuis que les sorcières avaient
échoué dans leur tentative pour arrêter l'hémorragie, il avait le sentiment qu'elles le regardaient
avec une sorte d'appréhension, comme s'il était
frappé d'une malédiction plus puissante encore que
leurs propres pouvoirs.

Finalement, ils atteignirent un petit lac d'un bleu
profond, large d'à peine une trentaine de mètres,
au milieu des roches rouges. Ils s'y arrêtèrent un
court instant pour boire, remplir leurs gourdes, et
tremper leurs pieds douloureux dans l'eau glacée.
Au bout de quelques minutes, ils se remirent en
marche et, peu de temps après, alors que le soleil
était au plus haut, Serafina Pekkala redescendit
vers Lyra et Will. Elle semblait nerveuse.

— Je dois vous quitter quelque temps, annonça-
t-elle. Lee Scoresby a besoin de moi. J'ignore pour
quelle raison. Mais il ne m'appellerait pas s'il
n'avait pas besoin de mon aide. Continuez d'avancer, je vous retrouverai...

— M. Scoresby ? s'exclama Lyra, à la fois exci-
tée et inquiète. Mais où...

Serafina était déjà partie et elle avait disparu
dans le ciel avant même que Lyra n'ait fini de poser
sa question. Par automatisme, la fillette voulut
prendre l'aléthiomètre dans son sac pour savoir ce
qui était arrivé à Lee Scoresby, mais elle laissa
retomber sa main, car elle avait promis de ne l'utiliser, désormais, que pour guider Will.

Elle se tourna vers lui. Il s'était assis sur une

pierre, non loin de là. Sa main estropiée, posée sur son genou, continuait à saigner lentement ; bien que brûlé par le soleil, son visage était blême.

— Will, demanda-t-elle, sais-tu pourquoi tu dois absolument retrouver ton père ?

— J'ai toujours su que je devrais le retrouver. Ma mère disait que je reprendrais son flambeau. C'est tout ce que je sais.

— Qu'est-ce que ça veut dire, reprendre son flambeau ?

— Il s'agit d'une sorte de mission, je suppose. Je devrai continuer ce qu'il a entrepris. Voilà ce que je comprends.

Avec sa main droite, il essuya la sueur qui lui coulait dans les yeux. Ce qu'il ne pouvait pas dire, c'était que son père lui manquait, à tel point qu'il était comme un enfant perdu qui se languit de sa maison. Mais cette comparaison ne pouvait lui venir à l'esprit car, pour lui, la maison était l'endroit où il protégeait sa mère, et non pas un endroit où il se sentait protégé par d'autres. Mais cinq années s'étaient écoulées depuis ce samedi matin au supermarché où le jeu qui consistait à échapper aux ennemis était devenu tristement réel, une si longue période dans sa courte vie, que son cœur rêvait d'entendre ces mots dans la bouche de son père : « Bien joué, mon fils, bien joué. Nul n'aurait pu mieux faire sur cette terre. Je suis fier de toi. Viens te reposer maintenant... »

C'était un désir si puissant que Will en avait à peine conscience ; ce sentiment se mélangeait à tous les autres. Voilà pourquoi il ne pouvait en parler à Lyra, mais celle-ci le devinait dans son regard. Cette sensibilité aux autres était nouvelle pour elle. À vrai dire, dès qu'il était question de Will, elle possédait une sorte de sens supplémentaire, comme si l'image de ce garçon lui apparaissait plus nettement que celles de toutes les personnes qu'elle avait connues jusqu'alors. Tout ce qui le concernait était parfaitement limpide et intime.

Sans doute lui aurait-elle fait part de ce sentiment, mais au même moment, une sorcière se posa devant eux.

— J'ai aperçu un groupe derrière nous, annonça-t-elle. Il est encore loin, mais il progresse vite. Dois-je m'approcher pour tenter d'en savoir plus ?

— Oui, allez-y, répondit Lyra, mais volez à basse altitude et restez cachée ; ne vous faites pas voir, surtout.

Will et Lyra se relevèrent péniblement et se remirent en route d'un pas traînant.

— J'ai souvent eu froid, dit Lyra, pour s'obliger à ne plus penser à leurs poursuivants, mais jamais je n'ai eu aussi chaud. Il fait aussi chaud dans ton monde ?

— Non, pas où je vivais, en tout cas. Mais le climat a commencé à changer. Les étés sont plus chauds qu'autrefois. Les gens disent qu'on a détraqué le climat à cause des produits chimiques et tout ça, et que le temps n'en fait plus qu'à sa tête.

— C'est certain, dit Lyra. Il suffit de voir ce qui se passe ici.

Will avait trop chaud, et trop soif, pour poursuivre cette discussion, et ils continuèrent leur pénible ascension dans l'air écrasant. Transformé en criquet, Pantalaimon voyageait sur l'épaule de Lyra, trop fatigué pour sautiller ou voler. De temps à autre, les sorcières apercevaient un ruisseau dans la montagne ; elles prenaient de l'altitude pour aller y remplir les gourdes des enfants. Ils seraient morts sans eau, et il n'y en avait pas une goutte sur leur chemin ; le moindre ruisseau débouchant à l'air libre était aussitôt englouti par les pierres.

La sorcière qui avait rebroussé chemin se nommait Lena Feldt. Elle volait en rase-mottes, de rocher en rocher, et tandis que le soleil couchant peignait les montagnes en rouge sang, elle atteignit le petit lac bleu. Là, elle découvrit une troupe de soldats en train d'installer un campement.

Un simple coup d'œil lui en apprit plus qu'elle ne désirait en savoir : ces soldats n'avaient pas de dæmon. Et pourtant, ils ne venaient pas du monde de Will, ou du monde de Cittàgazze, là où les gens portaient leurs dæmons en eux et avaient encore l'air vivant. Non, ces soldats venaient du même monde qu'elle, et les voir ainsi sans dæmon constituait un spectacle atroce et répugnant.

L'explication sortit tout à coup d'une tente plantée sur la rive. Lena Feldt vit apparaître une femme, élégante dans sa tenue de chasse kaki, et aussi énergique que le singe au pelage doré qui gambadait à ses côtés au bord de l'eau.

Cachée au milieu des rochers, la sorcière regarda Mme Coulter, car c'était elle, s'adresser à l'officier supérieur, dont les hommes dressaient des tentes, allumaient des feux et faisaient bouillir de l'eau.

Lena Feldt faisait partie de l'escadron de Serafina Pekkala qui avait libéré les enfants à Bolvangar, et elle brûlait d'envie d'abattre Mme Coulter sur-le-champ, mais c'était comme si une bonne étoile protégeait cette femme diabolique, car aucune flèche ne pouvait l'atteindre à l'endroit où elle se trouvait, et la sorcière ne pouvait s'approcher sans risquer de se faire repérer. Alors, elle fit appel au sortilège d'invisibilité. Il lui fallut pour cela dix minutes d'intense concentration.

Une fois sûre d'elle, Lena Feldt descendit la pente rocailleuse en direction du lac et, tandis qu'elle traversait le camp, un ou deux soldats au regard vide levèrent brièvement la tête sur son passage, mais ce qu'ils virent leur parut sans intérêt, et ils reprirent leurs occupations. Arrivée devant la tente dans laquelle Mme Coulter avait disparu, la sorcière s'arrêta et sortit une flèche de son carquois pour bander son arc.

Elle écouta les voix étouffées qui filtraient à travers la toile, puis s'avança avec prudence vers l'ouverture orientée face au lac.

À l'intérieur de la tente, Mme Coulter discutait avec un homme que Lena Feldt ne connaissait pas : un homme âgé aux cheveux blancs, robuste, dont le dæmon-serpent s'était enroulé autour de son poignet. Il était assis dans un fauteuil de toile, à côté de celui de Mme Coulter, qui était penchée vers lui.

— Évidemment, Carlo, disait-elle à voix basse, je vous dirai tout. Que voulez-vous savoir ?

— Comment faites-vous pour commander aux Spectres ? demanda le vieil homme. Je ne croyais pas cela possible, et pourtant, ils vous obéissent comme des toutous… Ont-ils peur des soldats de votre garde personnelle ? Expliquez-moi !

— C'est simple, répondit-elle. Ils savent que s'ils me laissent en vie, je peux leur procurer plus

de nourriture qu'ils n'en auraient en me dévorant.
Je peux les conduire aux innombrables victimes
dont rêvent leurs âmes spectrales. Dès que vous
m'avez parlé d'eux, j'ai su que je pourrais les domi-
ner, et je ne m'étais pas trompée ! Mais, mon cher
Carlo, susurra-t-elle, je peux vous satisfaire, vous
aussi. Aimeriez-vous que je vous procure encore
plus de plaisir ?

— Marisa, murmura-t-il, être près de vous est
déjà un immense plaisir...

— Non, c'est faux, Carlo ! Vous le savez bien.
Et vous savez aussi que je peux vous apporter
beaucoup plus de plaisir.

Pendant ce temps, les petites mains noires et
griffues de son dæmon caressaient le dæmon-serpent. Peu à peu, celui-ci se déroula et remonta le
long du bras de l'homme, vers le singe. L'homme
et la femme tenaient tous les deux dans la main un
verre rempli de vin couleur or ; Mme Coulter en
but une gorgée et se pencha un peu plus vers
l'homme.

— Ah... fit celui-ci, tandis que son dæmon glissait lentement de son bras pour se laisser tomber
dans les mains jointes du singe. Le primate le souleva à la hauteur de son visage et frotta délicatement sa joue contre la peau aux écailles d'émeraude.
La langue fourchue du reptile s'agita dans tous les
sens, et l'homme poussa un soupir.

— Carlo, expliquez-moi pourquoi vous pour-
chassez ce garçon, demanda Mme Coulter dans un
murmure, d'une voix aussi douce que la caresse
du singe. Pourquoi tenez-vous tant à le retrouver ?

— Il possède une chose que je désire. Oh,
Marisa...

— De quoi s'agit-il, Carlo ? Que possède-t-il ?

L'homme secoua la tête, il ne voulait pas en parler. Mais il ne pouvait pas résister ; son dæmon s'était enroulé délicatement autour du torse du singe, et il promenait sa tête plate au milieu des longs poils soyeux, tandis que les mains du primate allaient et venaient sur toute la longueur de ce corps ondulant.

À quelques pas de là, invisible et médusée, Lena Feldt assistait à ce spectacle. Son arc était bandé, la flèche prête à jaillir : elle aurait pu la décocher en moins d'une seconde, et Mme Coulter serait morte avant même d'avoir repris son souffle. Mais la sorcière était curieuse d'en savoir plus. Elle demeura immobile et silencieuse, les yeux écarquillés.

Hélas, pendant qu'elle espionnait Mme Coulter, elle ne pouvait observer le petit lac bleu derrière. elle Sur la rive opposée, un bosquet aux formes indistinctes semblait avoir poussé tout d'un coup, un bosquet secoué de tremblements semblables à des mouvements volontaires. Mais ce n'étaient pas des arbres, évidemment, et tandis que toute la curiosité de Lena Feldt et de son dæmon était braquée sur Mme Coulter, l'une des formes blafardes se détacha de son groupe de congénères et parcourut la surface de l'eau glacée, sans provoquer la moindre ride sur le lac, pour venir se poser à quelques dizaines de centimètres seulement du rocher sur lequel était perché le dæmon de la sorcière.

— Vous pourriez facilement me le dire, Carlo, murmurait Mme Coulter. Il suffit de me le chuchoter à l'oreille. Ou de faire semblant de parler dans votre sommeil, qui vous le reprocherait ? Dites-moi simplement ce que possède ce garçon, et pourquoi vous y tenez tant. Je pourrais peut-être vous l'obtenir... Cela ne vous plairait pas ? Dites-moi simplement ce que c'est, Carlo. Moi, je n'en veux pas. C'est la fille qui m'intéresse. De quoi s'agit-il ? Dites-le-moi, et vous l'aurez.

L'homme esquissa un haussement d'épaules. Il avait fermé les yeux.

— C'est un couteau, avoua-t-il finalement. Le poignard subtil de Cittàgazze. N'en avez-vous jamais entendu parler, Marisa ? Certaines personnes l'appellent *teleutaia makhaira*, ce qui signifie « le dernier de tous les couteaux ». D'autres le nomment Æsahættr...

— Et à quoi sert-il, Carlo ? Qu'a-t-il de si particulier ?

— Ah... Ce poignard peut couper n'importe quoi... Ceux-là même qui l'ont créé ignoraient ce qu'il était capable de faire... Rien ni personne, aucune matière, aucun esprit, aucun ange... rien ne peut résister au poignard subtil, pas même l'air. Je le veux, Marisa, vous comprenez ?

— Bien sûr, Carlo. Je vous promets que vous l'aurez. En attendant, laissez-moi remplir votre verre...

Le singe au pelage doré promenait délicatement ses mains sur le corps émeraude du serpent, à un rythme régulier, en resserrant parfois l'étau de ses doigts, avant de reprendre sa caresse, et pendant que Sir Charles soupirait d'extase, Lena Feldt vit ce qui se passait : profitant de ce qu'il avait les yeux fermés, Mme Coulter versa discrètement dans le verre de vin quelques gouttes d'un liquide contenu dans une petite fiole.

— Tenez, très cher, murmura-t-elle. Buvons. À notre santé…

L'homme était déjà ivre. Il leva son verre et but une longue gorgée, puis une autre, et encore une autre.

Soudain, sans prévenir, Mme Coulter se dressa, se retourna et regarda Lena Feldt droit dans les yeux.

— Eh, bien, sorcière! lança-t-elle. Crois-tu que j'ignore comment, tes sœurs et toi, vous vous rendez invisibles?

Abasourdie, Lena Feldt demeura muette.

Derrière Mme Coulter, le vieil homme avait du mal à respirer. Sa poitrine se soulevait, son visage était congestionné, et son dæmon semblait défaillir dans les mains du singe. Celui-ci le secoua d'un geste méprisant.

Lena Feldt tenta de brandir son arc, mais une paralysie fatale avait envahi son épaule. Elle était incapable d'accomplir ce geste. Cela ne lui était jamais arrivé, et elle laissa échapper un petit cri.

— Oh, c'est trop tard, déclara Mme Coulter. Regarde vers le lac, sorcière.

Lena Feldt se retourna, et découvrit son dæmon-bouvreuil qui battait des ailes et poussait des cris stridents, comme s'il était enfermé dans une cage de verre sans air; il battait des ailes et tombait, se relevait péniblement, retombait; son bec s'ouvrait en grand, la panique le faisait suffoquer. Le Spectre l'avait enveloppé.

— Non! hurla la sorcière.

Elle essaya d'avancer vers son dæmon, mais elle fut repoussée par un spasme de nausée. Malgré sa détresse et son écœurement, Lena Feldt sentait que Mme Coulter possédait une âme plus forte que tous les êtres humains qu'elle avait rencontrés. Finalement, elle ne s'étonnait pas de voir que le Spectre était sous le joug de cette femme, car personne ne pouvait résister à une telle autorité. Rongée par l'angoisse, la sorcière se retourna vers elle.

— Lâchez-le ! Je vous en supplie, lâchez-le !

— On verra. L'enfant est avec vous ? Une fillette prénommée Lyra ?

— Oui !

— Un jeune garçon aussi ? Un garçon qui possède un poignard ?

— Oui. Oh, par pitié...

— Combien de sorcières êtes-vous ?

— Vingt ! Lâchez-le, lâchez-le !

— Toutes dans le ciel ? Ou certaines restent-elles au sol pour protéger les enfants ?

— La plupart sillonnent le ciel ; seules deux ou trois restent en permanence au sol... Oh, c'est trop affreux... Laissez-le en paix ou tuez-moi immédiatement !

— Sont-elles loin dans la montagne ? Continuent-elles d'avancer, ou se sont-elles arrêtées pour se reposer ?

Lena Feldt lui raconta tout. Elle aurait pu résister à n'importe quelle torture, mais pas au supplice que subissait son dæmon. Ayant appris tout ce qu'elle voulait savoir concernant la position des sorcières et la protection dont bénéficiaient Lyra et Will, Mme Coulter dit :

— Encore une question. Vous autres, sorcières, savez une chose au sujet de cette enfant, Lyra. J'ai bien failli l'apprendre de la bouche d'une de tes sœurs, malheureusement, elle est morte avant la fin de la torture. Mais aujourd'hui, il n'y a personne pour venir à ton secours. Dis-moi la vérité au sujet de ma fille.

Lena Feldt répondit d'une voix haletante.

— Elle va devenir la mère... elle sera la vie.. la mère... elle désobéira... elle...

— Nomme-la! Tu ne me dis pas le plus important! Nomme-la! rugit Mme Coulter.

— Ève! La Mère de tous! Ève réincarnée! Ève la Mère! bafouilla Lena Feldt, secouée de sanglots.

— Ah! fit Mme Coulter.

Elle poussa un long soupir, comme si le but de son existence lui apparaissait enfin clairement.

La sorcière percevait, de manière confuse, la gravité de cette révélation et, malgré l'horreur qui l'enveloppait, elle essaya de se révolter:

— Qu'allez-vous lui faire? Qu'allez-vous faire? s'écria-t-elle.

— Je vais être obligée de l'éliminer, répondit Mme Coulter, pour éviter une nouvelle Chute... Comment ne l'ai-je pas compris plus tôt? C'était trop évident...

Elle frappa dans ses mains, comme une enfant, les yeux écarquillés. À travers ses gémissements, Lena Feldt l'entendit poursuivre son monologue:

— Évidemment! Asriel va déclarer la guerre à l'Autorité, et ensuite... Évidemment, évidemment... Comme avant, encore une fois... Lyra est la nouvelle Ève. Mais cette fois, elle ne faillira pas. J'y veillerai. Il n'y aura pas de Chute...

Mme Coulter se redressa et fit claquer ses doigts à l'attention du Spectre qui se nourrissait du dæmon de la sorcière. Le petit dæmon-bouvreuil resta couché sur la pierre, le corps parcouru de convulsions, tandis que le Spectre s'avançait vers la sorcière elle-même. Et alors, toute la souffrance que Lena Feldt avait endurée précédemment fut multipliée par deux, par trois, par cent ! Elle sentit la nausée atteindre son âme, un désespoir ignoble et écœurant, une lassitude et une mélancolie si profondes qu'elle allait en mourir. Sa dernière pensée consciente fut un dégoût de la vie : ses sens lui avaient menti, le monde n'était pas fait d'énergie et de bonheur, mais d'ignominie, de trahison et de découragement. La vie était haïssable, et la mort ne valait pas mieux ; d'un bout à l'autre de l'univers, telle était la première, la dernière et l'unique vérité.

Elle restait figée, son arc à la main, indifférente, morte en étant vivante.

C'est pourquoi Lena Feldt ne vit pas ou ne se soucia pas de ce que fit Mme Coulter ensuite. Ignorant le vieil homme évanoui, affalé dans le fauteuil de toile, et son dæmon à la peau terne, enroulé dans la poussière, elle appela le capitaine de la troupe de soldats et ordonna qu'ils se préparent pour une marche de nuit dans la montagne.

Après quoi, elle s'approcha de la rive et appela les Spectres.

Les créatures répondirent à son appel, glissant sur l'eau telles des colonnes de brume. Elle leva simplement les bras pour leur faire oublier qu'elles étaient ancrées au sol, et l'un après l'autre, les Spectres s'élevèrent dans les airs et flottèrent en toute liberté comme un duvet malfaisant, entraînés dans la nuit par les courants, en direction de

Will, de Lyra et des sorcières. Mais Lena Feldt ne vit rien de tout cela.

Une fois la nuit tombée, la température chuta rapidement, et dès que Will et Lyra eurent mangé la dernière miette de leur pain sec, ils se couchèrent sous un gros rocher en surplomb pour avoir plus chaud et essayer de dormir. En vérité, Lyra n'eut même pas besoin d'essayer : moins d'une minute plus tard, elle dormait déjà, roulée en boule autour de Pantalaimon. Will, en revanche, ne parvint pas à trouver le sommeil, même en s'obligeant à rester allongé sans bouger. À cause de sa main gonflée qui le gênait et qui, maintenant, l'élançait jusqu'au coude, à cause de la dureté du sol, à cause du froid, à cause également de sa profonde fatigue, et parce que sa mère lui manquait.

Il avait peur pour elle, évidemment, et il savait qu'elle serait plus en sûreté s'il était à ses côtés pour la protéger ; mais en même temps, il aurait voulu qu'elle s'occupe de lui, comme elle le faisait quand il était petit, il aurait voulu qu'elle bande sa main, qu'elle le borde dans son lit et lui chante une chanson, qu'elle chasse tous les ennuis, qu'elle l'entoure de toute la chaleur, la douceur et la tendresse maternelle dont il avait tant besoin à cet instant. Mais il savait que tout cela n'arriverait jamais. Quelque part, il n'était encore qu'un petit garçon. Et il laissa couler ses larmes, mais il s'efforça de demeurer immobile, car il ne voulait pas réveiller Lyra.

Il ne parvenait toujours pas à s'endormir. Au contraire, il était plus réveillé que jamais. Finalement, il déplia ses membres engourdis et se leva sans bruit, en frissonnant. Le poignard accroché à sa ceinture, il partit vers le sommet de la montagne, pour tenter de calmer son agitation.

Derrière lui, le dæmon-rouge-gorge de la sorcière sentinelle dressa la tête et abandonna un court instant son guet pour voir Will escalader les rochers. La sorcière prit sa branche de sapin et s'envola sans bruit, non pour l'importuner, mais pour veiller à ce qu'il ne lui arrive rien.

Will ne s'en aperçut pas. Il éprouvait un tel besoin de bouger qu'il ne sentait presque plus la douleur dans sa main. Il avait l'impression qu'il serait obligé de marcher toute la nuit, toute la journée, éternellement, car rien d'autre ne pourrait jamais apaiser la fièvre qui brûlait dans sa poitrine. Comme pour l'encourager, une forte brise s'était levée. Il n'y avait aucune feuille à agiter dans cette contrée désertique, mais le souffle caressait son corps et faisait voleter ses cheveux autour de son visage ; la sauvagerie des éléments répondait à l'agitation extrême qui l'habitait.

Il continua de grimper, sans s'arrêter, et sans songer un seul instant à la façon dont il pourrait ensuite redescendre auprès de Lyra, jusqu'à ce qu'il atteigne un petit plateau, au sommet du monde, aurait-on dit. Aucune des montagnes qui l'entouraient ne s'élevait aussi haut. Dans l'éclat brillant de la lune, les seules couleurs étaient le noir profond et le blanc intense, tous les angles étaient acérés, toutes les surfaces nues.

Le vent avait sans doute apporté des nuages avec lui car, soudain, la lune fut masquée et l'obscurité se répandit sur tout le paysage ; des nuages épais, qui plus est, car ils ne laissaient passer aucun éclat de lune. En moins d'une minute, Will fut plongé dans le noir.

Au même moment, il sentit quelque chose se refermer sur son bras droit.

Il poussa un grand cri d'effroi et fit volte-face, mais l'étau qui enserrait son bras était tenace. La fureur s'empara alors de Will. Il sentait qu'il était arrivé tout au bout de chaque chose, et s'il avait atteint également le bout de sa vie, il était bien décidé à se battre, et à se battre encore, jusqu'à ce qu'il s'effondre.

Mais il avait beau gesticuler, décocher des coups de pied, se contorsionner en tous sens, la main invisible refusait de lâcher prise, et comme c'était son bras droit qui se trouvait immobilisé, il ne pouvait se saisir du poignard. Sa main gauche était trop douloureuse, trop gonflée ; impossible de dégainer le poignard. Il était obligé de se battre avec une seule main, contre un adulte.

En désespoir de cause, il mordit à pleines dents dans la main qui agrippait son avant-bras, avec pour seule conséquence que l'homme lui asséna derrière la tête un terrible coup qui le fit chanceler. Will continua malgré tout à distribuer des coups de pied ; certains atteignaient leur but, d'autres non ; et, pendant ce temps, il essayait de se dégager, il tirait, poussait, tordait… sans parvenir à briser l'étau.

Il entendait le bruit de sa propre respiration, faiblement, et les grognements, le souffle rauque de l'homme. Soudain, par hasard, sa jambe se retrouva coincée derrière celle de son adversaire ; il se jeta alors contre lui de toutes ses forces. Déséquilibré,

l'homme fut renversé, et Will lui tomba dessus.
Mais à aucun moment l'étau de la main ne se desserra, et tandis qu'ils roulaient sur le sol rocailleux,
le garçon sentit une peur écrasante lui comprimer
le cœur : cet homme ne le lâcherait plus jamais,
pensa-t-il, et même s'il le tuait, son cadavre conti-
nuerait à s'accrocher à lui.

Will sentait ses forces l'abandonner, et il ne
pouvait plus retenir ses larmes ; secoué de sanglots
amers, il continuait à se débattre comme un beau
diable, mais il savait que ses forces allaient bientôt
l'abandonner. C'est alors qu'il constata que son
adversaire invisible ne bougeait plus, même si la
main d'acier continuait à lui tenir le bras, toujours
avec la même force. Allongé sur le sol, il laissait
Will le rouer de coups de pied, de genoux et de
tête ; le garçon s'écroula et tomba à côté de son
adversaire. Tous les muscles de son corps tres-
saillaient et il se sentait pris de vertige.

Se redressant douloureusement pour scruter
l'obscurité, Will aperçut une tache blanche sur le
sol, près de l'homme. Il s'agissait de la tête d'un
grand oiseau, un balbuzard, un dæmon. Lui non
plus ne bougeait pas. Will essaya de se libérer
encore une fois, et son geste provoqua une réaction de la part de l'homme qui n'avait toujours pas
lâché prise.

De sa main libre, il palpait la main droite du
garçon. Will sentit ses cheveux se hérisser.

La voix de l'homme résonna dans le noir.

— Donne-moi ton autre main.

— Faites attention, dit Will

La main de l'homme descendit le long du bras
de Will, ses doigts glissèrent sur le poignet vers la

paume gonflée et, avec la plus extrême délicatesse
vers les moignons des deux doigts sectionnés.

Son autre main se desserra aussitôt, et il se
redressa en position assise.

— C'est toi qui détiens le couteau, dit-il. Tu es
le porteur du poignard.

Sa voix était profonde, rauque, mais il ne parvenait pas à reprendre son souffle. Will devina
qu'il était gravement souffrant. Avait-il blessé son
mystérieux adversaire ?

Le garçon s'était recouché sur les pierres, épuisé.
Il distinguait la silhouette de l'homme, accroupi
au-dessus de lui, mais il ne voyait pas son visage.
L'inconnu s'était penché pour prendre quelque
chose et, soudain, une merveilleuse sensation de
fraîcheur et d'apaisement se répandit dans la main
de Will. L'homme lui massait la peau avec une
sorte de baume.

— Que faites-vous ? demanda Will.

— Je soigne tes blessures. Reste tranquille.

— Qui êtes-vous ?

— Je suis le seul qui sache à quoi sert le couteau. Garde ta main levée. Ne bouge pas.

Le vent avait redoublé de violence et quelques
gouttes de pluie s'écrasèrent sur le visage de Will.
Malgré les tremblements qui le parcouraient, il
maintint sa main gauche levée, à l'aide de sa main
droite, tandis que l'homme continuait d'étaler son
onguent miraculeux sur les plaies, avant d'enrouler
solidement une bande de lin autour de la blessure.

Une fois le pansement terminé, l'homme se laissa
tomber sur le côté et s'allongea à son tour. Décon
certé par l'engourdissement béni qui s'était emparé
de sa main, Will se redressa pour regarder son

bienfaiteur. Mais la nuit paraissait encore plus noire. Il avança timidement la main droite et sentit soudain sous ses doigts la poitrine de l'homme, là où le cœur battait comme un oiseau qui se jette contre les barreaux de sa cage.

— Oui, dit l'homme d'une voix enrouée. Essaye de me guérir, continue.

— Vous êtes malade ?

— Ça ira mieux bientôt. Tu as le poignard, n'est-ce pas ?

— Oui.

— Et tu sais t'en servir ?

— Oui, oui. Êtes-vous de ce monde ? Comment connaissez-vous l'existence du poignard ?

— Écoute-moi, dit l'homme en se redressant au prix d'un terrible effort. Ne m'interromps pas. Si tu es le porteur du poignard, la tâche qui t'incombe est plus colossale que tu ne peux l'imaginer. Mais tu es un enfant... Comment ont-ils pu en arriver là ? Enfin, nous n'avons pas le choix. La guerre est imminente, mon garçon. La plus grande guerre qui ait jamais eu lieu. Une pareille chose s'est déjà produite, il y a très longtemps, mais cette fois-ci, le bon camp doit l'emporter... Depuis des milliers d'années d'histoire humaine, nous n'avons connu que mensonges, propagande, cruauté et tromperie. Il est temps de tout recommencer, correctement cette fois...

L'homme s'interrompit pour reprendre son souffle.

— Ces vieux philosophes n'ont jamais su utiliser ce poignard. Ils ont inventé un outil capable de trancher les plus infimes particules de matière, et ils s'en sont servi pour voler des friandises. Ils

ignoraient qu'ils avaient fabriqué l'unique arme,
dans tout l'univers, qui pouvait vaincre le tyran.
L'Autorité. Dieu. Jadis, les anges rebelles ont
échoué, car ils ne disposaient pas d'une arme
comme ce poignard. Mais aujourd'hui...

— Je n'en veux pas ! s'exclama Will. Si vous
voulez ce poignard, je vous le donne volontiers !
Je le déteste et je déteste ce qu'il fait...

— Trop tard, mon garçon. Tu n'as pas le choix :
tu es le porteur, le poignard t'a choisi. De plus, les
autres savent que c'est toi qui le détiens désormais, et si tu ne l'utilises pas contre eux, ils te l'ar-
racheront des mains et s'en serviront contre nous,
pour toujours.

— Mais pourquoi devrais-je combattre ces individus dont vous parlez ? Je me suis déjà trop battu,
je ne peux pas continuer, je veux....

— As-tu remporté tes combats ?

Will ne répondit pas immédiatement.

— Oui, je crois.

— Tu t'es battu pour le poignard ?

— Oui, mais...

— Dans ce cas, tu es un guerrier. Voilà ce que
tu es. Tu peux mettre en cause tout le reste, mais
tu ne peux lutter contre ta nature.

Will savait que cet homme énonçait une vérité.
Mais c'était une vérité déplaisante. Écrasante et
douloureuse. Il resta muet.

— Il existe deux grandes forces, qui s'affron-
tent depuis la nuit des temps. Chaque avancée de
l'histoire humaine, chaque morceau de savoir, de
sagesse et de respect que nous possédons a été
arraché par un camp à l'autre. Chaque pouce de
liberté supplémentaire a été gagné de haute lutte,

après un combat féroce, entre ceux qui veulent que nous soyons plus instruits, plus avisés et plus forts, et ceux qui voudraient nous voir obéissants, humbles et soumis.

Aujourd'hui, ces deux forces opposées fourbissent leurs armes en vue de la bataille. Et chacune d'elles veut s'emparer de ce poignard que tu possèdes. À toi de choisir, mon garçon. Nous avons été guidés jusqu'ici tous les deux : toi avec le poignard, et moi pour t'en parler.

— Non ! Vous vous trompez ! s'écria Will. Ce n'est pas du tout ça que je cherchais ! Absolument pas !

— Tu l'ignores peut-être ; en tout cas, c'est ce que tu as trouvé, répondit l'homme dans le noir.

— Que dois-je faire, alors ?

À cet instant, Stanislaus Grumman, alias Jopari, alias John Parry, marqua un temps d'arrêt.

La promesse qu'il avait faite à Lee Scoresby pesait douloureusement sur sa conscience, et il hésitait avant de la rompre, mais il le fit malgré tout.

— Tu dois aller trouver Lord Asriel, en lui disant que c'est Stanislaus Grumman qui t'envoie, et que tu possèdes l'arme dont il a besoin par-dessus tout. Que cela te plaise ou non, mon garçon, tu as une tâche à accomplir. Oublie tout le reste, même ce qui peut te paraître important, et va accomplir cette mission. Quelqu'un apparaîtra pour te guider : la nuit est pleine d'anges. Tes blessures guériront. Attends… Avant que tu ne partes, je veux te regarder.

Il chercha à tâtons sa besace et en sortit un objet enveloppé dans plusieurs épaisseurs de toile cirée, puis il gratta une allumette pour allumer une petite lampe en fer-blanc. Dans cette lumière tremblotante, à travers le rideau de pluie et dans le vent, l'homme et l'enfant s'observèrent.

Will découvrit des yeux bleus brillants, au milieu d'un visage hagard que recouvrait une barbe de plusieurs jours, un menton volontaire, des cheveux gris, des traits creusés par la souffrance, un corps maigre et voûté, enveloppé dans un lourd manteau orné de plumes.

Le chaman, lui, découvrit un enfant encore plus jeune qu'il ne l'imaginait, dont le corps frêle tremblotait sous sa chemise en lin déchirée, avec sur le visage une expression d'immense fatigue, de sauvagerie et de méfiance, mais illuminée par une curiosité farouche, et des yeux immenses sous l'épaisse barre des sourcils noirs, des yeux si semblables à ceux de sa mère...

Soudain, une étincelle s'alluma entre les deux regards.

Mais au même moment, tandis que la lampe faisait rougeoyer le visage de John Parry, une chose jaillie du ciel blafard le frappa, et il s'effondra, raide mort, avant d'avoir pu dire un seul mot. Une flèche s'était plantée dans son cœur. Son dæmon-balbuzard disparut aussitôt.

Will demeura assis, abasourdi.

Un battement d'ailes traversa le coin de son champ de vision ; sa main droite fusa comme un éclair et ses doigts se refermèrent sur un rouge-gorge, un dæmon pris de panique.

— Non ! Non ! hurla la sorcière nommée Juta Kamainen, au-dessus de sa tête.

Elle se précipita, une main crispée sur son cœur,

s'écrasa lourdement sur le sol rocailleux, et essaya de se relever.

Mais Will s'était jeté sur la sorcière avant même qu'elle ne se remette debout ; il appuyait le poignard subtil sur sa gorge.

— Pourquoi avez-vous fait ça ? cria-t-il. Pourquoi l'avez-vous tué ?

— Je l'aimais et il m'a rejetée ! Je suis une sorcière ! Je ne pardonne pas !

Et parce que c'était une sorcière, elle n'aurait pas dû avoir peur d'un enfant, en temps normal. Mais elle avait peur de Will. Ce jeune garçon blessé renfermait en lui plus de force et de dangers qu'elle n'en avait jamais rencontré chez un être humain, et c'est pourquoi elle tremblait. Elle retomba à la renverse, mais Will l'accompagna dans sa chute et lui agrippa les cheveux avec sa main gauche, sans éprouver aucune douleur, uniquement un désespoir gigantesque et écrasant.

— Vous ne savez même pas qui était cet homme ! C'était mon père !

La sorcière secoua la tête.

— Non ! Non ! Ce n'est pas vrai, murmura-t-elle. C'est impossible !

— Vous croyez que les choses doivent nécessairement être possibles ? Non ! Il faut juste qu'elles soient vraies ! Cet homme était mon père, et ni lui ni moi ne le savions, jusqu'à cet instant précis où vous l'avez tué ! J'ai attendu ce jour toute ma vie, je suis venu jusqu'ici pour le retrouver enfin, et vous le tuez !...

Il secoua la sorcière comme une poupée de chiffons et la jeta à terre, manquant de l'assommer. La stupeur de la sorcière était presque plus grande que la peur, pourtant immense, que lui inspirait le garçon. Elle se releva, hébétée, et agrippa la chemise de Will dans un geste de supplication. Il repoussa sa main.

— Que vous a-t-il fait pour que vous éprouviez le besoin de le tuer ? s'écria-t-il. Expliquez-moi, si vous le pouvez !

Juta Kamainen se tourna vers l'homme mort. Son regard revint se poser sur Will et elle secoua la tête avec une profonde tristesse.

— Non, je ne peux pas t'expliquer, dit-elle. Tu es trop jeune. Cela n'aurait aucun sens pour toi. Je l'aimais. Voilà tout. C'est suffisant.

Et avant que Will ne puisse l'en empêcher, elle se laissa tomber lentement sur le côté, tenant le couteau qu'elle venait de dégainer de sa ceinture, et elle plongea la lame dans sa poitrine.

Face à ce suicide, Will n'éprouva aucun sentiment d'horreur, uniquement de la consternation et de l'incompréhension.

Lentement, il se releva et contempla la sorcière morte, ses cheveux noirs soyeux, ses joues rougies, ses bras pâles et lisses, luisants de pluie, ses lèvres entrouvertes comme celles d'une femme amoureuse.

— Je ne comprends pas, dit-il à voix haute. C'est trop étrange.

Will se tourna alors vers l'homme mort, son père.

Un millier de choses lui obstruaient la gorge, et seule la pluie battante calmait le picotement brûlant de ses yeux. La petite lanterne en fer-blanc continuait à éclairer la scène de sa lueur tremblotante, tandis que la pluie qui s'engouffrait par la paroi disjointe venait lécher la flamme, et Will s'agenouilla dans cette lumière pour caresser le visage de l'homme, ses épaules, sa poitrine, lui fermer les yeux, repousser les mèches grises qui tombaient sur son front, plaquer ses paumes sur les joues rugueuses, fermer la bouche de son père, puis serrer ses mains entre les siennes.

— Père... Papa... Père... je ne comprends pas pourquoi cette sorcière a fait ça. Tout cela me dépasse. Mais quelle que soit cette mission que tu voulais me voir accomplir, tu peux compter sur moi. Je me battrai. Je serai un guerrier. Tu as ma parole. J'apporterai ce poignard à Lord Asriel, où qu'il soit, et je l'aiderai à affronter cet ennemi. Je le ferai, papa. Tu peux te reposer maintenant. Tu peux dormir

À côté de la dépouille de l'homme étaient posées sa besace, la toile cirée, la lampe et la petite boîte en corne contenant l'onguent à base de mousse. En ramassant le tout, Will aperçut le manteau orné de plumes qui traînait sur le sol, lourd et trempé, mais chaud. Son père n'en avait plus l'usage désormais, et Will grelottait de froid. Il défit la boucle de bronze autour du cou du mort et balança la besace sur son épaule, avant de s'envelopper dans le lourd manteau.

Il souffla la flamme de la lampe et se retourna vers les deux silhouettes floues allongées sur le sol. Son regard revint se poser une dernière fois sur son père, puis il tourna les talons pour redescendre de la montagne.

✝ Le ciel d'orage était parcouru de chuchotements électriques et, à travers le rugissement du vent, Will percevait également d'autres bruits : des échos confus de cris et de chants, le fracas du métal contre le métal, des battements d'ailes qui parfois semblaient résonner à l'intérieur de sa tête, et, la seconde d'après, auraient pu provenir d'une autre planète. Sous ses pieds, les cailloux étaient glissants et instables ; de fait, la descente s'avéra bien plus périlleuse que l'ascension, mais Will ne faiblit pas.

Toutefois, alors qu'il s'engageait dans la dernière ravine, avant d'atteindre l'endroit où Lyra dormait, il s'immobilisa. Deux hommes se tenaient devant lui, immobiles dans le noir, comme s'ils attendaient. Instinctivement, Will posa la main sur son poignard.

L'un des deux hommes parla :

— Tu es le garçon qui détient le poignard ? demanda-t-il, et sa voix ressemblait étrangement aux battements d'ailes qui peuplaient le ciel.

Assurément, ce n'était pas un être humain.

— Qui êtes-vous ? demanda Will. Des hommes ou…

— Non, nous ne sommes pas des hommes. Nous sommes des Guetteurs. *Bene elim.* Dans ton langage, nous sommes des anges.

Will resta muet. L'ange poursuivit :

— D'autres anges possèdent d'autres fonctions, d'autres pouvoirs. Notre tâche est simple : nous avons besoin de toi. Nous avons suivi le chaman durant son chemin, avec l'espoir qu'il nous conduirait jusqu'à toi. Et désormais, nous venons pour te guider, à notre tour, jusqu'à Lord Asriel.

— Vous avez suivi mon père ?

— Oui, à chaque instant.

— Le savait-il ?

— Il n'en avait aucune idée.

— Pourquoi n'avez-vous pas arrêté la sorcière, dans ce cas ? Pourquoi ne l'avez-vous pas empêchée de le tuer ?

— Plus tôt, nous l'aurions fait. Mais ton père avait accompli sa tâche, il nous avait conduits jusqu'à toi.

Will resta muet, une fois de plus. Sa tête bourdonnait de questions ; encore un mystère qui dépassait son entendement.

— Très bien, dit-il finalement. Je vous suivrai. Mais d'abord, je dois aller réveiller Lyra.

Les anges s'écartèrent et il sentit un picotement dans l'air en passant près d'eux ; il choisit de l'ignorer, pour se concentrer sur la pente qui conduisait au petit abri où dormait Lyra.

Mais il se figea de nouveau.

Dans l'obscurité, il distinguait les silhouettes des sorcières qui veillaient sur Lyra, toutes immobiles, en position assise ou debout. Elles ressemblaient à des statues, à cette différence près qu'elles respiraient, et pourtant, elles étaient comme mortes. Plusieurs corps vêtus de lambeaux de soie noire gisaient également sur le sol, et tandis que ses yeux horrifiés fixaient les cadavres, Will comprit ce qui avait dû se passer : les Spectres avaient attaqué les sorcières dans les airs, et celles-ci s'étaient écrasées au sol, indifférentes à leur propre mort.

Mais…

— Où est Lyra ? cria-t-il.

La cavité sous le rocher était vide. Lyra avait disparu.

Il y avait quelque chose sous le surplomb où la fillette s'était couchée. C'était le petit sac à dos en toile de Lyra et, en le soupesant, Will devina, sans avoir besoin de l'ouvrir, que l'aléthiomètre était toujours à l'intérieur.

Il secouait la tête. Non, ce n'était pas possible, se disait-il, et pourtant si : Lyra avait disparu, Lyra avait été capturée, Lyra était perdue.

Les deux silhouettes sombres des *bene elim* n'avaient pas bougé. Mais ils s'adressèrent à Will :

— Tu dois venir avec nous maintenant. Lord Asriel a besoin de toi immédiatement. Le pouvoir de l'ennemi s'accroît à chaque instant. Le chaman t'a dit quelle était ta tâche. Viens avec nous et aide-nous à vaincre. Suis-nous. Viens…

Will regarda les deux anges, il regarda le sac à dos de Lyra, puis de nouveau les anges ; il n'entendait pas un mot de ce qu'ils disaient.

DU MÊME AUTEUR

Aux Éditions Gallimard Jeunesse

LES ROYAUMES DU NORD (À LA CROISÉE DES MONDES I), 1998 (Folio Science-Fiction n° 130; Folio n° 4615)

LA TOUR DES ANGES (À LA CROISÉE DES MONDES II), 1998 (Folio Science-Fiction n° 139; Folio n° 4616)

LE MIROIR D'AMBRE (À LA CROISÉE DES MONDES III), 2001 (Folio Science-Fiction n° 146; Folio n° 4617)

J'ÉTAIS UN RAT! 1999

LA MAGIE DE LILA, 1999

L'ABOMINABLE COMTE KARLSTEIN ET LE PACTE DU DIABLE, 2000

JACK LE VENGEUR, 2000

LA MALÉDICTION DU RUBIS (SALLY LOCK-HART I), 2003

LE MYSTÈRE DE L'ÉTOILE POLAIRE (SALLY LOCKHART II), 2003

ALADIN ET LA LAMPE MERVEILLEUSE, 2004

LYRA ET LES OISEAUX, 2004

LA VENGEANCE DU TIGRE (SALLY LO-CKART III), 2004

LA PRINCESSE DE RAZKAVIE (SALLY LOCKHART IV), 2004

LE COMTE KARLSTEIN, 2005

L'ÉPOUVANTAIL ET SON VALET, 2005

Composition Interligne.
Impression CPI Bussière
à Saint-Amand (Cher), le 20 mai 2009.
Dépôt légal : mai 2009.
1ᵉʳ dépôt légal dans la collection : septembre 2007.
Numéro d'imprimeur : 091639/1.
ISBN 978-2-07-034820-6./Imprimé en France.

169801